美麗的負荷

封德屏著

三民叢刊 73

三民書局印行

序

李瑞騰

認識德屏的時候，我還在華岡當研究生，她在一家報紙型雜誌《愛書人》當編輯，朋友介紹我在她負責的版面上參加一個叫「讀書筆記」的專欄寫作。有一回我親送稿去位於金門街的雜誌社，交了稿，她送我下樓，在巷口聊了幾句。

德屏看來清純、誠意，大學才剛畢業。在學期間，她半工半讀，早進了雜誌社工作，那時已有豐富的編輯經驗了。

但我其實並不太了解她。幾年以後，她主持一家新創兒童刊物的編務，約幾位朋友見面，除邀稿外，也想聽取一些意見。我覺得她很有主見，但態度謙虛。這回我設計了一個專欄，想為未來主人翁貢獻一點心力。最後雜誌沒辦成，稿費倒寄來了。多年之後我才知道，她為此耿耿於懷，總覺得對不起朋友，極力向出錢的老闆爭取，直到付了稿費，退了稿子，她才心安。

我是從這樣的一些簡單的資料來了解她的。然後便是民國七十三年了，我勉力接編《文訊》月刊，急需人手，我想到她，朋友告訴我她剛做完月子，還在休養中，我打了一個電話給她，就這樣註定了她跟文訊的關聯，一轉眼就快十年。

民國七十三年底以前十年，德屏總共換了十個工作。雖然未曾離開編輯現場，但這平均一年一換的情況，正意味著工作環境的不理想，這樣的東飄西盪，說明她的情緒在那個階段很不穩定，我猜想，她應該也想要安定下來。

七十三年底以後的十年，德屏在文訊的工作崗位上默默辛勤的奉獻心力，從主編、副總編輯到總編輯，工作量愈來愈大，責任也愈來愈重。我看她成熟穩健，帶著一支人數單薄的娘子軍，卻發揮了巨大的戰鬥能量，不只是在媒體編輯上，從企劃到執行，乾淨有效；舉辦活動，都能指揮若定。一次又一次傑出的表現，在文藝圈型塑了一己秀異的風格。

我大概只能這樣說，相對於在文訊的歲月，前十年的飄泊，實乃一種歷練，一種苦苦追尋自我的過程，而終在文訊獲得安頓，如魚之得一寬闊水域，順適暢達，且日見其成長。

編輯生涯，原就是不斷自我挑戰與突破的過程，在立刊宗旨之下，堅持原則，以媒體對應著社會環境之變遷，他們必須努力觀察現象，發現問題，選題而後解題，運用可能的人力，提出可能的解釋，並試圖為之解決。

做為一個編輯人，德屏如今已能有效掌握文訊的媒體特性及其資源。雖然她也並非一開始便能運作自如，我也曾發現她在人際關係上有所困擾，在事務的推動上因受挫而懊惱，但她很努力的去克服現實與心理的各種障礙，於是而能漸入佳境。

是編輯，就需要提筆寫作，採訪、記錄、專題報導、編者案語和外界溝通的信函等各類各型的文章，逃都逃不掉。德屏在這方面也有不錯的表現，當她還沒有進入編輯現場之前，也是一位文藝少女，寫過感性的抒情小品，為數應不少吧！我想她那時就算想發表也非常困難，因此只留下少數的一兩篇，我們都是這樣長大的，沒什麼好奇怪的。

我看這僅存的篇章，文字的駕馭能力已經不錯，不管是秋月的輕吟，或是沐在月光下的思索，都有對於生活的投入，對於生命的熱愛，對於未來深切的期待等，一種新的感性洩之於筆端，見之於字裡行間。惜乎她未曾往這方面持續下去，否則二十年來應有可觀的成績。縱使如此，其後偶或提筆寫景抒情，皆有可觀。此外，德屏也因編書、讀書而寫了一些感悟性文章，其實也是小品散文，皆情理兼具，清新可讀。

至於報導性文章，「人」是她最愛的素材，文學家、歌唱家、音樂家、畫家、雕刻家等，我們可以看到德屏如何掌握人物特質，進出材料之間，呈現活生生的可愛可貴之生命，一些報導距今雖然已久，但於今讀來，仍不減其深意，並有史料的作用。整個來說，這些大部分是編輯工作的附產品，題材容或不一，寫作時間前後也拉得很長，但經過整理，卻也眉目清楚，可以呈現受訪者的面貌與精神，也可以讀出德屏的文化情懷。

德屏顏其書曰「美麗的負荷」，既指工作，也涉生活；既談理想，亦說現實。將近十年的共事，我很能感受她的心情，也知她誠願繼續如此這般負荷下去。做為她的一個友人，在祝賀出書之餘，謹將其人其事其書略作介紹，以為讀者讀本書的參考。

目次

【輯一】生命之歌

秋夜吟

仲夏夜的夢境化爲雲煙的時候，秋天以一種少婦成熟的風韻，款步自我心中走出。「秋天來了」，心裏的長廊祇有淒清的迴響擴張著……

●

剛上夜間部時，每晚下課後總是匆忙地趕回小屋，那時，內心充滿孤獨及對環境的不滿。漸漸地我常在回家的途中，放慢了腳步，欣賞這一系列「夜的過程」。有些美，總是在不意中發現的，我愛那長長的紅石甎路，一個腳步，一個迴響，縱使是孤零零的。

●

反覆地聽了「黑人合唱團」那張唱片，和諧、哀傷的曲調，似乎在訴說一個民族的心聲，讓人的心境也跟著低沉下來。馬思聰的小提琴，有那麼一股幽靜及鄉愁的味道，就像歸鳥在夕暮飛翔著，尋它的巢，而寺廟的鐘聲悠然傳遍每一個角落……不爲什麼，也是爲了什麼，就莫名其妙的感傷了。

●

淺唱低吟的日子也是生活，在平淡中去發現不平凡是我惟一能做的。

「爲了追求那幻夢美景，在塵世中迷了途徑……」常常哼著哼著，內心就激動起來。在喬治中學練唱的日子，該是一年級生活中最値回味的。有晚在操場上，我們的歌聲飄蕩在夜晚的風中，驀地，一陣雨灑下，一把把花傘撐起，而歌聲仍繼續著，雨絲在淡黃色燈光下現出白濛濛的一片，這幅景象，在我的腦海中卻永不褪色。

●

那回我上山，是爲了尋回一點逝去的自我，拭亮蒙塵已久的心靈。在山上，自然所給予我的是種新鮮的生命，在山下你永遠想像不到有霧的日子是多麼可愛。而夜空下的淡水河，就像是一條燈河。看著它，你的心靈會渴望著與它流動在一起。這些美好，我曾不敢太奢侈地想望能成爲我生活中的一部分，而我是的的確確擁有過了。

●

有時候，我們會發現許多成長的悲哀。許多問題原先是不被考慮，不當一回事的。現在就發覺它們的存在令自己沒法像以前那樣快樂。華岡的陳來信說：「成長只是生命的過程，幸福、快樂必須自己去追尋。禁錮自己只是一種自虐式的行爲，它會使你心中的陽光變得陰鬱。」但我仍堅持我的原則，雖然我不願意傷害任何人。

突然想起作家張秀亞的一句話：「擷摘頭上的流星，卻輕蔑草中向我開黃色心子的山菊！」述說她以往忽略了一些穩重平實的感情。難道我對流星的盼望及追尋，早也該消逝在迷離的夢境中了？

（淡江《暮鼓》雜誌第29期，民國63年2月）

沐在月光下

許多晚上，風，輕敲月下窗。

窗上的竹簾瀉進一條一條細細的、銀白色的月光，照在白瓷花瓶上，照在書本上，我也半沐在月光下。一些恬美的記憶及白天不能思索的問題，此刻便充滿在胸臆間！

天使的歌聲

記得大一的暑假，我當了五天的「代課老師」，那是一羣三年級的小娃娃。那時正好他們學期考完，再加上我童心未泯，便整天和他們唱跳在一塊。「籬邊一朵小黃花」那首歌，把我弄得聲嘶力竭，但當他們用甜甜、嫩嫩的聲音唱完這首歌時，內心只充滿愉悅！

老橡樹之戀

前一陣子，從電視上聽到一首 Tie a yellow ribbon on the old oak tree（老橡樹之戀），我很欣賞，這是敍述一個小故事，大意是說在一輛通往市郊的巴士車上，有個男孩一直顯得緊張而坐立不安，旁邊的人忍不住問他原因，他說：三年前他因犯罪入獄，而離開新婚不久的妻子，今天是出獄的日子。他曾寫信告訴妻子：「妳如果還要我的話，請把一條黃絲巾繫在那棵老橡樹上。」說完，全車的人都爲他緊張起來，紛紛把頭探出窗外，忽然聽到一聲歡呼，遠遠望去，他家門前的那棵老橡樹上，已繫滿了黃色的絲巾。

給予本身就是一種極大的喜悅？

「如果，偶然的際遇是妳我共同稱幸的，那麼我將永誌不忘。」一位文藝營友的留言。去年文藝山莊的十個夜晚，就像是一顆顆流星，帶著銀白色的長鍊，深深地劃入腦際。我永遠記得惜別夜，石階上的一排燭光，在那一刻有如走入一個永恒的夢中。

「詩人」吟詠著余光中的：「當我愛時，必愛得凄楚，若不能愛得華麗……」他認爲給予本身就是一種極大的喜悅，「揮不去的，就讓它存在，凡存在的，都將長久在我心靈深處」，但我以爲如果要維持「永恒」的喜悅，「給予」本身必須得到誠摯的反應，否則喜悅也成了痛苦。

燒灼中的火鳳凰

一位朋友，他愛把喜歡的書多買幾本送人，現在手上是他送的葉珊的詩集、散文集。葉的古典、凄冷的意象，我相當激賞。好希望每天有多一點時間，看一些喜歡的書，研究一些想知道的問題，雖然有人說「走在別人前頭，永遠是孤單而痛苦的」，但是不受苦就不能焚化而再生，聽過火鳳凰的傳說嗎？它必須經過一次火浴，在燒灼中完成另一個永恒的生命。

開軒面場圃，把酒話桑麻

哥哥來信說：「聽到妳在文學的領域上，有了初步的探討，衷心的替妳感到高興及驕傲，希望妳繼續努力。」

從小，就和哥哥最合得來。

初中時，我們常在做完功課後，輪流背誦著一些喜歡的課文及詩詞。我們最欣賞的是〈田家雜興〉中「種桑百餘樹，種黍三十畝……」的悠閒豪放的生活，及〈過故人莊〉裏

「開軒面場圃，把酒話桑麻。」的幽美意境。至今，我們始終還嚮往著那種恬淡寧靜的田園生活。

願他們永遠快樂幸福

昨晚，彭和小妹踏著細雨來找我，帶著他們的好消息——雙十節訂婚。在黑暗的巷口，我忍不住高興的叫了起來。一年級時，他們就很要好了。大二時小妹轉到英文系，彼此的感情卻有增無減。以彭的熱誠、才華橫溢，配小妹的純眞、文靜，他們是令人羡慕的一對。

境由心造

在人羣中，我的聲音永遠是響亮而尖銳的，這只因爲我怕被遺忘。但往往在鬧市的喧嘩中，我卻有更深的孤寂感。

慧生來信說：「或許妳我心中都存有悲劇的性質，故常有一份悲涼的感覺。但我們都拘有於一種小我的悲愁。其實生活的模式還是由自己塑造的，趕快跳出那個脆弱的殼子吧！」

似乎每個人都有著一段心路歷程。這種「自我禁錮」的心態轉移，唯有藉著外來的環境和力量，學習新的思想方向。成長，也是一段不斷修正「自我」的過程。

畢竟，還有一大段年輕的歲月迎接著我！

（淡江《暮鼓》雜誌第30期，民國63年11月）

寧靜的書之鄉

——記道藩文藝圖書館

羅斯福大厦是一幢黑沉沉的建築，座落在羅斯福路三段上，一點也不顯眼，晚上經過那兒，很容易忽視它的存在，如果不是九樓的燈光，一逕在高處溫柔的亮著。

道藩文藝圖書館佔地有限，和一般公立的或學校的圖書館比較起來，她是典型的「小圖書館」。中國文藝協會的辦公處及聚會場所也在九樓，此外再除掉辦公室的佔地，剩下的就完完全全被有效的利用了。進門處就可看到深咖啡色的落地木質書架，一個接一個的整齊排列著，白色的長形、橢圓形的桌子和深色的椅子清清爽爽地搭配著。

最令人喜愛的是散置在各個書架前一尺高的白色小圓椅，有了她們，你可以毫不費力的隨意抽取書架上的書。沿著室內的窗戶下，有十個獨立式的閱讀桌椅，三面都用木板隔著，讓一些愛擁有自己世界的人，隨時能進入寧靜的思想國度裏。在放置雜誌期刊的書架前，斜放著一個竹製的躺椅，你甚至可放鬆自己，在上面閉目遐思。這裏沒有一般圖書館嚴肅與沉悶的味道，卻有別的圖書館沒有的舒適與溫馨。

這間圖書館於民國六十年三月揭幕，名為道藩文藝圖書館，是為了紀念文藝鬪士張道藩先生。現在藏書二萬册，一部分是前中興圖書館移來之書刊（中興圖書館於民國四十五年由張道藩先生致力創設）。大部分為新館購置或作家與機關團體、出版社等贈送，因為面積有限，無法將全部書刊陳列。經常陳列在閱覽室內的書籍將近一萬册，其餘存置書庫。另外還有研究室存書，供研究匪情，或批判共匪文學之作家、學者參考。

館內藏書以文學、藝術為主。除了國內文學作品外，韓、日、泰、越各亞洲國家及歐美國家之文藝著作，也有收藏。她的另一個特色是美術類叢書豐富。中外古今名家畫集多已收藏於 *Abrams Art Book*《世界各國名畫家專集》及「生活」雜誌編印之畫家作品集，內容豐富印製精美。在閱讀室的正中央，白色圓形的落地書架，專門放置這些大本的畫册。許多藝術科系的學生，由老師帶領著前來研讀，也有許多畫家徜徉其中，留連忘返。圖書之外，也收藏美術作品幻燈片，有關文藝講演或音樂演奏、戲劇表演之錄音。

目前很多大學的圖書館及公立圖書館，仍是採用「閉架式」書庫管理制度。但由於借書手續及尋找資料的種種不便，學生便懶得再去借書。道藩文藝圖書館採用「開架式」，使得一般愛看書的朋友，能隨心所欲的尋找自己想看的書。陳列的書籍，除採分類編目外，每架圖書再按照阿拉伯字母順序排列。每本書，有一排架號，位置在每張目錄卡片左上角書碼下，以便按照排架號取書。

至於開放的時間，也十分適合學生及一般上下班制的社會人士。每星期二至星期日下午二時至晚上九時，國定假日照常開放，只有在星期一及國定假日的第二天停止開放。書籍在館內自由取閱，但不外借。

由於她地處學區中，來這看書的大部分是學生，不論是人多人少，一直保持著良好的秩序及寧靜的氣氛。

由於經費的限制，無法大量的購置新書，所以仍歡迎各方的贈書，以豐富其藏書。但是就其擁有的近二萬册文學藝術書籍，七十餘種雜誌期刊，十六種中英文報紙來說，她實在已構成了一個完美的知識寶庫。

（《愛書人》雜誌第92期，民國66年11月11日）

生命之歌

眼裏的光芒

英國文學家史蒂文生說：「最美的東西，往往就在最近的地方。」眼睛裏閃爍的光芒，腳邊盛開的小花，眼前必須承擔的責任，面前展開的正道。

不要急著去摘取天上的星星，而忘了小草中穿梭的流螢。而每天的責任和每天的食物，都是一生中最甜美的東西。

不要老計劃著，「總有那麼一天，我會做一番轟轟烈烈的大事業。」切記：通往「那麼一天」的路，是從現在你站著的地方開始的。

真實的高貴

人們總愛那萬里無雲的晴空和溫柔和煦的陽光，厭惡風勁雲低的黑夜及戾房無情的風雨。但唯有在悲哀和失望的陰影下，人們才最接近眞實的自我。

在冷靜的時刻，檢討錯誤，而能達到永不重犯的地步，這才是眞實的悔悟。

比別人強並不值得驕傲；要比以前的自己強，才是眞實的高貴。

幸福的根源

我們從鹿的身上採集麝香，但鹿卻經常在尋找香味的來源，因爲牠始終不知道這種香味原來是出自自己的身上。

金錢、地位，不管它是什麼，只要是來自外界而帶來幸福的任何東西，有一天都會消逝。

幸福是一種感覺，是一個人盡其所能，在爲所當爲的努力過程中，所獲得的一種喜悅和滿足感。

正如同那隻鹿一樣，我們到處尋覓早就存在於我們自身當中的幸福。

學習的人生

我們必須有豐富的知識，才能明辨是非；有豐富的知識，才能做智慧的選擇，也才能爲眞理做明確的分辨。

但未曾向人領教和學習而閉關自守，將無法獲得任何知識。我們的經驗是建立在過去的許多學習上，一個智慧的人，必然是一個勤於學習的人。

只要有一顆學習的心，則萬事萬物無不爲我們的良師。

火浴的鳳凰

毛蟲變成蝴蝶的過程極爲痛苦，但是只有牠能熬過這段痛苦的蛻變，才會有美麗的羽翼，才能在天空中自由飛舞！

不經過苦難就不能焚化而再生。聽過火鳳凰的傳說嗎？牠必須經過一次火浴，在燒灼中完成另一個永恒的生命。

休止符

樂譜中有一種符號叫做休止符，音樂演奏到休止符的時候，聲音卽暫時停止，這常是音樂最精彩的地方。音樂家遇到休止符的時候，他照常打著拍子，休止符過後，樂聲又起，並沒有中斷。

人生中也有許多休止符　失敗和挫折；但是有許多人以爲這些休止符就是世界的末日，他們沒有繼續奮鬥，所以往往就錯過了最美好的時機。

人生如音樂，不要怕遇見休止符。

永遠的財富

眞正有價值的財富是蘊藏在心中的，唯有心中的財富才有眞正的保障，而且可以無限制的發展和成長。

一位畫家的傑作被竊了，大家都表示惋惜。畫家說：「彩布上的畫不是我的財產，那不過是我開出的一張支票罷了，我眞正的財富還在這裏。」他指著自己的腦袋說：「所有的畫都是從這裏創造出來的，它永遠都不會失竊。」

金蛋雖然可貴，但最有價值的還是會下蛋的金鵝。我們的金鵝就是我們內在的一切——創意、決心和理想。

寧　靜

颱風的中心點，叫做「颱風眼」，是風平浪靜，最爲安全的地方。海洋的最深處，叫做「海的墊褥」，卽使在海面上駭浪狂風的季節，它仍然是靜如止水。一首抑揚頓挫令人痴醉的樂曲，最精彩處是曲中的「休止符」，那時，是樂聲與歌唱完全停止的一刹那。

當我們在患難或疾病時，切記不要憤懣、憂慮和懷疑，我們更要堅定而安靜，沉著地去應付；才能得到平安和成功。

波動的湖面，是無法映照出美麗的天空；安靜的心，才能開啓幸福的寶庫。

解纜啓航

有一個醉漢在半夜回到泊船的地方，努力把船向前划，但是到了天亮才發現還在原來的地方，因爲他忘了解開纜繩。

紛至沓來的誘惑就是我們人生的纜繩，假如我們沈醉在這些聲色裏而不睜開眼睛，那麼我們就會像那個醉漢，即使不斷努力工作，也終究達不到目標。

在我們朝著人生的目標啓航時，不要忘了解開誘惑的纜繩。

揮舞斷劍

世上沒有一無是處的缺點。

天生盲啞的海倫凱勒拒絕作人生的旁觀者，她主張自己要積極工作。她說：「如非盲啞，我一定無法完成今日所做的事，我要感謝造物者賜給我的殘廢。」她活用了她的不利條件。

我們多數人像斷了劍而停止作戰的士兵一樣，從生活的戰線上退卻、氣餒、束手待斃。但是失去劍的王子卻能抓起退卻士兵的斷劍，爲了最後勝利而揮劍殺敵。

每個人都有缺點，我們大可不必爲了尋找自己的缺點而使用顯微鏡，而應致力於化缺點爲優點，如揮舞斷劍在人生的戰場，愈挫愈勇。

回憶

每當行過一街風雨，面對一室熒然，回憶的長廊就欣然開啓。

讓過往的記憶掀起你冰凍已久的情感；讓朋友的容顏在心版上重新顯現。在喧囂、繁華裏退出來後，回憶實在是一個美妙的時刻。此時，我們可以無拘無束的神遊，不需要防衞，不需要鈎心鬥角，更不需要爭辯，所有的時空都掌握在自己的手裏，沒有人侵犯，也沒有任何東西能阻礙你的思緒。

你回憶時，你將悠遊在一片遼曠的土地、無際的天空。

（《生命之歌》，出版家文化公司，民國71年1月5日）

讓孩子塑造自己

也許是前天才花了上千塊錢買的電動玩具，這會兒已孤零零的被丟在陰暗的一角；玩具箱裏的一大堆玩具，不是被孩子弄得七零八落，就是剛買時熱絡了兩天就不再搭理了。難道孩子們都是這麼喜新厭舊，不懂得珍惜嗎？

舊式農村生活中的孩童，整天與大自然爲伍，山川泥土爲伴。在原野上放風箏、在潺潺溪流中捉魚蝦、在秋收的稻田中烤蕃薯、戴紙糊的面具玩騎馬打仗、灌蟋蟀、在雨後的泥地上堆築城牆。遇到一箱在肩、擁有精湛獨門絕藝的揑麵人、畫糖人出現在街頭，便蜂湧而上，無論是一根五彩的糖食或是一個晶瑩剔透的麵人，都帶給孩子無限的歡欣。

這些在藍天白雲、和風麗日下仰觀大自然生生不息的遊戲及玩樂，比起現代孩子住在籠子似的公寓房子、玩一些冷冰冰的新式電動玩具，後者著實缺少「自己動手做」的創作喜悅。在孩子純潔童稚的心靈中，有著超人的智慧和創造的潛力，等待我們去發掘。

社會型態的轉變影響著生活及居住空間，這一代的孩子們已不可能重回我們記憶中的童年。爲了孩子們的教育和成長，我們理應找出一些滿足孩子好奇、啓發孩子心智的童玩。

捏麵人是利用日常熟悉的物質轉化成審美的玩藝。主要的材料是麵粉、糯米粉、鹽、顏料及一些簡單的工具，就可隨心所欲的捏出心中夢想的王國。我們循序漸進的以花果菜蔬爲首，各種動物卡通漫畫人物、中國歷史人物殿後，一步一步細心教您捏出栩栩欲生、晶瑩剔透的各式麵人來。大的孩子可以自己看圖跟著捏，小的孩子可由父母、老師、兄長做示範。

相信捏麵人鮮艷的色彩，多變的造型，必能帶來孩子們歡樂的笑聲，同時也傳播了中國傳統的歷史故事。

（《捏麵人的藝術・序》，民國72年）

山的召喚

鏡頭

山路顛簸，車盤旋而上。每一個彎處，都是風景。

陽光在身前身後隱現。偶見金光流瀉林間，忽又薄霧瀰漫。蓊鬱的古木是沉沉的墨綠；遠處的羣山碧綠耀眼；路邊的小草、每一株不同丰姿的樹木，卻著了一身嫩綠。這一片樸素簡單的顏色，不必刻意取景，就是記憶深處永不褪色的畫面。

曲徑

連日陰冷，當陽光無私的灑落，抬頭盡是溫柔的藍天，風吹著薄薄的涼意，空氣中飄著淡淡草木香，輕踩鞍馬山的泥土，彷彿置身夢境。

走過一小段碎石路，沿著青板石階下去，才發現密密林間，高低錯落著一棟棟紅頂木屋。此時大片綠和小塊紅竟是世間絕美的搭配。

木屋用柱子懸空搭建，離地四、五尺。投宿其間，現代遠了，有巢氏近了。卸下背包，才推開木窗，就傳來一串悅耳的聲音，側耳傾聽，該是鳥鳴吧！「灰頭花翼畫眉」？還是「金翼白眉」？焦急地翻著《鳥類世界》圖說，又頹然放下，城市的我，何嘗分辨得出？

夜語

二・五公里的森林步道，據說是臺灣少見的檜木原始林之一。用殘餘的體力，慢慢走完全程。喘息未止，猛回頭，神奇的造物者已悄悄用金紅色的畫筆，爲遠山羣樹抹上華麗的晚粧。儘管站立的地方，已完全被黑暗呑噬，貪婪如我，仍癡癡看著，直到夕陽投入森林的懷抱。

夜宿小木屋，寧靜中只微微感覺不同的樹木在風中鳴唱，偶爾一兩聲蛙鳴蟲唧。

舞者

山色朦朧，往林中深幽處。一串細細金屬碰擊聲在灌木叢中響起，我們遇見清晨的第一個朋友：一隻紅褐色的鳥！像是在覓食，又像是在展現妙曼的舞姿，忽上忽下，忽左忽右，在山壁上畫五線譜，奏出一段輕快的樂章。這回我確定牠是「紅尾鶲」了。

幾步路，又看見「青背山雀」和兩三隻不知名的鳥，牠們似乎不怕人，我們近到可以在牠們眼眸中凝視自己。想起孩子們飼養過的一對鸚鵡，取了聽起來似乎可以長命百歲的名字：藍天、綠野。沒想到，離了自然，再多的關愛和照顧，也不能避免牠們生命的日漸枯萎。至今不能忘記，孩子望著空鳥籠時，那哀傷難過的眼神。

滄桑

「天池」是一方寧靜的藍綠色小湖。像歷經千年浩刼，一大片枯黃的草覆在高低有致的山坡上，幾十株枯木或倒或斜，獨有一株擎天而立。經過大自然的洗禮，枯木呈現圓潤的黑褐色。陰冷沉靜的黃黑映照身後燦爛奪目的鮮綠，別有一種凄清的美。

迴響

車離鞍馬山，想起當年蘇東坡到宜興，舟入荆溪，就發願：「買田三十畝，種枳幾百株，終老是鄉。」我雖不能長留此地，山的召喚，將在我心中廻響。

（《聯合報》副刊，民國77年3月27日）

魚與熊掌

●家庭與事業，是女性的「魚」與「熊掌」。許多傳統女子放棄事業走向家庭。現代女子要「魚」也要「熊掌」，所以得用更大的智慧與體力，奔馳於兩者之間。

●眞正相知的愛情、成熟的婚姻，是歷經多變、紛擾的世事磨鍊後，仍在心底堅持對方的好。

●雙親的白髮、稚兒的黑眸，都讓人牽掛；但這也正是我往前衝的原動力。

●在充滿競爭的生活中，能夠戰勝對手、獲得成功的，是你內在的涵養、專業的知識及付出的心血。外貌的嬌艷、聲音的柔美終會消失，而內在的光華卻是恆久不變的。

●

「世事通曉皆學問，人情練達即文章。」做人、做事有時遠比讀書、做學問還難。然而要做到通曉世事、練達人情談何容易？那需要現實的歷練與虛心的承受。

●

能在感人的讚美聲中，發現自己的「不足」，才是眞正智慧的女性。

（《紅粧錦囊》，方智出版社，民國80年4月初版）

夜空下的羽翼

穿梭的髮網歲月

一張古舊的木床，雪白的紗帳，四角用細細的竹竿撐起。帳簾上有細緻的女紅——有時是百鳥朝鳳，有時是牡丹爭艷，有時是鴛鴦戲水。媽媽坐在床沿，就著小几上暈黃的燈光，編織著髮網，手裏竹製的梭子，飛快的穿梭著。半夜醒來，瞧見媽累極打盹的臉，總會扯著她的衣角，央求著說：「媽！不要再打了，快睡嘛！」媽媽總是溫柔地摸著我的臉，回答說：「乖乖，妳先睡，媽等下就好。」

事隔三十多年，童年的這幅景象，回憶起來，仍然十分清晰。

那是民國四十六年左右，我剛滿四歲，我們一家七口住在屏東北機場的空軍眷村，房舍不超過十五坪。父親的職位是士官長，當時一個月的薪水三百塊錢。除了全家的生活費外，五個孩子的教育費、補習費，生活上的困境何止是捉襟見肘。爸爸個性老實、內向，是個嚴謹守法的好軍人，但對於如何解決經濟上的難題，他就束手無策了。難得的是母親，盡棄出嫁前獨生女的嬌寵，變得堅強又勇敢。她想盡辦法，增加家裏的收入，支應每月的開銷，甚至讓我們過得比別人還要好。

母親手巧，人又聰明，任何東西一學就會。那段時間，婦聯會推廣「打髮網」的副業。髮網是用一種像極了女人頭髮粗細的黑色尼龍線做主要材料，複雜、華麗的髮網，除了編織網狀的圖形外，還要綴上彩色的亮片或小珠子，過程就更困難了。媽媽打的網子，整齊、細密，速度又快。白天她除了料理三餐，餵大羣的鷄鴨，照顧我們外，晚上還要督促姊姊和哥哥的功課，只有等夜深人靜，我們都睡了，她才能不停地趕工。一個月單是髮網就有六百多塊錢的收入，相當於爸爸月薪的兩倍。

儘管媽媽日夜不停的勞累，我們家卻永遠窗明几淨，孩子們隨時乾乾淨淨。我們兄妹幾個的家居或外出服，都是媽媽親手裁製的。她自己也愛打扮，常一襲碎花旗袍，一頭黑亮的長髮輕輕挽起，再用髮網罩住。遠遠看去，只見髮網上的亮片在陽光下閃耀。

洗衣聲、水聲伴著的夏夜

民國四十三年，中美簽訂共同防禦條約，往後幾年，開始有大批美軍駐臺。媽媽髮網的副業才持續了一年多，市場及貨源卻突告中斷，媽媽只得再另謀他圖。爸爸當年因抗戰時與中美聯隊工作的關係，簡單的英文會話還差強人意，是同事中少數能與美國大兵交談的人。媽媽從與爸爸閒聊中得知這些大兵們隻身在臺，許多生活上的瑣事需要處理，靈機一動，建議爸爸將部隊裏大兵的衣服統一承包清洗。平時爸爸待人誠懇，很快地取得協議與信任。但收回來的衣服媽媽一個人也洗不完，於是，她再分給左鄰右舍的鄰居們一塊洗。

我們住的宿舍雖小，屋外卻有一大片空地。爸爸在騎樓下裝了幾個燈泡，再接幾個水龍頭及水管。白天，爸爸們要上班，媽媽們要帶孩子做家事；晚上，等小的孩子們睡了，夫妻們再一塊工作。那時沒有洗衣機，也沒有洗衣粉、肥皂絲，全靠一雙手及鹼性很重的肥皂來洗衣。媽媽原本光滑細緻的雙手在洗衣板上來回搓洗，長時間泡在肥皂水裏，變得又腫又粗。她不只親自洗衣，還運籌帷幄，分配工作。有人負責洗，有人專門燙，有人摺疊、編號、點數。讓原本的髒衣服，平整、乾淨地送交給那些美軍官兵。

未滿六歲的我，晚上常藉故遲睡，跟著兩個姊姊幫忙打點雜，那時只覺得那麼多人一起工作很好玩，那能體會大人們的辛苦。許多夏天的夜晚，空氣中浮著淡淡的梔子花香，院子裏燈火通明，洗衣聲、水聲，伴著大家說話的聲音。男人們談國事、工作，女人們談孩子、故鄉的往事。在沁涼的晚風中，彼此忘記了身體的疲累。想著屋內酣睡的孩子，遠處雖是無盡的黑暗，咬一咬牙，晨曦就快出現了。

一個夏天過去了，秋天、冬天也跟著結束，洗衣的副業除了讓我們家日常生活、學費不成問題外，媽媽首飾盒內的金飾也愈攢愈多。爸爸交了好幾個美軍朋友，常常幫他們買一些生活上的必需品，也送他們一些熱帶的水果，如西瓜、鳳梨、木瓜、香蕉等，吃得他們讚不絕口。許多服完兵役要回國的大孩子，臨走前還依依不捨與我們告別，只因爲我和哥哥、妹妹及鄰家的孩子，在他們站衛兵時常隔著鐵絲網和他們微笑或比手劃腳地「聊天」，解除一點他們身處異鄉的寂寞。

「四川泡菜」名揚鄰里

民國四十九年九月，父親部隊移防，舉家從屏東遷往臺中縣清水鎮，幫助我們家經濟頗大的「洗衣專案」才不得不放棄。母親乍到一個新的環境，對四周略做觀察後，決定在這有三百個住戶的新眷村開一爿雜貨店。於是用先前洗衣攢下的部分現金做本金，一個月就將貨架、貨源準備妥當。除了供應別的雜貨店也可以看到的油、鹽、醬、醋及簡單的用品、乾貨外，我們還供應媽媽拿手的「四川泡菜」。

媽媽憑兒時外婆醃泡菜的記憶，再請教鄉親中年紀較長的大姊，把材料簡單的泡菜醃得十分可口。許多人把它當做下飯的配菜，懷孕的婦女喜歡它酸辣的滋味，大男人、小孩們也都愛吃，甚至有人把它當做每飯不忘的主菜。每天不到傍晚，兩大罈泡菜賣得乾乾淨淨。許多隔壁村子的，也騎著腳踏車，拿著空便當盒來買，來晚了，只好空跑一趟。

雖然媽媽賣得非常便宜，但泡菜本少利多，我們生意又好，因此還是賺了不少錢。民國五十年左右，臺灣鄉下的孩子，上學讀書很少穿皮鞋、白襪，男孩大部分穿球鞋，女孩則穿一種不透氣的尖頭塑膠鞋，生活差的，甚至打赤腳上學。我們兄妹每人都穿皮鞋、白襪，不過我們都十分珍惜，下雨天一定換上雨鞋，平常也擦得亮亮的，不讓它沾上灰塵。爲了成長發育中的我們，媽媽每天的便當及晚餐最少都是營養均衡的四菜一湯。在父親們薪水都相當的軍人家庭中，這是少有的現象。媽媽用智慧、勤勞改善了我們家的生活。

她用溫暖的雙臂護衛著我們

兩年後，村子裏開雜貨店的愈來愈多，我們家的位置不在巷口，也不靠近馬路，地點不佳，再加上鄰居賒欠太多，媽媽就結束了雜貨店及泡菜的生意。這時，軍方正在招考一批車縫降落傘的專業人員，媽媽一考卽中，在傘廠嚴格的品管要求下，媽媽又做了兩年早出晚歸的上班族，這時小妹已經十歲，孩子們都可以照顧自己、幫忙家事了。

民國五十五年，大姊、二姊陸續高中畢業，離家北上。大姊念大學夜間部，白天做事，二姊也半工半讀，分擔了部分家裏的負擔。此時，媽媽才眞算喘了一口氣。

爸爸和媽媽在戰亂中結婚，民國三十八年，母親獨自帶著兩個稚齡的孩子，隨父親的部隊輾轉來臺，那年她只有二十二歲。所有的積蓄都在逃難或接濟親友中用完了。她又重新建立一個新的家園，三個孩子陸續出生。生活的磨難，急於把孩子們好好培養成人的好強個性，壓得她喘不過氣來。儘管她經常面對無盡的黑夜，她卻用溫暖的雙臂，護衞著我們。就像夜空下一對堅強巨大的羽翼，爲我們阻擋烏雲、風雨，爲我們隔絕黑暗，讓我們在亮麗的晴空下快樂的成長。

（《臺灣新生報》副刊，民國80年10月）

母親的秀髮

拍這張照片時，我還未滿五歲，母親那年也才剛過三十。

記得那天，母親帶我一塊去燙頭髮。她將留了好一陣子的長髮剪短了些，髮尾燙鬈，再把頭髮夾在耳後，看起來又時髦又好看。我因爲吵著留長髮，母親說燙了再留長比較好整理，於是我就變了小跟班。燙髮的過程，至今已十分模糊，只記得走出美容院大門，母親興致很好地指著不遠處的「首都」照相館說：「剛燙了頭，我們照張像留做紀念！」

照片中的我，也許因爲第一次上照相館，表情顯得有些嚴肅、緊張，母親則露出溫婉的微笑。依稀記得，照片中母親那件旗袍是淡紫色滾暗紅色的邊。在童年的回憶中，母親常一襲旗袍，一頭秀髮永遠清爽亮麗。其實，那段日子家裏負擔最重。五個孩子的教育費、補習費，全家生活所需，僅靠父親微薄的軍職收入，當然是捉襟見肘。母親一改婚前獨生女的嬌寵，用智慧及勤奮來改善家裏的生活。

待自己結婚有孩子，要照顧一家人的生活起居，掌管調配全家的生活費用時，才深切體會母親當年勤做副業補貼家用的困苦。

三十年的時光飛逝，我又擁有了無數的照片，但我仍然珍藏寶愛著這一張，因爲其中有母親和我難忘的回憶。

（《文訊》雜誌第73期，民國80年11月）

傾聽鄉土的聲音

——「各縣市藝文環境調查」記事

楔子

以往的編輯工作，與作家聯繫、約稿，大多是靠書信或電話，就算是舉辦活動或現場採訪，也是在以「臺北」爲中心的方圓幾十公里範圍內。因此，當我們決定要花整年的時間，從南到北，每個縣市逐一叩訪時，對我來說，無疑是編輯工作的一個新的形態及挑戰。

爲了使整個專題深入而翔實，我們開始了事前的準備，其中包括各地藝文人力資源的調查，各地藝文團體的聯繫，各地藝文發展簡史的蒐集。雖然「文訊」長期以來點滴建立起許多作家資料，但對默默在各地貢獻心力、引導風氣、紮根教育的藝文工作者，難免有錯失的遺憾。因此，多方面的諮詢、查訪，是絕對必要的。

一連串的日子，就在長途電話與蒐輯、閱讀資料中緊鑼密鼓地展開。

七十九年十二月一日，屛東

暖暖的冬陽下，我們沿著高屛公路直奔屛東縣立文化中心。在這之前，我們已和屛東籍作家曾寬就這次專輯交換過意見。曾寬在屛東藝文界活動力強，誠懇熱情，屛東的朋友都暱稱他「老大」。在無數次的電話線、傳眞紙上，與曾寬及屛東縣立文化中心的秘書涂燕諒做了仔細而快速的溝通，把一份座談會出席的名單擬好。

當所有識與不識的面孔，聚集在屛東文化中心二樓會議室中，用流暢的國語、或略帶鄉土的口音，表達他們內心的感觸及意見，激動的、靦腆的，都盈滿對這塊土地的期待與愛。

八十年一月五日，臺東

一點半，我們抵達臺東社教館。二樓會議室裏，推廣組長孫玉章親自指揮，細心地張羅會場內外的大小事。原本計畫這一系列的座談都與當地文化中心合辦，沒想到第二場就受挫，好在社教館羅館長慨然應允合辦，活動才得以順利進行。

座談會由三點進行到六點，天色全暗了下來，精采的論辯仍在室內持續著，我們帶著感動與包容去看待臺東藝文界朋友的爭辯，儘管他們有不同的文化理念，不同的文學表現，但對文學藝術的執著，對土地無私的愛都是一樣的。

當我們致上微薄的出席費時，他們都表示驚訝與感謝。臺東師院的何三本教授說：「你們千里迢迢的從臺北來，爲臺東的藝文環境奔波，該付車馬費的是我們，怎麼可以收你們的錢？」經我們再三解釋與堅持，何三本、林嶺旭、杜若洲只好收下出席費，但隨即轉訂《文訊》，以表達他們對「文訊」感謝的心意。

第二天我們到張少東開的「東部人書坊」，及卑南族雕刻家陳文生遠在深谷的家。從張少東那裏看到的是一個由外地落腳在臺東三十餘年的人，在這裏結婚、生子、教書、辦報、開出版社，雖然他不是在臺東出生，但他的生命與臺東這塊土地已密不可分了。陳文生立志爲自己族羣做些什麼、留下什麼的願望，以及毫不吝惜放下賴以維生的農事而從事雕刻的執著，都令人感動。

一月二十六日，彰化

「文訊」經年累月與各地作家建立的良好關係，對此次專輯幫助很大。彰化的作家康原，熱情豪邁，中部地區的文友沒有人不認識他，有他幫忙，彰化之行格外順利。

在寬敞、明亮的文化中心會議室，聽李篤恭、陳金連前輩回顧以往的文學傳統，提及以往作家在寫作時必須突破語言障礙的艱辛過程。

曾勘仁校長、丁國富、孔建國、施坤鑑老師暢談如何從教育來推動文藝紮根的工作。林武憲長久以來對兒童文學投注的心力及心得，康原積極推動文學活動的熱情及遭人誤解的落寞……。

鹿港民俗文物館的歐式建築、重遊童年記憶中的彰化大佛，都一一在此行中留下令人難忘的回憶。

三月二日，南投

去年我們做過埔里——藝術小鎮的專輯，南投草屯又是總編輯的家鄉，所以就多了一分熟悉感。再加上詩人岩上、王灝的幫忙，使整個聯繫工作進行得十分順利。

南投山林秀美，藝文活動較中部的其他縣市熱絡，尤其是美術活動十分蓬勃。不論藝術單位或個人展出，南投縣佔的比重都很大。也就是說南投縣內藝文團體的活動力很強，這是主導南投藝文活動的主要資源，也使得南投縣的藝文呈現出美術性格的文化特質來了。

爲什麼會造就美術活動如此充沛的活力呢？除了南投前輩美術工作者的啓發引導外，許多成名的藝術家，對鄉土的回饋，用實際的行動，產生了有效的成果，例如經常回鄉舉辦畫展、購置土地將工作室轉移回故鄉等等，都是促成南投藝術活動興盛的原因。

三月二十五日，雲林

雲林文化中心離斗六市區還有一段路程。也許是雲林鄉鎮散佈在各個角落，藝文界朋友很少聯繫，開會之初，顯得有些陌生、隔閡。

逐漸地，隱藏在內心深處對文學的執著、對土地的期待，掙脫了陌生的面具。楊子澗慷慨陳述笨港媽祖文教基金會成立的宗旨與活動的方式；羊牧呼籲大家拋開各自爲政的心態，多多聯繫，如此才能凝聚力量，帶動雲林的藝文風氣。王麗萍直陳要從封閉中覺醒，讓教育重新紮根，讓下一代擁有思考性、自主性。

滔滔的雄辯及意見，取代了先前的陌生及冷漠，愉快的交談由文化中心會議室轉移到餐廳。我們臨走前，這羣雲林藝文界的朋友已經初步決定了他們往後聚會的時間、地點，他們決心團結起來，一起爲雲林的文學藝術貢獻力量。

四月二十七日，澎湖

一行四人，都是第一次到澎湖，情緒上十分興奮。意外的，澎湖文化中心主任李與揚親自派車來接我們。

直奔文化中心會場，一進門，眼睛一亮。海報設計、簽名簿、名牌、場地排列，樣樣都別出心裁，亮麗清新。才坐定，推廣組長陳石筆告知立委陳癸淼及縣長王乾同都要來開會。我們當然感到欣慰。

會議中許多人提到年輕一代人口外流的問題，應該如何利用澎湖的天然資源，發展成有利經濟發展、藝文活動的豐富資源。

意猶未盡的談話延長到別致的餐廳內，許多意見及心得繼續交流。晚餐後，我們參觀了建國日報社，這是島上唯一的報社，簡單的設備及人員，肩負著「新聞」與「文藝」工作。

會議之外，李主任支援我們一部車，讓我們充分享受澎湖的天然景觀。車子在乾淨的空氣、輕柔的和風、蔚藍的天空下奔馳，兩旁的仙人掌及天人菊，交織成特殊風味的澎湖景觀。

五月二十五日，嘉義

雖然整個專題系列進行到第七次，可是並不意味著聯繫的工作會愈順利。嘉義是全省唯一沒有文化中心及社教館的縣市。所有藝文活動、文化事務由嘉義市政府教育局第四課來負責，以輪流租借各學校活動中心或教室爲活動場所。我們花了許多力氣，與幾所學校聯繫，最後終於由嘉義救國團潘江東總幹事拔刀相助，會議才得以順利舉行。

雖然沒有富麗堂皇的文化中心，但在樸素的救國團會議室內，嘉義的藝文代表熾熱的情緒與各地的朋友一樣。臧汀生的一句「山不來就我，我就去就山」，代表了文藝人奉獻的誠心。嘉義市政府教育局第四課長李清子的表現，不亞於任何一個有漂亮硬體設備的文化中心主管。

因此，我們悟出一個道理，只要有「心」去做，許多困難，皆可迎刃而解。

七月七日，臺南

臺南市及臺南縣都有文化中心，臺南又是文化古都，歷史悠久的成功大學又位在臺南。開會前，我們利用半天的時間，盤旋在成大鳳凰木的濃蔭下，對這古都第一學府，做了一番巡禮。

晚上在成大附近一家風味別致的「老友小吃」，與成大教授及幾位文友聚餐，眼見店老闆陳鴻志先生與他們大塊吃肉、大碗喝酒的豪邁，讓旁觀者也感染到那份豪情與大量。席後，才知道陳老闆多年來與成大文學院師生已結爲知交，每學期必提供一名獎學金給中文系家境清寒的優秀學生。

這些愛鄉愛才的支持與贊助，不也正是地方文藝資源能不斷展現它特有風味的基本要素？

七月二十九日，花蓮

作家陳黎開車來接我們，陪我們共進午餐，在這之前，我原就邀請什麼人撰稿、座談、徵詢過他的意見。他在電話中的開場白我永遠記得：「我一直在注意你們這個專輯，也一直在等，何時你們才會來花蓮？」本來以爲這個工作做得辛苦又極少人知道，這時才明白，再寂寞的路上都有人相伴、問候。

花蓮除了有秀麗的山川外，人才方面更是臥虎藏龍。我們利用開會後的空檔，匆匆造訪了楊崑峰的「竹筆」藝術，樓斐心的毫芒雕刻，以及林聰惠的石雕藝術。

在楊崑峰先生府上，我們親見他當場用竹筆揮毫及滿室的奇石；在茹素修持、神閑氣定的樓斐心先生的工作室，讚嘆驚訝他的鬼斧神工。難以忘懷的是溽暑中在石雕家林聰惠的客廳中，聽他用低沉悲涼的聲音敍述他從事石雕的歷程，談及他痛失愛兒的經過，感動的涙水不禁奪眶而出……。

八月二十七日，新竹

初見新竹文化中心主任及推廣組長、圖書組長時十分驚訝，他們的年輕出乎我們的預料。連帶的會場佈置，也顯得活潑而有朝氣。

會議中，曾文樑教授興奮的向大家宣佈「竹塹大學」籌設的經過；林柏燕教授建議從次文化出發，爭取對本土文化的認同；廖炳惠教授也強調必先尋求對本土文物的認同；呂正惠教授建議先克服地緣障礙，發展社區文化……。

第二天往新埔褒忠義民廟時，正好遇到中元普渡祭祀，人山人海的盛況，使我們親身感受到民間信仰所展現的影響。

九月三十日，苗栗

許多人說客家人熱情、團結，在苗栗的採訪中，我們深刻感受到。臺視「鄉親鄉情」執行製作張瑞恭談到《三臺》雜誌創刊及停刊的始末；那是一羣志同道合的朋友，有朝一日時機成熟，他們還準備復刊。陳運棟在推動整理地方史料的前瞻性作法，一本《頭份鎮誌》動員八所國小教師，分頭採訪。

文化中心主任曾光雄先生，是三義鄉人，他特地擱下繁忙的公務，親自陪我們走訪三義。走在寧靜的山城街道，我們享受假日的悠閒。我們細細欣賞每件藝術品背後的縷縷刻痕，享受著一場難得的藝術盛宴。

十月二十八日，桃園

桃園因距離臺北太近，很難形成地方的特色。境內的兩所大學與地方亦有脫節的現象，《中國時報》記者黃興隆建議由文化中心扮演統合的角色，充分結合這些學院的藝文社團及地方團體，定能帶動地方的藝文發展。此外，桃園縣內有八千多家工廠，若能得到這些企業的贊助，不但能豐富藝文活動，還能提升民衆的精神生活。

傅林統先生提到落實藝文的實際做法。大溪鎮關帝廟的主任委員，利用廟會舉行藝文展演，其中包括書畫、文物展，以及詩歌吟唱、鄉土音樂、鄉土戲劇等表演；另外，八德鄉長正致力於鄉誌的編輯，造訪老前輩，將他們的經驗化爲文字以供流傳。邱晞傑也將採訪縣內作家的心得提出報告。

十一月二十三日，宜蘭

這兩年，宜蘭在展現藝文活動方面的蓬勃興盛，在文化中心工作人員身上可以感受到。座談會那天，幾乎全體都動員起來。現場另有好幾個臺大城鄉研究所的同學正在做田野調查，要求旁聽，我們欣然同意。

會中，蘭陽舞蹈團的負責人祕克琳神父的一席話發人深思：「我在臺灣待了很長一段時間，臺灣的經濟快速發展，反觀文化方面，卻一直沒有較大的進步。」

但仰山文教基金會的一羣人，卻集中力量爲地方藝文貢獻心力，縣長游錫堃就任以來以「文化立縣」的政策標竿所做的努力，都可以感受到濃厚鄉土文化氣息。

我們抽空到羅東公園，採訪一個愛戲如癡的游澤溪老先生，在他懷抱著幾十卷拍攝看戲的實錄，七年來記錄著每一齣戲曲名稱及內容的泛黃紙張，我們感受到源源不絕的生命力來自鄉土的底層。

十二月二十九日，高雄

高雄縣、市的藝文代表，有些很難區隔，我們本來想整個大高雄地區一起含括，而高雄市立文化中心的冷漠及不感興趣，使我們迅速決定只在高雄縣立文化中心舉辦座談。

周天龍先生在會中提到「文化總動員」的論點；許振江說要自助才會人助；王希成說藝文的心是癡、是狂。也許，我們都要以奉獻宗教的心，奉獻在藝文上。

黃埔陸軍官校的雄偉、壯麗，超乎我們的想像，在高雄一地，就有多所軍校，形成了一個具有特色的「軍中文化」，這實在是作家筆下的好題材。

八十一年一月二十三日，臺中

兩年前，臺中縣立文化中心出版了《縣籍作家作品選輯》，一套十本，首開文化中心為當地作家出版書籍的先例。此舉引起各地作家的羨慕及注意，其他縣市文化中心也開始跟進。

其實臺中縣立文化中心的活動力及出版量不只在文學作家上面，美術活動、史料整理、田野調查，都展現了洪慶峯主任的企圖心。

因此，在臺中縣立文化中心的座談，就顯得活潑而豐富。最興奮的是，在會場遇到我的小學老師陳忠秀，近三十年的歲月流走，師生感慨而又興奮。

會後的聚餐，充滿了歌聲及笑聲。洪慶峰主任及多位藝文人士，展露了文人浪漫的一面，交織成一個難忘的夜晚。

二月二十九日，基隆

離臺北最近的地方，聯絡起來並不如想像中容易。眼見專輯就要結束，疲憊的情緒席捲而來，面對一些不容易溝通的行政瑣事，幾乎想放棄這次座談。幸好，峰迴路轉，一切都順利解決。

基隆藝文界朋友的認眞及熱情，補償了我們在行政上所受的挫折。基港的「雨港樂音」、「藝術家聯盟獅子會」都是一羣愛好藝術的朋友組成的，他們也都並不仰賴政府，不依靠行政體系，而主動地希望多做些事。

結語

結束一年四個月的十六個縣市專題系列，我又如常地在臺北的東區辦公大樓內工作。每當疲累、倦怠時，那些在山巔水涯、市郊鄉野，爲家鄉的子弟，家鄉的文藝，辛勤開墾，默默工作的面孔，就浮現在眼前，低落的精神就振作起來，總覺得不再那麼寂寞了。

他們也許認爲地處偏遠，但正如臺東的作家吳當說的：「把臺東當做圓心，不只是臺北，即便是全世界，也都是偏遠地區。」

（《文訊》雜誌第80期，民國81年6月）

【輯二】走一條更寬更廣的路

我不要倒下去

——訪作家季季

九月的陽光，恣意地灑在來往的行人身上，站在羅斯福路的騎樓下，心裏一直在想，那個在「文壇上給人一種新鮮感的人」是什麼樣子。突然一個綠色的身影，帶著一臉燦爛的笑容，閃現在眼前。

靠近西螺的小鎮

雲林縣的二崙鄉，是一個偏僻的小鎮，鄉下的孩子不是每個人都可以上學。但季季小時候，就比別的小孩幸運，不但能上學讀書，爸爸還訂了《東方少年》、《學友》雜誌、《國語日報》給她，這些在別個孩子看來，無異是奢侈的享受。而季季從小作文分數就最高，也一直是老師讚揚的對象。小學畢業時，老師對她說：「妳算術不好，考西螺中學比較有把握。」可是她偏要考離家較遠的虎尾女中，而且也被她考上了。

調皮的女孩——姬姬

那時，在南部暢銷的《臺灣新聞報》，有個「學府風光」的專欄，她就常投稿，記述學校裏發生的趣聞。報刊的主編，幫她取了個「姬姬」的筆名，她文筆俏皮、犀利，剎時風靡了南部的學生，那時她才初三。

有一天早上，她到學校，鄰座的同學悄悄告訴她，學校昨天把高中同學留下，查問「姬姬」是何許人，並且要「姬姬」自己去訓導處報到。她倒是眞的去「自首」了，管理組長看了很驚訝，怎麼也想不到是一個初三的小女孩寫的，也就沒有怎麼責罵她，反而和顏悅色的對她說：「以後在校外投稿，先拿給老師看看，還可以幫妳修改一下。」

上高中後，發覺「姬姬」是屬於小女孩的稱號，不能登大雅之堂，於是改成了「季季」，高二時參加亞洲文學舉辦的徵文比賽，獲得小說組第一名。畢業前，大專聯考也報了名，可是一直躭心自己考不上。「從小我的數學就不好，人家說有一科零分就不錄取。」正好報名參加的暑期文藝研習營的日期和大專聯考衝突，「我很自然的放棄了大專聯考，到臺北參加了文藝營，到現在我對這個決定還沒有後悔過。」在銘傳商專兩個星期後的結業式中，她以一篇〈兩朵隔牆花〉獲得小說組的第一名，「季季」這個名字開始在文藝界響起來了。她高興的捧了個大銀杯回家，那時同學們正在爲大專聯考卽將放榜而擔心。

開始了另外一種生活

五十三年三月八日，她提著簡單的行囊，從家鄉遠赴臺北，「這是我個人婦女運動的開始！」在永和租了一間房子，就專心一致的寫起稿子了。三月三十一日，赴北後的第一篇文章〈假日與蘋果〉在《中央日報》的副刊登出，再連續三篇稿子接著發表，「季季」不再是個陌生的名字了。白天，她大部分的時間寫稿；晚上，到臺大夜間部去選讀一些喜歡的課。充實的生活，使她暫時忘了思鄉之苦。

從那時起，懷著心底的熱望，也爲了生活，她的筆就從來沒有停過。通常她寫作的題材是如何孕育產生的？「開始的時候，像一粒種子埋在土裏，萌芽、成長，以致於開花、結果。幻想是支配情節發展的原動力。但是作品本身就有生命，要使它完美，就聽任它怎麼發展，當作品完成了一半時，一種自然的趨勢顯現出來，最後的結果可能會和妳的期望有段距離。」

但她的作品的特色，正在於有自己的面貌。有時因爲她寫的小說，對白不用引號，有人竟批評她：「脫文學的褲子」，對這些話，她從不計較，她堅持著自己的原則：「我們不是趕驢子去賣的伕子，我用我相信對的方法，走我相信的路子。」她仍然一意孤行著。寫作的時候，可能把自己的觀點融進去，也可能影射到自己，「小說中的人物，往往是處在眞實的我及非眞實的我之間。」

痛苦後的成長

每天，她都利用上午的時間睡覺，下午的時間做些家事，照顧兩個九歲及五歲的孩子，等到晚上孩子都睡了，她才在一個全然安靜的環境裏，一直寫到天亮。

「如果說一個女孩，沒有結過婚生過孩子，就不能算是女人。那經歷了這些，一個完整人的過程，我都具備了。」她兼顧著家庭及寫作，「可能就是因爲這樣，我現在只做媽媽，而沒有做太太。」她仍然是笑著說，但那種把自己的傷痕，毫無保留的呈現在別人面前，任人剖視、探詢的勇氣，是怎樣的令人悸動啊！

「我雖然付出了很大的代價，但是從婚姻生活中，我已得到了很大的啓示，自己也較以前理性得多。我認爲『海誓山盟』只是古典傳統的戀愛觀，是不理性、不久遠的，一般人是因爲這個名詞本身具有誘惑力，而不是戀愛的對象具有誘惑力，不知彼此相知是否深，是否能爲對方犧牲？而只是爲戀愛而戀愛。」

但她並不否定婚姻生活。「當然婚姻生活使彼此在精神上互相依賴，在肉體上孕育了新的生命，一種廣濶生命的責任，在眼前展現。但經歷過了這些事故後，對事情的看法，也不再只是一廂情願了，心境開放後，比較能接納較多的東西，情感及理智上，比較有彈性了。」

「現在我的家，一切事情都是自己決定，自己解決，還好我是一個獨立性很強的人。」但是儘管自己是多麼的豁達，一般人永遠認爲離婚是罪惡的，而對她另眼相看。「不管別人諒不諒解，我都有接納的勇氣，除了感情外應該還有許多值得我們追求寄託的事物。」

一支永不停止的筆

她的寫作方式，是自由而不受任何拘束的。用自然淺近的文辭，描寫出生動而自然的人物來。在少女時代的作品，充滿了幻想、天眞、有快樂、有憂愁，慢慢地年齡長了，經歷多了，就發覺生命不是這麼簡單，經過多種層次的境界，遭受到挫折痛苦後，她的筆鋒轉爲沉重、圓熟了。「最重要的是一個人對自己的認知，往往有些人，不知道自己是誰？需要什麼？能做些什麼？有一天發覺自己做的並不是自己想做的，已經太遲了。」

從十九歲隻身到臺北，到現在已整整十一個年頭了，這其間她的經歷或許不很圓滿，或

以文字作水墨畫的藝術家

——訪作家張秀亞

法國寫實主義大師福樓拜，在寫他的傑作《包法利夫人》的中途，曾在信上對他的友人說：

「我的《包法利》惹我惱火，我生平從來沒有寫過比現在從事的更艱難的東西！……我覺得我有時竟要哭嚷出來，我感到如此的絕望！但是我寧願死，也不願潦草將事！」

「寧願死，也不願潦草將事！」張秀亞教授深深的服膺這位大師，爲了他在寫作上的嚴肅態度與認眞精神。她自己在寫作上，也是極端的嚴謹，每一部作品她都獻出了智慧、精力及全部的情感。她在對愛好文藝的青年講話時，曾引述下列的名言：

「藝術家的一切自由輕快，都是用過分壓迫得到，也就是偉大努力的結果！」多少年來，她不停地思維著、觀察著，也不停地揮筆寫著。儘管她富有學力與才華，但在寫作上，她時時刻刻不忘超越自己，而希望達到更高的境界。

父親喚她為「悉悉索索的小鼠」

「……
當你的園中第一顆露零，
燦然的如銀星飛墜，
當你的窗前第一片葉落，
輕輕的像一片暮雲，
那是初秋的嘆息，初秋的淚！」

張秀亞教授的這首短詩被登載在天津《益世報文學週刊》時，那年她才十五歲多一點。刊物編輯們的期許，讀者們的欣賞，對一個剛嘗試寫作的小女孩來說，無疑是最好的鼓勵。於是她將每週的作文抄繕下來去投稿，竟然都被刊出了，還不時收到編者來信要她多寫。當她第一次去領稿費時，櫃臺柵欄的高度，使她不得不踮起腳來。那位承辦人員接過她遞過來的稿費單，從頭到腳打量她許久，他充滿懷疑的神情問著她：「這張稿費單你是那裏撿來的？還是你替別人來領？」

她的年輕及作品的優美感人，引起當時文壇的注意。她那時正値幻想與作夢的年齡，且對寫作有不可遏止的熱情，除了上課的時間外，幾乎所有的時間她都「投資」在寫作上面了。夜深人靜，當家人都睡去時，她就坐在那靜悄悄的夏日庭院裏，捻亮院角的燈盞，攤開了稿紙，在淡淡花香及朦朧月色中，由院牆上長長的影子陪伴下，她想著，她寫著，偶爾一陣風來，吹得樹葉簌簌的，此外，只聽到她的筆在紙上沙沙的作響了，爲此她的父親充滿了愛意的呼她爲「悉悉索索的小鼠」。

在高二那年，她向她的慈父要了三十個銀元，出版她發表過的散文與小說結集，以紀念她寫作起步。這就是她的第一本書《在大龍河畔》。書出版後，銷書者希望此書能打開銷路，就慫恿她又向她慈愛的父親要了二十元大洋，在當時銷售數量最多的報紙第一版報頭下，登了一則廣告，但是，這位年輕作家並未遇到太多的知音。

後來，她在學術的領域，又邁了一步，考上大學。在校刊《輔大文苑》，張秀亞敎授先以一篇小說、後以一首敍事詩——長達三百四十行的〈水上琴聲〉，轟動北方文壇。她記起在這以前，一位名編輯兼作家曾充滿善意的忠告她：「不要以人給人印象，要竭力以作品給人印象。」於是，她自盈耳的讚美聲中退了出來，把自己關在安靜的書房裏，儘量揣摩古今名著的寫作技巧，她在發表的一些文章中，逐漸建立了自己的風格。

一旦走上寫作的道路，她就沒有鬆懈過。在抗戰期間，她曾經擔任過重慶《益世報》副刊的主編。那時她不過二十幾歲，曾提掖了不少位年輕的作家。來臺時，她還不到三十歲，乃是她作品日臻絢爛豐富的階段。在這些歲月中，她孜孜不倦的研讀著、寫著、譯著，她的筆下，技巧日臻成熟，才華光芒四射，出版的散文、論著、小說、詩集、譯作計達六十幾本，但她自謙的說：算不得是心靈的豐收季。

凡有井水處，皆有柳永詞

名作家何欣教授曾經以「凡有井水處，皆有柳永詞」來形容張秀亞作品的廣受大衆喜愛。她的《湖上》、《牧羊女》、《心寄何處》、《北窗下》……等，都發行到十幾版，有的已達二十版。是國內當代最受歡迎的作家之一。

她的寫作天才是早熟的，從她十五歲時發表在天津《益世報》的短文〈寂寞〉中的片斷，就可發覺她輕靈的筆調、豐富的聯想力，以及一種天生的文人的氣質及詩人的敏感與熱情。

「——寂寞來襲心頭時，心裏是平靜的、空虛的，如秋收後的禾場，更如小雨乍收，碧藍無雲的天空。世間的一切離自己彷彿極其遙遠，和自己彷彿極其陌生——」

「……鳳仙花謝後，枝頭殘留的藏放籽粒的萼包，是經不住一點觸動的，只微微一觸動，便會迸裂，寂寞的心靈也彷彿似之；外界一點輕微的刺激，便會將它掀動。寂寞的時候，會以為眼前的境界是一座古剎，清寂的聽不到鐘聲。」

一直到現在，她字裏行間表露出淡雅的色彩、幽美的形像、輕靈的節奏，已給讀者深刻的印象。近年來讀她的文章，形式上仍保留了對美的至高至善的追求，但意境上，卻更爲高遠。現實生活的歷練，心智的成熟與一份天生的詩人的豁達，使她的文字，不只是傳達著形象的美感，昭示給讀者的是一種健康的思想、一種深邃的哲學。

與生俱來的秉賦氣質，再加上本身的經驗與生命史中的挫折，她的文字中有時似帶點淡淡的哀愁。但在淡藍的哀愁之中，又培養了一種寧靜與樸實，無論悲愁與喜悅都從心底深處迸發出來，不是故意做的。生活中悲苦、無奈，透過她的文字，昇華成生活的藝術及喜悅，她慣於將生糙的素材提煉成圓潤的明珠。

「……最有趣的，是花費了一番化粧工夫，搖著輕扇去參加聚會、餐會之類，才坐下來，卻突的發現自己的手指上帶來了厨房裏油烟的痕跡，不禁啞然自笑……」

「爐上裊裊升起的烟，同釜底的煎蛋，使我聯想到古人的詩句——大漠孤烟直，長河落日圓——。」

她的文章充滿了美與自然，「但絕非以弄花草、嘲風雪的玩忽態度，而是以孩子一般的眼睛，來仰視自然的容貌。」而文字中，總離不開大自然與孩子。她希望孩子們的笑與淚能以繼承接下來，不經修飾，自會感人，並引導著我們的心靈去接受造物者無盡的寶藏。

她最近出版的一本書《我的水墨小品》，收集她近年來的一些短篇、詩、小品文，這些文字都是在她無意寫詩、無意為文的情況下，偶而出現在稿紙上的。在序中她說：「那些感興，就像窗外一片流雲，偶然間舒卷過我的心，但卻分得我幾分偏愛，因為它們表現我心靈的生活最眞切！」她的文章，在短短的篇幅中，涵容著一片無限遼濶的天地，誘使我們去探索、追尋。

用敏感熱情的心做最細緻的描繪

她的成功不是偶然的，她在寫作上有自己獨特的看法與主張，一篇好的文章形成，她以爲要富有生命，還要富於魅力，乃至於文章在疾徐自如中有進展。沒有節奏的文字，是沒有波動的沉滯，沒有進展的文字，是一灘死水，節奏形成搖曳、生動，進展使句與句子流貫的思想由以促成。

談到散文的抒情時，她認爲：「使自己的方寸擴大，將天地萬物都裝盛其中，涵容一切，包被一切，體察一切，同情一切，所謂與草木通情愫，與花鳥共哀榮，就是這個意思。」而我們如何才能將感情過濾精純，表現於文章中？她說：「好的抒情文章，常是冷靜後感情的結晶，而非亂糟糟一團迸發的熔岩，等到你那喜怒哀樂的感情已成過去，它們的痕跡，卻有如那奔流河水未携去的砂，靜靜的嵌在你心靈的河床上。……如今，這昔日曾震撼過你整個存在的感情，已和你有了一段距離，對它你已能保持一份客觀的冷靜。」

一位學者曾說過：「藝術的世界往往是我們平時能接觸到的，但我們爲什麼習而不察，視而不見呢？那因爲我們站得太近了。要見到它完全的一面，我們須跳開實用、實際的範疇，把它擺在一段距離以外來看。」於是她的作品，儘量把物質的景象抽離，對一草一木，用敏感熱情的心，做最細緻的描繪，用文字把讀者提昇到高遠的精神境界中去。

她不自炫所學，但她的機智與才華，自然閃動於詞句中，流照出一片清輝。有人說她是「全才之筆」，因爲她不僅小說、散文寫得好，詩亦是她所鍾愛的。她愛好詩中的意象及象徵，她以爲好的詩要幽隱、含蓄而旨豐，用有限的文字來表現無窮的意義。十幾年前的一首詩〈秋夕湖上〉，音樂家黃友棣將它譜上了曲，成了一首動人的歌，這是其中的一段：

「為了尋覓詩句，
我繫住了小船，
螢蟲指引我前路，
微月如一片淡烟，
山徑是如此清冷，
林木間蟲聲細碎，
何處飄來一絲淡香，
可是夏日忘記的一朶薔薇？」

千山萬水、物換星移而永不停止的筆

在新店郊區的一幢小樓裏，她獨自生活著。兩個孩子已長大了，花木、音樂、教書、寫作是她生活的重心。關心她的朋友和讀者，都對她多年來隱居般的生活感到神秘與好奇。但她的行徑，及言爲心聲的一篇接一篇的文學作品就是這個最簡單的謎底。

縱使她的婚姻生活曾留下痛苦的回憶，但她仍然熱愛生活，熱愛人類。她曾謙抑的說：「一個平凡如我的靈魂，有如一隻陶土的杯子，樣式既不美觀，質地亦復粗劣，而苦酒的瀲灩清光，更增加了這土杯多少光彩！」世間無數的人皆有受苦的經驗，但能擁抱住這份痛苦，使之轉化爲生命的美與力的人，卻並無幾人。

不管生活的苦杯曾帶給她多少痛苦和憂傷，她已決定：「在生命的途程中，我願自己以全部的心力唱出一支歌，能對憂苦的人有慰心的力量，對沮喪的人有鼓舞的力量。」這是何等感人的卓越精神！

一位熱情的讀者，曾千里迢迢從南部跑到她家，爲了看一眼她心儀已久的作家書房外飄然的窗帘。一位看了《牧羊女》的讀者，曾興沖沖地要來爲她整理文稿，她的學生也要陪伴著她，在精神上她是不寂寞的。

在形式上，她的生活是孤寂的，但她絕不是不易被感動的人。從她文字中的念舊、敏感、哀愁和繫念中，我們知道她是極易受感動的。正因如此，「她害怕被感動，那種動心的痛楚，對她可能是一種負擔。」

也許她的文字中，仍保留了她心靈最深處的幽邃，但探詢是不必要的，我們爲什麼不能讓人自然的生活著呢？聽著她低沉溫婉的語調及和藹的笑聲從電話中傳來，我悟出了一個道理：

寫作的題材可以廣泛的尋求，寫作的技巧也可以千變萬化，然而更需要有一股強烈的創作慾望及對人類的愛心，才能支撐一支在千山萬水、物換星移後永不停止的筆！只要她的筆不停，我們就能透過字裏行間，體會到她心靈深處的悸動，也許，這就是作家創作的源泉。

「張秀亞」是作家當中我最熟悉的名字之一，提筆來寫她，心上有一種異樣的感覺，我不禁想起了美爾維爾的話：「……作家的名字並不代表作家個人，它所代表的是一種神秘的、不可捉摸的美的靈魂，所謂天才也者，就是受這種靈魂支配的。」

（《幼獅文藝》第297期，民國67年9月）

走一條更寬更廣的路

——訪王洪鈞教授談副刊

前　言

對於一件事情，王洪鈞教授只注意過程的發展，他十分反對傳統與現代呈現出對立的姿態。不管事情的變化多麼大、多麼劇烈，他認爲都該是古今中外貫通，而暢行無阻的。但國內報章雜誌上的論戰，往往是針對社會所發生的一個現狀，不瞻前也不顧後，因此缺乏整體性。

王教授做了一個比喻：在同一條馬路上，我要過去你要過來，在路中央碰到了，兩個人就做「頂牛」般的對立，僵持在那裏，使勁的出力氣，誰也不讓誰。彼此都沒有想到這條馬路其實是很寬的，兩個人只要稍微錯一下肩，就可以順利通過，節省不少時間，早一點到達自己預定的目標。

空間及時間是無限的，必須建立一個更寬廣的觀念，才能兼容並蓄，無所不包。

最早的副刊形態

現代的報紙，是西方的產物。很早以前，西方報紙就有所謂文藝版(Literary Page)，主要刊載一些非新聞性的論文或幽默、諷刺性及娛樂性的文章。中國最早的副刊，亦是刊載一些論文及文藝藝聞類的文章。王洪鈞教授認爲副刊雖名爲「副」，但是所佔的地位卻很重要。新聞是事實及意見的記載及報導，而副刊卻是思想上、感情上的描寫。

回顧過去歷史，王洪鈞教授舉出副刊所帶動的力量：五四運動時，報紙副刊對新文化、新思想的介紹；抗戰期間，報紙副刊更鼓吹愛國思想、激發民族意識，使全國人民的感情，密密地結合在一起。而共產黨更利用報章、雜誌傳布有毒素的思想，進行其宣傳鬥爭的工作。可見副刊所表現的形態及內容，必與時代及國家的命脈相結合。

新型的副刊應運而生

近幾年來，副刊的地位更形重要。

爲何副刊的地位益形重要？王教授認爲是因爲新聞的功能及意見薄弱，而自然轉移到副刊上面了。副刊可以用一種不露痕跡的溫和態度，表達思想及感情。

起初，傳統而溫和的綜合性副刊如《中央日報》，掌握了副刊的主流。這期間，《中央》副刊也想求變，但始終變化不大。他的讀者習慣了他，他也離不開他固定的讀者。因此，《中央》副刊的讀者，代表過去報紙副刊的主流。

因爲現在社會結構改變，工業急速發展，國民教育普遍提高，新型的讀者出現，自然有滿足他們的新型副刊產生。而這些新型的讀者也形成了現代報紙副刊的主流。

王教授認爲這一羣讀者的主要構成分子，是大專學生、青年人、工商界、小市民（都市居民），所形成的力量是龐大的。他們的思想、愛好、價值標準及所關心的事與過去的人們不同。以往的副刊形態，已不能滿足他們的需要，他們求變，希望一種新面目的產生。

《中國時報》與《聯合報》目前是國內銷售量最多的兩大報，也是競爭最激烈的兩大報，他們爲了吸引大衆，獲得讀者的注意及喜好，所以整個副刊形態，都隨著時代改變著。

兩家報紙都出奇制勝，尤其是近半年來的對立更形尖銳。純文藝、純學術的文章已不能滿足讀者，於是介紹許多鄉土文學作家及海外學人作品，由大陸出來的作家、年輕一代作家及一些不受傳統約束的作品，並由這些文章的發表，繼而喊出了名稱，例如「鄉土文學」、

「浪子文學」、「買辦文學」、「反共文學」等。

如此，正迎合一般讀者喜歡看熱鬧，變花樣的心情。

根本上是相同

問到王洪鈞教授對這兩個副刊的看法，他認爲儘管這兩個副刊推出的專欄名稱不同，聲勢不同，但根本上是相同的。他們都想以新的人物、新的體裁來替代傳統的副刊。只是，《聯合報》緩和而不離軌道，《時報》副刊比較積極而多變。

王教授說：「我們不要被眩人耳目的名稱所迷惑，這些只是名稱的冠予。也都是反映生活的層次及面。」他並且認爲「沒有自由，那有學術」這句話說得好，沒有言論、生活的自由，那會產生眞實感人的文學？

但是，自由是有限度的，在不違背基本原則下所產生的作品，作者只要以眞實誠懇的態度爲文，就能引起共鳴。

這兩家報紙副刊的競爭，對於風氣的帶動、觀念的產生，確實有很大的影響。但王教授認爲有競爭才有進步，因此競爭應該是一個可喜的現象。但在努力表現的過程中，方法的應用不可流於譁衆取寵、標新立異，只注意出「奇」制勝，而忘了質的提高。

雖然，王洪鈞教授很感慨的說：「現代大多數人已不願深入思想，而只喜歡聽新鮮的口號。」但他相信讀者本身有不可忽視的理性的判斷力，及沒有泯滅的獨立思考能力，更有分辨好壞及善惡的智慧及能力。

因此，他希望這兩個報紙目前雖是出奇制勝，爲變而變，各顯神通，但都不要走遠而變成「狂奔」了，卽使眞是如此，他也相信社會大衆所呈顯出來的「民智」，會使他們又走向正軌。

文學的天地是寬廣而遼濶的，正如王教授所說，不一定要固執於兩角的相執與對立，照樣可以走出一個天地來。

（《書評書目》第66期，民國67年10月1日）

十二萬張卡片

——訪中央圖書館張錦郎先生

臺灣光復至今已近四十年，由於社會環境的安定，人民早已擺脫追求溫飽的恐懼。大家的視野已走出家庭之外，走向文學，走向藝術，因此現代文學作品在質量上遠超過以往。爲了展示三十年來的現代文學成果，使一般民衆瞭解現代文學運動由萌芽、成長、茁壯到蓬勃發展的演進過程，進一步激發一般民衆對文學作品的喜愛與鑑賞，中央圖書館在今年五月四日文藝節，舉辦了爲期二週的「當代文學史料展」。

國內從事文學工作者及作家們，對這個展覽都非常重視，咸認爲這是一件「文壇大事」。而《文訊》月刊基本上，「史料」報導也是編輯計劃的重點之一。因此，我們在參觀展覽之餘，特別拜訪了策劃這次展覽的中央圖書館閱覽組主任張錦郎，與他談談有關「文學史料」的問題。

首先談到史料收集、整理工作最大的功用及目的，張錦郎說：「主要是方便別人研究，資料不整理就散失各地，年代一久就會完全消失。收集最大的目的就是保存，即使一時沒人利用也要保存。圖書館有責任、有義務把國人的心智活動整理保存下來。對將來從事文學工作者、撰寫文學史的人，才能有所憑藉。」

在這次展覽中最受人注意及欣賞的是「作家資料卷」，它所包含的內容有：作家小傳、生活照片、手稿、作品目錄、寫作年表、作品評論引得、作品評論文獻等。依次剪輯貼存於活頁的資料夾中，這種豐富的收藏，完全跳脫了以往偏重收集「書」的模式，圖書館有指導讀者唸書的責任。張錦郎先生認爲我們欣賞文學作品起碼應該達到三個層次：㈠看這個作家的所有作品；㈡了解他個人的資料；㈢讀有關他的評論；但一般國民，連第一個層次都沒有做到，可以說都還停留在浮面的作品欣賞階段。

對作家本身來說，以他們爲主題，且受到國家圖書館的重視，縱使創作的過程艱辛、生活清苦，也值得安慰。不過，也因這次展覽的接觸，張錦郎發現：「許多作家沒有保存自己資料的習慣，對自己很不在乎，一旦重要的資料散失，這樣會害苦了以後研究的人。」有些人保存資料，但卻不知整理，只是一落落的疊放在一塊，東西多了，找起來就非常困難。部分人整理資料，但卻不科學，所有資料貼在一本剪貼簿上，也不分類。張主任建議，平日就養成整理資料的好習慣。作品發表後，當天就把它記錄下來，年、月、日、發表地點、類別、篇名。發表的作品隨手剪貼起來，剪貼簿的規格統一（最好大小如影印紙A四），不要只用一般的白報紙剪貼，最好用活頁夾。照片背後一定要註明相關的人、時、地。如果是文藝社團或學會，每個社團最好都有專任的幹事或秘書，將社團活動照片、剪報、會議記錄、發展沿革都建立起完整的檔案或資料。目前國內許多頗有歷史或規模的文藝社團，除了一本會員名册外，其他的資料貧乏得可憐。

談到這，張主任笑著說：「難怪中國人寫文章，有很多『題目』可寫，現在不保存資料，待五十、一百年後，彼此再來考證。你說三月，我說四月；你考證爲五個人，我考證爲六個人；你說他到此地一遊，我說他沒有。浪費了許多寶貴的光陰在這種無謂的考證上。這些都是當時不重視資料保存的結果。」

其實，館方並沒有給他任何壓力，背後也沒有人鞭策他，但是，展覽必須有多少資料、該有多少作家參加，他自已心裏明白，尤其是重要的資料如果缺乏，怎能堂堂冠上「當代文學史料展」的名稱？又怎能展現國內近四十年來的文學歷程？儘管連著幾個月整組工作人員天天加班，但直到展覽前的一分鐘，他們仍不放棄來自許多熱心人士、熱情作家提供的任何資料及線索。

當然，限於時間及人力，「當代文學史料展」的缺失仍然不少。譬如文壇大事記的遺漏與不全，許多作家的資料仍未建立完全，現代文學史料選介的不夠周全等。但這是一個長期性的工作，必須平日一點一滴投入，才能略見成果。三十多年的各類報紙，尚未做地毯式的閱讀，海外作家的作品國內無法看到，必須靠作家主動提供，許多社團資料及照片的搜尋……等。但不可否認，這次「當代文學史料展」，已具雛形，略具規模，另一項重要意義，它至少做了一次文學史料「整理」觀念的示範。儘管有人對文學史料沒興趣，但科學性蒐集資料的方法，在今日資訊爆炸的時代，實在非常重要。

對於從事文學工作者及作家們，最關心的問題是這次史料展覽完後，如何提供給大衆使用?張主任說：「所有的資料保持展覽時的原貌，歸檔上架在二樓閱覽組羅剛文庫內，任何一個人都可經過簡單的閱覽手續借閱，所有資料除照片翻拍須經過本人同意外，都可以影印參考。」

以往的資料未經剪輯、影印，只是散放在一般性資料當中，現在的整理方式，確實方便了許多從事文學工作、新聞工作的朋友，節省了許多寶貴的時間，張主任說：「看到他們喜孜孜的抱著資料，拿去參考，我們也跟著感到高興。」至於對海外及國外研究臺灣現代文學的學者專家，圖書館也願意盡力提供所需參考資料。張錦郎主任表示：「因爲許多報紙尚未做地毯式搜尋，許多資料條目很全，並且也已建檔，但尚未進一步將資料內容影印出來，所以目前圖書館並沒有主動對外宣稱可以提供研究資料，一旦資料影印完全，即可提供學者做詳盡的學術研究。」

我們建議在這次展覽完後，聘請從事史料研究的專家學者成立一個工作小組，以現有的資料爲本，逐一校定或補充，以彌補圖書館工作人員專業知識的不足。其次對於已收集較完備的資料，如已故作家部分，可以考慮以「作家資料彙編」類的專書形態出版，以提供文學界更具體、更方便的研究資料。

除了中央圖書館的工作外，多年來張錦郎先生在東吳大學中文系開有「研究方法指導」課程，學生上課時因他的嚴格訓練而叫苦連天（他曾經要學生重寫報告達三次之多），但課業結束後都覺得受益匪淺。日後研究學問、找尋資料，都懂得用較科學的方法。他常常用作家梁實秋最喜愛的書《沉思錄》裏一句話來勉勵學生：

「一個人所不能擔任的事，根本不會落在他的頭上。」

其實也就是憑著這種「舍我其誰」的熱情與傻勁，張錦郎先生才能經年累月的與浩瀚的書籍、報紙、雜誌爲伍，不停地閱讀、分類、尋找、影印、剪貼，而毫無怨言。他領著屬下及門生，將原本毫無秩序的史料，化爲一張一張明晰的卡片，一本一本井然有序的剪輯資料。他指著辦公室內一排排的卡片檔案櫃說：「這十二萬張整理好的卡片，是我唯一的成

有容乃大，無欲則剛

——訪國語大師何容先生

何容先生本名何兆熊、字子祥、號談易。民前九年生。河北省深澤縣小堡村人。民國十八年以筆名何容馳名文壇，從此「何兆熊」本名反而不彰。國立北京大學英文系畢業。從事語文教育工作五十餘年，曾任師範大學教授、國語推行委員會主任委員、中國語文學會常任理事等職，現任國語日報董事長。民國三十八年以前作品發表在《論語》、《宇宙風》、《人間世》、《文化先鋒》等雜誌上，多為一般性文學作品；來臺後作品均為語文、文法之專論，發表在《國語周刊》、《中國語文》等雜誌上。

語言的天賦

何容是在小堡村的私塾裏接受的啓蒙教育，七歲時，入縣城高等小學堂。那時他年幼身矮，全班排隊，他站排尾。記憶最深刻的是教數學的曹老師，教得好，但對學生十分嚴厲。

有一次何容被叫到講臺上演算習題，冬天天氣嚴寒加上緊張過度，竟尿濕了整條大棉褲而不敢出聲。可是自此打下很好的數學根基，讀大學時曾一度考慮攻讀理科。

他自小就有語言天賦，對本縣各村莊方言土話，都耳熟能詳，模仿得惟妙惟肖。民國五年，何容十四歲，高等小學畢業，入深澤縣立師範講習所，講習一年，畢業後並沒有去當教員，因為生病，在家待了一年。民國七年，考入直隸省立甲種水產實業學校，該校分製造、漁撈、養殖三科，何容讀的是製造。他是第六屆的畢業生，而張寶樹先生是同校第二屆畢業的學長。民國十一年秋畢業，投考北大及師大均未考上，於是單槍匹馬北上，住在當時所謂的「住家公寓」（長期客棧）中，苦讀了整整一年。民國十二年九月，終於考上北京大學預科乙部英文班，同期的同學有洪炎秋、王煥斗（老向）。

民國十五年，何容大學二年級，因為張作霖的軍隊從東北入關控制了北方政府，局勢很亂，學校停課。何容休學南下，參加北伐的國民革命軍，後來打到河南省境，回武漢後又轉到別的部隊。《論語》第四十九期上有一張何容著軍服的照片，他說：「那是民國十五年冬天，在武昌黃鶴樓照的，軍服上的符號『十一A』是第十一軍，我是國民革命軍第十一軍第十師三十團第九、十連的連指導員。」對於這段鮮為人知的歷史，何容寫了一首短詩：

「照得照片一張，久已陳設在案，那是從前的我，莫當現在看待。」

離開部隊，民國十八年回北平復學。十九年四月他寫了一本《政治工作大綱》。許多人都以為這是一本政治理論叢書，但何容說：「這是一篇幽默作品，很嚴肅的幽默作品。」《論語》第一期的書評，韓慕孫就介紹這本書，周作人也曾為文介紹：「……這是一本近來少有的好書，我一拿到手從頭至尾看了一遍，沒有一行跳過不讀。……我稱讚這本書的緣故是很簡單的，便是他能將政治工作的大綱簡明地說給我們知道。著者是專攻標語學的，……這回他根據了多年的經驗和研究，把以標語口號為中心的各項工作，有條不紊地寫成一本書，的確如著者所說『自黨國成立以來，這類著作似乎還不甚多見。』……」

可惜這本書留在北平，臺灣怎麼也找不著一本。

師承林語堂

在北大英文系五年中（休學一年），他第一年及最後一年上了林語堂先生的課。林語堂對他的幾篇英文作文有很好的評語。其中有一篇是論幽默與滑稽，批的是“Good, Good idea”另外一篇“Foward of China”，是當年何容走過贛南、瑞金一帶，親身經歷共產黨暴亂的狀態，林語堂先生非常欣賞。此外有一篇批評所謂爭自由大同盟的作文，林先生認為他的見解很對。何容在〈我的老師林語堂〉一文中曾寫到：「我稍為懂得一點語音學，就是林老師給我講過的英語語音學的基礎。……在他教的我們那一班裏，我並不是一個高材生，他不會把我視爲『得意門生』。直到《論語》出版，第一期的書評，就是評我的《政治工作大綱》，因而引起了我投稿的動機，我的白話文才博得他贊賞。……在一篇講〈怎樣洗鍊白話入文〉的文字裏，他曾提到三個人，何容是其中之一。我當然也難免得意，雖然並沒有忘形。」（刊《傳記文學》二八卷六期）

此後，何容除了經常在《論語》上發表文章，也常投稿給《宇宙風》及《人間世》。

投身語文教育的工作

民國十九年，何容大學畢業，次年任教育部國語統一籌備委員會「駐會委員」一職，並擔任成舍我創辦的《世界日報》副刊、《國語周刊》的總校對。除了編報紙外，他在國語統一籌備會還做了不少工作，例如到各校講授國語文法，並開辦「國語師資訓練班」。自此之後，何容始終全心投入並堅守這個崗位，他說：「提起我推行國語的工作，並不是我立志要推行國語，而是擔任了這種工作後，才立志的。……爲了工作，不得不盡力求知，知道得越多，就越有興趣。所謂興趣大概就是這樣產生出來的。」

因此，古今中外各國語文及文法的書籍、參考資料，他都盡量蒐集。

民國二十四年，北大羅莘田、魏建功兩人向胡適建議邀何容到北大講授「中國文法」一課，胡適欣然應允。民國二十六年寫成《中國文法論》乙書，大部分是當年在北大的教材，重新寫過，再加上些新的資料，民國三十一年，由開明書店印行。到臺灣後已發行到第六版了。與他相識、相知已逾一甲子的前師大教授王子和，特別推崇他這本《中國文法論》，認爲是一本劃時代之作，可成一家之言，與《馬氏文通》、黎紹熙的《國語文法論》是中國語言科學方面具有代表性的三本著作。

八年抗戰勝利，臺灣一光復，廢止了日本統治的代殖民奴化的日文日語教育，恢復祖國語文的教學。當時的臺灣行政長官公署，向教育部借調推行國語教育人才。何容此時擔任國語推行委員會的專任委員，在重慶的工作不是輕易可以離開的。但是爲了更重要的工作——推行國語運動，他毅然決定前來臺灣。

何容與國語運動

民國三十五年一月十六日，何容抵達臺灣。他與伙伴們隨即展開了推行國語的工作。首先他們倡導恢復母語，即原來說閩南語的說閩南語，說客家話的說客家話；接著開始向國民學校進軍，輔導國語教學、解決國語的各種問題，設立國語講習班，繼而推廣到各機構：如省政府公務員國語進修班，臺灣銀行員工國語班。隨後，自動請求輔導國語進修的團體，越來越多。何容是來者不拒，有求必應。後來又向各縣市推展，直推行到山地各村落。爲造就國語教育人才，在師範大學創立了國語專修科，爲使臺灣民衆都能得到學習國語的機會，他們在臺灣廣播電臺，開了一個國語教學節目。於是整個臺灣，都掀起學習國語的熱潮。

民國四十四年十一月十三日，美國之音廣播自由中國推行國語的辦法和成績。廣播的頭幾句話是這樣的：「自由中國在國語教育推行方面，有非常大的成就，尤其在臺灣這個說閩南語的地區，曾經受過日本廢棄中國語文的五十年統治，我們現在臺灣碰到二十歲以下的臺灣青年，不論男女，可以說百分之百能夠說國語，二十歲以上的人，能說國語的比率差些，但也在一年年提高。這些都要歸功於臺灣省國語推行委員會的努力……。」

民國四十八年，臺灣省國語推行委員會在歸併爲省教育廳內部的一個單位後，何容被降爲國語推行委員會的副主任委員。許多人爲他抱屈，但他絲毫不受影響，仍然過著平常的日子。這時，當初爲推行國語而辦的《國語日報》，在何容與幾位開拓者的努力之下，已略見規模。

儘管他在師大授課，又是中國語文學會的常務理事，又擔任國小、國中、高中國文教材的召集人。《國語日報》除了新聞版外，每天他仍堅持自己做最後一次校對。辦公室內，往往一人獨對孤燈。他始終認爲：「現在一般人所寫的許多錯別字，寫得字句不通，思想不清楚，用詞不對，其原因是在書刊報紙方面，不注意編印的責任很大。《國語日報》是特別對兒童和青少年有語文教育作用的報紙，因此更有責任，更要特別注意，不能疏忽，免得再造『錯誤的基礎』，發生以訛傳訛的弊害。」

此外，民國五十年左右由省教育廳主編的《中華兒童叢書》，因在國小的推行極爲普遍，對於提高兒童讀物水準，培養兒童讀物作家及插畫家都有相當的貢獻。出版已二十餘年，因爲字音、字義是何容親自校閱的，也從未被人指摘。

可惜的是，來臺以後，何容因爲工作的關係，發表的多是與國語、國語文教育、文法有關的文章，一般性的文學作品就少見了。許多人欣賞他的白話文，認爲可以媲美梁實秋先生，臺靜農教授曾經說過：「早年子祥以寫散文知名，近三十年來所寫的文章都是關於語文的問題，也可以說是語文的啓蒙工作，看來容易，寫出卻不簡單，必具學識與技巧才能深入淺出的。令人稍感惋惜的，自從子祥投身國語運動後，文學圈中少了一位散文作家，他早年的作品，深婉老練，詼詭而辛酸，從不搔首弄姿，媚人或自炫。」

儘管文學圈中少了一位散文作家，但他在語文教育上所貢獻的心力，已直接或間接的爲國家培育了不少人才。曾任美國俄亥俄州大學東亞語文系主任荆允敬博士，原是中央政治學校（國立政治大學前身）外交系畢業，曾在一次公開演說中提到，他就是抗戰時期參加國語訓練，對何先生講授的語文種種，發生濃厚的興趣，成了他日後轉變方向，立志改學語文科學的原始動力。

墨家的生活

也許是農村純樸氣質的影響，養成他對事負責的精神，對物質享受不計較的胸懷，以及隨遇而安的個性。他的一位朋友形容他：「他過慣了枯燥的墨家生活，其生也勤，其養也薄，其爲人者多，其爲己者少……」他希望他的朋友永遠寫不拿稿費的文章，做沒有旅費的出差，誰和他交情最深，他就派最苦的差事給誰做。越是他認爲親近的人，他越是叫你做別人不願做的事。

在「國語日報」工作幾十年，同仁間的一般婚喪禮俗他都參加，但從不在家請人吃飯，也不到別人家吃飯，不送禮，也不收禮。起初大家說他冷淡、冷酷。可是時間一久，大家也就不知不覺斷送送禮、奔走的風氣，只在工作上求表現。再加上他用人往往採取招考的辦法，擇優錄用，不知不覺中，「國語日報」就流行著一句話：「『國語日報』大門開，有才有學再進來。」

何容，眞正是人如其名，他有容人之量，不但能接納對方的意見，更尊重別人的人格。即使你的見解有所偏差，他也只知修正，從不完全否定。他不論對人或對事，從沒有狂熱和暴烈的批評，總是從平易中流露出誠摯的情感和關切。因爲他的這種胸懷，所以與甚麼樣性情的人都能相處，什麼樣性格的人都喜歡和他相處。

與他共事三十多年的林良，有這樣的經驗：「一件事情，是我做錯了，他承認這是咱們都有錯；如果那件事，眞是『咱們的錯』，他承認那是他的錯。」

他勉勵做錯事的晚輩：「不經一事，不長一智。事情已經過去了，也就算了。」這與許多習慣把過錯推到別人身上的人，迥然不同。

當年，他帶著一妻一子到臺灣來，投身於國語運動，住在泉州街一幢日式木造房子裏。民國五十二年，妻子去世，他獨自把唯一的愛子何欣，造就成精通中西文學的學者。幾十年過去了，泉州街的那幢房子一直沒有什麼改變，只是院子裏的大榕樹鬍鬚長了許多，後院的花木粗壯地交纏在一起，顯得有些零亂罷了！

他仍然常年一襲素色中山裝，過著簡單樸素的生活。以前每天安步當車，近幾年才答應報社每天派司機來接送他上下班。

「何先生的錢」

早年，「國語日報」同仁流傳著一個「何先生的錢」的佳話。原來他把自己歷年來擔任社長、副董事長、董事長應有的待遇，大部分記在一項「暫收款」項目內，把這一筆錢用在各種各式的推行國語的工作上。那一位同事生病，臨時籌不出醫藥費，可以向他這筆款暫借，若有困難，也可以不還。遇到冷冰冰的預算與溫暖的人情發生衝突的時候，他仍然可以助人。林良曾說：「他的做法對晚輩的影響是在打算對公家有請求的時候，不得不再三檢討是否合理，免得不小心，花的竟是自己所敬愛的人自己的錢，自己竟成爲不爭氣的晚輩。」

幽默與達觀

民國二十幾年，在爲《論語》寫稿時，就被編者及讀者冠上「幽默大師」的稱號。許多朋友也都認爲何容很有幽默感，當朋友聚會時，只要有他在座，就會聽到他妙語如珠，逗得大家笑聲不絕。但他不屑於只做一個「幽默大師」，他是從嚴肅中培養幽默的情趣，從幽默中促進嚴肅的工作，他出言「語妙」，遇事作無可奈何的幽默觀，乃是對人生透徹了解的表徵，在上位長官的臉色他看得下，屬下學生的無禮頂撞，他也一樣平和忍讓。不過他對事情仍然有正義及理智的抉擇，只是用寬柔和緩的詼諧表現出來。

何容先生曾經責備自己：「起居無時，飲食無節，衣冠不整，禮貌不周，思而不學，好求甚解而不讀書。」其實從這些詞句中，我們幾乎可以看到一位儉樸、純眞、自然而謙遜的文人風貌。

三十七年前何容與他的伙伴創辦的「國語日報」，如今大樓巍然高聳，對本省的語文基礎教育不知造就了多少人才，做了多少紮根的工作。今年他已八十四高齡了，身體雖還硬朗，但耳朵聽力已衰退許多。但是不論風雨，每天他仍然準時的坐在他那間明亮、現代的大辦公室中，埋首在密密麻麻的稿紙堆裏，做他永不厭倦的工作！

（《文訊》雜誌第21期，民國74年12月）

一筆一紙做有意義的事

——訪周錦先生談文學史料工作

在文壇上，周錦先生並沒有赫赫聲名，許多讀者，甚至年輕一輩的作家很可能不認識他，但這並不影響他關心現代文學及從事史料工作的熱情。他從不與人交際應酬，每天埋首在自己研究的天地裏，面對讀不完的書、看不完的資料，一紙一筆的做他認爲有意義的事。

去年十月，周錦先生將持續多年的心血結晶，結集成一套三鉅冊的《中國現代文學作品書名大辭典》，這部足以展現中國現代文學成長軌跡的著作，也算是整個文學界、出版界的一件大事。我們除了對他的努力及貢獻致上最高的敬意外，特地拜訪周錦先生，請他談談多年從事現代文學史料工作的感想及編纂《中國現代文學作品書名大辭典》的整個過程。

●請您談談史料工作對當代文學研究的重要性。

文學史料的整理和研究，對當代文學的影響實在太大了。民國十年、二十年、三十年以至於現代，每個時期都有每個時期的文學作品，也就是說，作品可以反映時代。所以我們必須將以往的文學作品整理出來，才能了解現代文學是如何的發展、如何的呈現，它所反映的時代是怎樣的一個實況，我們現在應該如何努力，才不至於做重複的工作，也不至於走回頭路。這個工作看起來只是史料的整理，實際上是促使現代文學正確前進的動力。

●您是在何種情形下投入文學史料工作的？多年來您從事這個工作的感想如何？

在臺灣，目前對中國現代文學史料的搜集和研究一直很少，這樣的情形導致作家精神和力氣出現了不少無謂的浪費。另一方面，我們現在的文學和過去的文學連貫不起來，三十八年以前幾乎被漏掉了，使文學史產生了斷層現象。我們不該忽略民國初年，二、三〇年代直到抗戰期間，當時作家對中國現代文學所做的努力及貢獻。我們應該在這些基礎上繼續發展，利用前人的經驗，可以使我們節省很多力氣。基於這些因素，我個人一直從事這方面的努力，目的就是充實中國當代文學、促成進步。

●請您簡單談談編著《中國現代文學作品書名大辭典》的起因及整個編輯過程。

在我多年研究工作當中，發現一個問題，一般來說作家的個人基本資料都很豐富，但對作家作品的研究卻很少。這當然是因爲作家傳記及靜態資料比較好掌握，而作家的作品卻非閱讀過後才能有所批評或心得。舉例來說，如果只是告訴讀者三〇年代的作品有幾本，作品的名稱列出來，對讀者沒有多大的用處，必須要指出那些作品好，好在那裏，它對當時的文學及後來的文學有什麼影響，這當然比較不容易做到。我覺得愈是不容易做，更應該去做。多少年來，我一直要求自己讀書，每本書最好是讀兩遍才能寫評介。一本書如果以兩百五十頁爲基準，我規定自己每天至少讀兩本書，這個習慣我持續了十幾年一直沒有間斷。

當著手編著這一套《中國現代文學作品書名大辭典》時，首先搜集有關的史書及資料，累計書名卡片一萬一千餘張，然後將這些卡片排比，去掉重複的，再去掉同一作品不同名稱及用不同筆名印的書，最後確定的有八千四百餘本。

根據我自己的資料檢視，其中讀過的差不多有三千多本，原來的構想是每一本都要讀完，但是因爲要趕在七十五年十月前出版，表示對先總統　蔣公(百年誕辰)的崇敬，所以時間上來不及了。可能有人會認爲文學與政治應該分得清清楚楚，不應該扯在一起，那是因爲他不了解中國近代史，更不了解中國現代文學。早期中國現代文學所努力的，是反封建和反帝國主義，由於作家的努力，終於使當時的知識份子大部分能夠覺醒，能夠獻身革命事業。而在實際的革命行動中，蔣中正先生領導掃除了軍閥的割據，爭取到抗戰勝利。現在，每一個中國人所最希望的，該是中國的統一，這也是中國當代文學的重要課題。因此一個睿智的領導人物誕生是很重要的。

這套書在計劃出版時，我也找了很多出版社，但沒有人願意出版，我只好自己出版。書中對作品的評介，難免有所褒貶，但當初在寫時從來沒有考慮過這是什麼人寫的，只是針對作品，讀完了做筆記，再請人整理、歸類。也許有人不諒解，覺得我太不客氣，這也請作者多多包涵。每個人對作品的看法會有不同，就是同一個人對同一本書，也會因不同的時空下有不同的看法，但我如果再考慮到別人的喜怒，工作就做不出來了。

這套書目前可以說還沒有完成，我還要繼續做。如果有資料引用錯誤或不完全的、遺漏的、重複的或是評介不恰當的，都請關心現代文學的朋友指出來，將在繼續編印的第四冊中列出來。這些工作我來做，或有興趣的朋友一起來做都很好。

●您以一個人的力量完成這麼多文類（詩、小說、戲劇、散文、論評）的介紹，會不會覺得吃力？

我想我寫的評介不是一個導讀。只是看完作品後，把可取的地方提出來告訴讀者，其實這也就是我這本辭典的長處。如果我只將靜態的資料——書名、作者、出版社列出來，對讀者沒有什麼用處。譬如說我們現在要研究蘇雪林的作品，先用人名索引把她找出來，再用編年索引將她的作品按照時間先後排列，我們可以很明顯地看出她的風格，曾經有什麼樣的轉變，這樣的作家傳記資料對文學工作者來說，就非常有價值了。今天我們很難在別的地方獲得這樣的資料，這是我個人多年研究工作一直感到十分困擾的。

●這套大辭典註明由美國舊金山加州大學中國現代文學研究中心和臺北中國現代文學研究中心共同出版。請問這兩個單位合作的方式？

美國加州大學中國文學研究中心和我一開始就合作。許多資料的收集，必須透過海外才能看到。比較小的問題通個電話，大的問題可以把書寄來參考。我曾經做過一些統計調查，發現海外圖書館對中國現代文學臺灣地區的出版品收藏的太少了。而舊金山加州大學的研究中心是一個正式的研究單位，通過這個管道及他們正式向世界各地發行的刊物介紹，我們的合作別人才會重視。這套書的出版我完全沒有想到銷路問題，只想在海外大的圖書館陳列出來，別人自會發現臺灣現代文學的蓬勃興盛，當他們缺少那一類書籍時就會想辦法購買。我們一直合作得很好，在經費上各管各的。他們有時會介紹一些研究中國現代文學的研究生來，我也爲他們提供服務。

●周先生有沒有考慮到與其他關心現代文學史料的朋友合作編這套書？

在國內從事文學史料的朋友需要資料我可以提供，要合作的話我也十分歡迎。但我至今沒有主動的找人，我幾乎沒有交際應酬，只是做我想做的事。此外，還有觀念上的問題不是很容易溝通，譬如辭典裏評介的文字是我一個人寫的，我有我對文學的看法，多一個人寫就可能有矛盾的地方，有些觀念不是很容易溝通的。應鳳凰小姐在《幼獅文藝》十二月號上有對這套書的意見，其中她舉了一個例子，大地出版社出版的《一九八〇年文學書目》共有五百多本，而大辭典內不到兩百本，我看了也不敢相信，這幾乎是不可能的事。後來我發現了一個問題，在大地的文學書目中是古典現代全收，我收的是現代文學；此外，選集我不收，選集只會造成紊亂，過去出版的現在重印的也不收，以初版的為準，否則就更亂了。再來，儘管是作家的文集，但是別人編選出來的，也不收在辭典內。舉例說，臺灣出版許多朱自清、徐志摩、郁達夫的集子，但都是後人編選的，不該列在他們的著作中。另外，姜貴逝世後，別人將他未發表的作品編成一本集子也是寫「姜貴著」，這只能算「姜貴遺作」，這種情形，我都不收，否則對作家的研究造成麻煩。尤其時間一久無法查證，困擾會更大。還有些作品，與其評介得很差，不如抽掉，免得寫了引起更大的紛爭。在我心中有一個標準存在，要能列入「文學」之林，有文學價值的才收入。這不是我個人的偏見，而是希望當代文學會更好。

●請您談談未來的工作計劃。

目前正在做的是將中國現代文學理論整理出來。我們從民國六年胡適的〈文學改良芻議〉到現在，有許多新的文學理論產生及建立，但今天很多人不知道，因爲沒有人整理。目前從事文學批評的人，一寫文章就引用西方的文藝理論，而不知道活用我們已經有的文學理論。此外，同時在進行的還有「中國現代文學的史料及術語」，史料需要整理，許多術語也需要統一和解說。譬如「報告文學」、「鄉土文學」都不是最近這十幾年才有的名詞，把它們正確的定義釐清，整理出來，是非常有意義的。

上面這些事做完以後，就開始做《作家大辭典》了。這方面我們已經慢了，大陸上已出版到第四冊了，在其中臺灣也有少數作家列在裏面，但他選擇的標準有其他因素的考慮，而不是純粹站在文學的立場。在臺灣有心於中國現代文學研究或者在這方面負其相當責任的人，值得推動這件工作，應該及早去做屬於我們的《作家大辭典》。

（《文訊》雜誌第28期，民國76年2月）

文學現場人物（十三篇）

墨人的《紅塵》還有續集

儘管時下的出版市場，流行輕、薄、短、小，卜居北投大屯山下的作家墨人，卻如不問世事的隱者，以一年六個月、夜以繼日的毅力，完成了一百二十餘萬字的長篇小說《紅塵》。

墨人這部令人咋舌的鉅著，醞釀構思於民國六十年，開始動筆時已民國七十三年。他以長久以來對中華文化的省思，建構了這部小說的血肉。創作中途，他因過度的疲勞，曾罹患輕微中風，但他仍積極投入而不計代價，他期待用筆、用紙爲中國近百年的歷史作眞實的見證。

寫罷《紅塵》，由《新生報》副刊以將近三年的時間連載完畢，並於去年二月出版。最近，《紅塵》連獲嘉新優良著作獎、行政院新聞局金鼎獎，對接著湧來的榮譽，墨人顯得相當平靜，他在頒獎典禮上致詞說：「紅塵還沒有寫完，我希望在我八十歲以前能夠把續集寫出來。」

「庾信文章老更成，凌雲健筆意縱橫」，墨人借杜詩表達了對自己的期待。

（《文訊》雜誌第75期，民國81年1月）

羅門的豐收年

民國八十年，對羅門來說可以算是「豐收年」。三本有關羅門的論著《羅門論》（林燿德著）、《日月的雙軌》（周偉民、唐玲玲合著）、《門羅天下》（蔡源煌等著），分別在這一年中陸續出版，同時榮獲中山文藝創作詩歌獎。

距離第一本詩集《曙光》的出版，羅門已在創作路途上行走了三十餘年。至今年爲止，他共出版了十二本詩集及五本論著，這樣的分量與他創作的時間相比，並不算是多產。但由於他始終不變對詩及藝術的熱情與執著，塑造了一個獨特的自我風格。

多年來，羅門透過詩與藝術，對人類內心與精神活動進行多向性的探索，包括「自我性」、「都市文明」、「戰爭」、「時空」、「死亡」等，呈現出的豐富意象，獨特想像，引起衆多評論家的注意。

因此，這三本評論集的出版，應該是水到渠成，極自然不過了。對創作者羅門來說，這更是前進的動力與創作理念再開發的契機。

（《文訊》雜誌第76期，民國81年2月）

陳篤弘接管報社業務

已擔任《臺灣日報》副刊主編十三年的陳篤弘，日前由編輯現場升任爲該報總經理，消息傳來，藝文界的朋友雖頗感驚訝，也十分爲他高興。

陳篤弘畢業於政戰學校新聞系，自民國六十七年十月開始執掌《臺灣日報》副刊，並在成功大學、中興大學講授「新聞編採與寫作」的課程。在資源比較缺乏的情況下，陳篤弘仍能掌握新聞的時效性及文學的多樣性。長久以來，除了與中部藝文界建立起良好的關係外，並曾擔任亞哥企業首席顧問十年，負責所有活動的企劃。此次調升，報社希望借重他的企業經營理念及才幹，來協助報社拓展業務。

對迴異於副刊編輯的業務經營，陳篤弘自有一套計劃及理想。他希望能用積極、主動的態度及方式，來規劃今後的工作。在他擔任副刊主編任內，曾主編過兩本十分暢銷的書，一本是《苦海餘生》，一本是最近才出版不久的《俞大維傳》。基於這兩本書的輝煌成果，陳篤弘對未來以出版書籍來提升業績，有很大的信心。當然，在希望出版暢銷書的前題下，仍以「培養藝文人口，開拓文學視野」爲主要課題，不會一味地迎合市場。

目前，副刊主編人選未定，仍由陳篤弘暫代。他希望未來的副刊主編除了編副刊外，在出版企劃上也能貢獻心力。看來，一個可以一展抱負的美麗遠景，正逐漸在陳篤弘的眼前鋪展開來。

（《文訊》雜誌第78期，民國81年4月）

白先勇重刊《現代文學》

一個透著春寒的週末午後，當年參與《現代文學》編輯寫作的朋友以及近百位藝文界人士，齊聚一堂。會場四周的牆壁貼滿了六〇年代文壇風貌的照片及資料，桌上陳列的是重刊的《現代文學》合訂本。酒會現場瀰漫著一股溫馨、浪漫的氣氛。

專程從美國返臺，親自主持「《現代文學》重刊」發表會的白先勇，在這個酒會中情緒非常高昂，他是這次「《現代文學》與六〇年代」活動的靈魂人物。當年，白先勇曾為《現代文學》耗盡心血，也因為他的堅持及無私的奉獻，《現代文學》才能在艱困中成長。這段刻骨銘心的歷程，隱然和他自己的寫作生涯唇齒相依。

最近幾年，白先勇深感時間洪流無可抗拒的威力，眼見許多人努力的痕跡，轉瞬間湮沒消逝，於是興起了一個願望：希望有一天能夠重刊《現代文學》，使這本經由許多文學工作者孜孜耕耘過的雜誌，保存下來，做為一個永久記錄。

白先勇回顧說，在那個年代，文學可以說是精神上安身立命之所。彼時，走嚴肅文學路線、提倡實驗的雜誌不多，現代文學適時提供了一塊文學園地，讓一羣有才華有理想的青年作家，播種耕耘，開花結果。這些年輕人日後大多卓然成家，成為臺灣文學的中堅。

在白先勇奔走努力之下，停刊二十年的《現代文學》終於重現在讀者眼前，望著印刷精美的重刊本，白先勇希望能重現以往《現代文學》作家那種不問收穫的墾荒精神，對當前有志於文學創作的年輕人來說，這應是一種無形的鼓勵吧！

（《文訊》雜誌第79期，民國81年5月）

殷張蘭熙獻身筆會二十年

不炫耀外表，以樸實無華的包裝、豐美厚實的文字內容，一路穩健地走來，《中國筆會季刊》（*Chinese Pen Quarterly*，《中國筆》）至今年十月，已整整二十年了。目前，《中國筆》是「國際筆會」所有分會中，從未脫期、存活最長的刊物。

二十年前，殷張蘭熙女士因林語堂先生的推薦進入「中華民國筆會」；又緣於林語堂的一句話"you do it!"，她接下了筆會季刊的重擔。漫長的歲月一晃眼過去了，殷張女士卻沒有浪費光陰。她結合同道，以高水準的英文譯筆大量翻譯了臺灣優秀文學作品，向世界各地發行。選材包括臺灣地區和海外中國作家作品，並不限於筆會會員，平均每期以刊登五位作家計算，至今已經介紹了四百位作家的作品。

在人力、經費樣樣匱乏的情況下，印刷費、辦公室的租金，再省也得有一筆經費，殷張女士的夫婿殷之浩先生就是她最好的「後勤支援」。民國六十年，我們退出聯合國，民國六十七年，中美斷交，殷張女士在先生的資助下，以國際筆會會員國代表的身分二次赴美，在各大城市進行電視、廣播演講，讓各會員國會員了解，中華民國作家雖然面對困境，卻表現出堅毅、勇敢的一面，讓「中華民國筆會」保有了「國際筆會」的會籍。

民國七十六年，殷張蘭熙獲選爲「中華民國筆會」會長，民國八十年當選「國際筆會」終身副會長。目前，她已卸下筆會會長及總編輯的職務。在筆會慶祝發刊二十週年的酒會上，她接受了表揚。

事實上，不只筆會全體會員對殷張蘭熙充滿感謝，只要想到總計有八十期近百頁譯文精湛、印刷精美的筆會季刊，曾經帶著許多臺灣作家的作品至世界各地，發揮難以想像的影響力，所有熱愛現代中國文學的人，都一定會對殷張蘭熙女士，獻上無比的敬意。

（《文訊》雜誌第85期，民國81年11月）

梅遜在黑暗中完成《串場河傳》

歷時六年，六易其稿，梅遜終於完成了令他魂牽夢繫的長篇小說《串場河傳》，總字數六十一萬，分上、下兩册，由九歌出版社印行。

在六〇年代，梅遜即有散文、小說多本問世。他曾前後主編十數年《自由青年》雜誌，提携了無數文壇新人；他又創辦了「大江出版社」，只爲一個單純的理由：讓一些寫作的朋友可以用「大江」的名字，出版自己的書。

民國六十九年，梅遜因患白內障開刀，卻因視網膜病變而失明。在黑暗中摸索了將近五年，幾乎萬念俱灰，一脫沉潛在內心多年的呼喚，讓他從頹喪中重拾寫作的信心。民國七十四年九月，梅遜開始動筆寫《串場河傳》。七個月後，完成了字跡重疊、筆墨不均到幾乎難以辨認的初稿。作家廖清秀的侄女廖鳳邑小姐用無比的耐心，將梅遜的原稿加以辨認並重新錄音，梅遜根據錄音的初稿，重新修飾、改寫，經過五次重複修改，終於定稿。

《串場河傳》的背景是抗戰勝利二年後的江蘇興化，梅遜親眼看見故鄉老百姓過著痛苦不堪的生活，那是一種比抗戰時砲火造成的傷痛還要痛苦的生活，令他永遠不能忘懷，他一直想把這些悲慘的故事留下永恆的記錄。

書終於出版了。少了俗世紅塵的紛擾，縱使在黑暗中，只要握住了筆，梅遜心中自有一片光明。

（《文訊》雜誌第86期，民國81年12月）

符兆祥推動成立世界華文作家協會

八十一年十一月杪，臺北的文藝界顯得格外地熱鬧。許多長年居住海外的作家返國，世界各地不少華文作家亦翩然來臺，他們是來參加十一月二十三日起在圓山飯店召開的「世界華文作家協會第一屆大會」，大家都認爲這是一次難得的聚會。

身爲「世界華文作家協會」第一屆大會籌備處秘書長的符兆祥，該是這個會議的推動者及執行者。今年八月，符兆祥開始爲這次會議籌措經費、規劃內容，與各地區華文作家協會聯繫，決定代表團名單等等。會議細節繁瑣，經費、場地使得人數必須有所限制，壓力頗大。直到二十五日大會圓滿閉幕時，符兆祥才鬆了一口氣。

許多年輕的記者及文藝工作者，都是在這次會議中才認識符兆祥，其實符兆祥早年創作以短篇小說爲主，民國四十三年曾獲《香港時報》舉辦的亞洲文藝小說獎第一名，出版過十一本小說集。民國七十三年，《亞洲華文作家雜誌》創刊，符兆祥任總編輯。這是一本向海外華文地區發行的刊物，鼓勵海外的前輩華文作家繼續以華文創作，也促進了新生一代華僑子弟在華文文學世界的探索。符兆祥和他的老搭檔——詩人林煥彰，以有限的人力、財力，努力維持這分雜誌的正常出刊，用心做好文學的推廣與溝通的工作。

民國七十三年至七十六年間，符兆祥曾受僑委會委託，派駐巴拉圭、秘魯等地從事華文教育工作，也許正因爲長年在海外工作的經驗與感受，使得符兆祥在從事海外華文聯繫工作時，得以發揮他的特長、貢獻他的智慧。

世界華文作家協會終於成立了，符兆祥面臨一個新的工作挑戰，他說他將全力以赴。

（《文訊》雜誌第87期，民國82年1月）

歸人東部采風二十年

今年二月一日，筆名歸人、黎芹的黃守誠先生，自任敎的花蓮師院正式辦理退休。

二十幾年的光陰歲月，對一個人來說應該是漫長而刻骨銘心的。早些年，歸人也在彰化、嘉義、臺中等地任敎，可是都沒有一個地方像花蓮讓他如此眷戀。也許是花蓮神祕的自然景觀，雄奇壯麗的山光水色產生的魅力吧！但還有一種比山水更牽繫他的心靈的，那就是二十幾年敎書生涯中，與學生建立起的濃厚情誼。那是一種類似家人、父子間的情感，自然而又溫馨。他永遠記得，假日裡學生騎著腳踏車送信或傳話到他宿舍的情景。一直到今天，不少十幾年前敎過的學生與他仍然保持著聯繫，尤其是在文學上有所精進，一定修書稟報老師。

早年以散文著稱的歸人，後來沉潛於古典文學的教學與研究，加上在文藝界的活動也少，因此作品與文名並不相等。除了創作與教學外，他曾花兩年的時間，受文建會委託完成《東部采風錄》，報導東部山川、文物、景觀、歷史等狀況，長達十五萬言。接著又著手完成《楊喚全集》的編輯工作。這兩本書呈現的是他對花蓮熱情的奉獻，與對好友至深的追念。

雖然退休，歸人仍難割捨與花蓮的關係，目前他一個禮拜在花師還有幾小時的課。其餘的時間，他正在整理這幾年蒐集的資料，計劃中有關《紅樓夢》的文學研究，也可以開始動手了。憑他過去的認真與力學，相信他在退休後會很快做出成績來。

（《文訊》雜誌第89期，民國82年3月）

白靈的文學具有科學的精神

主修化工，能將冷冷的「科學概論」教出十分的興味來；耕耘創作、出書外又屢獲大獎，文學園地裡亦是花園錦簇。不論教書的莊祖煌，或是寫作的白靈，在科學與文學的領域中，都悠遊自如。

此次白靈以《一首詩的誕生》一書獲得第十八屆國家文藝理論類獎，在得獎評語中有一段文字如此記載：「作者文筆流暢，剖析新詩的手法頗具科學精神，不但能掌握要點，而且能將抽象的意識心態具體化，尤以書中論及意象的虛實問題，頗有獨到之處。」教書、寫詩、寫散文，也寫評論的白靈，現任耕莘青年寫作會常務理事、《旦兮》雜誌主編，長期參與策劃「耕莘暑期寫作班」，也是《臺灣詩學季刊》的創辦人之一。面對繁雜的事務，白靈卻始終不減對詩的熱愛與深情，自始至終覺得，創作詩的過程艱辛、謹慎，創作完成後的喜悅，卻是別的事務無法相比的。

近幾年來，白靈的詩有其獨特的風格，他致力於敘事長詩及五行詩的創作，對於創作不是「最長」就是「最短」的詩，他自有一番心得。從小喜歡歷史、地理的白靈，善於把生硬的史料，化作一首首蕩氣迴腸的長詩；卻又能將一些事件、哲思，內心的挖掘與意象，用短短五行文字凝鍊而成。

雖然以「文藝評論類」得獎，白靈卻很怕寫評論，如果不能自己有創意性的理論，而只是綜合歸納式的剖析，他會有了無新意的困頓。

超過二十年的創作生涯，出版四本書並不算多。最近他的新詩集《沒有一朵雲需要國界》及《五行詩一百首》即將出版了。經過長時間的堅持與努力，四十歲之後的白靈，該有更豐美的果實等待著收成。

（《文訊》雜誌第91期，民國82年5月）

陳信元接任幼獅總編輯

五月一日起，陳信元正式接任幼獅文化事業公司總編輯。

民國六十四年，中文系畢業後，陳信元放棄了許多人羨慕的教書工作，一頭栽進了出版界。將近十八年的投入與參與，曾擔任過故鄉、蓬萊、蘭亭、業強等出版社的總編輯、總策劃、總經理、發行人等職。由於他個人用心的吸收與努力，使他不僅僅是手拿筆桿的編輯人及作家，對整個出版作業流程也都有非常深入的了解，包括印刷、發行、管理等，幾乎都有純熟的經驗與心得。

除了投身出版界外，陳信元近幾年的工作重心放在大陸文學史料、文學創作、出版狀況的研究上，他的努力使他成爲兩岸知名的文學史料家。在業強出版社擔任總編輯任上，曾策劃出版「文學風情」、「青少年圖書館」、「中國文化名人傳記」等，頗獲好評，其中有許多是兩岸合作出版的，他也因此對大陸的文學出版狀況有更進一步的接觸與了解，這項專才，使他近年來接下幾個有關兩岸出版，及文化研究的委託專案。其中之一是最近剛出版的《兩岸出版業界者合作發行書籍之現況調查與研究》。

接下了幼獅總編輯，重回他所熱愛的出版崗位，許多朋友都爲他高興。除了負責《幼獅文藝》、《幼獅少年》兩個刊物外，重點還在幼獅書系的整編，開拓新的出版計劃，他希望幼獅出版的書，能進入書店，通過一般市場的競爭。

上任半個月來，約談所屬工作同仁、協調不同組別的合作與差異，激發每個同人的潛能。整個編輯部似乎有了一番新氣象。相信以陳信元認眞負責的做事態度、熟練深入的出版經驗，幼獅文化公司將有一番新作爲。

（《文訊》雜誌第92期，民國82年6月）

胡耀恆重返校園

三年前，在接任兩廳院主任以後的首次記者招待會上，胡耀恆語帶機鋒、旁徵博引的問答，在媒體記者的腦海中，留下深刻的印象。三年的光陰轉瞬而逝，胡耀恆又要交出棒子了。

當初劉鳳學「屆齡退休」時，胡耀恆任臺大外文系教授，是標準的學者、文人。各方猜測接任人選的名單中並沒有他。因此，確定人選公布時，胡耀恆曾自嘲：「我是『熱門人選』射程以外的人物，此番出任不知會跌破多少眼鏡？」接著，他將臺大工商管理系副教授余松培找來擔任副主任，把企業管理的理念及精神帶進兩廳院，令人耳目一新。

初上任，胡耀恆確實有「初生之犢不畏虎」的架勢，「作業透明化」、「從服務出發——圖利藝術家」，都是他喊出來的口號。這其中，兩廳院組織條例草案遭立院擱置、兩廳院的規屬問題、國家劇院舞臺電腦燈控「當機」事件，以及他費力最多的《表演藝術》月刊創刊的堅持，與民間經紀公司的合作等等，都是藝術界的大事。

三年中種種的奮戰與努力，胡耀恆自己必然體會深刻。他獲得了許多的掌聲；他的耿直、率眞與坦誠，更贏得許多記者及藝文界朋友的友誼及支持。

八月起，胡耀恆又回到臺大教職的崗位，多了一番藝術行政的實務歷練，重回昔日的生活，他的學術研究必然有更新的境界。

（《文訊》雜誌第93期，民國82年7月）

林瑞明研究賴和十年有成

十年來，林瑞明專注於賴和研究，從未間斷。

大學時代，因爲朋友的介紹，林瑞明認識了當時卜居在東海花園的楊逵，經由楊逵，他知道了賴和，以及賴和在日據時代臺灣文學的地位和影響。民國七十二年，時任成功大學歷史系講師的林瑞明，接受美國哈佛大學燕京學院的贊助，完成一篇五萬字的〈賴和與臺灣新文學運動〉論文，引起學界的重視。事實上，擁有「臺灣新文學之父」、「臺灣魯迅」美稱的賴和，在過去很長的一段時間裡，因政治因素及種種誤解，幾乎被人遺忘，直到民國七十三年，才又獲得肯定。因此，賴和遺族對外界的探詢，難免有些防備。林瑞明用誠懇、認眞的態度，感動了賴氏家族，不但獲得了第一手的珍貴資料，並且和賴和的後代建立了深厚的情誼。

翻閱林梵（林瑞明的筆名）作品年表，我們很明顯發現，這位原本創作現代新詩（已出版三本詩集）的作家，在投身於賴和研究之後，除了有關學術的論著、有關賴和的研究外，他的詩之創作幾乎掛零。

但是林瑞明研究賴和的專著《臺灣文學與時代精神——賴和研究論集》終於出版了，內容包括：〈賴和與臺灣新文學運動〉、〈賴和與臺灣文化協會〉、〈賴和獄中日記及其晚年情境〉、〈魯迅與賴和〉、〈賴和的文學及其精神〉，及賴和未刊小說稿〈富戶人的歷史〉等，這是臺灣文學研究一座新的里程碑，期待後來者的超越。

（《文訊》雜誌第94期，民國82年8月）

孫大川盼能復甦原住民的創造活力

「從高山大海走向世界」，這是《山海文化》雙月刊創刊的廣告文案，給人一種渾雄、壯濶而又充滿希望的感覺。

這一分刊物的總編輯是東吳大學哲學系講師孫大川。

出身卑南族的孫大川在山水爲伴的臺東鄉間，度過了淳樸、愉快的童年。但也幾乎從童年開始，一種來自對自己民族文化處境的沉重感受，使他很早就有深沉的憂鬱。

待孫大川負笈海外，有機會結交不同種族的朋友，民族苦難的共同經驗，使他潛藏在內心深處的原住民意識開始澎湃洶湧起來。回國後，起初他投注於原住民的文化活動，帶領各大專院校的山地服務隊，培養年輕一代的文化尖兵；奔波各地，記錄原住民的生活足迹，探集山地各部落神話；恢復卑南族的重要祭典——猴祭。接著，他把一個原住民的悲情與壯志，通過深刻、動人的文字發表出來，這些充滿血肉、淚水的陳述，孫大川原只是謙虛地認爲是「自我救贖的工具」，但發表之後卻引起文化界的廣泛注意。

然而，最近幾年臺灣的原住民文學已逐漸成熟，使孫大川相信，文學的力量不僅僅在個人，它更可以爲一個民族作救贖，宣洩整個族羣的情緒並寄託一些理想。他堅信原住民文學將成爲復甦原住民創造活力的火車頭。於是，他與關心原住民問題的華加志神父成立了「中華民國臺灣原住民文化發展協會」，並創立「山海文化」雜誌，以爭取原住民文化及論述的空間。

孫大川決定用後半生爲原住民同胞搭建一個屬於文學、藝術和文化論述的舞臺，讓原住民的創造力，得以延續不斷，《山海文化》雙月刊適時的創刊，讓孫大川的理想抱負得以實現。

（《文訊》雜誌第95期，民國82年9月）

【輯三】自西徂東

紫薇的那支小夜曲

有一次北海夜遊，當在臨海的堤岸旁，我們燃起了營火。一個男孩用純厚的中音唱起「綠島小夜曲」，那時，四周寂靜下來。沒有月亮，沒有星星，優美動人的旋律在夜空下飄落、凝聚，卻為我們灑下了串串晶瑩。

一夜間熬出來

是一種對音樂的狂熱，也是一種對美善的追求，他們就這樣自然而然的做出了這首令人至今懷念的歌曲。

二十幾年前，紫薇、周藍萍、潘英傑同在中廣公司音樂部服務。周藍萍是國立音樂院科班男高音出身。他一直記得教授說的一句話：「音樂是神聖的藝術，學聲樂只有唱歌劇才算對路。」因此他懷著崇高的理想，每天就拉著嗓子練歌劇。有一天，一個女孩忍不住對他說：「你練的這些歌，又高又難懂，不如『明月千里寄相思』一類的歌好，我們一唱就會。」他聽了輕鬆的說：「像這類的歌，我可一夜寫七、八首。」說出的話可不能收回，於是整整地熬了一夜，完成了「綠島小夜曲」、「美麗的寶島」、「茶山姑娘」……等。

有一天他的女朋友李慧倫生日，他就把這些自己看了都臉紅的作品，送給她。李慧倫拿到這些曲子，就反覆地彈著，愈彈愈喜歡，就偷偷把這些曲子送出去。那時，在中廣的潘英傑爲「綠島小夜曲」寫下細膩的歌詞，並且指定擅長唱抒情歌曲的紫薇來唱，於是像一陣風，這首歌，很快地就在臺灣各地風行起來。

蘊涵濃烈的中國風味，是周藍萍作品獨特之處。由於這些曲子的起步，慢慢地別人就知道他會做一些民謠及通俗的歌曲。以後就慢慢走上了電影作曲的路子。不只一次，在亞洲影展及金馬獎中，獲得最佳音樂作曲。但在傳統音樂觀念之下，他被套上另一項名銜——碼頭音樂家，而他也微笑的接受了，因爲無論如何，這也算是收穫。

其實，通俗並不是就沒有價值，如果能達到千萬人喜愛共鳴的地步，要比自立一個渺遠難達的境界，要高明得多了。只是，從此他就放下成爲聲樂家的理想，投入繁忙勞累的電影工作中。

只有她唱出了感情

一直到現在，大家都知道「綠島小夜曲」，紫薇唱得最好了。似乎只有紫薇那抒情柔美的歌聲，才能把這首歌，唱出生命來。

提起紫薇的踏入歌壇，是民國四十一年的事。當時民本電臺招考基本歌星，在一連串的試唱、練唱後，她開始上班。她笑著說：「那時，根本不懂得該簽什麼合約合同的，一句話說出來就算數，不過也沒有受什麼騙。」可能是那時的人心比較單純可愛，而她自己始終也是純粹喜歡唱歌的緣故。

走遍了金馬前線

常常，在趕往電臺錄音的途中，一手牽著兒子，一手牽著女兒，嘴裏不停地哼著歌，雖然很忙、很累，她卻一直兼顧著自己的事業及家庭。

民國四十七年，八・二三炮戰的第二天，炮火的餘燼尚未消散，到處冒著濃煙，一羣滿懷著熱忱的人，在軍人之友社總幹事的率領之下，前往金門前線勞軍，用他們優美的歌聲，驅除了戰爭的陰影及緊張，無疑地爲戰地帶來振奮及鼓舞的作用。

她回憶著：「那時可能是因爲年紀輕，從不覺得累！」於是在吉普車的顛簸中，她跑遍了金馬各島。

用整個心靈去唱

唱了二十幾年的歌，她覺得要唱好一首歌，必須用整個心靈和感情，去瞭解歌曲歌詞，同時體會創作者的心情及意境，才能把一首歌的味道唱出來。並不是每一類的歌，每種人都唱得好。而現在所謂「特出」，也只不過是一些自己加上去的怪聲調、怪動作而已，絲毫沒有用「心」去唱，唱歌便成了虛應故事。

在人們的心中，紫薇的歌聲和氣質已塑造了一種獨特的形象。她很少在歌廳駐唱，只是在盛情難卻的情況，偶而客串一下。也是因爲心中了無對名利的追求，她只是默默地唱一些自己喜歡的歌，指導一些喜歡唱歌的女孩。

現在她是臺視的基本歌唱指導，主持了一個歌唱節目——晚安曲。在寧靜的夜晚，安排了些令人懷念的歌曲，她努力的尋回人們對以往的記憶，希望這些優美的旋律，在目前充斥的流行歌曲中，有如一條清涼小溪，悠然滑過人們的心田。

我們何時，才能夠再見到一首像「綠島小夜曲」，作曲作詞俱佳的好歌，在那裏尋找一個，用整個心靈及感情在唱歌的人？

子夜，陣陣令人感懷的旋律，飄瀉入耳。一些屬於那個年代的生活，那個年代的人物，便漸漸浮現在眼前。

（《儷人》雜誌創刊號，民國64年3月）

她們的模特兒生涯

前言

一般人提到「模特兒」，馬上的聯想總是赤身裸體的女人，是曖昧的，羞恥的，骯髒的，甚至是淫褻的。她們被人劃入和風塵女郎同爲一類，卑賤而又充滿了神祕。

早年，西洋繪畫進入中國的時候，人們爲了一張人體作品，究竟是藝術，還是色情，往往可以爭上大半天，說是爲了衞「道」。時至今日，老夫子仍然不少，而年輕的觀念也未見得開通，理由全在我們從來就不敢正視這個問題，就像我們不敢正視一尊自然的肉體一樣。

結果，我們的藝術遲遲不能進步，誰說不是這種要命的想法所致？理想的模特兒難求，其實，在此地，壓根兒就沒有受過訓練的模特兒。誰敢明目張膽的作這個職業？誰又敢突破傳統來作這種「犧牲」？

在國外，多的是模特兒協會，模特兒更必須接受專業的訓練。人們的眼裏，他們只是畫者的「模型」而已。在國內，人材不是沒有，十幾年前，第一位職業人體模特兒出道的時候，大家莫不譁然。而今，也還是有人在做這項奉獻，只是，他們都躲進角落裏，滿心委屈，怕人知道，怕見世面，更怕那種冷冷逼人的眼光，他們實在是很需要人家照顧的小兎。對這些默默獻身在藝術界的模特兒，我們有理由以一種比較公正的態度來認識她們。

高小姐：我就想告訴別人！

踏著細雨，尋尋覓覓，終於在竹林巷內找到了李德教授的家。不是附庸風雅，而喜好清談，但是每當懷著受業者的心情去拜訪別人時，內心就已充滿喜悅。

進入玄關，古雅而別緻的圖畫及擺設，使空氣中瀰漫著一股柔美浪漫的氣息。牆角的壁爐，沒有生火，但是看了也使人感到溫暖。翻著畫册和李教授聊著：「高小姐已經在我們的畫室做了好幾年，她現在生活很平靜，希望妳們不要給她帶來無謂的煩惱。」語氣中顯示出長者對幼輩的庇護及愛顧之情。

隨著樓梯的腳步聲下來的，是一張毫無修飾，帶著有十足鄉村姑娘味道的臉，大大的眼睛轉動得好靈活，忽然發覺緊張的是我自己。因爲她說：「很早以前，就想把我的感覺，告訴別人！」

那年，她初中畢業，沒有考上理想的高中，閒在家裏一時也沒找到工作。於是在臺北的表姐介紹她做人體繪畫模特兒，先向她解釋了這個工作的性質及對象。當時，她考慮了又考慮，最後由於一股好奇及對表姐的信任，答應先試試看。第一天到藝專上課時，想到要面對這麼多陌生人，心裏怕得要命，眞想拔腿就走。幸好李梅樹老師一見面就喜歡她，特別照顧她。等到第一堂課正式開始時，畫室裏安靜肅穆的氣氛，學生們專注的神情，緊張的情緒就慢慢鬆弛下來，於是這個工作也就繼續著！

在心底，雖然不會很喜歡模特兒這個工作，可是也從來沒有厭煩過。「做一個眞正好的模特兒很難。」她謙虛的說。像我們熟悉的作品裏的許多豐美的人體，當然畫家的功力不可磨滅，可是模特兒本身的條件也很重要。做久了，她知道怎麼去保持身體的重心，以維持穩定的姿勢，她知道速寫的姿勢和素描的姿態應該不同。「上帝創造人體，本意就是莊嚴與神聖。」她一臉的認眞，因此，她很在乎畫者的態度。「一個眞正在畫畫的人，從他的眼神及態度上可以看得出來的，畫畫的人多人少，並不重要。」有一雙認眞、專注的眼神，她就感覺到有點安慰。

在畫室中，偶而有些學生在下面嬉笑談天，隨便的進出，眼看這一切，她難免會生氣。

覺得自己的努力及犧牲，一點價值都沒有，工作就會顯得意態闌珊。要一直保持不變的姿勢，很累。但仍然有些學生，認爲可以任意叫模特兒變換一些難擺的姿勢爲樂事，「可是這畢竟是少數」，大部分的學生，都很能體諒她，一句「辛苦了！累不累？」常叫她忘了身體的疲累。

在大家專心畫畫的過程中，她的腦海中常常幻想一些屬於自己的夢境，回味著一些有趣的話題，她的思想很少完全空白或停頓過。有次想到一件好笑的事，同時又想到一位畫家在閒談中說的話：「覺得好笑的事就應該馬上笑出聲音來！」於是忍不住就笑了出來，而且愈想愈好笑，臺下的學生都嚇一跳，當然擺好的姿勢也受了影響。「以後想到有趣的事，就趕快想些不高興的事，把湧上來的笑意壓抑下去。」

談起一般人對她這行職業的看法。她說：「別人的想法及批評都不重要。自己覺得心安理得就好。」如果本身不能擺脫這一層由別人編織的網，生活就永遠無法快樂。但常常她們的心情，仍然會被別人的批評及態度左右著。一般人對模特兒的偏見及誤解，總有意無意傷害到他們，難怪她的眼裏，總暗藏著一股戒備的神情。

和畫家及美術系的學生接觸久了，關於美術這方面的常識，也就漸漸豐富起來了。和朋友聊天時，話題總離不開美術。她很關心同學的進步。「坐在那裏，在感覺上，我也是他們的老師，教他們如何畫得好，畫得傳神，我沒有言語，只是讓他們靜靜的體會。」

學校、畫室中來回的跑，所接觸的人大部分都是單純可愛的。她覺得這比一般工作還不費腦力與心機。她很少出門，討厭在人潮中擠電影院。「一到人多的地方，我的頭就快炸掉了！」偶而和學生到郊外爬爬山，是她最愉快的戶外運動。一天工作後，洗完澡，扭開唱機，躺在床上看書，那是最輕鬆、舒適的時候。她喜歡看名人傳記之類的書，「看別人多彩多姿的一生，幻想自己將來的路途，也是有驚有險。」

做了幾年的事，一個人在外省吃儉用的，最近買了一幢房子，「雖然還在外飄泊，但總算有了暫時的避風港。」她最近忙著布置這完全屬於自己的家。買了幾個石膏像，這也是客廳的擺飾品之一。幾年來，畫室的一切，對她來說是最熟悉、最親切的。不知不覺中，畫室中的人、物及一切，已構成了她的一個小小的獨立王國，她喜歡這王國中的平淡與愜意。

「我還會繼續做下去，相信喜歡我、關心我的人，最後都會瞭解我。」她仍然是露著一臉笑容，向我揮揮手，轉身踏上了一輛駛近的欣欣客運，而我的思潮，卻比來時複雜多了。

傅小姐：這需要很大的勇氣

怎麼看，她都不像一個從南部來的女孩。倒像是一個道地的臺北姑娘。「高高壯壯」的身材，講幾句話就重重地拍妳一巴掌，偶而爆出豪爽的笑聲，一副男孩子的模樣。但是等她靜下來，又別有一番風味了！

「小時候，我曾經下田割稻，撿稻穗。那時，整天身上都是泥巴。」童年的那段日子，整天與田野、樹木爲伍，綠色的草地、淸涼的小溪、笨拙的老牛，在她單純的記憶中，是一段深印的影像。與同年的玩伴在一起，她的鬼主意最多，膽子也最大。漸漸成長後，她忽然覺得鄉村的一切，都不能滿足她的好奇心，「外面的天空，一定還很大，不能老是呆在鄉下，我要出去闖闖！」

有一天在路上，有個人攔著她，想請她做模特兒。到了畫室，才知道和時裝模特兒不同，但想了一下，也就慨然答應了。那天，只畫了十分鐘。

後來，偶然間在報上看到應徵模特兒的廣告，她就寄上履歷表，等到對方回信告訴她工作的性質後，一種對新工作、新環境的好奇及嚮往，使她整裝告別了她的經理生涯。

可能是已有一次被畫的經驗，第一次到藝專上課時，她只是在剛開始的五分鐘，覺得有點不習慣，很快地就沒有什麼不對勁了。爽朗的個性，使她不拘小節，馬上就能與學生們打成一片。因爲她的體型比較結實、高大，適合做雕塑科的模特兒，每當看到那些雕塑的不成形的作品，她就毫不客氣的說：「你看，我的手臂怎麼會是這樣的，腿的肌肉應該這邊比較大。」她這樣直截了當的說法，學生卻獲益匪淺。

對於這個工作，她有獨到的看法：「普通人裸體，總是不敢面對衆人，而我們可以在身無束縛時，坦然與人相對，同時，對方又是以一種嚴肅、欣賞的眼光在畫你，我覺得這是一種享受。」她的這一番話，使她自己工作起來很愉快。

她的個性很強，可是自己卻是天生的「吃軟不吃硬」，學生、教授對她愈好愈客氣，就怎麼也不好意思偷懶。「如果你無理或不尊重我，我也會翹課。」偶而休息一兩天，學校的課程進度，就遭到困難。

與女孩子在一起，尤其是那種纖纖弱弱的女孩，她就生出一種強烈的保護慾，處處以老大姐自居。她很喜歡管閒事，朋友中如果發生了什麼困難，也都習慣來找她。「我雖然不大好，可是我交的朋友都是好的。」對交朋友，她有原則，眞正那種仗權依勢，趾高氣揚的達官顯貴，她反而不屑一顧。

有時，她偶而也客串攝影學會的模特兒，「拍照的時間快，可以經常變換姿勢，比較不刻板、不累人。」她好動，一年三百六十五天血液都是跳動、沸騰的。因此，她喜歡瘋狂、刺激、富於變化的生活。假日，穿上長褲襯衫，朋友的摩托車就載著她在郊外飛馳。她喜歡跳舞，喜歡跳快節拍的「熱門舞」，在瘋狂的音樂及人影中，有一種發洩的快感。

「不管對人或對事，我總會喜新厭舊」，她一副認眞的表情。於是，她漸漸厭煩了這份平淡的工作。辭掉了學校的這份工作，準備在朋友籌備的服裝廣告公司幫忙。做了幾年事，她體會出一個心得：「如果要不被人欺負，自己先得建立一個強有力的防衛。」雖然，這個社會仍然有溫情，可是你仍然得隨時披著戰衣，準備接受別人的傷害。兩年的模特兒生涯，她一直很快樂。「我早就不在乎別人的眼光和批評了，能瞭解的人就是瞭解，不懂的人只令你徒費口舌！」

在別人眼裏，她是個把一切都看開的女孩。「不過，我承認要有很大的勇氣」，誰又知道她是曾經遭受過多少險惡、多少挫折，才換取到這分豁達。有些人把苦水往肚裏吞，有些人把困難化作一股低沉的氣壓，使周圍的人也感覺到這股壓力。她只是把自己的經驗，告訴其他同行的伙伴，希望以往自己吃虧的地方，別人不要重蹈覆轍。

現在一般人做事，都缺少一股衝勁及熱忱，太細緻的思維及顧慮，以致做起事來缺少新奇及喜悅。像傅小姐這樣的，想做什麼就做什麼，反而生活得愉快多了！

曾小姐：我願一直做下去

初春柔柔的陽光下，華岡的樹木閃著亮光，紫色的酢漿草灑滿了一地。

一個背影修長的女孩臨窗而立，當轉過頭來的一刹那，就感覺，她與這個山谷，有同樣的靈秀之氣。曾小姐迎面帶著幾分羞澀與緊張，「我實在不會說話！」看到她略帶驚惶的眼神，內心不免有一絲歉疚，希望沒有打擾她平靜安寧的山居生活。

沿著兩旁種滿松樹的山道走著，她指著一棵矮小的木瓜樹說：「我們南部的木瓜好大！」三年前，她自家鄉高雄的國中畢業，雖然好想繼續讀下去，但是想想家裏沉重的負擔，三年求學中所遭受的種種困難，能讀完國中已是意外了，於是，一個十六歲的女孩，開始在茫茫的人海中求生存。她開始接觸這個繁複而多變的社會。三年中，她換了好幾個工作，接觸過各色各樣的人。她曾努力的想使自己適應這個社會、這種生活，可是她失敗了，她始終無法打入他們的生活圈子，最後，她竟然對自己感到失望起來，一種擺脫現狀的衝動，使她離開了南部，懷著一些希望，孤零零地來到臺北。

提著皮箱站在臺北車站時，她甚至分不清東南西北。但現實生活的需要，使得她還未歇腳，就拼命找報紙。有一天，她看到人事欄應徵「模特兒」，就順著地址去找，想不到應徵的地點，竟然是風景優美的華岡。還記得助教一見到她時，就給她看一些人體繪畫方面的作品，並且連忙對她說：「妳聽我說清楚……」（在這以前，她從來不知道有人體繪畫模特兒這回事），因爲很多女孩一聽到這個工作後，都嚇得回頭就走。但那時，一份維持生活的工作對她來講，確實需要，同時在工廠那種吵雜的環境出來，她也渴望這裡的青山翠谷能洗滌她疲憊的身心！

在炎熱的南部住久了，她已習慣了酷暑，但卻很怕冷。上山後不久，一位同學對她說：「陽明山冬天一直是下著雪的！」嚇得她很快的說：「我只好披著棉被出來了！」想不到那個人不屑地說：「棉被管不了什麼用的！」結果，雪是沒下，不過整個冬天，她幾乎都在感冒。上課時，有電熱器的地方烤得難受，身體另外一邊卻又凍得發抖，兩隻腳冷得都變成了紫色，但這些苦，一咬牙，也就過去了。

上課的氣氛，通常都很輕鬆。老師和同學似乎都怕她太無聊似的，偶而講些趣事，想逗她笑笑，不過她很怕會影響學生作畫的情緒，或分散他們的注意力，只好自己在心裡哼著歌，「不能唱出聲音來，只好在口腔中共鳴，怪難受的！」但是她也頗能自得其樂。同學們郊遊、烤肉之類的聚會，她也參加了幾次。「在感覺上，我已經比他們老了很多。」雖然她努力使自己融進那些快樂的笑聲中，可是始終覺得自己是個旁觀者，「我好怕別人因爲我的介入而不愉快！」所以她總是呆在自己的小屋裏。

踏入文化學院後，她就搬進山仔后附近的一間二層樓房，裏面是用木板隔成一間間的，兩個或三個人一間，彼此間非常「息息相關」。她很怕吵，奇怪別人總有那麼多談不完的話題。現在她想尋覓一個清靜的小屋。她不願打擾別人，也不喜別人破壞她的寧靜。一學期下來，她難得下山幾次，一星期二十幾節課，著實也夠她累的了。剛滿二十歲的她，卻有超過成年人的思慮，眉宇間也始終隱現出落寞的神情。

一個人離家在外，對遙遠的家鄉記憶仍然深刻。複雜的大家庭，困苦拮据的生活，塑成了她沉默但不畏艱難的個性。三年前離家後，就沒有和家裏聯絡過，現在家人甚至不知道她在那裡。雖然爸媽並不十分關心她的下落，但她卻繫念著兩個妹妹的學業：「我已造成了遺憾，我不希望他們太早就失學。」於是每個月總寄些錢給他們，也好當作學雜費。

雖然，她每個星期的課不少，可是因爲不能算是學校的正式敎職員，待遇方面也就有限。偶而幾個比較認眞的學生另外出錢請她，或是兼一兩個私人畫室的課，如此她的生活也過得去了。還好，西門町對她沒有誘惑力，其他稀奇古怪的玩意她也不懂。三餐總是在學生餐廳解決，「那兒的東西，又便宜又好吃。」這樣儉樸的生活，使她每個月總有餘錢，寄給妹妹。

對於臺灣第一個職業模特兒林絲緞，她很佩服。她也知道，若要達到一個水準，要付出多大的努力與犧牲。小時候，她總幻想有天穿著白紗裙飛舞，可是這一直是個幻夢。現在她打算利用空閒的時間，去學舞蹈，把每個動作，姿勢都美化，並藉以滿足童年的夢境。

看著她小小的年紀，瘦弱的身體，教授們都把她當做女兒般疼愛。一個老畫家偶而問起，爲什麼不繼續讀書，內心隱藏已久的求知慾就被觸動了。於是她四處打聽補習學校或夜間部的入學情形，想爲自己找出一條可循的路子。在臺北，她無親無故的住了半年多，實在過怕了那種空閒的日子，於是盡量使自己忙碌起來。

目前的工作，她一點也沒有逃避的意念，經過那段痛苦的日子，她特別珍惜這個單純的工作環境，「我想繼續做下去，而且還要做得好。」一些比較親近的朋友，還不知道她的工作。突然，她略帶激動地說：「我也懶得一個個向人解釋，瞭不瞭解是他們的事。」她好像準備把什麼都豁出去似的。

「找一間清靜的小屋，學舞、讀書，我想我會很忙的。」在她前面的，將是嶄新的生活。

雖然需要更大的勇氣來支持這段充滿希望的日子，畢竟，對她來說，這只是開始！

楊小姐：我不厭煩，但我在乎

從小到現在，她沒有離開過畫筆。小時候，就愛拿著粉筆在牆上亂塗。上了中學，校刊上的每篇挿圖都是她的傑作，而她一直喜歡畫。或許，繪畫和她，原來就有很深的緣份。

楊小姐一直不是個很「傳統」的女孩子，對於刻板的學校生活，總認爲是種束縛，在那裏，她得不到想得到的東西。高二那年，她終於忍受不住了，她想休學，家裏當然反對，可是她有個開明的爸爸：「妳大了，我管不了妳！」於是她就瀟灑的離開了學校。

不久，舉家遷往臺北，離開了她生長的小鎭。定下來後，就先想找一份工作做。頭幾天，她還抱著輕鬆好玩的心情，但一、兩個月過去，經過幾次的碰壁，看到形形色色的社會百態，她開始害怕，一顆熱烈的心也慢慢冷卻了。一天看到報上徵模特兒的廣告，和爸爸商量的結果，爸爸鼓勵她去試試看，心裏猜測大概是服裝模特兒一類的性質。應徵的地方，是藝專一個老師的畫室，很不巧，那天老師正好不在，但她卻被那些素描、油畫、水彩吸引住了。整個下午她都在畫室中流連忘返。一些從小就蘊釀著的對繪畫的想望，又清晰地重映腦中。

第二天到學校，教授帶她去看另一個模特兒上課的情形，那時她才恍然大悟，這和服裝模特兒有什麼不同。接著他們馬上要她開始上課，在毫無心理準備的情況下，她臉紅緊張了半天，總覺得渾身不自在，幸虧雕塑科二年級的同學對她很照顧，因爲年齡相近的關係，使她的恐懼感減低了很多。

「但是在開始決定要從事這個職業時，是咬著牙，暗暗苦思才決定的。」一股對美術的好奇與探討，該是促成她做這職業的最大原動力。對「美術系」的憧憬，因自已未完成高中學業而遭到困難。現在這個機會，總可以讓她多看一些，多學一些吧！同時仗著爸爸曾經答應去試試，這樣想著，她心安理得的接受了這個工作。

在這半年中，她收穫豐盈。雖然現在動畫筆的時間比以前多不了多少，但是一種更廣大的藝術領域向她展示。因爲擔任不同老師的課，她可以在別人很少有的機會，聆聽不同老師的教誨。只要有空，她就去聽一些美術科的課，如書法、國畫、水彩，她總認眞地把握這難得的一分一秒。「現在我就是水彩比較差，其他的還馬馬虎虎。」

她也常常把自已的畫，請教授們指導。記得第一天上課，大家在知道她會畫畫時，都特別高興。她當場爲一個教授畫了一張素描，教授也當場誇獎，指導了一番。就這樣，學生、老師和她，有更深一層親切感，距離也因爲彼此對藝術的認識而更加接近了。

家在臺北，爸媽弟妹都在身邊，生活得舒適，精神也比較愉快。在上課休息的時間，常常可以聽到她領著全班大聲唱，一首接著一首。只要是雕塑科班上的活動，她幾乎都參加，可是在單純的學校中，有些人事上不愉快的事仍會發生，偶而還要受一些責罵和埋怨，心裡難免有委屈和不滿。

她看起來是個細緻羞澀的姑娘，但是她卻打了幾年的籃球校隊，一直到現在，她對籃球仍然著迷。摸著寬大而結實的臂膀說：「這是打球的成果！」但打球卻使她這半年模特兒生涯沒病沒痛。

有一天，這個乖乖的女孩，遇到一個也是很乖的男孩，於是寧靜的生活中多了一份甜蜜！認識後不久，她告訴了他目前的職業，而他並沒有像一般人一樣的大驚小怪，他認爲這是很正常的職業。有了固定的男朋友後，對未來想得多，顧慮的也多了，她覺得她缺乏一股完全獻身模特兒的勇氣和毅力。「說實話，我很在乎別人的看法及眼光」，而她也知道如果要繼續這個工作，需要很大的犧牲。首先要突破自己的觀念及想法。「我沒有辦法脫離人羣而獨居，所以我還是選擇一條比較容易走的路。」於是她辭去藝專的課。「我沒有完全厭煩這個工作，但是當模特兒，絕對不是我唯一追求的目標。」

常常在畫畫休息的途中，她總愛瀏覽每個同學的作品，「有時候，好想自己動手添上兩筆」如果不是這半年的耳濡目染，與久浸藝術的天地裡，她對美術的熱愛與信心，不會重新被喚醒。現在，她辭掉了藝專的課，把空閒下來的時間，整個都放在高中課本上，因爲她發覺要再進入藝術的天地，還得經過現實的升學競爭。未滿二十歲的她，應該還可以享受幾年學校生活。

在藝專半年，她親眼看到模特兒的進進出出，很少有人能維持一段較長的時間，學校在這方面傷透了腦筋。「但是如果一些客觀因素，能改善的話，模特兒的問題就會慢慢解決」。所謂客觀因素，就是待遇及學校設備的問題。離開了那兒，使她懷念的是那羣和她有著兄妹感情的同學，無論如何，她這半年收穫豐盈。

現在，她整天畫畫、讀書。以往，是坐在那裏編織幻想；如今，是把夢境搬到實際生活裏。憑她的努力，不久的將來，她定能以另外一種心情，再度踏入她喜愛的世界。

程小姐：我不希望無關緊要的人知道

「那一陣子，我正在爲找事煩心，他突然向我提議試試這個工作。」程小姐有個學工程但也喜歡畫畫的男朋友，一有空，就愛往畫室跑。也因爲這個緣故，他們見面的地方，常常就在畫室中。看久了、聽多了，對模特兒這方面的事，多少有點瞭解。

師大藝術系的教室設備，要算是比較好的。「冬天、夏天在裏面上課，都不會覺得很苦，只是剛開始上課的一陣子，每天回家後就全身酸痛，好像做了什麼劇烈的運動似的。」現在，已經完全沒有這種疲累的感覺了。「聽袁主任說，在國外的模特兒要五十分鐘才能休息一次，我們還算是特別優待的！」

「我進入這個環境，他的影響眞的很大。我信任他，因此也信任他找的工作。」她帶著近乎崇拜的神態說：「我一直覺得我在從事一個很神聖的藝術工作，而且又在他能諒解的情況下」，她略爲急促的語氣，好像這樣說著，就能減輕某些負擔似的。

藍色的牛仔裝，襯托著她修長的身材，看起來好瀟灑、好帥氣！可是私底下，她卻是一個典型的女孩子。對化粧她也頗有興趣，瞧她臉上濃淡適宜的化粧，確實憑添了幾許嫵媚！對鈎花方面的手藝，她更是得心應手。偶而也弄幾樣可口的小菜。總之，她將來必是個標準的「賢內助」！

「我的生活過得很平淡，學校的工作很少讓我煩心過，教授同學對我都很好。只是和他鬥嘴時，心情不大好。」談話中，她總是適當的回答一兩句，默默地聽著，很少主動的提出話題，可是臉上一直是浮現著淡淡的笑。「有時候，看到學生完成的作品，把自己的體態很傳神的畫出來，心裏可眞高興。如果是畫得比較差的，心裏馬上出現這種想法：我眞的這麼醜嗎？那時，就恨不得自己去添上兩筆。」才上了一學期的課，她已經很自然的擺出各種需要的畫姿，「如果是比較舒服的姿態，通常我都會睡著，下課時學生再叫醒我。」

她滿足目前的工作，可是仍不願讓太多「無關緊要」的人知道，甚至於一些親人，一些好朋友。「上一輩的思想及看法，不是兩三句話就能溝通的，我不希望大家都不愉快。」事實上，「傳統」的觀念所帶給我們的負擔，及無形的壓力，又何止在她一個人的肩上？

（《儷人》雜誌第2期，民國64年4月）

飄盪的樂聲

——訪聲樂家唐鎮

大仁館前的推土機，隆隆地響著，但仍隱約的可以聽到樓上交響樂團震人的樂聲，偶而也有一串串如水的琴音響起。雖然還沒有開始上課，唐鎮教授已忙著安排這學期的演出計劃，「這些計劃，可能看起來會嚇壞人，但是我們會盡一切力量去完成它！」

由四面的窗戶望出去，視野盡是山、樹和滿天的雲，當她工作疲倦時，儘可放眼去享受這些自然的景觀！

很自然的選擇這條路

她覺得一個人日後決定走的路子，和從小的環境有很大的關係。她生長在一個音樂氣氛很濃的家庭，加上自己的喜愛，很自然往這方面發展。

江蘇籍的唐鎮，在上海出生。青島、香港、上海是她出國以前所待過的地方。其實不是她跑的地方少，只是她離開家鄉時，她才十六歲。一個還需要父母照顧的孩子，卻遠赴異鄉，投考羅馬國立音樂院。在五年的學習課程中，她選擇了聲樂、歌劇為主修科，這期間她奠定了很好的音樂基礎。畢業後，在羅馬繼續一年的實習教學。由於她在羅馬的一場精彩演唱，維也納國立音樂學院，贈她三年獎學金，歡迎她繼續進修，於是她就到了人人嚮往的音樂之都，開始更高更深的探索。

在維也納，她主修聲樂、藝術歌曲、神劇，並且開始了她的演唱生涯。「在歐洲，並不是每一個音樂家都可以任意開演唱會，必須先經過一個考核，達到某一個水準，才發給妳職業演唱家的證明，因此自己的能力，是在確實的考驗下，不斷進步的。」那時，中國女高音——唐鎮，已有不少人知道了。

五十六年國內教育界的人士，曾致函邀請她返國。那時她就有返國之念，五十八年文化學院創辦人張其昀先生，又邀請她回國任教，她就毅然的結束了在海外二十餘年的孤獨生活。

歌聲飄揚在山谷中

「在國外，我演唱後，雖然得到許多掌聲和歡呼，但我仍覺得心靈空虛；回來後，這種感覺竟不翼而飛。」於是她開始把她所知、所學的貢獻出來。盡量教導喜愛音樂的學生。在華岡的晨曦及暮靄中，她的歌聲、琴音，學生的笑聲，漾滿了整個山谷。慢慢地，她幾乎把音樂系當作她的家了。

曾經在音樂風氣頗盛的歐洲住過，對我們的音樂環境，幾乎有一種「立卽改善」的衝動，雖然她知道這不是短時間或一兩個人的力量能做得到的。「但是我們學音樂的人，必須自己花費更大的功夫，及雙倍的努力，才能成功。對學聲樂的人來說，竟然沒有一個歌劇院，可以去練習。其次就是與世界各地音樂人才、音樂活動沒有達到交流的效用。一些普通的音樂觀點也建立不起來，一般人也感覺不到它的重要價值。」

而事實上，有些考上音樂系的同學，他們對自己爲什麼要選這個科系，甚至對自己能力、興趣的認知，也是一片茫然。有些學生，起碼的藝術修養都沒有。「其實這是整個教育制度的問題，我們的小學、中學教育，只有一個目標——如何考上大學，別的什麼都不管，因此上了大學，一切就鬆懈下來了。」

希望學生能跟得上

因此，對大一的學生，她總要花費比較多的時間，去瞭解他們對將來的打算，他們實際的程度。對於音樂的技巧及學識，她相信用心去體會，就能得到很多。「懂得方法，花費五分鐘的思考要比十小時的盲目練習，要有用的多。」在教學方面，她主張採取動態，原則不變，視情況加以改進，重視個人技巧及實習演出。「我們的演出，不論是獨唱、獨奏或合奏常是師生一同參加，目的在求提高水準，以身教代替言教，一些難一點的東西，由於老師的提攜，學生也可以擔任。」往往在演唱或表演之後，學生會高興的對她說：「老師，妳那天講的方法，我完全懂了！」一些理論的東西，看了，聽了，並且實際去做，便豁然貫通了。「我只有一個理想，希望畢業的學生，將來出國，能接得上別人的課程，不要差別人一大截。因爲音樂是宇宙性的，不能不與世界相配，而把自己關在一個角落。」

因此，早在這個暑假裏，華岡交響樂團就開始集訓了，「這個學期對外的公開表演計劃，我已經請助教貼出去了，份量很重，希望學生們心裏有個準備。」

望著有條不紊的計劃方案，我們似乎看到未來的日子，華岡必常飄著樂聲及歌聲！

（《儷人》雜誌第3期，民國64年5月）

向藝術之宮邁進

——訪畫家席慕蓉

坐上往石門水庫的客運車，路愈來愈顛簸，窗外的山野樹木，就愈來愈濃密。「佳安村十一分」，這個古樸的地址，果真是在幾重山水包圍之處。

幾經盤旋，終於到了目的地。席慕蓉的家，是座落在一片樹林之後的山腳下，那是一處還未完工的新社區，看多了四層以上的公寓，你不可能不愛上這些有紅色甎瓦，又有庭院的平房。一進客廳又被一層乳黃色包圍著，兩個石膏像，擺在客廳十分顯眼的位置。使得客廳顯得特別明亮。

蒙古姑娘

蒙古察哈爾盟（省）籍的席慕蓉，高高的身材，豪爽的笑容，似乎可以想像得到，揚鞭馬上、馳騁草原的北國姑娘的英姿。她的外祖母還是成吉思汗直系嫡親的公主呢！「其實我的蒙古話只會一點點，因爲我生在四川，長在臺灣。」

小時候她並沒有特出的繪畫天才，在北二女讀初三那年，有一位她十分欣賞的美術老師給了她全年級最高分並且鼓勵她往這方面發展，促使她走這條路子的決心。初中畢業後考上臺北師專藝術科，在那裏她奠下了素描的基礎。畢業後又進了師大藝術系，師大的學業完成，五十三年的夏天，她遠赴比利時首都布魯塞爾的皇家藝術學院進修。

藍色的夢境

她一面讀書、習畫，一面把自己的作品送往巴黎參加多項國際畫展，經一再獲選，使她在國際畫展上嶄露頭角。「剛來時，我一股勁的想家，於是我把我的鄉愁，用藍色的色調，飄灑在畫面上。」接著，她在布魯塞爾艾格蒙畫廊舉行第一次個別展，頓時轟動了比國的新聞界，比京有七家大報，先後爲她撰寫專文，批評或推薦其作品。有家報上評：「並不是她很有份量的簡歷讓我們如此描述她。但卻完全是因爲她的細緻美好、敏銳易感，甚至有一點憂鬱的作品，影響了我們。……所有作品都建立於一種最淺到了最深的藍色調上，給觀衆以一種在夜中行走的感覺。但是這夜色是清朗的，被賦予生命和熱情的。」

這個小小的東方女孩，開始受到比國觀衆的矚目。

風雨中聞佳音

在皇家藝術學院有很好的習畫環境，一個對席慕蓉很好的教授，他從來不改她的畫，「只是和我們隨便聊聊習畫的情形，解決我們所遭遇到的困難，只是在臨走前留下幾句意味深長的話，卻往往發人深省，一些橫梗在心中的問題，剎那間頓悟了。」於是，她以兩年的時間修完三年的課程。參加畢業展，獲得最佳優等第一獎，布魯塞爾市政府頒發的金牌獎和比國皇家金牌獎，記得在快畢業前，有一位教授曾向她透露，她的成績雖然很好，但卻不可能給她第一名，因爲金牌獎只用來獎勵本國藝術人才。席慕蓉嘴裏說著不在乎，心裏卻眞不是味道。

畢業成績公布那天下午，外面下著大雨，她剛跑進學校就有人恭喜她。因爲評審結果，評審團的七位教授竟全部都投了她的票，推翻了傳統，把金牌獎的榮譽，給了這個中國女學生。

其實，別人盲目的讚揚說好，並不能完全契合她的心性，必須從讚美的言辭中，發現無窮的希望和深切的瞭解，她一直忘不了比國一位名畫評家的一段話：「總之，在所有這些年輕的畫家中，我沒有發現很多天才的種子，除了一個人，就是那個小小的中國女孩子。她有夢，而且能以一種如此有構造性的清朗純潔而同時又受過異常美好的嚴格訓練的技巧，來述說她的夢境。」

向藝術之宮邁進

席慕蓉的大姊，就是旅德女高音席慕德，在音樂界的知名度很高。在比利時留學期間，大姊到布魯塞爾演唱，當然她是在後臺中最忙的人，當幕起，姊姊優美動人的歌聲在異國響起，她忽然激動起來，一股暖流通過她的內心，覺得和姊姊的心緊緊地接連在一塊了。「我們姊妹倆儘管在藝術的表現方式上有所不同，可是同樣是希望達到某一個定點，姊姊能達到的，我也能做到。」滿心的感受下，回去就畫成了那幅「一條河流的夢」。

民國五十九年席慕蓉束裝返國，本來決定馬上就開一次畫展，但爲了體內即將誕生的小生命，這個計劃擱了四年。在女兒芳慈三歲半時，她才在歷史博物館舉行回國後的第一次畫展。

造型誇大的母親

在去歐洲以前，她畫的畫色彩鮮明，但到了歐洲後，因思鄉日切，多用藍色調，曾被比國畫家稱爲「亞洲的藍色的夢」，但是現在她的畫風變了。如同她從少女走向少婦，她的畫不再是藍色的夢幻了，硬朗、厚重的咖啡色調，穩健、成熟的棕色都出現在畫上。

她筆下的母親，溫暖而粗獷，寬濶的臂膀，爲懷抱中孩子，遮風避雨，母親的臉上，焦慮裏流露著滿足，她畫的母親，造型比較誇大，「我的母親，不僅使我有身爲女兒的榮譽，使我的創作充實，更重要的是認識了身爲女人的眞價值。」

把學生都看作藝術家

因爲先生劉海北博士，在中山科學研究院任教，所以他們才在佳安村附近，買了這一幢安靜的住宅，同時也給她一個很好的作畫環境。只是每星期有兩天，她要開一個多鐘頭的車子到新竹師專去教課。「我喜歡和學生在一起，她們在畫面上那股新鮮自然的氣息，往往給我一種新的感受。」而她的學生說：「別的老師把我們當作學生，席老師卻把我們當作藝術家。」她認爲：當你選擇美術的一刹那，就要準備做藝術家。

也唯有在充滿這種自信的心情下，才能衝破一切困難，不停地畫下去！

（《儷人》雜誌第3期，民國64年5月）

縱有萬種豪情

——訪導演汪瑩

她看起來像年輕的大學生，留著短短直直的頭髮，一雙平底鞋，走起路來輕盈快捷，頗有男孩的灑脫氣概。與想像中的「能幹女導演」有些吻合，但更意外於她的樸實與自然。

大考大玩，不考不玩

凡是好學校的學生，都曾經講過這樣的話：「大考大玩，小考小玩，不考不玩。」在一女中時的汪瑩，也是個愛玩的學生。而那時比較單純、正當的娛樂，就是看電影。於是下了課，背著大書包進了戲院，直到星兒起、月兒升的時刻，才痛快的走出戲院。

高三快畢業時，就忙著填寫大專聯考的志願表，而汪瑩一心想走新聞或電影的路線。那時只有政大有新聞系，「但那時政大連校門都沒有，堂堂一女中的學生，怎麼願意進沒有大門的學校？」這時那部「紐倫堡大審」的電影就產生了效用。回想裏面的法官審判戰俘軍官的情形，心裏便有了一個想法，學法律也可以伸張正義、主持公道，和向大衆傳播消息的新聞機構有同樣的功效，於是選臺大法律系爲第一志願，一心認爲熟悉各種法律，對自己喜歡的新聞工作會有助益。

但是一大堆的民法、商法，使她的四年大學生活，在枯燥無味的法律條文中渡過。於是畢業後，一有機會出國，她就毅然的進了美國波士頓電影研究院，開始接觸到自己一向喜歡的電影電視研究課程。

懷著萬丈的雄心

在美國，汪瑩認眞的學習電影製作及剪輯、冲印、配音的工作，獲得碩士學位後，於五十七年和在美國研究法治史的先生，一道回國。

不久，就參加了中視開播後的節目企劃工作，她也懷著萬丈的雄心想貢獻出她的所學所知。她所製作的節目，和一般傳統式的不大一樣。在節目開始，可能用短劇或一個佈景代替一般的節目主持人及開場白，整個節目在輕鬆幽默中進行，爲的是要使節目生動、突出，不要落於俗套。

可是首先發難的人，總是比較冒險。在我們這種習慣於墨守成規的社會裏，這些新構想並不能很快的引起共鳴，甚至還惹來非議。電視公司在觀衆紛紛相詢下，不敢做這樣的「犧牲」。於是告訴汪盈：一切還是按照傳統來。

「那時可能比較年輕，仍然不減我的興致及熱誠，還是製作了好些節目，不斷的推出」。但是漸漸地，電視節目演變到今天這種偏重某些節目的地步，整個形態都變質了，她的不滿就不只是某些觀念不能和別人契合，而是整個對電視節目的失望及灰心。

「如果一個國家的絕大多數國民，整天把休閒的時間花費在電視機前，國民的身心健康與心智成長，必會受不良影響。」因此，對連續劇的製作、籌劃，她絕不參與意見。「我現在是做一天和尚敲一天鐘。」在這種意願難以施展的情況下，汪瑩剛回國時的熱誠與雄心，也被磨得差不多了。

成為中國第一位女導演

去年底中國電影製片廠，推出一部謝冰瑩的原著「女兵日記」，當時朱廠長還沒有決定導演的人選時，有人提議「既然拍女兵，爲什麼不找一個女導演？」當時朱廠長答應回去考慮考慮，沒想到這個消息就先傳開了，「可能是要爲女兵日記要一個噱頭，可能也因爲騎虎難下，他們就請我做了導演。」

在過去電影界一向排斥學術，藐視理論，對滿口「新觀念」的年輕人尤其視同蛇蠍，從來沒有一個人，能在毫無摸索、毫無歷練的背景下，第一部戲便接到如此轟轟烈烈的大製作，何況還是一位女性？於是在接下這部片子的當兒，她便下定決心，要好好的做一番。

當然廠方對這個第一次執導的女導演，還不能十分信任，常常該她獨當一面時，還有別個人在一旁督導，於是她要求「享全權、負全責」。服裝、道具方面都不能符合片中的要求。甚至工作人員也不能盡力的配合，大概他們都有點不服這位年輕的女導演吧！因此，在許多方面，汪瑩就要花費多一點精神了！「不過，導這片子的好處是每一位演員的水準都非常整齊，許多大牌明星聚集一堂，在彼此競爭的心裏下，大家渾身解數，徹底發揮了他們的演技！」

拍「女兵」時，廠長曾叫她到辦公室，很慎重的對她說：「有經驗的導演，拍起片子，拿六十分沒有問題，妳是第一次，可能拿五十分，也可能拿九十分。」事實上證明，汪瑩的分數並不比別人差。但是畢竟能接受女導演的還不多，於是拍完「女兵日記」後，汪瑩又沉寂下來了。

電影應代表中國文化的特質

在中視限於形勢，她得以表現的機會並不多，適合她的節目愈來愈少，但是她從來不改變原則。多年來，她對電影的熱愛始終不曾減退。「我仍然喜歡看電影，不過我看電影是帶著上班的心情及態度。」曾以「盈盈」的筆名，在報上撰寫影評及專欄，筆鋒銳利。

她以為：中國人的電影，就要有足以代表中國文化特色之處。中國文化對人與人、人與物，對愛恨生死、成敗善惡也都有其獨特的看法，其要點在於執事不偏！既發展了人類尋求社會整體的和諧，並且使人和其生存的環境融洽互存，達到天人合一的境界。這種看法在今日人與人之間關係惡化，處處暴戾乖虐的世界裏，無疑是一盞苦海明燈。「如果將它有效的傳播開來，一定會受到各國人們的歡迎，而這種傳播的媒介，沒有比電影更好的了。」

而在戲劇、電影的表達方式上，我們不一定要每一部片子都要表現得悲憤、難過，或使人流淚，才算成功。「我曾經看過一個整場輕鬆、幽默的片子，但是它是我最難忘、最成功的反共影片。」

事實上，在很多時候，我們觀察萬事萬物，不也缺少一種愉快澄明的心境？

（《儷人》雜誌第3期，民國64年5月）

梅山寫梅

——訪畫家蔣青融

葉子落下，花也謝了，只剩下屈伸磅礴的枝幹兀自在寒風中挺立著。賞梅的人潮許久不見，四周的雜草都長高了。有一個孤單的身影，卻時常站立在一叢梅樹中，細細的觀賞它的每一個姿態。

他，就是梅癡蔣青融。

蔣青融，湖南武陵人，南京美術專科學校畢業，在校時，專攻花鳥，來臺後，畫畫的範圍漸漸增大，也畫些山水。儘管那時他在鳳山中學的美術課程已很忙，但他的畫筆從沒有停過。他愛梅，十幾年來心中一意寫梅。以往畫梅，總是意構，或是參考畫譜及古人的拓本。吟前人的詩，觀前人的畫，也覺得津津有味。這些拓本多看幾眼，紙上的梅花就顯得相當呆板，全無詩中詠梅的韻緻！畫譜上的技巧，在用筆用墨時，始終無法抓住梅的生機，腦中對梅的形象往往枯竭。此時，他也只好廢然停筆了！

「鐵骨冰心」是古代詩人讚美梅花的詞句。那種不屈不撓俊逸的神情，與凌霜傲雪高深的品格，總是在百花凋零的寒風凜冽中，獨自開花、獨自寂寞、獨自凋零。在臺灣尋梅，雖然不一定要踏雪，但梅樹總是難得見到的。所以，當他尋到一個地方，能「朝夕與梅相處，晨昏與梅相親」時，他那飄泊不定如閒雲野鶴般的行止，從此就安定下來了。

民國五十三年的秋天，帶學生旅遊，發現了一個有很多梅樹的寧靜鄉鎮——嘉義縣的梅山鄉。這正是他日夜幻想、思念的，回高雄後，總覺得那片梅林在向他招手。於是，他整理了簡單的行囊，向學校辦好辭職手續，悄悄地到了梅山。

剛來時有好一陣子，他竟然畫不下去。每天清晨總是走向那些梅樹，黃昏後，從學校出來，也自然的走向它們。每天只是帶著感動的情緒欣賞著、沉思著，過了好久，他才能心平氣靜的拿起畫筆，把梅花的磅礡縱橫，蕭然意遠，在一幅幅的畫中表現出來。

梅山的氣候並不很冷，樹齡才五十多年，樹上的葉子在風中飄來飄去，無法全部落下來，無法見到「呈剪瓊鏤玉之花，現蟠龍舞鳳之幹」的景色。於是利用假日，帶著學生發動「搜山」的壯舉。梅山區前後三十里的地區，如太平、安靖、雙溪、圳北，甚至阿里山的塔山下也有他的足跡。看到的梅花，或生山巖，或傍水邊，或在籬落，枝體各異。花有五出四出六出之不同，根有老嫩、曲直、疏密、停匀，而枝梢有如斗柄、鐵鞭、鶴膝或如龍角。大的梅樹，則可以三人合抱，樹齡在百年以上的，枝柯旋蟠，老幹蒼奇，山林之梅與庭梅不同，山深林密，粗的枝幹必然向著光源的方向，蜿轉蟠蜷而去。

如果聽說深山裏有百年以上的老梅，或姿態奇特的梅樹，他就帶著乾糧，清晨出發，翻山越嶺，一定要尋到爲止，在雲煙變幻之時，盤坐在梅樹下，隨手勾勒幾筆，或是閉目小憩，整個人就沉醉在冷香雪海之中了。

他的一些老朋友和同學，都認爲山居的日子很苦，況且他還有妻子及兩個正在讀書的孩子。但他卻願意以山爲伴，以梅爲友，過著寂寞窮困的生活，這是許多關心他的朋友所不解的。他認爲教教山裏的學生，日日賞梅、畫梅，正是他夢想中一種安靜的生活方式，現在，他走慣了人煙稀少的山路，過慣了平淡清寂的日子，世界的繁華榮辱，社會上的紛擾嘈雜，對他自己來說，已不成爲束縛或負擔了。朋友勸他不聽，唯有在背後戲稱他爲「梅花騾子」，大概梅花的傲霜不屈與騾子的憨直不欲巧，正有相似之處吧！

他曾經舉辦一次畫梅特展，引起了廣大羣衆的注意。《新生報》的藝評登載：「青融寫梅花，得一『清』字，幹粗枝瘦，挺拔有致，勾花點攄，聚散疏密，冷冷落落，大似深山絕粒之人，有緇塵素衣之感……」他的梅花，只見性情勃勃，無論所寫的是晴梅、雨梅、風梅、老梅，總有一股清氣襲襲，徹人心脾。梅花堅毅超脫的神態，已和他澹泊樸實的風骨，

自西徂東

——訪韓國鐄教授談「海外的中國音樂研究」

音樂，應該是沒有國家及地域的界限。然而它是一種聽的藝術，主觀性極強，尤其是傳統的中國音樂和西方音樂在結構、表現方式上都顯得格格不入，加上十九世紀以來，因種種的隔閡，中國文化受到西方國家的輕視和誤解，中國音樂更是不容易被西方人接受。

然而，近十幾年的情勢有所改變，中國音樂在海外的研究日漸受重視。這當然有賴許多有心人的專注研究及努力推介。目前正在美國北伊諾州大學音樂系任教的韓國鐄教授，多年來在發揚世界各地的音樂（當然包括中國音樂）文化上，貢獻了極大的心力。他的研究以中國音樂爲主兼及東南亞地區的音樂。我們特別在他回國的時間拜訪了他，請他談談目前海外在中國音樂的研究上的情形，並自述他個人研究的狀況及未來的計劃。

●請您談談美國的「中國音樂研究」？

目前在美國沒有專門的研究機構，但是有重要的研究學會。其中最值得一提的是「中國音樂研究學會」，創辦人是容鴻增，他是哈佛大學的音樂博士，也是趙如蘭教授的得意門生。這個學會成立才剛滿兩年，每半年開一次會，會員不到五十人，中國人及美國人各佔一半，會員雖然不多，但卻是研究中國音樂的菁英。它開會的方式，比較特別，譬如七十六年十一月美國民俗學會在密西根開會，「中國音樂研究學會」就闢出一個晚上開會。明年三月將在舊金山舉行「亞洲學會」的會議，也準備在會議中闢出兩天開會。由於人少，氣氛融洽、親切，開會時彼此報告目前研究狀況，彼此傳遞新的訊息，並發表論文。儘管它成立的歷史短、機構也小，但由它的成員及努力的方向來看，將來海外中國音樂研究執牛耳的，必是這個學會。

其次是「中國演唱文藝研究會」，一九六九年起源於美國康奈爾大學，該會的宗旨是「鼓勵錄音、研究及演出中國演唱文藝，例如說唱、戲劇、頌經、民歌，和習慣上可以朗誦的詩歌等等。」一年聚會一次，出年刊一本，收研究論文及實地調查報告，目前已出版至十四期。

另外還有兩個學會，一是一九六八年成立的「亞洲音樂學會」，這個學會以亞洲音樂爲研究對象，中國音樂只是其中的一部分。一是一九五三年成立的「民俗音樂學會」，這個學會是世界性的，會員分布全球，中國音樂更是其中的一小部分。

此外還有沈星揚夫婦成立的「北美中國音樂社」，開始時以演奏爲主，出版小型的通訊，後來以季刊的形式發行，一期三十餘頁，主要是把研究中國音樂的資料譯成英文，方便許多不懂中文而研究中國音樂的人。

環視全美各大學，沒有任何音樂學院和科系是以研究中國音樂著名，「亞洲音樂」、「遠東音樂」一類的課比研究中國音樂史或各樂種的課還來得多，原因是目前從事這方面工作的人太少，無法形成一股力量。目前在中國音樂研究上比較活躍、著名的有哈佛大學的趙如蘭教授、匹茲堡大學的容鴻增、馬利蘭大學的梁銘越等。

中國人研究中國音樂，自有其情感的因素及先天有利的條件。另外有幾位美國人，大力提倡中國音樂，其中最值得佩服的是展艾倫（Alan R. Thrasher），他學中文、演奏中國樂器、研究中國音樂，全心的投入，做到完完全全的「中國化」。

●能否請您談談美國以外地區的中國音樂研究情形？

英國方面，沒有專門的機構及學會，而是以 Larence Picken 這個人爲領導中心，他研究的歷史很久，也訓練了一批學者。他們從古譜著手來研究中國音樂，恢復中國古代音樂的面貌，可以算是音樂歷史家，他們已出版了四期 *Musica Asistica*，每一期都有很紮實的文章，詳細報告研究的結果。

日本方面，有「東洋音樂學會」，出版了《東洋音樂學會會刊》，日本音樂界一九八〇年完成，發行的《中國傳統音樂集成》，就是一大文化鉅獻。

此外，澳洲、法國等其他地區就沒有相類似的組織及人物在推展，中國音樂的研究及發展，就比較零碎及緩慢。

●請您談談中國音樂在海外發展的困難之處？

由於中國的樂種多半不是羣體音樂，所以在海外的推介不如西非、印尼、拉丁美洲等音樂，但由於近年來臺灣的各種樂團的訪問、主動出擊以及大陸的開放，使得中國音樂的推介在西方國家大有可爲。這裏有幾個問題提出來作參考，如果能克服或注意到這些問題，也許在發展海外的中國音樂上會事半功倍。

㈠主動推介：在美國研究中國音樂的學者專家，很少看到臺灣地區的研究資料。我們應該不斷去翻譯，不斷去推介，我們以韓國音樂界爲例，他們只要一有論文發表，目錄及資料一定送到海外圖書館，並且積極主辦世界性的音樂學會。目前，唯一的一本韓國音樂研究書目(西文)是韓國人編的;唯一的一本日本音樂研究書目是日本人編的,而唯一的一本中國音樂書目是美國人編的,這實在是非常值得我們檢討、思考的。

㈡理論與技術配合的問題:許多在海外的中國音樂的人才,演奏的技巧很好,但沒有充分的理論背景、歷史背景來支持他的演奏,別人一問三不知,只會表演。而許多日本、印度的音樂的音樂家,不只是演奏的技巧好,還具備了對他們民族音樂歷史和樂理的深刻認識,使人信服,這就是理論和技巧配合的例子。

㈢情緒過重,唯我獨尊:自信心固然要有,但過分地強調自己的偉大優秀是古代華夷分明的習慣,已不適於現代國際社會。另外有人在推介中國音樂只有一種詮釋法,而且是他們的詮釋法,別的都不對,連討論的餘地都沒有。這樣的態度會把自己孤立起來,失去了更多合作機會。

㈣傳統和創新的問題:社會變遷,舊的傳統消失或轉形是無可避免的事。但是觀念上要弄清楚什麼是舊傳統,什麼是新傳統,什麼傳統有什麼因素。現代國樂有西樂因素,並不是對不對的問題,只要有人喜歡就會存在。但也不能因此而認爲這就是中國唯一的傳統音樂。

●您對整個臺灣的音樂環境的看法如何?

臺灣的整個音樂環境反映了社會的富裕，富裕地不知如何自處才好。送孩子去學樂器的人一大堆，音樂科系也一個接著一個成立。要保存傳統又要創新，如果沒有深厚的中國文化根柢，如何瞭解傳統，沒有精湛的技巧如何去創新。

國內音樂科系學生的音樂才能，絕大多數的素質都很好，但太注重技巧，主持的人一定要有魄力，在普遍注重表演的風氣下，多提倡研究的風氣。目前國內音樂性的雜誌沒有一本是研究性的刊物，稍為學術一點，就不容易支持。設研究所當然可以提高研究的風氣，但目前的師資不足，沒有發表研究論文的園地，這些都值得研究改進。

●請您談談您個人的研究狀況及計畫？

我在大學裏修的並不是音樂；我是東海大學外文系畢業的。從小就喜歡音樂，開始學小提琴，但我開始的比較晚，技巧不是很好，在個性上也不是非常喜歡表演，所以出國後我主修「西洋音樂史」。有一次，一個教「民族音樂學」的德籍教授問我說：「為什麼不注意你自己民族的音樂呢？」一剎那間我似乎被喚醒了，於是開始往中國音樂方面努力。不久後，我又迷上了印尼音樂。但這時候我的碩士論文已開始寫了，題目是〈歐洲十五、六世紀天主教音樂〉，北伊利諾州大學聘我教「西洋音樂史」，一教就教了六年。

北伊利諾州大學有「東南亞音樂研究中心」，校方鼓勵、幫助我成立「東方樂團」，以演奏中國及印尼音樂爲主，泰國音樂爲副，這個樂團曾至全美許多地方演出，甚至還到香港、臺灣演出，但後來因爲時間及種種因素，這個樂團就停止了。

至於我個人的研究重心，還是擺在中國音樂研究方面，尤其是清末民初的中國音樂，發表的論文大多也在這個範疇裏，我想這是我終生不變的志業。

（《文訊》雜誌第34期，民國77年2月）

深谷之戀

——陳文生和他的木雕世界

「卡沙巴肯」（Ka Sa Ba Kan）山地話是「深谷」之意，陳文生和他的族人就住在這個美麗的村子裏。這兒屬於臺東卑南鄉，位在臺東通往知本溫泉的路上。在山地日漸平地化後，許多山地村落，像臺灣鄉下的現代化農村一樣，乾淨、整齊。四十八歲的陳文生，是臺東卑南族第六十九代的頭目，他擁有一些的土地，靠著勤奮的耕作，過著還算豐足的生活。

六年前的某一天，陳文生從報上得知臺東社教館正在舉辦「臺灣山地文物展」，於是他抱著自己也是山地一分子的心情，前去參觀。在展覽現場，他發現許多山地文物、器具，對保存山地文化有很大功能，一股身爲「頭目」的使命感，使他覺得必須爲自己的族羣做些什麼。於是，他開始蒐輯資料，決定從事木雕藝術。

堅持保留與衆不同的風格

由於現實生活所需，陳文生必須花許多時間來從事農耕。農事繁雜，又沒有兄弟姊妹幫忙，所以他必須做好田裏工作，再將剩餘的時間來從事木雕。因爲有感於現在年輕一代的族人，已看不到過去山地的生活，開始著手時，陳文生就以原住民過去的生活習俗及特色爲主體，來建立他的木雕世界。

通常一個表現不錯的藝術家，他的藝術生命應該是源自生活環境及專業技巧，但這些因素在陳文生身上，卻不是這麼一回事。六年前，他從來沒有接觸過木雕，沒有看過任何展覽，也沒有研究過技巧，當他想爲自己的族人留下一些東西時，他拿起刀就刻了。第一件成品刻出來不怎麼好看，之後，他開始注意雕刻的方法、人物的比例等，漸漸地，他能夠流暢地運用雕刻刀了。這些，讓人覺得他與生俱來就該是個木刻藝術家。

六年當中，他也曾經想多學習一些別人的技巧或風格，花蓮曾舉辦過「木雕研習營」，陳文生也報名參加了。但是研習營老師所教的雕法比較誇張，全然不顧實際物品的比例，於是他仍然照自己的想法雕刻，再加上路途遙遠，往返的車費及購買工具的費用都要自己負擔，陳文生去了一次就不再去了。等到結訓時再拿作品參展，沒想到大受歡迎，花蓮文化中心硬是留下他三件作品，作爲長期的展示。

也有一些藝評家或好朋友，建議他在創作時捨去美工刀的細碎刀痕，無論顏面的五官及細緻的表情，改用大刀，但陳文生堅持保留自己與眾不同的風格。他認爲大家都用一樣的刀法，創作出來的作品也就一樣了。況且他想傳達的就是山地人面貌的特色、生活習俗，以及祭祀、神話中的事件人物等，這些他都堅持用美工刀來局部細刻。

刻下自己族羣的生活傳統

也許是陳文生雕刻世界中的人物造形別具風格，他的作品受到許多人的喜愛。目前他每個月花十五天做農事，另外十五天的時間接受別人訂購及自己創作，過去許多能表現山地文化精神的藝術品，大部分都被收藏家或藝術家蒐藏起來，因此，他除了應付別人需要的主題外，他將剩下的時間，努力地刻下屬於自己族羣的生活傳統。

六年中，陳文生共創作了二百多件作品，部分賣給收藏家外，少部分在一些展覽場所長期展示，其餘的他都保存在自己的家中。對不捨割愛的作品，陳文生不是出偏高的價錢，就是直接拒絕，他希望累積這些作品，有一天能完整的展示給更多的人看。

在創作的過程中，在木雕的世界裏，陳文生有成品完成的快樂及滿足，心頭卻也常湧現寂寞孤單的感覺。也許一直是對自己身爲「頭目」的身分，而對自己族羣的一份使命感在支持著他。以一個過來人的經驗，他期盼有關單位或有心人，多下鄉去發掘這些寂寞行業的藝術工作者，多給他們一些實際的幫助及鼓勵，才能使他們的藝術生命持續下去。

陳文生建議，譬如在購買工具方面給予補助，其次在創作大的藝術品構想時，往往需要整塊的原木，在材料上也能給予補助。目前，陳文生用的材料，仍是透過一般木材行購買。林務局標購的對象都是一次幾十噸以上，個人根本無法標購，所以最好能讓一些木材賣給木雕研習營或是一直在從事木雕的藝術家，因爲材質也影響木雕成品的好壞。

一個揮之不去的夢

曾經有許多人問他，在創作前爲什麼不先素描？陳文生從不以爲然，他認爲山地沒有文字，雕刻刀就是他的筆，他一拿起「筆」，就能揮灑出如文字、語言般生動靈現的作品。對於這一股無可名狀的潛在力量，陳文生也解釋不出原因。但有一個夢境，他卻始終揮之不去。在夢裏，他刻的一件老牛拉車的木刻作品，參加一個木雕聯展，當所有的成品都靜靜地在展示時，唯有他的作品竟然在展示會場動了起來，老牛竟拉著車走路了，所有觀賞者都目瞪口呆。醒來後，夢中情景歷歷在目，從此，他更能抓準雕刻主體或人物的精神，作品中靈動、活躍的「生」之色彩，也就更能打動人心了。

目前陳文生將自己的農地大部分都分租給族人去耕種，自己只留一小部分。妻子也努力地工作，分擔家計，讓他能夠有較多的時間，安心地從事他喜歡的創作。

瀏覽室內、庭院以及工作室的每一個角落，到處都放置著他最鍾愛的作品：母親背著孩子的慈愛神態、山地男子與山豬的奮勇力搏、村婦搗米的怡然自得……。

四十二歲才開始走入木雕的世界，陳文生卻愈做愈有心得，愈做愈自信。也許終此生，他都不會捨棄這個愛好。他一刀一鑿的，爲他的族羣、他的家鄉，保留住一些已逐漸被人遺忘的有情世界。

〈附錄〉

自然地從生活中走出來——杜若洲談陳文生的木雕

六〇年代即以翻譯「美感」、「視覺經驗」聞名的譯作家杜若洲，自師大美術系畢業後，從事過敎職、廣告公司業務經理、翻譯等工作。民國六十二年舉家遷往臺東，在寧靜、幽美的環境中，譯成了許多大部頭的文學、藝術著作，至此，他卸下心頭重擔，於是他停止翻譯工作，重拾畫筆，「以野人落拓胸懷，繪寫自然卽景」（杜若洲自況）。

杜若洲第一次看到陳文生的木雕作品，就感覺到與眾不同。以往的原住民雕刻多屬平面式的「風格化雕像」，大部分用在門楣的裝飾；另外，陳文生的作品與一般雕塑的唯美風格，也迥然不同，給人一種素樸而又全新的感覺。

杜若洲說，他之所以感動是因陳文生的作品有一種生命的動感以及生活的內涵，而不是藝術的表現。杜若洲認爲，在我們周遭，藝術的表現太多——那些都是從藝術的背景、藝術的涵養上產生的，能像陳文生自然地從生活中走出來的作品，十分罕見。

六年前，他們經由作品由認識，這期間，杜若洲時常抽空來看陳文生，和他討論作品的內容和雕刻技巧等問題。譬如陳文生喜歡用小的美工刀，使他的作品細部有許多雕琢的感覺，他建議陳文生用大刀大塊大塊地切，否則影響作品整體的張力。

對杜若洲的意見，陳文生都很虛心的接受了，唯獨對捨棄小的美工刀來雕琢細部，他仍然堅持他自己的看法。他告訴杜若洲，他要雕的是這個人將要做一個動作前的表情或狀況，也就是瞬間的「動情」，實際上這也就是所謂生命的張力。

杜若洲認爲陳文生的木雕作品，語言的象徵成就不高，大部分都是直接描述，但是他現在也漸漸嘗試些象徵表達，但不太容易做到。杜若洲帶著欣賞、寬容的語氣說：「他的雕刻自成一類，我覺得這也該算是創作的價值吧！」因此，儘管陳文生著力刹那間面部表情的雕琢，在傳統雕刻及現代雕刻裏，都不講求，甚至認爲是瑣碎不重要的，「但既然他喜歡，又有這麼強烈的創作慾望，我們似乎不能以藝術的派別來苛求他。」杜若洲語帶情感，他繼續說：「似乎原住民生活以外的題材，與陳文生內心生活的素質並不相應，他的藝術可以說完全和他的生活結合在一起。」

面對這樣的一位不同於世俗的「藝術家」，杜若洲以自己美學的訓練及經驗，經常給他一些意見；但更多的時候，他給陳文生的是朋友的幫助及鼓勵。畢竟在這塊美麗的土地上，他也已生活了快二十年，對這塊土地的原住民朋友，他帶著十分誠摯的語氣說：「我們應該尊重他們的生活方式，同樣的，也應該肯定他們的藝術創作方式。」

（《文訊》雜誌第64期，民國80年2月）

與大自然同生息

——訪石雕家林聰惠先生

楔子

第一次見到林聰惠，就感覺他與一般藝術家不同，他不多言語，眾人喧嘩時，只凝神聆聽，微微露出謙和含蓄的笑容；私下與人相處，他則用行動表示對朋友的體貼與熱情。他看起來不老，卻有張飽經滄桑的面容。他像一座沉默深邃的山，不免讓人興起一探其創作本源、藝術生涯的想望。

不能忘情於藝術

民國六十一年，林聰惠時任花蓮花崗國中體育組長，全校二十四班的體育課，還要訓練男女生田徑、體操、各種球類的校隊，每天從清晨六點多，一直要忙到晚上天黑才能回家。

儘管如此，他從沒有停止他對藝術的熱愛，他利用晚上的時間，閱讀有關石雕方面的書。過度的勞累，使他罹患急性肝炎，身體的疾病，再加上心情的煩悶，那段日子，讓他感覺到周遭的人與物，都充滿了悲苦。也許是與生俱來的天分與涵養潛伏在體內，他不加思索地抓住這一刹那的感覺，完成了一座題名爲「苦」的石雕。首次參加全省教師美展，就得到第一名，這對他是很大的鼓勵。民國六十二年，他毅然決然地辭了教職，開始踏上藝術創作的艱辛路途。

辭掉了安穩的教書工作，搬離偌大庭院的教員宿舍，林聰惠一心一意地往前走，並且暗下決心，縱使創作生涯難以爲繼，他也不會再走回頭路了，憑自己的體力，到碼頭當搬運工也可以維持生活。

剛開始，林聰惠想儲存一些資金，做爲日後創作的基礎。民國六十二年左右，花蓮的大理石工藝品外銷日本，盛極一時。日本人最愛石雕老虎，林聰惠和他的學生及伙伴，一天可以雕五隻老虎。不多久，經朋友輾轉介紹，接下了八百隻石雕老虎的訂單。林聰惠向別人借了二十幾萬，買了整批適合雕刻老虎、有紋路及線條的石材，剛做好一百多隻老虎，就碰上世界性的能源危機，當初日本方面的口頭訂單，全部取消。林聰惠只好將一百多隻刻好的老虎，零零碎碎地拿到花蓮的一些藝品店去寄賣。

民國六十年我國退出聯合國，六十一年中日斷交，大理石藝品外銷更形困難，這時林聰惠的負債已高達四百餘萬。一個陽光燦爛的早晨，他正與伙伴一起工作，突然一陣龍捲風，將工廠的屋頂掀起，幸好人員就近躲避在防空洞裏，才倖免傷亡，在半小時呼嘯肆掠的狂風中，廠房及機器全部損毀。面對殘垣頹壁，林聰惠心裏一片茫然。

儘管環境如此不順，但當初走上藝術之路熾熱的心仍未被澆息。民國六十五年，他的作品參加全國美展，謝前副總統東閔先生時任省主席，極欣賞林聰惠的石雕，請他爲彰化縣二水鄉示範公墓雕刻土地公及地藏王菩薩石像，這件工作對他的現實生活幫助很大，他也受到很大的鼓舞。

他親手為愛子刻下墓碑

但是上天似乎沒有停止對他的磨難。民國七十年，他最鍾愛的長子林志亭，當時剛滿二十歲，就讀清華大學物理系，暑假期間不幸感染小兒痲痺症的濾過性病毒，從花蓮的門諾醫院輾轉到臺北的榮總，近三個月與病魔苦鬥，最後兒子還是離開了他。

以往經濟上的困窘、體力上的勞累，都不曾讓林聰惠倒下，但面對喪子之痛，整整一年他幾乎無法工作，腦裏、心中縈繞的儘是愛兒的面容。在一個微曦初現的清晨，他從木瓜溪的出海口出發，沿著溪水獨行近二十公里，終於找到一塊宛如玉石般翠綠的石塊，他背著石塊回家，含著淚親自寫字、雕刻，做成一個完整的墓碑，在北埔佔地五十多坪的庭園裏，他花了一個多月的時間，完成了愛子的墓園。

這段期間，正好他的作品「親情」完成一半，刻的主題正是兒子四歲半時與祖母依偎的情景。座落在草屯的手工業研究所請他將作品運往該地完成並展出，謝副總統也前往他工作的地方，安慰、鼓勵他，於是他慢慢地將悲痛轉化爲一股持續不斷的力量，終於完成了這幅飽含無限辛酸與思念的作品。

賦予頑石生命力

連續三年，林聰惠的作品都入選手工藝研究所石雕公園的徵選，每次審察幾乎都是評審全數通過。他的石雕開始被收藏家們注意，知名度也逐漸打開。林聰惠的作品主題幾乎都是以人爲主，他認爲日常接觸的是人，人的變化也多。他細膩的觀察、揣摩人的動感與韻律，抓住生命中靈動的刹那。有時爲了尋找一塊恰當的石材，他必須翻山越嶺，深入荒野，他都不以爲苦。他不流於世俗，卻也不孤芳自賞。他希望他的作品被多數人接受，引起共鳴，激發每個人天賦的「審美觀」。

林聰惠喜歡全神貫注的工作，在技巧上，他儘量使岩石能自天然紋理中自然裂開，如此，存留在岩石表層的作品，就更接近自然。他不喜歡作品上有鑿子的痕跡，他努力讓每一個雕刻面如同峭壁般的均勻。

除非下雨，他才在室內雕刻，否則樹底下、豔陽中都是他工作的場所，他喜歡光線灑在石材上的感覺。對大自然供給的資源，滿懷感激，同樣的，他也賦予冰冷石頭生命力。

近兩年來，林聰惠一方面接受一般收藏家的訂購，一半的時間花在自主性的創作上。他希望理想中大規模國家級的石雕公園能早日完成，否則在蘊藏豐富石材的花蓮，也該有個石雕公園，在這兩項都尚未完成之前，屬於林聰惠自己的庭園，他倒是已著手設計起來。他以石片裝飾屋牆、花台、鋪設庭園，在園中種植花樹，另闢一條小溪及池塘。一些已完成、未完成的作品，間隔有致的安置在庭園中，儼然一個精緻的石雕公園。

每天夜晚，是他構思的時刻，靈感浮現時，他總是希望天快點亮，好讓他拿起鑿子，繼續工作。在花蓮這塊土地上，林聰惠採集、開鑿原本沉寂的礦石，用心體會，用心雕刻。二十年的晨昏歲月，他的人、作品，與花蓮的山水已渾然一體了！

（《文訊》雜誌第71期，民國80年9月）

【輯四】

美麗的負荷

一種啓示，一種思想的再生

——讀王鼎鈞的《靈感》

這是一本和他以往作品頗不相同的書。書中所呈現的正如作者在〈序言〉中所說：「它該描寫的部分還沒有描寫過，該鋪敘的地方還沒有鋪敘過，該賦予性地方還七竅未鑿，它還沒有受人間役使，它是魚從水中到網中鱗光閃閃的一刹那，這也是一種美。」

這確是一種美。如果我們不再把「美」的定義侷限在狹小的範圍內，我們便可以隨時獲得這種美的感受。

靈感來自大膽的假設，用想像力衝破老生常談，約定成俗及一切的慣例公式。它不一定要合邏輯，也不一定要有結論，更不是非要有冠冕堂皇的價值觀。王鼎鈞在開始就寫道：「我希望有人一面翻閱，一面告訴旁邊的人『這本書很好玩』。我希望它使人覺得有味、有趣，無須再有其他。」至少，他這個願望已經達到。許多在看了《時報》上的〈靈感〉，或讀了結集的這本書後，總會展現笑容，不管是會心的微笑或是覺得不可思議的笑意。

在全書中所表露的「靈感」，仍可看出王鼎鈞的修養及經驗。像〈慈母淚〉中自然流現出的嘲諷及無奈；〈最後的花魁〉引起的淒美遐思；〈暮年〉中對生活的抗拒；〈夜半私語〉時人性的懦弱；〈遺傳在他們臉上〉裏中國人根深蒂固的血緣觀；〈距離〉給人的啓示等，不能否認，我們可以透過這些文字，感應出一些生活中及人性裏的細微之處。

思想是愈用愈靈活的。靈感的產生，雖然不一定就是偉大的創意，但它確實有助於事物的推理與進展，有時因爲它，一個偉大發明完成，曠世巨作產生。至少它也是成長及進步的過程。許多靈感，也許只是曾在腦海中的幻象，我們把它引發出來，在日常的社會裏，再重新印證，也許透過筆端及言詞，你又會在思想中重組。

王鼎鈞的《靈感》揭開許多人對靈感神秘的幕幔，我們也就無須慨嘆靈感難得。人人可以享受靈感，人人可以創造靈感。「從別人的靈感中來，到自己的靈感中去」，不論工商企業或文學藝術都需要新的創造，而靈感就是新的創造力的泉源。

有時在重重濃霧中，忽現一線光芒；在淒風苦雨中，忽然湧起溫熱的情感，這些都是誘發靈感的一種力量。也有些時候，我們只見事物的表面形象，就任思想在一望無垠的草原上奔馳，不爲任何緣由，任何目的目奔馳，而結果思緒也會像溪水一樣，有暴漲的狂態，也有潺潺的溫柔。這時出現的文字才是最原始最自然的。

一位作家曾寫過這樣的一段文字：「我時常在神奇的剎那間，捕捉到一些可能被稱爲靈感的、不完整的、使自己驟然微微激動起來的——一個怪誕的思想或美好的意境。於是便情不自禁地馬上將它記錄下來。因爲它往往突如其來，勢如狂潮，但瞬間卽逝。」因此，馬上動手記下來，更十分重要。

王鼎鈞的《靈感》一書中，便呈現著種種面貌，也許其中的文字不會發展成作品，但他誘發別人靈感的用心，卻是值得我們感謝的。他給人一種啓示，一種思想的再生，也引發了許多大大小小「靈感」的誕生。

（《愛書人》雜誌第91期，民國66年11月1日）

我所認識的楊明

不去回想，眞的不覺得楊明離開《文訊》將近一年半了。

這段時間，她總是在每個節日寄上溫馨別致的卡片，並寫下眞誠的關懷與問候；婉約細柔的聲音也總是在我疲累、困頓時適時在電話那端響起；心裡正惦著好久不見了，她就會打扮得清爽漂亮地翩然來到妳面前。

我的年齡比楊明大了一截，但與她相處，她從不一味地傾訴或在妳身上尋求答案，安靜的聆聽、適時地回應、在需要的時候提供一些意見。這對一貫在家做「媽媽」、在辦公室做「封姊」的我，無疑是一個愉快的鬆弛。

楊明的惹人疼愛，不僅是外表的柔順、美麗，許多時候，我甚至覺得她十分地堅強與果斷。但她的聰慧、善解人意，很難不教人由衷喜歡。通常，敏感細緻的心較易受傷，但她卻時時讓人感覺到明朗寬容。

她辭職時，我眞的不捨。除了少了工作的好伙伴外，許多對事情的感覺，也缺少一份共鳴的喜悅。但眼見她離開後創作不斷，氣色也比長期待在辦公室裏要好多了，就不得不承認這是她最貼切的選擇方式。慧黠與靈動的她，似乎原本就不該屬於一成不變的生活模式。

楊明的第一本小說集《風箏上的日子》出版才幾個月旋卽再版，現在第二本集子又卽將問世。面對如此的寫作成績與似乎可以期待的文學事業，不由得不爲她感到興奮。有時，我難免期待她的作品中，出現比愛情更偉大、更驚心動魄的事件，期待她早些跳出以感情生活爲軸心的寫作範疇，雖然我知道那必須經過生活歷練的沈澱與陣痛。但繼之一想，如果她能從感情事件中，了悟更多人性，參透一些世事，未嘗不是意外的收穫！

但願她不停的筆，永遠摯愛生活中的人與事。

（《小說族》雜誌，民國77年10月）

「長長遠遠」的朋友

第一次和黃秋芳見面，是在七十五年一個夏日的午後，《文訊》的編輯室裏。她給我的第一個印象一如電話中的輕柔。等坐定之後，聊了開來，就逐漸發覺她纖弱、溫柔的背後，其實還有更多的慧黠與靈動。

在這之前，我們通過幾次電話，電話的內容無非是委託她做不同的人物或專題採訪。無論我們「指派」的對象是誰，或「要求」的內容有多複雜、時間有多緊迫，她總是如期交稿，而且成果令人「驚喜」，這當然要歸功她獨特的採訪方式及文字魅力了。尤其在人物專訪方面，她往往能夠深入去探索受訪者的世界，和他們做心靈的對談。她的處理方式別出心裁，擅於營造採訪氣氛，一些已被許多人採訪過的作家、學者、文化藝術工作者，透過她細膩敏銳的筆，有了一番全新的詮釋。她的文字雖不能算是字字珠璣，卻往往能觸探到受訪者內心幽微處，讓對方有被認識、被瞭解的欣喜與感動。當然，也有些時候，採訪的結果及方式和我們原先的計畫有些距離，但大多時候，她總是處理得讓人覺得「這樣做其實也不錯」。於是一篇篇的電話稿約，成就了我們「長長遠遠」的友誼。

如此編輯人與作者的關係，一直維持得快樂又輕鬆。我們很難得見一次面，但每隔一陣子，總有她快樂、輕柔的聲音傳來：「我現在在臺東！」「我現在在龍潭老家」「我帶著孩子們在遠足，快曬成黑炭了！」「我剛得到教育部小說徵文獎首獎，有一筆獎金，棒透了，我可以去日本玩了！」她如一朵閒適、瀟灑的雲，逗留的時間、行走的速度都隨風、隨緣。在辦公室待久了，還眞羡慕她優游自在如野鶴般的行止！

收在這本《紅塵舊事》中的文章，是秋芳早期的作品。有心境的獨白，有含情的感思；有剛卸下學生制服成爲「上班族」的感觸，有在雜誌社工作期間寫的專題採訪。體裁不一，和她近期的文章排比起來，文字已更精練、圓熟，思考的內容，前後仍有脈絡可尋。她一貫地行文，用字不落俗套，對於現實的觀察，屢見新語，同樣是賞花觀木，同樣是遊山玩水，她就有不同的看法與觀照，不同的心情與反省。凡此種種，應該是使她成爲一個作家的最好資產。

在這本書的後記中，秋芳已把我列爲她的「舊人」，她要我爲她的新書寫幾句話，我就把這些「舊語」化爲文字，藉以表達我對她「成就一番文學事業」的祝福與期待。

（《紅塵舊事》，黃秋芳著，民國77年11月2日）

一位平凡父親的愛

現任教於中央大學中文系的顏崑陽，除了教書，作古典詩、學術論文外，也寫得一手好散文。我讀過他《秋風之外》、《傳燈者》中的文章，也曾仔細讀他《文學隨想錄》中對文學莊嚴的認知與期待，以及《蒼鷹獨飛》中對「寂寞文學之旅」的無怨無悔，他說：「如果，讓我回到從前，站在多歧的人生起跑點上，我仍然會選擇同樣的道路。」

這些理念、文字，和顏崑陽的外型，倒是很能搭配在一塊——他看來有些嚴肅，有時會微微皺起眉頭。直到他一系列談女兒、談家事的文章發表後，我才驚訝地發現他的「各方才能」，日後在電話中，除了約稿的嚴肅話題之外，也可以輕鬆地和他談些「家事心得」，或者交換一下「育兒經驗」了。

當第一個孩子誕生，顏崑陽的妻子還得上班，由於他在大學教書，一星期倒有好幾天在家。而夫妻倆都認爲，「一個幼小生命智慧的成長、好習慣的培養，都必須隨著奶嘴的吸吮一起進行，而這些都不是用金錢的代價可以買取的。」於是他毫不遲疑地接下了教養女兒的工作。

收在《手拿奶瓶的男人》散文集第二輯的文章，大多是他帶女兒、做家事的心得及感受。他認為「愛」是一種不斷的、實質的「給予」，也在這些行動中，他體驗了眞正的「愛」。

在〈像母親一樣失眠〉中，他說：「當我從餵奶、換尿布開始，承擔了一些母親養育孩子的工作，才眞正體會到，面對這樣一個等待成長的小生命，比我關起門去面對孔子、莊子……還要困難得多。……我更發現，人類歷史的花果，竟然是千萬個母親手拿奶瓶灌溉出來的。」

在養育女兒、陪她長大的日子，他都充滿喜悅：「每個耕耘的日子，每段培育生命的過程，都是一份可以好好體味的快樂。人們假如只知期待最後的成果，往往就沒有心情去享受過程中所能體驗到的趣味。」

對職業婦女而言，如有能力參與社會、貢獻所長，她們衷心希望的，正是在觀念上支持自己，在行動上給予實質幫助的家人或另一半。

有時縱使有了支持你的家人，許多婦女還得忍受或對抗來自整個社會、傳統價值觀所造成的巨大壓力。因此，在看了顏崑陽一連串的「公允言論」後，相信許多婦女除了會有「深得我心」的喜悅外，也會產生由衷的感動與震撼。

他不主張女孩子應該將生命埋葬在繁瑣的家務中，也不認爲應該走出家庭，去開拓自己的事業。沒有任何一種生活方式與生命價值必然適合每一個人。它必須落實在個別的生命體，對應各人的才能、性情、學養、存在環境而作適己的選擇。

當八〇年臺灣地區的婦女運動正艱難而緩慢地展開，「手拿奶瓶的男人」卻用最眞摯的文字，實質地「給予」行動支持，適切地表達了他爲人夫、爲人父的感受及經驗。我們希望這種發自「一個希望人間有愛的平凡父親」的眞誠觀察報告，能獲得更多的反省與回響。

（《婦女雜誌》，民國79年2月）

走自己的人生之路

近一、兩年，坊間出現許多包裝典雅、設計精緻的書籍。它們脫離以往刻板、單調的排版方式，避免密密麻麻的長篇大論，而以一則數百字的輕鬆面貌出現。它們不只著重封面設計，在內頁的版面設計上，也特別重視色澤的搭配及空間的留白，期待在目不暇給的書海裏，帶給讀者「賞心悅目」的第一印象。

這本由汪成華主編，二十位知名作家合撰的《小語大智》，當然符合了以上所謂「賞心悅目」的條件。值得一談的是它的內容也別致可取。

在悠悠的人生歲月中，在奔流不停的生命長河裏，我們都會遭遇挫折與困頓。在情緒低潮，或面臨人生重要轉折時，一段短短的文字，也許就觸動心底最幽微處。雖然不一定能指引迷津，但這種跨越時空產生的共鳴，往往留在心靈深處。

任何人都不喜歡教條或守則。書中二十位作家的「十五句話」，都頗有自己的風格，用字遣詞也十分寫意。許多「小語」，誠實地紀錄了生活的歷練、生命的體驗。

近年來專研佛學的散文家林清玄，在書中引用對聯：「世事如棋局，不著者便是高手；一身似瓦甕，打破了才見眞空。」道盡人與時間賽跑的關係，人不能與時間賽跑，但人可以包容時間、善待時間。

曾擔任明道中學教師的苦苓的格言之一，頗令人深思：「只有問題家庭、問題學校，沒有問題學生。」文壇前輩葉石濤也坦承對「金錢」的迷惑與無奈，感慨無錢無勢的教師，在眾多民眾眼裏仍是卑賤的小人物。但他對文學作品層次的提升，文學理想的實踐，仍充滿無限希望。

此外，書中許多對兩性關係及婚姻的詮釋及體驗，不少譬喩都十分自然貼切，又帶些反傳統、反既有規範的輕快及活潑。文藝、武俠兼顧的荻宜，覺得眞心愛一個人，心變得很寬、也很窄。寬的是把對方的一切全容下去，窄的是有了對方就沒有空隙擠下另一個人。

女作家溫小平認爲女人婚後想擁有丈夫以外的男性朋友，確實相當辛苦，但卻値得一試。以人生哲學闡釋婚姻愛情的曾昭旭說：「一男一女相見，便是人生最大冒險的開始。」他認爲愛是因不怕而付出，歷史是因信任而流轉。

擅長描述女性心理的廖輝英卻說，愛是有涯之生的無期徒刑。「螢光夜語」的主持人劉小梅服膺「愛是瘋狂的思想，理智的行動」。簡媜的針砭則是：過度依賴婚姻制度的人必須保持警覺，因爲現代婚姻是一切問題的開始，而不是結束。

在看似倉惶匆促、暗潮洶湧的環境中，坦蕩蕩面對生命，雲淡風輕迎接生活的，也大有人在。黃武忠認爲「會爭的人，無意中失去了很多朋友；不爭的人，卻常獲得友誼。交一個好朋友，勝過耕一區好田。」龔鵬程的「閉門端愛雨聲粗，清睡人間靜可娛」，將所有茫茫之哀，聊以一睡以消之。

不敢奢望每位讀者都能達到編者的期許：「翻剪一則文字的影，它就給你一道智慧的光。」但願當你行過一街風雨，這些偶然閃現的小語，能溫暖你寒冷的身軀。

（《婦女雜誌》，民國79年3月）

美麗的負荷

一個週日的黃昏，接到兒子班上同學家長的電話，這位母親雖然措辭客氣，語氣仍難掩憤怒及抱怨。

她訴說著她女兒的乖巧、禮讓，及我家兒子時常放學後「跟蹤」、「捉弄」她女兒的「不良行徑」……。我在電話這頭頻頻向她道歉，保證從第二天起，不再有類似情形發生。末了，並語意艱難地爲兒子解釋：因爲他喜歡她女兒，所以會有這些「盯梢」及「跟蹤」的行爲，請她諒解。

幸虧我平日常和兒子聊天，知道他小小心靈的許多秘密（天啊！他才小學三年級），否則在驚訝、憤怒的情緒下，也許我會採用責罵或處罰的方法。

當晚，和兒子擁被坐在牀上，告訴他，媽媽小時候被頑皮男生「盯梢」及「跟蹤」的煩惱，鼓勵他用好的行爲、功課來引起別人注意，又擔心他的「痴情」慘遭「回絕」，輕描淡寫地暗示他「天涯何處無芳草」。一直到兒子連續一個禮拜準時回家，及接著月考全班第一名，才讓我暫時吁了一口氣。

也許因爲有兒子這次的風波，讓我更能體會游乾桂這本《兒童心智門診》的可貴。正如這套親子叢書主編陳美儒在〈總序〉中說的：「這樣稚嫩的生命，期待的正是成年者的牽引和愛護；他們是天地間初萌的青苗，人世未經雕飾的瑰寶，也是每位父母心底最美麗的負荷。」

天底下沒有誰能代替父母對自己孩子的愛。這種愛固然是與生俱來的天性，但是「愛」也像人類所有行爲一樣，需要學習和演練，才不致於變得過於濃膩或疏淡。如果愛得不得法，往往比恨來得更可怕，更容易使孩子受到傷害。

曾任生命線主任、「父母親」月刊總編輯，也是兒童教育心理學家的游乾桂，多年來對親職教育的推廣，一直不遺餘力。本書分爲三卷，卷一、了解孩子的「心」；卷二、創意的生活教育；卷三、解開心結，總共有六十個眞實的案例，每個案例後面都有八百多字的「觀念交流道」。

在這些案例中，有一般父母曾經遭遇的問題，例如：「當年幼的孩子告訴你他戀愛了」、「我的孩子愛玩火」、「愛說髒話的孩子」、「電玩兒童」等。有些是屬於生活教育方面的：「父母能和孩子共浴嗎？」、「培養孩子的道德觀」、「善用一點幽默」。此外，還有現代社會中兒童應該注意的「性騷擾」、「誘拐」、「災難預防」等。

在「交流道」中，游乾桂將他多年的經驗，轉化成實際可行的意見和方法，不說教，不訓人，用智慧的語言和學理，推陳出一套溫馨、感人，使父母願意嘗試的方式。

也許大部分的父母，都想扮演好自己的角色，只是在方法上有待修正。有時大部分做對了，或者因爲忙碌或情緒的因素，就差臨門一腳，而功虧一簣。我們必須善用「第三隻眼睛」，看清孩子行爲表現內在的涵意，而不只是表層的意義，多接納、傾聽孩子的聲音。

希望每個父母都用「心」來讀這本書，使家眞正成爲孩子的避風港、心靈的加油站，更是孩子智慧的啓發中心。

（《婦女雜誌》，民國79年4月）

一起來積極思考

認識吳娟瑜時，她除了編報紙副刊外，就已經在從事有關女性問題的寫作及演講，並帶領一些女性成長團體的活動及規劃。辭了副刊編務後，她更專注於這方面的研究，使她這幾年投注的心力得到一般大衆的肯定。

現代女性在社會變遷、家庭結構改變時，確實正處在一個轉捩點上。兩性關係中的婚姻問題、職業婦女如何兼顧家庭與事業、如何在紛擾而充滿誘惑的環境中教育孩子，許多婦女茫然不知所從。因此，因應現代婦女的需要，協助婦女規劃生涯，推動她們的成長，就變成十分迫切的事了。

吳娟瑜新出版的這本《栽培妳自己》，全書分為〈生涯規劃篇〉之一、之二、〈女性積極思考訓練〉、〈前途篇〉、〈情愛篇〉、〈丈夫篇〉、〈親子篇〉、〈溫馨篇〉、〈開創生涯篇〉。

這本書中，吳娟瑜用「女性與家庭成長的圖形思考」，來替代自序及出版前言。在「圖形思考」中，她用簡單的圖形、清晰的文字，將夫妻關係、親子關係、女性成長三個人生重要關係，清楚地表現出來。文字雖少，圖形也只有幾筆，卻已將許多經驗及智慧化爲明確的分析及思考，給面臨困境、需要生涯規劃的女性一個積極的指引。

「女性生涯規劃」及「女性積極思考」是全書最整齊、最有脈絡條理的部分。

作者將女性的生涯規劃分爲省思期、計畫期、執行期及檢視期四個階段。省思期以「我是誰」爲題，分別以個性、才能、自我期望、人際相處等四篇剖析自我。有了徹底的自我反省及認識，計畫和執行更是重要。吳娟瑜分別以一日、一年、五年爲例，將生活目標循序漸進地規劃，當好的規劃完成，接著就是「行動爆發力」來點燃執行的序幕。

爲了使執行的方法有眞實生動的詮釋，作者用十個人物的奮鬪歷程（從大學教授到素食店老闆）爲執行的範例，做了最好的示範。最後則稍微放慢腳步，用「檢視期」回顧以往歷程、檢討執行成果。

也因爲長久以來，許多女性一直生活在男性價値體系下，往往失去自己的立場和眼界，作者卽以「女性積極思考訓練」來重整女性思考體系。用「發生了什麼事?」、「爲什麼發生這件事?」、「如何採取方法去解決?」、「去執行!」四個步驟來思考、判斷事情，並用一些實例，舉出消極與積極思考的差異。

除了〈生涯規劃〉之一、之二及〈女性積極思考訓練〉外，其他各篇也是吳娟瑜在多年從事、帶領女性成長團體中的經驗累積，或是報紙專欄中的結集。其中不乏兩性情愛、親子關係、夫妻倫理的探討，都有實際的例證來幫助說理；而多來年作者投注的心力，也隨著智慧及經驗的話語，循著理性的思考流瀉出來。

（《婦女雜誌》，民國79年6月）

如果他能繼續寫詩

——《牧子詩鈔》讀後感

看完《牧子詩鈔》，第一個感想是：很遺憾李瑞騰沒有繼續寫詩，成爲一個詩人。這倒不是我覺得他的詩有多好，多震撼心靈（雖然時有佳句），而是如果他仍然寫詩，他的人應該和現在稍有不同——當燕玲暗示他春天來臨，陽明山百花齊放，潺潺溪水等著我們造訪，可不可以在連續三天加班後放個特別假，他總是「聽不懂」；惠琳好不容易找個情調幽雅的餐廳聚餐，他卻有談不完的公事，講到興起，還會叫妳當場拿筆記下，囑咐「吃完飯馬上處理」。

民國六十七年，我在「愛書人」雜誌任職，經朋友介紹認識瑞騰，請他參加「讀書筆記」專欄的撰寫，彼時瑞騰所寫多爲評論性文字，總覺得他屬於不苟言笑的那一型。

民國七十三年，我正結束多年的上班生涯，不定期的接一些兒童、婦女類的叢書編輯製作工作，一方面照顧孩子，表面上工作與家庭兼顧，但心底總覺得離自己喜愛的文學愈來愈遠。年底，瑞騰接任「文訊」雜誌總編輯，找我來幫忙，我欣然同意。

因媒體的性質及工作的範疇，這時和瑞騰相處，更可以看到他面對問題的嚴肅態度。他的思考嚴謹、周密，做事果斷、理性，有迸發不完的構想與創意。身爲他的「屬下」，壓力自然很大，要不斷地吸收、反芻、詢問，所以和他一起工作，大部分的時間都很緊張，充滿戰備氣氛。久而久之，幾乎忘了，他也可能有「詩情畫意」的一面。

直到去年，瑞騰和錦郁的散文合集《深情》出版，我才驚訝的發覺：原來他也可以寫出這麼雋雅感人的散文，這麼柔情萬千的情書。也還好有這本散文集出版在先，因此出現在《牧子詩鈔》裏的「駐足在妳淺淺的酒渦」，「我的心是迷濛遠去的海洋」、「伊底笑，成了我底相思」……便不會使我過度「驚艷」了。

只是，在這本詩集前面的〈序〉裏，瑞騰說詩是他的初戀，把詩集付印是「以償宿願，今後不再提寫詩一事」。不管他這個決定，是不是詩壇的損失，我是非常希望他再提筆寫詩。只要他願意提筆，他的生活就可能偶而有「詩情」及「詩意」。那麼，做爲他的屬下，偶而因爲春天，因爲溪水，因爲落葉而產生的「不理性」行爲時，他就應該會有「詩人」的情懷，同情並諒解我們！

（《牧子詩鈔・跋》，李瑞騰著，民國80年6月）

【輯五】聯珠綴玉

智慧的明珠

千百年前，在荒山僻嶺的村落，在民智未開的鄉野，還沒有現代化的學校及一切進步的教育設施。但是，人類原始的求知慾與對傳統文化的傳承責任，卻未曾稍減。於是，在家中延聘老師或在村子裏設一座私塾，讓孩子們讀書識字；家境貧苦的連村塾都讀不起，父兄尊長就用口耳相傳或機會教育的方式來教導他們的子弟。

那時候孩童的啓蒙教材不多，一般採用「三、百、千」，也就是《三字經》、《百家姓》和《千字文》三本書。其他的兩本書只是教孩子們多認識一些字，而《三字經》卻用使孩子很容易朗朗上口的三個字一句的簡明方式，將我國的歷史及傳統文化作了概括的介紹。千百年來，它一直擔當著教育、啓蒙孩子的工作，雖然經過時間的抉擇，仍然屹立長存，可見其內容豐富、文字雋永，它的流傳，自有其永恒的價值。

《三字經》的作者和成書的年代，有幾種說法。據清朝翟灝《通俗編》卷二〈蕭良有龍文鞭影條〉，說到《三字經》是南宋王應麟所作，明蜀人梁應升繪圖，聊城傅光宅作序；又有人說是宋朝末年的區適子所寫的，適子字正叔，廣東順德人。至於《三字經》上，宋朝以後元明清三朝的句子及後面的歷史，當然是後人添上去的，現在也無法找出作者的姓名了。

《三字經》以三字為一句為其特色，也使孩子們易記易誦，但是內文中許多傳說、觀念及常識，如「三才」、「三綱」、「五行」、「十干」、「十二支」、「八音」、「斬齊衰」……等，非得詳細注解，才能讓現代的孩子們了解，因此遇到這些地方我們也不厭其煩的詳加注解；「白話欣賞」的單元，我們以流暢簡潔的文字將每段三字經語譯出來，透過這些文字，孩子們就可以很輕鬆的了解它的意義了。此外，我們盡量把故事帶進嚴肅的文字中，因此我們細心挑選了與內文有關的歷史故事，用故事把刻板的文字更加生動、活潑起來。我們相信，這樣必能打動孩子們的心靈，也更提高他們閱讀的興趣。

為了版面的安排，我們將全文以八句為一段落，但這並不表示這八句是一個完整的單元，閱讀的時候，仍須從頭到尾銜接起來朗讀。然後配合文中的難字解釋、白話欣賞、歷史故事的輔助，孩子們就可豁然貫通了！

近年來社會進步，工業及科技都在突飛猛進中，可是相對的，社會上卻充滿著一股暴戾之氣，以往農業社會的詳和安寧已不復可得！生活的忙碌及對物質生活的無止境追求，使許多父母無法顧及兒女的教育，孩子們對作人的原則、處事的道理卻茫然不知，實在令人憂心忡忡！

古聖先賢遺留給我們的，不只是強烈的民族意識、濃郁的鄉土芬芳以及無所不備人倫之愛，還教導我們對平凡事物的尊敬，對蒼生萬物的博愛。種種殷盼，相互期待，相互輝映。讓我們和孩子一起來重溫這些歷久彌新的書籍，相信這些文字會化成片片燦爛的光影，深印在每一個中國人的心中，指引著我們平穩的走過人生旅程。

（《兒童讀三字經・序》，民國72年）

比翼雙飛

「比翼雙飛」是《文訊》雜誌三十五期（七十七年四月）的專題企劃。製作這個專題的時候，我們請了七位文學工作者從事採訪工作。當然，文壇上同為作家或從事文學工作的夫妻檔，並不只這些，但經過溝通、聯繫，順利完成採訪的共有二十三對。

儘管內容如何精彩，在雜誌上，由於受到篇幅的限制，只能做到「言簡意賅」，非常可惜。於是，我們準備出版專書，讓這些採訪者，詳盡道出這二十三對夫妻的愛情、婚姻、寫作及生活。

因此，在《文訊》的專題稿寫完後，採訪者接著動筆寫更細緻、更深入的報導，為了寫好這些稿子，他們甚至不只一次的拜訪對方，有些還幫我們拍了一些作家的近照。其中原先負責南部作家採訪的王玉佩小姐太忙，無法寫後續的長稿。於是臺南的林剪雲、張白伶，高雄的蔡文章，屏東的曾寬諸位朋友，又紛紛接下了後續的工作，分別採訪了王家誠與趙雲、蕭郎與陳艷秋、林仙龍與周梅春及李春生與林玲四對夫婦。

爲了讓這些精心撰寫的文章更加生動，我們分別打電話向作家借照片，他們不厭其煩的挑選，細心的說明時間、地點，有時也在電話中回憶當時的情景，慨嘆歲月的飛逝。他們的眞誠與熱心，是這本書得以完成的最大助力。

這二十三對文學夫婦，從即將慶祝金婚（結婚五十周年）的何凡、林海音夫婦，到結婚甫三年的呂則之、沈靜夫婦。每一對文學夫婦的愛情、婚姻都可以織成一本動人的長篇。除了一般世間夫妻的生活及相處，他們有共同喜愛的文學做心靈溝通的橋樑，互相鼓勵、鞭策，他們的生活理應比一般人來得充實愉快。

此書富文學趣味，同時經由這些篇章，我們可以看到隱藏在作家文學表現背後的一股動力，從這個角度來看，此書還有文學史料的功能，類似的資料如能多多建立，對於當代文學的研究，應有很大的助益。

（文訊叢刊⑤《比翼雙飛・編後記》，民國77年7月）

聯珠綴玉

「筆墨生涯」是《文訊》雜誌最早設立的專欄之一，開始於民國七十三年四月（第十期），至今持續不斷。截至目前爲止（民國七十七年六月，第三十六期），爲這個專欄執筆的作家共有三十四位，其中女作家十一位，男作家二十三位。

自七十三年十二月踏入「文訊」擔任編輯工作以來，我就開始了這個專欄的約稿工作。起初，我眞是戰戰兢兢，心想：前輩作家一定都是望之儼然、高不可攀。但幾年經驗下來，這個專欄的約稿卻是我編輯工作最輕鬆、最愉快的記憶。

在崎嶇的文學旅途上，這些前輩作家都已跋涉二十年以上的漫漫長路。「寫作」已經和他們的生命、生活相結合了。一般人寫自傳性的文字，極可能流於敍述性的繁瑣及枯燥，但由作家執筆撰寫其「筆墨生涯」就截然不同了。他們自述與寫作的因緣，就像描寫一段與最鍾愛情人的戀情，辛酸，甜蜜盡在其中，使你不得不爲他們執著的熱情深深感動。

這次我們先將其中十一位女作家的「筆墨生涯」彙編成這本《聯珠綴玉》，除了將原來的篇名做了更妥切的修正外，我們希望這本書不但有可讀性，更具文學性與史料價值。於是，我們增加了以下的篇幅：

㈠作者簡介
㈡作家作品目錄
㈢作品評論索引
㈣作品選

為了這些增加的資料，我們投注了不少心力。查證作家的簡介、作品目錄，希望儘量做到正確無誤；不斷地在有限的資料中尋找有關這些作家的評論篇章；閱讀她們的作品，希望能挑選出適合篇幅又能代表她們風格的文章。

當這些工作一一完成後，這本書的內在光華就可以充分顯現，書的內容也就更加豐盈了。藉著它，我們可以了解她們的文學因緣、創作歷程（「筆墨生涯」），以及不同的寫作風格（「作品選」）；它同時記載了作家們寫作的成績單（「作品目錄」），以及文學工作者對她們的報導與研究（「評論索引」）。

本書的完成，聊表我們對前輩作家的尊敬與感謝，也希望能繼續出版這一系列的叢書，為這些文壇的勇士們，留下珍貴的記錄。

（文訊叢刊⑥《聯珠綴玉・編後記》，民國77年7月）

重返家園

自從政府基於人道，開放大陸探親以來，長期一水之隔所形成的夢斷家園以及骨肉流離的哀痛，終得以獲得部分的疏解。這是一件歷史的大事，各種影響也不斷地在加深擴大之中，作家的筆正是其中的關鍵。

當然，作家只是千萬個返鄉探親的一小部分。他們重返睽違四十年的家園，也曾激動莫名，也曾悲喜交集。但當他們回到臺灣，用沉潛的心、細膩的筆，將當時的情景及所見所聞，一一記錄下來，便成了歷史的證言。

捧讀特約的這二十一篇文章，感覺上與作家一貫的行文有些不同。字裏行間佈滿了家鄉的思念、時代的悲劇、骨肉親人的離散、尋根的興奮與失望等。像大荒細述四十年來懷鄉病的沉重；王書川在麥田中跪拜雙親的心酸；辛鬱三兄弟重逢的感恩與激動；洛夫登臨長城「爲此生有緣親身接觸到這些歷經風霜猶存的歷史古蹟」而感動不已；張默與八十六歲老母執手相見的情景；楚茹「童夢難尋」的惆悵；楚卿在回程飛機上翻閱家鄉天災人禍記錄的椎心痛楚；楊濤在親友幫忙下測量母親墓地之所在……。讀著讀著，感動的淚水，不自覺地流了滿面……

除了十八位作家的返鄉探親之文外，另外我們還約了三篇年輕作家的文章。對這些生長在臺灣，懷抱尋根心情的第二代，他們大陸之行的感想及心情又是如何呢？看鹿憶鹿在文中呼喚「那不是中國，我的中國不是那樣的」，似乎感受到她熱烈期待後的深沉失望。李金蓮在巴士上流淚不止，因爲感受到「中國人在面對民族尊嚴時緊鎖在一起的心」。張曼娟回臺北後魂牽夢繫「那些未曾離開黃河畔的親人」，似乎又是另一種反省與回應。

感謝二十一位作家及無名氏先生精彩的序文。也因爲他們的熱烈爲文，爲這偉大的時代，緜延不斷的歷史，作了最眞實的見證。

（文訊叢刊⑧《四十年來家國・編後記》，民國78年4月）

如沐春風

兩本各厚達三百餘頁的《筆墨長青》、《智慧的薪傳》即將完稿付印，望著它們，好像了卻一樁埋藏已久的願望，充滿了欣喜與感動。

在去年由「文訊」雜誌主辦、六家文學雜誌協辦的「文藝界重陽敬老聯誼活動」中，整個會場充滿了溫馨感人的氣氛。服務於新聞局國內處的作家丘秀芷，向總編輯李瑞騰提起合作為這些前輩作家、學者出書的計劃。《文訊》雜誌自創刊以來持續不輟的「文宿專訪」，正是這個計劃最好的基石。有了新聞局的贊助及鼓勵，這兩本書就開始進行編輯作業。

「文宿專訪」不但是《文訊》最重要的專欄之一，也是雜誌當期的封面人物。《文訊》雜誌用這個專欄，一方面為前輩作家、學者留下珍貴的記錄，一方面表達我們對他們的敬仰與推崇。除了慎重的決定人選，敲定適合撰寫或採訪的作家外，照片、畫像，無不盡心拍攝、繪製。前輩作家的作品目錄，都藉此整理出來，以供後生晚輩們參考閱讀。

在「文訊」幾年的編輯生涯中，許多溫馨的回憶也隨著工作的進行留在心底深處。猶記得和李宗慈在楊雲萍教授杭州南路日式宿舍，從午后坐到天色全暗；大雨滂沱中和焦桐造訪曾虛白教授的住宅；和九十二高齡的何容先生在垂滿長鬚的老榕下合影留念；王文漪女士遠在天母的家，和她和靄溫煦的笑容；坐在臺灣文壇前輩巫永福典雅的客廳中，謹慎地用不靈光的臺語和他交談；鄭騫教授的滿室書香和他家那隻吠聲響亮的狗；楊乃藩先生樸實無華的住宅和他健筆如飛的架勢；張秀亞阿姨堅持要請我們一大票人午餐的隆情厚意……。

和這些七、八十歲，甚至九十高齡的作家、學者在一起，並不如想像中的拘謹。他們幽默健談、多禮謙遜，使人如沐春風。他們對事認眞負責，對人體貼關懷，信守時間，講求文字，對我這個平日催稿有無力感、最氣逾時交稿的編輯人來說，他們無疑是全世界最好的作者。

如果將專欄中出現的作家、學者編成一巨册，實在太龐大。於是我們約略將三十一位前輩作家分爲兩類，一爲資深作家，計十六位，書名定爲《筆墨長青》；一爲學界耆宿，計十五位，書名定爲《智慧的薪傳》。除了每人有一篇長文敘述他們的文學思想、生平主要經歷外，我們還在他們「著作等身」的作品中挑選了一篇文章做爲代表作品。在所有文章的最前面，我們用銅版紙將他們的照片留影下來，讓讀者藉文與圖的對證，加深印象。

必須要說明的是，藉著這一次出書，我們對各篇內文作了精細的校正；同時爲了統一，我們重訂了不少標題，以期更能與內容契合。

感謝三十一位前輩們，由於他們的努力耕耘、默默奉獻，成就了這兩本書的內在光華，也感謝二十位執筆撰寫介紹文字的作家學者們，由於他們的生花妙筆、辛勤探訪，使得前輩的智慧得以集中。當然更感謝新聞局的大力鼎助，使這兩本充滿智慧、經驗與文采的好書，能夠順利出版。

祝福前輩作家們「筆墨長青」；願這些「智慧的薪傳」，生生不息，綿延不斷。

（文訊叢刊《筆墨長青》、《智慧的薪傳》〈編後記〉，民國78年4月）

文學之美與歷史之眞

無論是風雲詭譎的多變時代，或是物阜民豐的太平盛世，史家用筆忠實的記錄，成爲一頁頁的歷史；後人閱讀，讀出的是政權的傾軋鬪爭、典章制度的遞移變化等，很難在簡要的文字中，產生強烈的心靈撼動。

於是，成立二十餘年，擁有近兩百位會員的中國婦女寫作協會的女作家們，爲慶祝建國八十年，想要集中衆人的力量，將個人的經歷與大時代結合，用散文的筆，記錄相激相盪產生的美麗浪花，及永不磨滅的縷縷刻痕。她們期待爲時代留下證言。

三月中旬，收到婦協的邀稿函，正在猶豫寫些什麼才好。不多久，接到婦協總幹事邱七七大姊的電話，請我擔任《我們的八十年》一書的總編輯，雖然有些意外與惶恐，我仍接下這個重擔。

最近幾年，在「文訊」的編輯任上，經常需要向作家約稿，也常舉辦一些藝文性的活動，因此認識許多作家。我的個性疏懶，不善交際，儘管通過多次電話或書信，見面時仍只是靦覥的微笑或點頭，但許多女作家的熱情與體貼，以及同爲女性的處境與話題，使我與她們建立起良好的友誼。而許多前輩作家的斑爛文采、豐富多樣，一旦愛上寫作就無怨無悔終身事之的態度，一直是我學習的對象。

在當代的臺灣文壇，女作家在寫作的量上逐漸擴增，寫作體裁逐漸多元化，同是她們之中有一些人的作品在市場上相當暢銷，這些現象都值得我們重視，身爲媒體工作者，有機會和她們一起以文學筆書寫歷史，並且爲她們負責編輯諸事，這對我來說是一個值得珍惜的機會。

●

這本書的原始構想是出自婦協諸位常務理事，包括邱七七、丘秀芷、蓉子、姚宜瑛、徐薏藍、嚴友梅、朱婉清等人，她們經多次開會協商而決定。在三月二十七日第一次編纂會議中，她們提供了與會女作家一份「建國八十年大事記要」資料，做爲參考。希望就八十年來重要事件，每人選擇一項與自己的成長經驗、生活感受息息相關的題材，來抒寫記錄。那天的會議有三十幾位女作家與會，在近兩小時的討論中，彼此取得共識，不歌功頌德、不批評時政、不寫間接經驗的報導或採訪性文章，要完完全全扣準自己生命過程中最深沉的感受與經驗。主題盡量不重複，希望藉著這些文章的串連，展現中國現代史的悲歡歲月。

大多數受邀的女作家，在第一次編纂會議結束以後，就認眞地開始寫稿了，其餘的約稿行動，由婦協常務理事組成的編輯小組積極展開。許多作家在選擇主題方面，有一些猶豫。於是，我就在電話中試圖與她們一起回憶，聽她們娓娓細訴，適時地給她們一些意見。通常電話那端是這樣結束的：「眞的很有趣？很感人？那我就決定寫這一段了！」

五月中旬，稿子已進來將近一半。爲了使本書有比較清楚的歷史脈絡，特將全書分爲四輯，每輯定一輯名，各輯含括年代如下：

㈠第一輯：民國元年至民國二十五年。辛亥革命、民國建立至中日戰爭爆發前夕。

㈡第二輯：民國二十六年至民國三十八年。八年對日抗戰，是中國近代史重要的一個階段。

㈢第三輯：民國三十九年至民國六十四年。國民政府播遷來臺至先總統蔣公逝世。

㈣第四輯：民國六十五年至民國八十年。蔣經國主政至李登輝，乃至開放探親、解嚴、報禁解除等政治與社會情勢的轉變。

各輯含括年代的長短不一，分輯的依據是以重大事件做區隔。每位作家的來稿依所涉時間歸入各輯，每輯再依年代區分先後順序，跨越年代或內容涉及多項事件者，歸入該輯最後。

雖然是由我負責整本書的稿件處理，但整個編輯過程中，邱七七、丘秀芷大姊從旁的督促與協助，使工作進行的十分流暢。許多獨自工作的夜晚，雖然身體極端疲累，偶爾接到邱大姊問及進度卻又關懷體貼的電話，我的精神又振奮起來。

往往在閱讀文章時，內心的情緒也隨著作家們的文字起伏著：蘇雪林豐富多姿的求學生涯，琦君做「學堂生」的趣事見聞，徐鍾珮戰時從事新聞工作的經歷，胡品清曲折感人的大學生活，林海音對故鄉的思念，羅蘭在淪陷區的心情，匡若霞參與青年從軍熱潮，葉蟬貞的重慶生活回憶……，我用心去讀，往往熱血澎湃、情緒激昂。離開家鄉，胼手胝足在臺灣這塊土地建立家園，在艱困的環境中絕不妥協的堅強意志，在畢璞的〈危樓歲月〉、徐薏藍的〈杜鵑聲裏〉、鮑曉暉的〈小城故事〉……中得到最好的印證。這些感人至深的文章，縱使不是傳記，也是她們一生刻骨銘心、最值得記憶的時光。

爲了使這些動人的文字，有更具說服力的「歷史」做背景，編輯小組特聘請中央研究院近代史研究所的呂實強教授，就文章所涉背景年代、歷史事件做詳細審察。呂教授給了我們不少意見，我們也都與原作者商議後改正。

長達四個多月的編輯工作終於告一段落。這段時間，各篇文章已陸續安排在報刊發表，書也預定十月出版。歲月不停往前飛奔，民國八十年也終將成爲歷史，事件會沉寂，人物會消失，我們唯有藉著手中的這一支筆，將大時代的風貌，肅穆、虔誠地留下永恆的記錄。

（《我們的八十年・編後記》，時報文化公司，民國80年10月）

生活・感恩・傳家寶

幼時母親管教我們極嚴，對待朋友、鄰居、市井小販卻十分寬厚。她常在我遭受打擊、委屈時，告訴我「吃虧就是佔便宜」。當時對她的「隱忍」哲學十分不解，總覺得自己十分孤獨、寂寞，年歲日長，才體會、咀嚼出這句話的眞正含義。

正因爲別人不做，你持續去做；別人嫌累，你奮力完成，才能在無意中獲得許多磨練、學習的機會。多年來，求學的過程，工作的現場，家庭中的角色，以及和朋友相處的態度，「吃虧就是佔便宜」這句話使我在沉重的壓力下，仍能保持樂觀向上的心情。

因此，不論你的「傳家寶」是稀世珍奇，或只是一件小玩意、幾句至理名言，甚至是一種感覺，它應該是可以歷久彌新、代代相傳的，在逐漸重視物質、輕忽精神文明的今日，讓我們重新思考「傳家寶」的意義：常懷感恩之心，承續從長輩、甚至朋友那裏得來的無價的生活經驗，避免重複前人所犯的過失，在困厄橫逆的環境中，仍能做個正直、而且快樂有用的人。

感謝《婦女文摘》雜誌的發行人陳艾妮，在郵價飛漲前的關鍵時刻，以「劍及履及」的積極性格，構思、企劃，促成了「用雜誌寫生活日記——七大優良雜誌聯盟」活動，「文訊」、「光華」、「家庭與婦女」、「音樂」、「張老師」、「廣播」、「藝術貴族」七家雜誌，得以聯手用「我家的傳家寶」徵文活動，呼籲重建「書香社會」，並重視經驗與智慧的傳承。

恭喜本次徵文入選的三十三位讀者，他們用心體會，巧妙地詮釋了「傳家寶」；感謝共襄盛舉的作家朋友，他們精彩動人的文字，賦予「傳家寶」活潑、寬廣的生命力。方智出版社願意出版這本書，使《我家的傳家寶》得以永遠留傳，更令人感念。

希望每一個看到《我家的傳家寶》這一本精心企劃的書的人，都能爲自己、爲自己的家人想一想：「我家的傳家寶是什麼？」

（《我家的傳家寶・序》，方智出版社，民國80年10月）

編寫記事

民國六十年九月

●自臺中縣清水鎮的省立清水高中畢業，告別校園中火紅燦爛的鳳凰花、生長的眷村及家人，負笈北上。就讀世界新聞專科學校編輯採訪科一年級。每天由租賃的小屋換兩趟車到學校，再走過長長的隧道去上課，覺得冰冷孤寂。

民國六十一年九月

●重考，入淡江文理學院夜間部中文系，系主任于大成先生。張夢機老師是我最敬愛的老師之一。

●大一暑假，在教育部國際文教處「海外學人」月刊工讀，主編即為後來創辦長橋出版社的鄧維楨。

民國六十三年九月～六十四年二月

●大二升大三暑假，應徵進入「女性世界」雜誌社擔任助理編輯。當時的總編輯黃柏松、副總編輯彭坤進，他們對編輯流程控制很嚴、對文字的要求亦然，使我受益良多，可說是我編輯理念的啟蒙師。

●三個月後，由助理編輯升任編輯，正好雜誌的採訪編輯離職，獲得採訪作家劉墉的機會，完成生平第一篇採訪稿。

●採訪詩人羅門、蓉子夫婦，拜訪他們的「燈屋」。

民國六十四年三月～九月

●「女性世界」經營不善，與多位昔日同事轉任「儷人」雜誌，擔任編輯。創刊號負責採訪「名人與名曲」，專訪「綠島小夜曲」主唱紫薇小姐。

●負責製作「她們的模特兒生涯」專題，專訪五位專業人體模特兒，採訪過程曲折坎坷，記憶尤深。

●專訪四位傑出的女性：畫家席慕蓉、作家季季、導演汪瑩、聲樂家唐鎮。

民國六十四年九月～十二月

●因雜誌經營者易人，編輯部同仁陸續離開。應徵「車車車」汽車雜誌編輯，與興趣不合，未滿三個月卽辭職。

民國六十五年元月～八月

●和昔日同事彭坤進、王百祿，及臺大醫師鄭泰安籌劃《夏潮》雜誌，以「中國人辦的《讀者文摘》」自期。租用淡水竹圍一幢白色別墅爲辦公室。上圖書館、閱讀資料，拜訪、查證許多「昔人舊事」，或追踪許多已被淡忘的文人風采。

●三月《夏潮》創刊號出版，封面爲名畫家席德進的水彩「關渡暮色」。

●與總編輯彭坤進親赴嘉義梅山，拜訪至今仍享有盛名的畫梅專家蔣青融先生。

●《夏潮》叫好不叫座，業務推展不開，編輯部同仁紛紛離職。繼續堅持半年後離職。

民國六十五年九月～六十六年三月

●與大學中文系同學章保祥、張志誠合辦「東明出版社」。擔任主編，出版了五本書，因不諳發行，資金很快用罄，匆匆結束出版社。

民國六十六年四月～六十七年十月

●應徵出版家雜誌社編輯，總經理王國華面試錄用，負責《愛書人》雜誌的編務，與陳銘磻各負責兩個版面的策劃與編輯。邀心岱、桂文亞、吳念眞輪流撰寫專欄。

●經由陳信元介紹，認識李瑞騰、渡也、龔鵬程，由他們幾人輪流撰寫「讀書筆記」專欄。

●先後設計「他是誰？」、「小時候」、「我的第一本書」、「創刊號」專欄，開始與文壇及作家接觸頻繁。

●應《幼獅文藝》主編朱榮智之邀，撰寫〈以文字作水墨畫的藝術家——訪作家張秀亞〉，文長七千字，發表在民國六十七年九月的《幼獅文藝》。自此，與張秀亞大姊成爲忘年之交。

民國六十七年十月～六十九年三月

●爲了一些模糊的自尊及理想，在總經理王國華長達兩小時的慰留後，仍決定離開出版家文化公司。轉至「你我他電視公司」出版部擔任編輯，主編《新娘》、《鳳飛飛自傳》、

《名人軼事》等書。

●轉任「你我他電視周刊」出版的《消遣》叢刊編輯。婚假結束後銷假上班，發覺辦公室「山河變色」，因而辭職。

民國六十九年四月～七十一年七月

●應王國華之邀重回老東家——出版家文化公司擔任主編。主編《出版家彩色實用叢書》一百本，《家庭食譜》，爲《生命之歌》撰稿。主編《世界博物館全集》。因編輯理念與總策劃不合，幾度抉擇，終究請辭。

民國七十一年八月～十一月

●應徵「滿點兒童月刊」總編輯。約蕭蕭、林文義、李瑞騰、林彧撰寫專欄。三個月後，創刊號完稿付印前，公司股東爭執，經營改組，雜誌不印了。與老闆力爭，堅持將稿費一一掛號寄出後才離職。

民國七十一年十一月～七十三年十一月

●經朋友介紹，在家接編叢書。主編《兒童讀唐詩》、《兒童讀三字經》、《兒童讀論語》、《中國茶道》、《捏麵人的藝術》等書。

民國七十三年十二月～八十三年三月

●女兒子純未滿三個月，甫接文訊總編輯的李瑞騰打電話來謂「文訊」月刊需要人手，考慮數天，即見雜誌社顧問孫起明先生（前任總編輯），隔日上班，擔任主編。

●七十四年七月升副總編輯。

●七十七年主編文訊叢刊中的《聯珠綴玉》、《比翼雙飛》。

●七十八年四月承新聞局鼎力相助，主編文訊叢刊中的《筆墨長青》、《智慧的薪傳》兩本書。

●七十八年四月主編文訊叢刊中的《四十年來家國》（返鄉探親散文）。

●八十年三月應中國婦女寫作協會之邀，主編《我們的八十年》散文選。並發表〈夜空下的羽翼〉（《臺灣新生報》，80年10月），及編後記〈文學之美與歷史之眞〉（《中華日報》，80年10月）。

●八十年十月《我們的八十年》由行政院新聞局贊助，時報文化公司出版。

●八十一年十月升總編輯。

●八十三年四月由三民書局出版《美麗的負荷》，納入三民叢刊。

後記

封德屏

無數個幽靜的夜晚、笑語喧嘩的假日午後，我埋首在剪報、資料中，細細校讀所有的篇章，許多過往歲月，一一浮現眼前，是那麼遙遠卻又真實。

猶記得讀大學時第一次應徵編輯工作時的生澀與緊張，得知錄取時的興奮與惶恐；才剛建立起默契的工作伙伴，因公司經營不善而要各分東西時的悵然與哀傷；更想到自己的個性一向好強、固執，從不在編輯部加班中缺席。於是，當同學們多在郊遊、烤肉中恣意揮灑光陰，我卻利用假日拚命補足那些因加班趕雜誌而生疏的課業。現實與理想的衝突與調適，在成長的日子裡，一直都是首先要面對的事。

編輯生涯的前十年，我前後換了十個工作。十年的東飄西盪，柔弱易感的性情，逐漸鍛鍊得比較堅韌而有耐心。以前總以為自己運氣不好，或命中帶「煞」，為什麼自己工作的雜誌社，都不能長命百歲。日後和一些在那個時期也在出版界、雜誌界「打拼」的朋友聊起，才知道雜誌業、出版界普遍都不易經營，而自己正好「躬逢其盛」罷了。況且一路行來，卻總會遇到一些好主管、好同事。性情相投的，縱使當時各奔東西，也仍然是長長遠遠的朋友。

民國七十三年底，我進入「文訊」，我喜愛這份工作，認真的付出，也盡情的收穫，歲月就在一瞬間流走了十年。

大學時因戀愛、想家，常寫一些思親、抒情的散文。此外，就只是十幾年編輯工作留下的採訪稿和專題報導。創作量少，自己的解釋是由於工作忙碌、才華不足。儘管如此，計算一下，也有三十幾萬字，經過篩選——文學事務、文學人、藝術家之外的全部不收。留下的不到十萬字。原本沒想這些整整跨越二十年的作品，還有可以出版的一天。

謝謝三民書局的慨允出版及李瑞騰的〈序〉。人近中年，才出版第一本書，興奮中竟然有些羞澀。書名「美麗的負荷」取自書中第四輯的篇名，指的是白髮的雙親、稚齡的兒女、文學的世界、編輯的工作，這些永遠是我生命中最美麗的負荷。

三民叢刊書目

① 邁向已開發國家　孫震著
② 經濟發展啓示錄　于宗先著
③ 中國文學講話　王更生著
④ 紅樓夢新解　潘重規著
⑤ 紅樓夢新辨　潘重規著
⑥ 自由與權威　周陽山著
⑦ 勇往直前
・傳播經營札記　石永貴著
⑧ 細微的一炷香　劉紹銘著
⑨ 文與情　琦君著
⑩ 在我們的時代　周志文著
⑪ 中央社的故事(上)
・民國二十一年至六十一年　周培敬著
⑫ 中央社的故事(下)
・民國二十一年至六十一年　周培敬著
⑬ 梭羅與中國　陳長房著
⑭ 時代邊緣之聲　龔鵬程著
⑮ 紅學六十年　潘重規著
⑯ 解咒與立法　勞思光著
⑰ 對不起，借過一下　水晶著
⑱ 解體分裂的年代　楊渡著
⑲ 德國在那裏？(政治、經濟)
・聯邦德國四十年　郭恆鈺、許琳菲等著
⑳ 德國在那裏？(文化、統一)
・聯邦德國四十年　郭恆鈺、許琳菲等著
㉑ 浮生九四
・雪林回憶錄　蘇雪林著
㉒ 海天集　莊信正著
㉓ 日本式心靈
・文化與社會散論　李永熾著

㉔臺灣文學風貌　李瑞騰著
㉕干儛集　黃翰荻著
㉖作家與作品　謝冰瑩著
㉗冰瑩書信　謝冰瑩著
㉘冰瑩遊記　謝冰瑩著
㉙冰瑩憶往　謝冰瑩著
㉚冰瑩懷舊　謝冰瑩著
㉛與世界文壇對話　鄭樹森著
㉜捉狂下的興嘆　南方朔著
㉝猶記風吹水上鱗　余英時著
・錢穆與現代中國學術
㉞形象與言語　李明明著
・西方現代藝術評論文集
㉟紅學論集　潘重規著
㊱憂鬱與狂熱　孫瑋芒著
㊲黃昏過客　沙究著
㊳帶詩蹺課去　徐望雲著

㊴走出銅像國　龔鵬程著
㊵伴我半世紀的那把琴　鄧昌國著
㊶深層思考與思考深層　劉必榮著
・轉型期國際政治的觀察
㊷瞬間　周志文著
㊸兩岸迷宮遊戲　楊渡著
㊹德國問題與歐洲秩序　彭滂沱著
㊺文學關懷　李瑞騰著
㊻未能忘情　劉紹銘著
㊼發展路上艱難多　孫震著
㊽胡適叢論　周質平著
㊾水與水神　王孝廉著
・中國的民俗與人文
㊿由英雄的人到人的泯滅　金恆杰著
・法國當代文學論集
(51)重商主義的窘境　賴建誠著
(52)中國文化與現代變遷　余英時著

⑤③橡溪雜拾

思果 著

本書爲作者近年來旅美讀書心得、生活觀感。作者人生經歷豐富，觀察入微，涉筆成趣，說理深入淺出。觀世的文章，卻沒有說教的味道，詼諧之文寫來沒有做作的痕跡。有美麗如詩的短文，也有談論科學知識的篇章。適合各階層讀者加以細讀品味。

⑤④統一後的德國

郭恆鈺 著

兩德統一不是西德用馬克吃掉東德，也不是聯邦德國版圖的擴大，而是兩個政經體制完全不同的國家及人民的重新整合。本書從這個角度出發，介紹統一後的德國在經濟、政治、法制、教育以及意識型態等多方面所遭遇到的諸多問題。

⑤⑤愛廬談文學

黃永武 著

本書以中國文學詩歌爲主體，爲維護中國文字的正體字而大聲疾呼；爲光揚中國古典詩在現今美學中的價值而細心闡發；對於敦煌新發現的寫卷資料，也用淺顯筆法作應用的示範；對西洋星座起源的追索以及對「圖象批評」的分析，均極具啓發作用。

⑤⑥南十字星座

呂大明 著

人生是一段奔馳的旅程，生命的列車載著你、我向四野茫茫的時空飛奔……當你在生旅中奔馳，請爲這本小書逗留片刻，書中有人間至情、生活的哲思、美的闡釋、文學盤古的足音，有清純如童謠般的吟唱，也有鐫心的異鄉情懷……

⑰重疊的足跡

韓秀 著

因爲一份眞摯的愛，對文學，對那塊廣袤的土地，對那些親如手足的人；所以有了理解，有了同情，有了尊敬；那怕是擦身而過，也會留下痕跡，留下感觸。本書作者以親身經驗寫她和十多位作家的交往，爲當代中國文學史添加幾頁註脚。

⑱書鄉長短調

黃碧端 著

本書內容包括文學隨筆、新書短評、域外書介三部分。作者藉由理性的角度、感性的筆調，評論了近幾年來出版的一些小說，兼論及文學界的一些人與事，並對中文西譯的困難展現出相當程度的關懷。

⑲愛情・仇恨・政治
・漢姆雷特專論及其他

朱立民 著

本書論及四部莎士比亞悲劇裏的各類問題：如朱麗葉的父親對悲劇發生的責任、奧賽羅黑皮膚的反諷、漢姆雷特內心的衝突、勞倫斯奧立弗如何改編莎劇及柴弗瑞里如何處理漢姆雷特的戀母情結等等。

⑳蝴蝶球傳奇
・眞實與虛構

顏匯增 著

本書所力圖企及的絕非所謂的「魔幻寫實主義」，而是企圖尋找一個眞正屬於「紙上文字世界」的經驗。作者認爲唯有從紙上經驗「本身」獲得眞實的感受，才能在諸般迥異於文字世界的世界中，洞見出眞正活生生的東西……

⑥1 文化啓示錄

南方朔 著

目前的臺灣正在走向加速的變革中，相應的是一切變革之後的「文化」改變卻明顯的落後太多。「文化」與現實的落差是作者近年鍥而不舍於「文化」問題的原因，本書則是提供讀者一個思考的空間。

⑥2 日本這個國家

章陸 著

本書從東、西方及過去、現在、未來等衝擊與演變，綜看日本的萬象。作者以旅日多年的見聞，根據今昔史實，敍述日本的風土習俗、文化源流、天皇制度、政壇人物、社會現象等等，並比較其互爲因果，以期能向國人提供認識日本的一些參考資料。

⑥3 在沉寂與鼎沸之間

黃碧端 著

本書是作者對當今時事的分析評論集，篇篇都有獨到的見解，觀察入微、議論平實。除了能啓發讀者另一層思考外，亦展現出高度的感性關懷。在紛擾鼎沸的世局中，是一股永不沉寂的清流，值得關心國事的人，同來思考與反省。

⑥4 民主與兩岸動向

余英時 著

一九八七—九一是海峽兩岸局勢動盪最劇烈的時期，在此關鍵時刻，本書作者以一個「學歷史的人」的觀點，對中國的民主發展及兩岸動向提出一些見解，期望此見解能產生「見往知今」的效用，同時也期待處於此歷史轉折點上的中國人一起省思。

⑥⑤靈魂的按摩

劉紹銘 著

本書作者長年旅居海外，以宏觀的視野、幽默風趣的筆調，對當代中國文學及世界文化現象，加以詮釋及評析。希望讀者藉著本書的「按摩」，不僅能達到滌清思緒，舒筋活骨之效；更能對這個既熟悉又陌生的世界，有著嶄新的認知及體驗。

⑥⑥迎向衆聲
·八〇年代臺灣文化情境觀察

向陽 著

本書是作者在八〇年代期間，面對風起雲湧之臺灣文化現象所作的觀察報告。向陽以其詩人之心、論者之眼，透過對文學、藝術、民俗、語言、史料整理及相關著作的解讀與評析，試圖建構一個「文化臺灣」圖式，彰顯八〇年代臺灣文化的形貌。

⑥⑦蛻變中的臺灣經濟

于宗先 著

由於兩岸解凍、經濟自由化、臺幣升值、金融狂飆等問題的激盪，引發了社會失序、政府無力、人民迷惘的混沌現象。身爲此大變局中的一員，本書作者表達了一個知識分子的感受和建言，期待能爲這個蛻變的時期留下記錄，並提供解決的途徑。

⑥⑧從現代到當代

鄭樹森 著

五四運動帶給中國現代文學的影響是巨大而深遠的。作者以此爲出發點，運用他專業的學識及文化素養，對現今兩岸三地的中國文學和作家，作了深刻的研究和評論，並旁及與西方文學的比較，是一本內容豐富的文化評論集。

⑲嚴肅的遊戲

·當代文藝訪談錄

楊錦郁　著

本書共分文學心靈、文學經驗、文學夫妻、電影之美四部分，訪問了白先勇、洛夫、葉維廉等當代著名文學家，暢談創作的心路歷程，是作者從事報導文學多年累積而成的文字結晶，值得您細細品味。

⑳甜鹹酸梅

向　明　著

本書是作者在人海中浮沉時所領略體會出的諸般心得和感想：有人間世事的紛擾和關懷，有親情友情的回味和依戀，更有旅途遠行的記憶和心得，反映出生逢亂世一個平凡人的甜鹹酸苦，文字簡鍊流暢，是作者詩筆以外的另一種筆力。

㉑楓　香

黃國彬　著

本書題材寬廣，抒情、詠物、敍事、繪景、寫人、說理、議論，都是作者筆鋒所及。讀者在欣賞雄偉磅礴、豪邁奔放的大散文之餘，亦可以讀到短小精悍、幽默輕鬆的雋篇，且看作者如何描寫人情、物理，挫情趣、理趣於筆端。

㉒日本深層

齊　濤　著

「日本學」是國際間新興起的一門學科，本書特就政治、外交、國防、經貿、社會等多重層面，詳述剖析近年來發生於日本的重要事件。作者體察時勢、觀察敏銳，研讀此書，將有助我們更深一層了解日本的表裏。

⑬美麗的負荷

封德屏 著

本書是作者從事寫作的文字總集。有少女時代所寫，如詩如歌的雋永小品；更有以求眞存眞的態度詳實記錄而成的報導文字，對象涵蓋作家、影劇圈、藝術家等文藝工作者的訪談記錄。值得有心人一起駐足品賞。

⑭現代文明的隱者

周陽山 著

生為現代人，身處文明世界，又何能自隱於現代文明？本書內容包括散文、報導文學、音樂、影評、書評等，作者中西學養兼富，體驗靈敏，以悲憫之心關懷社會，以詳贍分析品評文藝，是學術研究外，結合專業知識與文學筆調的另一種嘗試。

⑮煙火與噴泉

白靈 著

本書詳盡的評析了新詩的源起及演變、臺灣詩壇的今與昔，除介紹鄭愁予、葉維廉、羅青等當代名家的詩作及創作理念外，並給予初習新詩者的入門指引，值得想一探新詩領域的您細細研讀。

⑯七十浮跡

・生活體驗與思考

項退結 著

本書是作者一生所思所悟與生活體驗。從青年時米蘭求學，到「哲學之遺忘」的西德八年，再到主持《現代學苑》實踐對文化與思想的關懷，最後從事教學與學術研究的漫長人生歷程。雖是略帶有自傳性質，卻也反映了一個哲學人所代表的時代徵兆。

⑱情繫一環

梁錫華 著

寫作是件動腦動筆的事，使人保持身心熱切，而創造性的熱切是有助健康和留住青春的。本書作者以其悲天憫人的襟懷，寓理於文，冀望讀者會心處，除了青春、健康外，另有所得。

⑲遠山一抹

思果 著

本書是作者近二十年來有關文藝批評、中英文文學、語文、寫作研究的精心之作。作者學貫中西，探究深微，以精純的文字、獨到的見解，寫出篇篇字斟句酌、妙筆生花的佳作，令人百讀不厭。

⑳尋找希望的星空

呂大明 著

在人生的旅途中，處處是絕望的陷阱，但晚星的光芒是黎明的導航員，雨後的彩虹也會在遠方出現，絕望懸接著希望，超越絕望，希望的星空就呈現在眼前，願這本小書帶給您一片希望的星空……

㉑領養一株雲杉

黃文範 著

有人說，散文是作家的身分證，對譯人何嘗不是如此。本書是作者治譯之餘，跑出自囿於譯室門外自遣的心血結晶，涉獵範圍廣泛，文字洗練而富感情，展現作者另一種風貌，帶給讀者一份驚喜。

⑧² 浮世情懷

劉安諾 著

本書是作者以其所思、所感、所見、所聞，發而為文的結集。作者才思敏捷，信手拈來，或詼諧、或雋永，皆屬上乘。在這匆遽忙碌的時代，不妨暫停一下，此書當能博君一粲。

⑧³ 天涯長青

趙淑俠 著

文藝創作者身處他鄉異國，該如何面對因文化差異所帶來的困擾？本書所描寫的，是作者旅居異域多年的感觸、收穫和挫折。其中亦有生活上的小點滴，時而凝重、時而幽默，清晰的呈現出東西文化的異同風貌，讓讀者享受一場世界文化的大河之旅。

⑧⁴ 文學札記

黃國彬 著

作者放眼不同的時空，深入淺出地探討文學的現象、趨勢，以至個別作家的風格，舉凡詩、散文、小說、文學評論等，都能道人所未道，言人所未言，把學問、識見、趣味共冶於一爐，堪稱文學評論集的佳作。

國立中央圖書館出版品預行編目資料

美麗的負荷／封德屏著.--初版.--臺北市：三民，民83
面； 公分.--(三民叢刊；73)
ISBN 957-14-2061-1 (平裝)

855 83001889

著 者 封德屏
發行人 劉振强
著作財產權人 三民書局股份有限公司
印刷所 三民書局股份有限公司
復興店／臺北市復興北路三八六號五樓
重慶店／臺北市重慶南路一段六十一號
郵 撥／〇〇〇九九九八——五號
初 版 中華民國八十三年四月
編 號 S 85253
基本定價 叁元叁角叁分
行政院新聞局登記證局版臺業字第〇二〇〇號

ISBN 957-14-2061-1 (平裝)

三民叢刊224

夕陽中的笛音

程明琤 著

三民書局 印行

啟人沉思之作

劉琤教授之文學、早已起人遐思、其故國情懷、對人世間之感觸、未讀此書已無限低徊、付梓時囑書數語、故以酬知者

辛巳春正廿四

讀明瑋文章如嚼橄欖，入口之初，微帶青澀，而一縷芬芳，長留齒頰間，愈嚼愈雋永，而至忘我之境，樂在其中矣。

琦君 八九年元月

自序

程明琤

《夕陽中的笛音》是繼《嗚咽海》之後，第二本由三民出版的散文集。兩書之間，時間已蛀消了三年。

天涯暮秋此際，握筆寫序，驀然驚覺何止是三年過去了，整個二十世紀已落在身後。順著百年史頁翻過來，我們實在是幸運的一代。整個世紀的慘烈、災患、禍亂，是無數人的血淚支撐過去的。我們因而能夠成長、受教、留學、觀遊……並且，在海外營生奮鬥中得以自我肯定。

因為我們的命源裏，不僅有父母生身的二十世紀歲月，也有祖祖先先萬世千秋的血脈傳衍。我們的腳步走遠了，但已不是流浪飄泊，而是在這世界上選擇了生存的空間。並從這空間的遠度上，來檢視、比較、省思自身秉賦的文化。我有時會想，如果沒有這數十年的海外生活經歷，我可能不會從文字的耕耘中，種植出現在的心靈風貌。

三年中爬格子的感覺是緩慢而沉重的。三年，集篇成冊，十多萬字而已。我從來不覺得寫作是一件容易事。儘管我在文字的運用上已具備了一定的駕馭力。我之所以不覺得是容易事，恐怕還是因為在潛意識中，我將寫作看成一種嚴肅從事的工作。畢竟，作品是作者心田中耕稼供奉出的精神果糧。果糧核心的思想成份，會在羅織社會的千絲萬縷中，牽引而成影響效應。文，是白紙黑字的「言」，「言」既出，永遠追不回，也永遠成為世風或大或小的構型因素。

我從事的寫作的形式主要是散文，不預先設定計劃和目的，常是因勢而感，因感而發。一旦感發，便全心全力以赴，直接表達自己的感觸、理悟、和觀點。散文有很大的自由度，格局上可大可小，篇幅上可長可短，思想內涵可深可淺，語言運用可樸可繁，也頗適合我在寫作性向上的多面性。收錄於此一文集中的，有議論、評述、感遊、以及生活抒情等分輯。基本上，我是一個感性人物，不喜歡刻板拘束，但多年來大學教學提煉出的智性思維，又促使我要求文理上的分明及事理上的確切。綜合這兩面，便形成我感性智性兼容的寫作風格。

從七十年代末開始寫作以來，已踩完二十多個年頭歲月。成書不多，十來種出版集而已。回首筆耕的長轍，若說有什麼可供砌磋的心得，那就是：寫作，帶動了生命的成長。在成長過程中，我們學會關懷、求知、反省、和探索。個中原因，也不難解析：一個寫作的人，必也同時是一個敏於感受的人。張耳放目，無論世界局勢的遷演，社會現狀的乖謬，或者，聳聽的傳聞故事、驚心的人際恩怨……都會在感性的全部開放中，收納而成生活的關懷面。從這種不同幅度的關懷面上，寫作者擷取善於發揮的題材。

從事寫作的人，也一定勤於求知。我的感想是：不必將自己拘限於某一類型的閱讀。在知識的領域裏，無論是藝術文學的、哲理科學的，或者歷史民俗的，都不妨大膽涉獵。重要的是：在涉獵中不忌質疑。久而久之，累積的知識、拓展的心視，都會化作筆下的寫作資材和活源。

在這個地球村的時代裏，每一個人都可能「因」聚「緣」會，或移居、或遠遊、或謀生，都可能體會到不同文化的衝激震撼。如果我們能夠事先認清並肯定自身文化的優點，在這個基礎上立命安身，便減少一份徬徨、失落感。因為我們有瞬息可歸的「心鄉」。反而，不同文化的體驗，可以化為新的生活內涵。如果提筆寫作，便是可供運用的素材。進一步，自身文化也有了反觀體認的新層面和新角度。從而開闊了心靈，從而深化了作品。

寫到這裏，想到西方社會上逐漸明顯的「東風西漸」現象，從醫療保健，到飲食時裝，甚至科學思維（如*Tao of Physics*《物理之道》、*Ancient Wisdom and Modern Sciences*《古代智慧與現代科學》等書的出版風行），都顯示出中國文化的影響。但這種影響力尚未在人文領域中突顯。不過，隨著「中國熱」的持續，未嘗不可預期。

高行健的得獎，可說是時勢趨向下的恰當其時。他在作品中所隱呈的中國文化智慧，已在西方藝文界受到關注和重視。將來流行所及，便是人文領域中的「東風西漸」。但更具深義的是，經歷一個世紀的「西風東漸」心理過程，中國人或將因為「高」鑑，回過頭來，重新嚴肅探索自身文化的深層，從而超越時潮、市場、傳媒的左右，創造深刻的作品。我由衷地期待我們文學的未來。

信筆走遠了，停！

附記

書中收輯文章皆發表於美國《世界日報》及臺灣《中央日報》。

夕陽中的笛音 目次

輯二 讀人

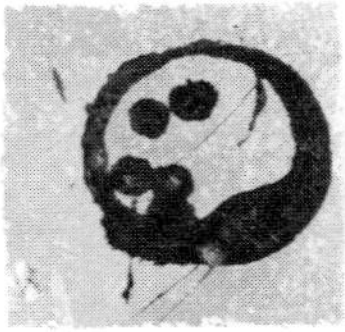

輯三　談藝

輯四 日常

附錄

輯一

感時

亦嘗有感於斯言

歷史悲宴

日皇明仁訪大陸之前，美國僑界曾就「道歉」和「賠款」為主題，發起一連串的活動——聚宴、演講、募款。

募款的目的是為了在影響力浩大的《紐約時報》上，刊登全頁英文廣告，藉以向世界重揭日本在華暴行和侵掠搶奪；並要求日皇訪大陸期間向中國人道歉。此外，近年來各地成立的「對日索賠會」，以民間組織身分，否定「以德報怨」（國府）和「建交免賠」（中共）的官方決策，強烈表態，並堅持索賠。

華府地區的索賠會也響應了這一活動，於去年十月四日在馬利蘭州的遠東飯店舉行盛大餐宴，並由紐約請來吳天威教授主講。赴宴的人，除了贊助這一意義重大的活動外，並於聆講之餘，個別為廣告事樂捐湊資。

那天，聚宴一堂的中國人，在地理祖源上，代表了神州國土的東西南北。而在歲月的長流中，則大多屬於老、中二輩的流程。對於我們這一輩來說，海外奔營之餘，重溫了一頁中國近代、現代史的慘烈，對我們的長輩來說，未能歸根留鄉之際，重新勾憶起抗日的痛憤和流離。那一頓午餐，就形同一次歷史悲宴。

演講開始前，曾由華府童心合唱團領導同唱抗日名歌：「松花江上」。半個世紀都過去了，盧溝橋上的石獅子也已修復昂立。橋下的潺潺流水，低吟細數的，仍舊是五千年來一脈相承的華夏歲月。可是，歷久壓縮在心靈一角的漂泊感，仍在「……流浪……流浪……」，歌聲的歷史餘悲和著舊創重甦再揚。猶記八十多歲的高齡長者謝伯容先生，淚光盈盈，激昂地說：「有誰要發起對日示威遊行，我第一個報名……」

驚聞斯語

散會前，我倚桌低頭寫捐款支票，耳邊傳來喟然人語：「我想……日本終久還是會來侵略中國的……」我心裡不免一驚。並不是因為那句話有什麼「預言性」，而是因為那句話裡隱約透露的「信心危機」。

都一百五十年了！鴉片一戰後，中國人的信心潰然塗地，至今難起。其中原因，並非只是兵遲力弱的外在國勢，也是因為內在精神的全然破產。

鴉片之戰，對一個高度文化國的中國人來說，毫無道理，又毫無道義。（想想看，世界上有哪個販毒國，能對檄銷毀除毒品的國家持「理」而宣戰的？又想想看，明目張膽，以毒品為商品，強行販毒傷民，道義何在？）而戰敗之餘，更被迫簽約——賠款（二千一百萬圓）、割地（香港）、授權（五口通商、自由往返不需簽證，並自定稅則），敗績加侮辱之後，中國人自古以來持以峙世立身的道德信念和原則，在舉「強權即公理」的橫蠻下，變得毫無意義，甚至成了污辱性的反諷。

而文化道德，又是中國人的信心堅柱。不僅中國人引以為傲，西方人也曾引以為尊。十八世紀的法國大哲伏爾泰，仰慕之餘，感而讚嘆：「……他們完美了道德倫理學……」。德國大哲及數學家萊布尼茲，更進而要求中國來的教士，為他講解中國文化的「自然神學」(Natural theology，即指道德倫理），以便了解其中宗旨及其社會行使。當時的西方人都曾覺察，地球上沒有任何國度有如中國，那樣光輝而自信(Splendid and Self-Confident)。

而中國人持以自信，西方人尊而仰慕的道德文明，在西方神權崩潰後經濟物質需求無限擴張、武力攻戰強擄橫奪的殖民時代中，逐漸萎縮而成「剩餘價值」了。中國人卻始終未曾省悟到，中國的落後衰退，過咎不在本身文化，而在中國人對世界演進現狀的因應之道——如何對付不守道義信約、強行謀騙圖利的低度文化國之行為操守。

學步中國文化達兩千年之久的日本，開關維新之後，轉而學步西方的武力和經濟霸業，對中國原有的唯敬唯恭，也轉首便成橫眉豎目。中日甲午戰後的馬關條約，和中英鴉片戰後的南京條約，是先後相映，亦步亦趨。迫使中國賠款（兩萬萬銀。注意：非「圓」幣，而是銀兩）、割地（遼東半島、澎湖群島、以及臺灣）、授權（開港通商外，並設租界及居留專管權，開各國日後租界權先例）。此外更迫中國承認藩屬朝鮮獨立自主（此為日後侵佔朝鮮奠基之謀）。獲取這些權益之後，日本由是富強，中國因之積弱。而真正要慨嘆的是，他們徹底蛻變，我們始終自侮自辱。

不過，蛻變趨時逐流，固可一時振興霸業，而道德文化的失守，也促使日本遭受到原子彈的災難，以及最後的屈辱降敗。此外，對日本來說，曾經學步的中國文化，原本是取經舶來，應不惜棄除拋卻，但經濟科技之外，內在人生仍須安頓滋養，華夏文化的精神品質就更相形重要。君不見？當今日本社會上的長期暢銷書，不是西洋名著，不是本國「財經指南」，而是中國先聖孔子體驗人生日常的古籍「論語」。可這，又曾是中國人要丟進茅廁的東西。

回首歷史前塵，真是漫漫長路，天災人禍，百創千傷。而中華民族至今峙存屹立，靠的還是那點「剩餘價值」——原有的道德倫理價值觀。

記否？記否？「禁止中國人和狗進入」的租界標語？曾是我們的奇恥巨辱。（沒有道德價值觀，哪能分榮辱？）記否？記否？「三月亡華」的野心狂語，曾使我們全民一心誓死抗日。（沒有道德尊榮感，哪有「不做亡國奴」的堅志？）終於，我們雪恥興國。

物質文明的振興發揚，對中國人來說並不難。西方人產業革命後，兩三百年的時光，億億萬萬的海外爭奪殖民資源，才走到所謂「先進」地步（其中還有全世界人類要付的代價——海洋、大氣層的污染、強勢傳媒推銷的精神腐蝕……）。中國人賠了億億萬萬的銀兩、割了許許多多的國土，迫讓了此此彼彼的國家權益之後，儘管萬劫千難，血肉模糊，面目全非，僅僅半個世紀，就昂首起立了。君不見？中共自力更生的武力軍勢？一窮二白後經改十年的成長率?而臺灣,孤立克難三十年後,就經濟起飛,雄姿英發!

目前,兩岸廣泛交流的現狀中,一邊是原子彈、火箭等科技所代表的世界軍政強勢,一邊是外匯存底超冠世界(也超越日本)所象徵的國際經濟強勢。中國炎黃子孫,如合兩「強」峙世,何方「蠻夷」敢再相侵?不過,外在的強勢,難補內在的信心,精神世界曾經潰壞的心理工程,仍待興材完建。

心理工程

那天,我捐交支票之後,去到洗手間。洗手間的牆上裝有擴音器,傳來樓下另一餐宴聚會中討論噪音。開始時並未留意,直到主講人王若望(大陸來美名政論家)回答一個美國人的問題時,我才豎耳傾聽。王若望的回答中有言:「……美國是代表世界人權、正義和民主的國家,對中共施壓,可促進改革……」斯語聞後,我心裡不免又一驚。並不是因為他的話全無道理,而是因為他的話洩漏出歷史的餘塵——一種心理上對西方的仰望附庸。

在歷史的前塵裡,應記巴黎和會的前夕。當時的中國知識份子,曾全心仰望美國的民主正義,以為依靠美國總統的十四原則,中國得以脫離列強非法勢力,而自主振興。豈知和會期間，列強相互私訂密約，繼續對華「分羹」（立身於道德文化中的中國人，始終無法記取，守信約不是西方人的目的，獲漁利才是）。失望之餘，部分知識份子轉而另走極端，開始對另一種代表反西方的「正義」——蘇俄共產主義，興起仰望寄託。四十多年的文化劫難，應足資戒惕。

當今之世，「人權」、「正義」、「民主」，雖非殖民時代可比，卻也是暗標價碼的。科威特如果沒有豐厚的油源財富，美國和聯盟諸國，果真會不惜波斯灣一戰麼？君不見，當今波士尼亞(Bosnia)所遭受的「族裔清洗」（Ethnic Cleansing，請注意：塞波二族同為斯拉夫民族，宗教信仰不同而已，故為族裔而不是種族 race 的不同），婦孺老弱所受屠殺和強姦的慘絕，何止有傷現代「人權」和「民主」？簡直是重返「黑暗中古」！數月經年的實情調查報導，儘管悲慘得不忍聞睹，民主列強，誰曾為之主持「正義」呢？此外，近來被以色列驅逐出境的四百無辜巴勒斯坦人（即使有辜也須循法證明），荒山曠漠，無國無家。凍地寒天，少衣缺糧，連境內紅十字會出援也在所不允。聯合國一致通過的召還歸境的法令也充耳不聞。「人權」領袖，哪裡去了呢？

而美國本身，兩百多年來的民主路，行行復行行，也是赤字可鑑。首先，宣言「憲法之前，人人平等」的傑斐遜，當時卻是擁有兩百多奴隸的奴隸主。黑奴的解放，要等到百年後的南北內戰。而解放自由，並不等於就享有平等，美國社會中的種族歧視和隔離，到了二十世紀的六十年代，依舊存在。當時金恩博士領導的「民權運動」，聲聲「夢想」（I have a dream為其演說名言）爭取的，也不過是黑人在社會上應有的公民平等權益。至於美國原住民印第安人，兩百多年來所遭受的屠殺偏見（只剩下原有十分之一人口），就更不必說了。自家門內的「人權」、「正義」老賬還算不清，況論門外？

全心仰望他人時，便甘居末位，精神上矮了一大截。須知中共和蘇共決裂了三十年後，戈巴契夫以元首身分訪大陸邀和，才得和「老大哥」平起平坐，不必再做政治侏儒。臺灣的經濟起飛，貯匯超世，也是推開美國「老大叔」之後，才致富闊步。心理上拒絕「殖民」，掃除外力，才得平視遠觀，前程擴展，政治經濟如此，文化又何其不然？

長久以來，簡直像是一種積腐而成的習慣，中國人，一代一代，你唱我隨，不斷對自身傳統攻侮謾罵，總想囫圇一口就啐消數千年的文化（從魯迅到柏楊到河殤，以至河殤映後的某些讚賞者）。其中原因，固和鴉片一戰後的自卑餘孽有關，對歷史文化的無知偏見更有關。五四之後，中國人因為崇洋而不勤讀精研中國書了，也就無法深解自身文化中的精華優越（如前述伏爾泰所指為其一）。不知自身長處時，也就難辨他人的短處。生理上的飢餓萎憊，會不知「擇食」、「擇衣」，心理上的飢餓病弱，會不知「擇善」、「擇真」。所謂「擇」，就是明辨長短異同，自知取捨挑選。沒有這種自覺自主性的比較選擇，自易傾向盲從仰望。

五四之後的大儒大哲，如梁漱溟、熊十力、唐君毅、錢穆……等，在中國人仰望追隨西方的時潮中，奮力砥柱，竭心盡瘁，或詮釋比較中西文化的異同長短，或揭示發揚中國文化中的華寶美玉，藉以啟悟後人對自身傳統的自珍自重，從而重建信心。

德國於二次世界大戰後，可以說是一敗塗地。又因納粹滔天罪行，為全世界人指責不齒。德國人在瓦崩土裂之後，更負咎荷罪。心理上的萎頓卑縮可想。而德國的有識之士，撇開政治，強調歷史上德國人對世界文化上的貢獻——音樂、文學、哲學……使後代人熟知這些國粹之後，不致在前人敗績和罪孽的重壓下而信心不起。君不見，東西德統一復合之際，德國人所表現的自尊自信自榮，已非任何陰影可黯可遮了。

而中國？而中國人？

所謂「人權」、「民主」，也並非西方所專有的思想概念（非指政治制度），我們的大儒大哲也曾指出；從周文王托始的「人統之正」，到孟子雄辯中的「民貴君輕」。從〈禮運大同篇〉的「天下為公，選賢與能」，到王陽明哲學的「人人皆可為堯舜」，都是該思想概念的種源。至於「正義」，就不必說了，它本是道德倫理思維中重要的一環。

而那些啟明振聰的宏音，都已隨著哲人萎逝而瘖啞消散。不過，他們已為艱鉅的心理工程，奠下了巨石宏基。我們這一代知識份子，海外營命，花果飄零，未曾顯示大勇，卻也心懷大愛——顧念家國、關心文化。承傳先哲蔭澤之餘，也就為心理工程添砌了一磚一石。

我們下一代的知識青年呢？從沈彤（六四後居美的民運人士）被逐返美的行徑看來，不免令人憂心忡忡。他還歸自己的國土，卻跟從著一個外國顧問。他暗訪秘見地下民運領袖份子，卻帶著外國的電視攝錄人員（如為資證或史料之需，錄音或人人可使的錄像機未嘗不可用）。拍攝錄影之後被逐返美，卻又矢口否認對曝光被捕的民運份子有任何牽連之責，整個行徑表現出不自信、不自尊、沒有擔負肩承的道德勇氣。我們切須的民族心理工程完建，有日可待否？可待否？

亦當有斥於斯文

前言

雖然我也有時寫一些思考性的議論篇章，但並不是我在寫作上偏愛或樂為。基本上我是一個感性人物，擅長於抒發描述性的文字。但卻迫使自己執筆思議，是因為在感受之餘，仍思潮澎湃，難以平息。前些時所發表的「亦嘗有感於斯言」固是如此，如今又提筆撰寫此文，亦復如此。

所以起議此文，是因為一月六日「世界論壇」版所載一篇短稿：「二十一世紀是『中國人的世紀？』」以及配合該文的漫畫插圖，都令人慨嘆。

該短文已有湯本及胡志偉二先生撰文駁叱辯析。我相信他們二位主要是為了顧慮該文對讀者可能引起的錯覺和誤導，才發而為文的。這是海外知識分子的苦心，十分可感。我撰此文，著重點稍有不同，以作二位宏文的補充。

自欺與自期

首先，來說一說該文作者引以為「好笑」的那幾句話吧！

「二十一世紀是中國人的世紀，而二十一世紀現在就要到了，所以我們應該督促孩子努力學習中文。」

這幾句話想是寫作的人秉為人父母之心，對孩子所作的期許之言；希望子孫後裔能透過學習母語而源接歷史文化。不過卻忽略了加上「讓」或「希望」等字眼，使之成為未來假定式語法，因而不免在語氣上將未定之事說成必成之實。語法上雖有疏誤，心意上卻不難理解，沒有什麼可笑。真正「好笑」的，倒是那種將「未來也有可能」之事（未來的「可能」和「不可能」，各居其半）予以否定的自踐心態！

至於阿Q，這個魯迅作品中的人物形象，是一個特定時代社會背景中的產物。回頭看歷史，與其將他諷喻當時中國人的苟且自欺，不如用他來借映當時中國瀕臨亡滅的生存險境。

在那種險境裡，中國面臨的是：

列強覬覦：殖民地主義下迫成的次殖民地境況。

外債高築：列強貪婪謀利，迫中國簽不平等條約，使擔負天文數額賠款。

民不聊生：絲毫沒有民生建設餘隙下所造成的極度貧窮。（物質建設並不難，臺灣不到四十年就外匯存底超世，中共十年經改便成長率冠世。）

民族自尊掃地：強權就是公理，文化道德麼？多少錢一斤？

……

在這樣一種物質精神面兩皆崩潰的生存現實中，一個人（中國人或不是中國人）若要攀援一線生機，只好將現實化作自我詮釋以聊供喘息。這固然是自欺，但絕不是自我期許！自我期許的背後，是心理上的自我肯定感，這需要賦予足夠的生存空間才能致此。一個人的自我肯定感有多大，自我期許便有多高。阿Q時代的險境早已過去了，中國人已有了足夠的精神物質相成的生存空間，所需的還是在自我肯定感中，來作更高的自我期許。例如，朝著「二十一世紀是中國人的世紀」努力以赴！

猶記一九八五年十月九日的「世副作家紙上座談」（談華人文學的困境與突破），我曾在座談短文中指出，「海外華人文學作品對自身文化的肯定感，常是國內某些作家所缺乏的。」不僅華文寫作如此，近年來華裔作家的英文寫作也莫不如此。例如，湯婷婷、譚恩美，以及劇作家黃哲倫，都曾歸根探源，對自身秉賦的傳統予以肯定。他們的作品所以吸引了廣大的美國讀者群，不僅是他們的寫作才華，也是因為作品中人物的可貴的民族形象。黃哲倫更進一步邁進思想領域，藉劇中的中國人角色來反諷，斥西方持偏見與錯覺來詮釋東方文化，應得的結局是自我傷弑。在戲劇中，是那個法國外交官的自殺；在現實裡，是美國人的越戰潰敗。

阿Q這個形象早就不該有任何意義了，仍持之以為喻，只有顯示本身的毫無識見，且還不合時宜！

更生與援靠

「五千年文化傳統」，不是隨便就可以標榜的。雖然是簡單的一句話，放進歷史的長程中，那是千秋萬代，無數心智、才力、血肉共成的創建、捍衛和傳承。世界上除了中國，更沒有任何一個國家或民族可以昂首自言：「五千年文明，一脈相承至今。」君不見，古巴比倫只有廢墟予以見證；尼羅河文明只剩古塔殘廟（埃及後為回教文化一支），希臘神祇須往博物館去觀仰（希臘後為基督文化一支）；古印加子民，五百年來備受蹂躪（南美大陸為葡萄牙、西班牙人所統治的拉丁文化區）。恆河文明先斷於回族蒙兀王朝，後斷於英國殖民主義，至今通用語文是英語。猶太文明呢？神話歷史雖追溯古遠，卻只有數十年的立國封疆！

而炎黃子民，由三皇（堯舜禹）到兩岸（國共），斯文斯地，一脈古今！

居然竟舉韓國和日本來自短志氣！別忘了，韓國和日本歷史上最偉大的文明工具——文字，還是傳自中國，他們會告訴你，那叫「漢字」（或漢文）！至於文化影響，就不必說了。

姑且不去評論「剛毅」是否為日本民族的特出品質，歷史上，日本的強兵富國，也未必和中國無關。首先，歷史學家會告訴你，日本的明治維新採取西化政策，觀念上的最大刺激，是有鑑於中國在鴉片戰爭中的潰敗。維新之後的大陸進取政策，未嘗不是效尤西方的殖民地主義——以強兵取利而發展致富。於是有中日甲午之戰。

甲午戰後的馬關條約，和鴉片戰後的南京條約，是先後相映，亦步亦趨。不同的是，日本逼中國更甚，侵權謀利更多。即以賠款一項而言，英國所獲是兩千一百萬圓（清幣），日本所取是兩萬萬兩（銀兩）。日本的致富和中國的極貧，哪能無關？

二次大戰後，美國因原子彈轟炸所成傷殘而內疚偏袒，日本戰犯理應按原擬計劃，接受紐倫堡模式的大審，而麥帥獨裁，致使抗日作戰最力、受難最深、損失最巨的中國，無法派遣檢舉代表，控訴日本在華暴行、掠奪和破壞。大陸變色親蘇後，美國更改弦易轍，在對日本戰後的改革中，強調了扶植經建。也因此可知，日本的日後崛起為經濟強勢，是立基於有所援靠。

而中國，不平等條約的無數賠款割地，早已一窮二白，加上內亂抗日，更是土焦牆裂。兩岸分隔後，一邊幸而偏安建設興立，一邊則三批四反，「除舊」「文革」而動亂不已。也終於起而建設了。不管是哪一邊，都是立足本土，自我創建而更生。有何不能自傲？

信心與成長

德國人以侵略者姿態，掀發兩次世界大戰，使無數生靈塗炭，無數創建灰滅。而戰敗後的德國，卻要進行自我心理治療，不願因負咎荷罪而自責自卑。強調文化貢獻來重建信心，以期日後的反省和成長。

美國人只有一次越戰的敗績，就數十年傷痕難癒。先要建個越戰紀念碑，來肯定在別人土地上打仗的流血和犧牲，後要有布希「統帥」，在波灣勝仗後宣布踢開了越南情結（即所謂

Vietnam Syndrome)。

而中國人，百年創傷，瘡痍滿目，難道不需要心理上的療傷復健麼？

況且，中國的敗績和恥辱，並非因侵略而招致。鴉片之戰，是英人強行在國土內販毒荼民，侵犯主權。而中國在戰敗之餘，更迫受南京條約之恥。甲午之戰，是日人無故進據朝鮮王宮，強綁韓王而去。中國為朝鮮仗義守信（朝鮮曾為中國保護國），對日宣戰。中國人若懂得自利，也儘可背義罔信，不僅可免失敗，也可免馬關條約的巨損大辱。而國格所在，不容退縮。而八年抗戰，焦土爛石，更是民族存亡所繫。

而中國的「有識之士」，何曾念及為民族心理療傷復健呢？由清末到「五四」，由批孔到「河殤」，只在一味自侮自辱，創傷累戳，血肉模糊。到了目前，中國人正可持「軍政」、「財經」兩強峙世之際，也還有作者為文來公然作踐！

雖然，中國兩岸各有創建成長，卻並非挾信心而致。而是借鑑磨練中的自力更生。我們的民族心靈仍是負著歷史的創傷的。唯望睿智慧識之士，同心協力，撫痛療傷，恢復原有的信心。若如此，二十一世紀哪能不屬於中國人呢？

文化新形象

——兼答中文系孩子們

那是甲戌新歲（一九九四）來臨前的歲暮時光，你們系院所處的山上，雨濕風寒。但你們全都來了，席候於大廳集賢堂。你們的系主任李小平曾告訴你們，有位應聘歸國的海外華文女作家，答應為你們作兩節課的講話。她是怎樣的一個人呢？你們各自猜想著，她又將為你們說些什麼呢？你們各自期待著。

我踏進了集賢堂的大圓門，穿過你們的席位行列，逕自走上講臺。在你們靜默的注視下，我彷彿聽見自己的心跳。從你們每一雙清澈的眼眸裡，我照見當年的自己。

當年，我也是一個中文系學生，有過同樣的專注。也同樣懷著海綿一樣的心情，想把師長的語言風儀全部濡沒。

我已不記得究竟說了什麼「長篇大論」了。屬於知識或資訊的東西，並不那麼重要。在科技塑造的地球村裡，任何成文的訊息，都不難匯收搜集。重要的是，如何應用知識融會所成的思想，來促成心與心之間的互應和交感。

我想，你們都感應到了，麥克風傳出的千音百響，收納成言，只歸向於一個消息：我想將那曾經千創百傷、踐踏難起的中國文化形象，從你們純潔坦蕩的心地上，扶起、端正、昂立。並期望你們懷著這樣一個形象，邁向未來的世紀。在地球村的共同人類舞臺上，一個人投射的自我形象，原就是內在涵養中的文化形象。而表現於國族上的自尊自重，也就是自我的自尊自重。

你們必曾感應到的，因為，我是那樣感慨萬千，又那樣熱切。窗外，寒流過境所帶來的風雨，仍在山林間飄搖，將晨間的日色，壓縮如同薄暮黃昏。知否？知否？年輕的孩子們，歷史上掠境入侵的「寒流」，也曾在神州土地上，轉成文化的苦雨飄風。百年蕭索，中國人的心靈路，愈走，愈道失途窮。

然而，中國人都懂得期待，因為聖賢所遺留的智慧一再指證：沒有不輪流的風和水，沒有不止息的雨和風。世紀「寒流」終於消逝結束。重要的是：我們如何在「寒流」過後的文化原鄉上，繼橫掃後的「西風」和「俄雨」，茁壯自己的價值，砥柱當前商業大潮的逐物拜金。

我走的那天，風雨已息，而霾雲未展，我坐在客廳裡接待道別，並候車下山。桌面上仍放著你們贈別的黃色鬱金香，像一束陽光，照暖了客室中的陰寒。

我重新取出你們自己設計的惜別卡片。底色是一片澄藍，散貼著白色小圓點——象徵著你們吧？華年純清，燦若星光！卡片右上角是一彎月亮，指的是伴你們走過兩節課心旅的我？翻開卡片，裡面密密麻麻，是你們寫贈的讚語和美言。「我們會想妳的，妳呢？」你們之一這樣寫，別情依依，我的眼眶泛起一片霧翳。

我呢？

我，我會在天涯盡處，張開心靈的雙臂，將你們一起擁抱入懷。你們，心思優美細緻的中文系孩子，我最祝福守護的文化寵兒。

我走了，一轉眼，穿雲越海，天上人間！而你們最後一句問話，仍在我心中不斷迴響：「逐物拜金，是不是一種世紀病？」我曾回答得那樣斬釘截鐵，但又沒有時間來作詳解：「不是世紀病，是西方病！」

而別後歸來，我始終為我欠下的解釋，縈縈牽懷。你們是那樣年輕，還要有多少經歷、多少尋覓、又多少思索，才能找出當前「逐物拜金」價值濫流的源頭？

而那個源頭，濫觴已久。

五百年前，哥倫布讀《馬可波羅遊記》，嚮往記述中的中國：財寶燦麗、富冠全宇。於是，遊說教會和皇室，全力支持他計劃中的探航。而他探航的目的，可說是十分卑鄙。既非為開啟國際間的文化交流，又非為促使國際間的商貿互利。他之向中國探航，為的是謀取財寶黃金，充實皇權國庫之外，並藉以致富邀榮。

可笑的是，哥倫布連中國的名稱都還沒弄清楚，況論弄清楚中國的正確方位？他指稱的中國——Cathay，其實是五胡亂華期間的契丹。契丹在中國北方建國稱遼。哥倫布探航時，已當大明天下，距遼代已兩百多年了。而且，距鄭和七次下西洋的壯舉，也已有半個世紀。

帶著歐陸中古式的心態和資訊。哥倫布結果航達（不是發現）美洲大陸（根本不新）。除了掠取美洲民族的財寶黃金之外，更導致無數生民的殘殺，以及廣大土地的強佔。美洲古文明，數千年史頁，一敗永劫。

哥倫布探航目的中的貪婪，導流了日後的拜金逐物。西班牙教權皇土擴張中侵略強佔的行為，開啟了歐陸各國殖民地主義的先河。藉著利砲堅船，對歐陸之外的任何國土，強征、統領、囊括。殖民之餘，更風厲雷殛，以綁捕手段，造成黑奴的商業販賣，以作屯墾人力之需。

美國黑人歷史學家拉索亞當(Russell Adams)，在他的研究資料中指出，綁捕來美的非陸黑奴，多至一千萬到五千萬人。大部分在途中非人待遇的船行牢錮中死亡，或於抵達後罹病虐打而斃。黑奴後來雖說「解放」了，而人權難伸。即使到了二十世紀初期的三十年間，據亞當先生的資料統計，還有三千三百八十三個黑人，被非法吊死(Linching)。「人權」、「民主」的口號，固動人耳目，而歷史現實，何其扭曲醜陋？

然後，科技不斷進展中，大型企業崛起，鼓勵促進消費。逐物拜金，是工商社會中經濟成長的必須心理條件。於是，媒傳廣告，盡其一切可能的花招和渲染，誘人「逐」其穿用了就「功」成「名」就的「物」，「拜」其物「價」中美為高品味的「金」。繼而推銷跨國，適靡世界。經濟價值觀，壓縮了人類文明中所有可貴的精神品質。一切都放在「利益」和「功名」的天秤上來作「人」的衡量。在達成「名」「利」的手段中，欺騙、謀略、招術……為所盡為。

到了二十世紀的最後九十年代（一九九二），更有所謂「才俊」之士，藉著述謀名沽利，標明「欺騙一〇一」(見*U.S.A. Today*，一九九二年一月份)。書中宣稱：在這物競天擇的動物園中，捷足者先得，道德人(the ethical)亡滅。作者甚至認為：欺騙已是美國社會流風所成的一種不成文制度(Institution)。敗德壞行，也就可以理直氣壯。無怪社會學家早已指出：十九世紀的問題是「上帝的死亡」，二十世紀的問題是「人」的死亡。

「上帝的死亡」是宗教價值的崩亡敗落，「人的死亡」呢？是道德精神的衰微淪滅。

人者仁也，這是兩千多年前，中國聖哲為「人」所下的定義，「仁」字從「人」從「二」，意味著人之所以為人，在於人與人之間的種種相處對待關係，如禮遇倫常、如信守關愛、如正義謙誠……當這種種為人尊嚴的內涵品質和關係，都一一亡滅時，「人」就死了。至此，人既成「沐猴而冠」，自可以張牙舞爪，社會便是「物競天擇」的動物園了。這樣一來，暴力、亂倫、兒童虐待、毆妻殺夫、欺友弒親……等等出現於報章新聞的醜惡現實，又何足費解？

而意味深長地，你們，聰明的孩子，將「逐物拜金」喻為疾病。這個流行的「病毒」，會在不知不覺間，點點滴滴、腐蝕著人的心靈，直到抗拒物欲貪婪的「精神免疫力」徹底喪失。這樣，「人」就死了，成為名牌衣冠、鑲金裹銀、沒有性靈的活動「木乃伊」。

但你們，中文系的孩子，你們依舊靈慧健康。你們學習中的任何中國典籍，無非在啟示你們種種心性的修養，不斷提昇精神生命的意義和價值，以至於嚮往「與天地合德」的至高人性尊貴。

在至高的人性尊貴境界裡，就可以做到：「物，惡其棄於地也，不必藏於己。力，惡其不出於身也，不必為己。」《禮記・禮運大同篇》。(語譯：物質財寶，最好不至於棄地而不開發致用，但不必私藏而為一己之有。能力才華，希望能盡量發揮施展，但最終目的，是造福社會，而非在於一己的功名。）

當人性昇華而成高貴，名利之心自可灑然淡泊，於是，選賢與能、講信修睦、攜幼扶老、推愛殘疾孤寡……都只是這種人性至尊境界裡，生活的原則和日常。

那種運禮而成的社會，是兩千多年前中國人繪擬構想的理想藍圖。千秋萬世，雖未能至，而中國人，讀書思考之餘，心嚮往之，情牽繫之。而讀書人風骨，於焉成之。

不過，十九世紀中葉（鴉片之戰）以後，殖民地主義者，逞強奪理，延禍中土。中國人數千年來建塑的價值世界，震撼崩陷。到了二十世紀，更懾於西方政治、軍事、金融權勢，開始踐棄自身的精神財富——一切典章古籍。而就在彼際彼時（三十年代），西方心理學家容格(C. G. Jung)卻提出預言：「西方以其外在的權勢，駕凌著東方。但東方，將以其精神力量，駕凌西方的內在世界。」（見其著：*Modern man in search of a soul*）。

如今，二十世紀的末期，「動物園」式的撕殺噬鬥，已形成危機，西方智士，繼容格之後，不斷疾呼警世。《時代雜誌》（一九八七年五月份）曾以道德淪落為封面標題(What Ever Happened to Ethice)，以十數版頁，對社會各種醜惡現狀，包括神職名人貝克(Jim Bakker)夫婦的歛財貪污，作了各層面的反思與省察。最後簡結於一語：「以道德來作行為手段的單一指標。」

然後，冷戰終結的局面中，響起了捷克總統哈維爾的警世之音：要求全球人類，作內在意識的徹底蛻新——重建古典的道德精神和操守。

然後，秋聲颯颯的歲暮時節（一九九三），一本標明供領導人物閱讀的季刊(*Aspen Institute Quaterly*)中，有華倫懷斯(Warren Wise)者，撰寫專題論文，指出美國人當前最切需之事，是復甦重振個人道德價值。他提出五項行為準則：尊重、負責、信守、關懷、正義。

以上種種有關道德警言，對於一個中國文化中的知識分子來說，無一莫非述之於先賢、論之於師長、訓之於父老的生活教誡。容格當年所發預言，豈非已漸顯示端倪？只是，可悲地，西方世界至今名利之欲，橫流難止。一九九四年冬季奧運的冰雪精神中，居然還出現了唐妮哈定的人體攻擊陰謀醜聞。

而中國人自己的社會呢？一世紀的尋索、試探、顛撲，又走出了怎樣的情勢和局面？如果棄守了自身文化的心靈財富，中國人所能撿拾的，只是西方價值世界中的餘渣剩漬——拜金逐物。

而你們，中文系的孩子，你們在社會的奢靡濁亂風潮中，決然走向文化的堂奧——選讀中文系，何其聰穎！何其有幸！未來的人生途程上，你們不斷攝取濡汲的，都是文化的靈財慧寶。你們內在的心智和精神，也會因而不斷豐富和成長。從你們未來豐富成熟心靈世界所投射的，將是中國人的新形象。

而我，我也是有幸的。因為，我曾是中文系的學生。數十年海涯征旅、周行寰宇、觀照尋思……文化心理上，每每愈增自信。無論什麼際遇和場合，我知道，在任何人的眼光裡，我是尊貴的，因為，我裹身的絲綢榮光，早已寫照出我命源中的文化高古，我是智慧的，因為，我的人生觀裡，承傳著先聖先哲先師的精神價值。我是美麗的，因為，我的血脈長流中，韻轉音迴，是代代相續常新的藝術和文學。

這個「我」，就是你們，也就是，地球村的人類共同舞臺上，所有尊重自身文化的中國子孫。

另一種回歸

香港回歸前後，一連數日的傳媒報導，使這片在殖民強權下被割據的中國島土，成為世界新聞的焦點頭條。不過，報導重旨，大多落在香港經濟政治未來展望上的推測。眾多電視臺的播報中，我只聽到「鴉片戰爭」這個名詞一次。而「鴉片」何以造成「戰爭」的歷史原因，完全沒有人提及。這固然與現代傳媒的「即席」本質有關，但也未嘗無關於傳媒者識見上的粗陋無知。

「鴉片戰爭」，如果套入當前世界情狀中，可以說相當於所謂 Drug War（毒品販銷戰），販毒者無非為了經濟利益。抵制防禦毒品銷售的政策和措施，無非為了健全社安和民命，以及因此發展的生產力和創造力。「鴉片戰爭」前和當前「毒品抵禦戰」所採政策措施，可說十分相似。不同的是，國際情勢，昔非今比。鴉片戰爭中的異國販毒、黷武、迫鎖、侵據……

再怎麼樣也無法套入國際「民主、人權」的道義言詮模式中。不過，所謂國際道義，基本實質上，是一種相互助益、制約、平衡的國際關係。香港的回歸，便是在這種關係架構上得以成為事實。香港是怎樣被割讓的？一半原因，是由於清廷的積弱和卑躬。百年瘡痍，足以作為警示：一個國家民族生存空間，要靠自己爭取。也只有自尊、自信、自強，才能架構起國際間的均勢。

香港回歸的舞臺上，慶典演出，一幕一幕。然後，慶筵散了，晝夜輪轉如常。電視機的新聞天地裡，香港換了徽幟與角位。代表英國皇權的榮艦，駛出了香港連日來的豪雨。「日不落」帝國的太陽終於西下，帶不走一片晚霞。

比晚霞更璀璨的，是夜空裡的煙火光華。像星雨，照甦了一百五十多年屈辱於「不平等」的土地。煙花撩眼，極盡歡騰，而真正動魄的，是新界村祠的傳統祭典。世代相期失土重光的村民長老，秉香奠酒，祭告為抵抗英軍強據奪土而誓死的先民：魂兮歸來！魂兮歸來！回到自家鄉社國土！

歷史上民間因義憤而誓死衛土保國的行動，真是彼落此起。鴉片戰爭初起時，英軍以強勝之姿，於廣州街市擾掠肆虐，民心義憤「揭桿」，圍殺英軍於廣州北門外，是為三元里事件。此後，清廷愈弱，民憤愈強。雖無法回天，卻成為民族生存力的火種，世代期許的不熄心焰。

螢光幕上，對照民間祭典的觸目動魄，是一個中國紳士跪受爵勳的入眼驚心。我但願他是最後一個在外國人（英太子）面前屈膝的中國人。這個中國人的跪姿，立刻讓我聯想起另一個中國人憤責外國人凌厲語誡中的昂貌。

故事這樣展開：

一九九一年，湖南長沙的一個觀光旅館餐廳中，有幾個英國人聚談候餐。當年的長沙開放觀光未久，服務人員仍帶著社會主義意識薰習出的怠慢。英國人因久候而催問晚餐時，大概是受了所謂「晚娘臉」的回應，一時優越感作祟，粗話破口而出：「這些中國豬！」原以為落後的內陸長沙，沒有人懂得英語髒話，和同僚相互哄笑之際，猛不防，鄰座一個彬彬君子式的年輕中國人，摔椅來到英國人的桌前，抓住說粗話的「碧眼兒」衣領，厲聲相告：頭腦放清楚點！什麼時代了？你現在是處身中國國境，事情不稱心，盡可以滾回去！再說一聲「中國豬」，我就揍你！弄清楚沒有？服務員「豬」樣，不等於「中國」！……大驚失色的英國人，心虛理虧，怔然噤聲。中國人英國人相對中的一晌沈默間，歷史，悄然翻過新頁。

那一年我在長沙，租了青年旅遊社的車子獨赴岳陽。第二天傍晚的回程中，有人搭便車，一路上，我和他隨便聊天，得知青年旅遊社是個私營機構，由一群知識青年合夥組成，共同的目的無非為催進湖南的經濟。有些成員，甚至放棄了大學講師的優位，共同度著有時要在辦公室打地舖的維艱創業生活。不過，生活上的艱苦，也帶來另一種收穫，那就是，藉著和外來旅遊者的接觸交往，拓廣了資訊見聞，擴大了生活經驗。

就他自己來說吧！大學畢業後，本想回鄉從事教育工作的，但「百年樹人」，等不及了，他要參與經濟建設，讓老百姓早點過好日子。目前，他還無顏見江東父老呢。他自嘲之餘，終於透露了他青年旅遊社的總經理身分。

年輕的總經理，因為業務上的需要，經常往返長沙和香港之間。他體認的香港人，並非每人都唸一本「生意經」。不少人從事文化工作，還有人參與了中國大陸的教育工程，默默地作出貢獻。舉個人物來做例證吧！這個人是他透由業務而結交的朋友。

這位朋友，六歲隨父母留居英國，在英國成長、受教、從事高級的專業工作。「九七大限」宣佈定局後，香港人心惶惶。有的設法移民，有的外轉資金。就在這樣的「九七」陰影裡，這個早已經成為英國移民的朋友，卻在這時做出人生最大意義的回歸——回到香港，等待中國歷史的「九七大事」。回港後，朋友任教於香港理工學院，並於任教之餘，為湖南大學理工教育建設出力盡心。就是他在下榻的長沙觀光旅館的餐廳裡，以一副中國氣勢，一口牛津英語，告誡了一個「辱華」的英國人士。

這就是前述故事的背景。

依舊泣飄零

——有感於印尼暴亂排華

遠行返家後，檢翻舊報及信件，翻到英文《華盛頓郵報》世界新聞版（六月十六日），版面刊登了一張有關印尼暴亂的新聞照：殘破摧毀的華裔宅垣前，一個僑民，抱臂、垂首、顰眉，深深沉思於處境的無助無奈中。一種颯然的蒼涼，透紙而出，掠上心頭。我凝視久久後，疊起報紙，疊深了那份蒼涼感。

然後，我急急尋索信件，五月印尼暴亂期間，我倉促去信詢慰雅加達的華裔朋友黃曼生和家人。這麼久了，也許會有回音。果然。

我按捺著心情的忐忑不安，拆信展閱，清秀的華文字跡裡嚶嚶訴說著她的境遇，有幸，有不幸。幸的是她自己一家人都安然無恙。三個孩子都已成長立業，分處澳洲、新加坡、香港。她和先生為簡化生活，由私宅遷入公廈，因而避過劫難。不幸的是，她大嫂因居家華埠附近，房子被燒毀搶劫，身無長物地逃離避難於郊外母親家。更不幸的是遠處加里曼丹巴城的三弟，因掛慮雅加達家人的安危，在事務繁重、心情焦迫中，引發心臟病而亡故。年邁的母親至今被瞞兒子死訊。當真相終白時，白髮人哭黑髮人的哀傷如何承擔？曼生和親人紮根印尼已經幾代了，共同經歷過一次又一次的危難和艱辛，到如今，依舊不免同泣飄零。

曼生的信來自海隅千里，又將我的思緒牽往千里外的海隅。我們曾有過數年雅加達旅居，多少煙塵往事？

那時期，我們常利用假日，驅車環訪爪哇。雖說是為尋觀爪哇風土古蹟，但更多時候，我們是想體驗華裔僑民現實營生處境。心裡總牽痛著一種血緣運命的認同感。我們由天涯來到海角，何嘗不是身如轉蓬？

曾於往觀一個印度教古蹟所在的高原途中，落腳僻遠山城窩諾梭波(Wonosobo)。旅館設備十分簡陋，入夜後的小小山城，幾乎沒有車輛。掛著油燈銅鈴的馬車，不時叮噹往返於旅館門前。階前佇望，時感恍惚，不知落身於哪一種年代的時空。

第二天早上，我們在一個稍顯寬淨的餐館吃早飯，發現經營餐館的業主，是一家三代的華裔居民。早餐之際，一個白髮長者，前來客氣寒暄，他那帶著濃重鄉音的國語，在這落於二十世紀繁華外的山城中，聽來格外溫馨親切。我們離去時，他帶著媳婦孫兒，默默立街相送。我從車中回望，陽光下，白髮、紅顏、垂髫，那一幅偏城裡華夏天倫圖畫，至今留印心版。

中國農曆七月，是民間中元普渡時節。海隅長夏盛炎中，華裔子民，用心靈踩奏華夏祖鄉的四季韻律。中元秋祭日，我去雅加達郊外文登廟參看祭祀。廟宇庭院間，有各家族特設的祭壇，陳放不同佳餚供果。還有佔地最廣架高而築的大型公壇，掛著各界祝贈的祭品，串串紙錢之外，讓我大感驚怔的，是一雙雙真人可穿著的鞋襪。其中意涵不難想像。多少華裔先民，胼手胝足後，他鄉孤征客死。

中國古籍中釋「鬼」有言：「鬼，歸也。」歸不去的死者，便成為野魂飄魄，藉此秋祭之日同胞施愛，換上一雙新襪新鞋，好繼續去走永遠走不完的歸鄉路。驕陽下，我抹著額上的汗珠，心上更幾抹零落秋索！

海隅旅居期間，我作了一連串的中國寺廟尋訪，總帶著幾分朝聖的心情。說朝聖，並不為過，爪哇島上，先民的足跡裡還有歷史上顯赫的大明使者鄭和。

七次下「西洋」的「三寶大人」（西元一四〇五年—一四三五年），帶著寶船儀艦，何等壯偉！歷經亞、非各國往返航程中數度駐泊爪哇。三寶歸去不返後，他的威儀和行跡，成為種種神話，當年下錨駐泊的港灣，後來名為三寶壟(Semarang)。至今，三寶壟市緣的三寶神廟，香火持續。供奉的不僅是「三寶公」神位，還有一座駐航錠泊的大錨。

當年，三寶威儀雄風所至，不僅仰望而成神話，也潛移而成民間教化。三寶信奉的回教，日後風行島國，飲食禮俗，也間接成為影響。那時的華裔子民，形象裡帶著華夏大國的尊榮，一心所想只是錦衣之「歸」。

歷史上，華裔子民對三寶長歸不返的悵惘，好像成了日後遭受排華苦難的預感。三寶歇航之後的半個多世紀，醞釀了殖民地主義探航爭戰的大風雲。哥倫布探航（一四九二年）後，人類世界，成為強征橫奪的爪牙天地。

印尼，十七世紀後成為荷蘭人統領下的東印度群島，雅加達曾改名巴達維亞(Batavia)。殖民地時代的政權主子，意在圖利，他們的剝削面目，常是隱而不顯的。顯而易見的，是華裔子民胼胝建設的社會金融。

荷蘭政府採愚民政策，不屑推行教育。只是，華裔社區，本著儒家傳統強調教育的信念，自設僑校。蘇卡諾時代以前，雅加達不僅有中文報業，更有專科及大學的興建。殖民時代文獻中甚至記載著對華裔的讚詞：「華人是最有貢獻的居民」，而且，「他們無所不能」。這種「貢獻」和「無所不能」的才華，在殖民地時代過去之後，便是印尼本土上的可貴資源，不但不應殘害摧毀，更應予以保護，這是印尼當局值得反思的課題。

我們在雅加達認識的荷蘭朋友，曾在閒談中感嘆：荷蘭在印尼兩百多年的統治，幾乎沒有留下遺產痕跡。其實，稍加思量便可了解，殖民政府之於殖民地，本不在建設，而在於圖利，殖民時代結束後，權盡利去，哪會留下痕跡？而五百多年前，「三寶公」只幾次駐航停泊，便留下無可磨滅的痕跡。況華裔樹業營居，處處可見創造和澤益，印尼當局可曾深思及此？

我在雅加達時，曾驅車一個多小時，去到萬丹廢港，這個曾經繁華過的海港，因海嘯地震，成為僻壞荒郊。而在海風飛沙中，一座中國古廟屹立至今。飛簷畫棟，為那一帶的荒蕪憑添錦綉。廟前紅柱楹聯，由紀年可見出時光的流遷。有一柱楹聯，記著「民國元年」，我立在柱前讀聯沉思時際，身後傳來一聲蒼老的感喟：「唉……那個時候，革命初成，今年是民國六十九年了。」我回首，白髮、襟掛、涼鞋的老住持，在濤聲風拂中，幾分瀟灑，也幾分孤寂。我向他合掌為禮，一番寒暄後，共嘆民國元年後世界風雲詭譎。海隅華裔曾經期盼祖國邁向康莊的心情，又已飄零了半個多世紀。民國六十九年的一九八〇年，大陸開放了，臺灣經濟起飛。老住持於感喟之餘，海闊天遙，也穿繫起一線慇望吧？中華政經雙臂，何時可伸為僑民庇蔭？

十八年又過去了，老住持依然健在否？海隅華裔又遭受另一次慘烈際遇。我疊起朋友曼生的信箋，戛然彷彿老住持的喟聲，一紙來鴻，千鈞沈重！

輯二

讀人

君子其逝
——紀念黃煇先生

那天，電話鈴響，傳來一個不幸的消息：黃煇先生在北京旅途中猝然逝世了！

理智地想，黃先生以九十四歲的高齡，無病無痛，倏然命終，而且，先生辭世之時，肩上已沒有人生的擔負，心中也不存為人的憾悔，俯仰無愧，澈澈歸天，未嘗不是一種福分。只是，死亡來得太快，太突然，對他的家人來說，不免在心理上難作調適。對朋友來說，也愕然失措。而後輩者如我，本可親仰的長者，從此永失。天、人、生、死，交感一時。

為紓解心情上的凝重，我開門走到後院。晴光下，扶疏鮮卉，依舊亮麗生輝。美東的秋，今年來得遲步姍姍。遙想北京此際，該是金秋時季。香山的楓紅，已如霞焰，掃出雁翼載寒的長空。而當時後院的楓樹，喬柯仍撐滿綠蔭。只偶而天風過處，數剪黃葉離枝，旋旋地飄落院中的池水上，浮標似的，逐波而轉。

先後勘察三峽建壩工程四次之多，始終認定不宜建壩

記起許多年前的一個黃昏，黃先生帶著長子艾迪、長媳貝娣，還有小孫女，來我們家小聚。那時候的黃先生，從擔任了十七年的臺電總經理銜位上退休後，又從世界銀行十一年的資源電力工程師及顧問工作上退休。然後陪伴不慣美式生活環境的黃夫人回到臺北。再以二度退休之年，擔任經濟部臺電及中興工程公司的資深顧問工作，接著成為中興和美國貝泰合作的泰興公司董事長。因公來美而順道訪探親友。我們認識黃先生時，他正供職世銀而卜居華府郊區。印象中的黃先生，從來不曾年輕過，也從來不老。不管什麼時候見到他，總是衣履整潔，談笑自適，精神挺

作者夫婦（中）及黃輝先生（左）、黃先生長女安娜（右）合影

奕。直到最後一次見他時，亦復如此。

那個黃昏，就在後院池畔，大家圍桌吃烤肉，話家常。暮靄裡，隱隱一抹，透揚起人間美味的煙火。我在眾人中忙碌穿梭，聽跳動的話題，一會兒東，一會兒西。等我參與坐食之際，黃先生正談著長江建壩的嚴肅議題。以他留學美國（先讀普度，再往康乃爾得碩士位）、遊學歐陸（在歐洲研究考察兩年），以及抗戰期間擔任全國水力發電勘測總隊長，再加上後來臺電及世銀的工作經歷和種種觀測，他是反對三峽建壩的。黃先生當時議及這一話題時，離三峽建壩的決策還很遠。

黃昏的煙靄裡，黃先生談著許多可貴的經歷。抗戰期間，他領導下的水力發電勘測工作，可說是萬分艱苦。他將勘測隊分成許多小隊，三到四個人一組，分別去到偏遠荒僻地帶探勘。大家都抱著戰後重建國家的理想，不辭艱苦地進行工作。日後，大陸上許多水力發電的建設，都還是他們當年勘測選定的地點。至於三峽建壩發電的勘測，尤為嚴慎。黃先生曾先後乘船或乘飛機勘察共有四次之多。始終認定不宜建壩。

去年，黃先生為華府「蘭亭雅敘」社團演講，以三峽建壩決策的不當為題，提出了他的辯證：實際預算三百億的經費固是困難，十七年預期建壩的週程中財政擔負也過重。此外，安土重遷的中國百姓，因建壩移民所帶來的民心困擾，也不易紓解，還有泥沙淤積的問題……

他最後語重心長地下結論：科技，固然是國家建設所必須，而學科學的人，常會因眼光淺近，急功即利，犯下忽略遠籌闊視的錯誤，後進者必須就此警惕。無疑，他是在棒喝三峽建壩的決策。我當時是聽講人之一。潦草的筆記中有「集中調度，化整為零」之語。我在下面打了一個問號，準備有機會再向黃先生請教，如今，有誰能答我疑問呢？心中的長江，已逐漸地堵起橫淹歷史文化的壩影。

樓梯口互相默望，彼此心知那是一別永訣的時刻

最後一次見到黃先生，是今年暮春時分的五月。他寫來邀卡，要我們去他子媳家看杜鵑花，吃晚飯。我們和大家在後院聚談，杜鵑花緣坡盛開，有的嫣紅，有的雪白，傍晚的空氣中，仍殘留著春天的料峭與清寒。

晚飯後，大家圍桌閒談了一陣，我們提早離席告辭，黃先生相送時，我們堅持他留步，他立在二樓梯口目送我們下梯。臨去回首，向他揮別。一出門，記起一個十分湮遠的相似經驗。大約二十年前吧？我在香港往訪父執唐君毅先生(名哲學家)，那時他正當肺癌病重期間，臨別他送我到梯口，我下梯後回首，他仍站著默默望我，彼此心知那是一別永訣的時刻。想

起這個經驗時，心裡掠過一抹不祥的感覺。黃先生北京逝世的消息傳來時，我的心裡閃出他立梯相送的身影。人間世，有許多冥冥難以思議的事。

我在院中久立後，返回屋裡，電話鈴再次響起，那是黃先生長媳貝娣的聲音。她說，公公的遺體將在北京火化，然後，艾迪帶「公公」回來，十月十二日下午舉行追悼儀式。她將消息傳達後，悲傷的語調裡忽然顯出氣概，說：「其實，我們不該說追悼，我們應該說慶賀，慶賀公公完美的一生。」

真的，貝娣。真的，我們應該說：慶賀。

我立刻想起黃府有關生辰慶賀的傳統，黃家子女年少在家的歲月裡，任何孩子的生辰，工作忙碌的父親必在家團聚慶賀。每年的全家福合照裡，一眼就知道哪一個是「壽星」，手中持舉而起的，是一個鮮亮的金橙甘橘。然後，孩子們漸漸成長星散，各自立業成家，回家慶賀團聚的理由，反而成為父母的生辰了。

黃先生八十歲壽辰是在長子艾迪的馬里蘭家舉行。散居他地的子女，從四面八方趕回團聚慶賀。我們是被邀的外客。黃家人照全家福時，我們莞爾而觀，手持金橙的人，輪到黃先生自己了。

「動」和「寬」二字訣是他長壽健康之道

黃夫人在臺北逝世後，黃先生第三次退休，遷返華府區依親，仍過著豐富獨立的生活。不管在什麼社團活動中遇見他，他總是隨身帶著紙筆，將他覺得有意義的言談記下。他也繼續鑽研早已著手構思的有關中文電腦輸入及輸出系統。

黃先生九十大壽時，華府區中國人為他分別祝壽慶賀。記得在一個親友一堂的慶宴上，艾迪回憶早年和父親的關係。那時候，父親簡直像個陌生人，不是工作到深夜始歸，就是出勤因公在外。不過，父親的辛勞、盡責和廉潔，卻是時有聞說，雖然自覺做兒子的反不如外人更了解父親，但父親的為人，也因此於心銘刻。

當年，黃先生雖處臺電總經理的高位，但責重薪微。必須不時向公司支借，才能勉強度日。退休時領了十二萬退休金，全數歸還臺電，抵銷了十七年中借貸的本利。落得清貧如昔。不過，黃先生對臺電的貢獻，卻是有目共睹，當年就讀的美國普度大學，特別頒予他榮譽工程博士學位。世界銀行也破例聘他為資源電力工程師，使他在事業上生活上同時踏出另一番景象。而他領導下的臺電公司，也日益成長壯大，可以說，是引領日後臺灣經濟起飛的原動力之一。

黃先生九十歲那年，獨自還鄉，重蹈福州祖地。有當地《長壽》雜誌，以「九十不老松」為題，對他作了專訪。文中問及他長壽健康之道，他舉出「動」和「寬」的二字訣。前者是鍛鍊身體的重要條件，後者則是為人修養的心性調理，「動」可以使身體機能旺盛不衰，「寬」呢？分兩個層面：一指德行上的寬恕待人、淡泊名利。二指志趣上的藝文涉獵、興趣培養，在專業的局限外，拓寬心靈空間，讓生活通透舒朗。對黃先生自己來說，動，成就了他九十四歲的高齡。寬，使他成為一個坦蕩蕩，可親可敬的君子人物。在這個充滿競汲、猜疑、設防的世界裡，那樣的人，何其稀貴？如今，君子其逝，我們只有緬懷追憶。

黃先生逝世之前，完成了他多年來所鑽研的電腦著作。也許透支了心力，又因長途旅行計畫的準備工作，過勞了體力，加上長程飛行，時差未適而睡眠不足，他在抵達北京的第二天早上，和長女安娜共進早點後，起身時不支而逝。但他一生的職責，至此，應盡已盡。連最後的心願，也已完成。這樣的人生，真是值得慶賀。

那麼，黃家的好兒女，請不要悲傷，當忌辰之日到來。不要忘記在靈前供上黃家慶賀傳統的金橙，儘管，你們的父親不再是生活中的壽星，就讓那枚金橙成為另一種象徵——一部人生長篇最後的完美句點。

重塑的泥娃娃

——有感於馬瑩君探討兩性關係作品

最近，我讀了一連串有關探討兩性問題的文章，那是國內知名女作家馬瑩君發表於報章的專題系列寫作。

平時，我很少涉獵這方面的文字，自認在人際或感情上都十分單純。而馬瑩君的作品所以能吸引我很投入地讀下去，原因在於：她在寫作的筆調上有濃厚的文學性，她在探討的角度上求取多面性。此外，她於詮釋引證上也具備了一定的學識性。尤其令人耳目一新的是，她沒有著眼於一般「女權」或「女性主義」的論調。她將探討的重點，置於男女兩性共同擔負的生命角色——人，這個大前提上。性別，是生命原始的天賦條件，不同，便須和合互補。一半加一半，所以成其圓滿。而如何磨練為「人」，則是兩性間共同的人生課題。

兩性問題，如果只就「權利」或「主義」來著論，就不免成為一種蹺蹺板式的遊戲——你重我輕，我高你低……只有永遠「上下」、「不平」。而馬瑩君對兩性問題的探討，是透由她自己人生失敗的經歷開始。

由馬瑩君的作品中我們可以窺知，她原是一個可以隱忍到百分之九十九，卻在最後一分上徹底「爆炸」而潰敗的烈性「小婦人」。然後，她又成為一個一旦發現伴侶不忠時，便二話不說，轉身揮袖而去的自立「大女人」。這兩種境態，可能許多女性都可認同或經歷。而馬瑩君的可貴可愛處，在於她「爆炸」、「揮袖」之後，對於兩性關係見解上的蛻新。她沒有舉「女權」旗幟來高鳴不平，也沒有蹈「女性主義」步伐來出語「貨比三家不吃虧」（某女性名言）。她只悄悄地收拾起自己人生經驗中的殘碎，重新締造生活，也重新肯定兩性關係。她努力思考、探索、反省、解悟，並將兩性關係擴大轉化為新的人生課題。透由論識學問上的不斷涉獵、參照、研讀、審察，抒發成一篇又一篇的感思和剖析。

馬瑩君對兩性關係剖析的憑藉範疇，包括了文學、心理學、靈魂學、社會學以及哲學。此外，也有不少從現實生活見聞中拈來的素材。值得思議的是，她將問題剖析得愈細愈深，也愈顯露出男女兩性心理層面上的複雜微妙性。本來，男女所成基本關係，是納入其他人際人倫的大環境和大糾纏中。兩性問題，也就是人的問題，難有絕對的定論和解決。只有在不斷的推衍探索中，試圖了解其中癥結。人生世代，本是在不斷互補彌縫中調適完成。

然而，馬瑩君總在熱切期盼兩性關係中的和諧，各自心智上的提昇成熟，以及生理心理上的相契圓滿。也就是說，她相信愛情、她肯定婚姻、她更歌讚生死相守的伴侶境界。因此，她廣伸觸角，攝取各種人生故事，予以詮釋，並且設身處地。她舉析的人物例證包涵了古今。有鶯鶯張生的錯情（〈替元稹與鶯鶯把脈〉）、有三白芸娘的美緣（〈千古遇合〉）、有現代社會性解放後的曠男怨女（評〈愛與寂寞散步〉及〈貓咪與情人〉二文），也有社會傳統婚姻中的佳偶夫妻（〈成熟的愛〉文中舉例）。

可喜的是，隨著閱讀種種人物和問題的剖析探討，讀者也能從字裡行間，不斷窺知作者於心智上的趨向成熟，於心靈上的砌鑿深刻。這種成熟與深刻，也同時濡染默化著讀者的心靈。比起遣閒式地閱讀坊間現代奇譎愛情故事，或者才子佳人浪漫小說，是不同的境界與收穫。

兩性問題既是「人」的問題，無論愛情婚姻，都不能超脫生活層面的現實性，以及人際心理的錯綜性。稍涉中國五四時代文學的人，大概無人不知徐志摩和陸小曼的戀愛和婚姻的。他們何止是打破文化傳統道德上的禁忌（各自已婚而通情），也打破了他們全力共鑄的愛情神話。

陸小曼，這個「世紀戀愛」中的女主角，從照片和情書文字上看來，實在算不得「不平凡」。但她嫁入「豪門」養尊處優的生活形態，將她塑造成帶有神秘色彩的「貴婦」角色。在「文學男人」（馬瑩君語）徐志摩心中，調上一份詩的浪漫，便成了「無比的仙容」（徐詩句），能夠擁有這樣一個「仙侶」，真是像可以征服天上地下的「天神似的英雄」（徐詩句）。

徐陸終於在「驚天動地」的戀愛後，各自仳離原配而結為夫妻。而「神仙眷屬」，在雙雙溷跡於人世婚姻的現實裡，「仙容」頃成凡俗，「天神」未脫肉身。徐慘死，陸移情的悲哀結局，足以令人唏噓。所以，馬瑩君認為文學式的愛情唯美，是一種假設錯覺。「真實的人物，都有成長的痛苦」，可不是麼？心靈上拒絕成長的「金童」、「玉女」，不妨永作觀音娘娘的左右侍從，也不妨成為玉皇大帝的天宮嬌客，就是沒有資格成為人間世中的柴米夫妻，也無法修成琴瑟和鳴的偕老伴侶。

徐陸的戀愛婚姻，固然是他們那個時代社會中的悲劇，到了當前性解放（性革命）和女權運動之後，兩性關係的悲劇，依舊不斷上演，不過其中的內涵因素，已大不相同。馬瑩君以當代社會言情小說來作素材，探討極端商業化社會背景中的兩性關係。

《愛與寂寞散步》就是那樣一本著名的小說範本。小說封底的簡介有這樣幾句話：「……愛的寂寞，寂寞的愛，愛過之後的寂寞……是現代女性追求愛與成長的刻骨銘心之作。」我並沒有看過這本小說，只是從馬瑩君的寫作中窺知大略。我的疑問在於簡介中強調的「寂寞」。如果這「寂寞」一再用為廣告招徠，其中必有普遍式的社會隱因。

馬瑩君引奧修大師之言：「愛是一種洋溢，一種豐富。」那麼，真正處於這種洋溢豐富中的人，會寂寞麼？愛的豐熾、痛苦、失落，都是極為震撼的人生經驗。只有不痛不癢，患得患失、不冷不熱的感情關係，才容得下寂寞。也許，現代社會中男女關係上的淡薄空虛，可以「寂寞」來作代詞。何以至此？馬瑩君的作品裡，有許多社會學家、心理學家、婚姻顧問、心靈學者等等不同的解釋。不過這些西方式的現代學問裡，幾乎是沒有從「為人」道德的觀點來從事論釋的。

「愛是強者的道德」，這是曾昭旭教授的一句名言，馬瑩君不止一次地在她的文章中引用。不過，我認為，如果將「強」字改作「勇」字，也許更合道德的內涵。「強」字很容易令人解為「權力」。現代社會的兩性關係中，的確有人認為「權力」是一種平衡關鍵（例如工作收入的經濟權相當時，生活中的決策事得以均衡）。不過，「勇」字涵義中的道德力量，才足以使人擔負起人生中最典重的愛。

已故名學者熊十力先生，在《佛家名相通釋》一書中詮釋十二支因緣時，論及「觸境起『受』，而有不容己之『愛』」。「受」是心靈活動中對外境的領納或感同身受的情識作用。作用的結果就是產生「不容已」的「愛」（無論大愛小愛，都須全心交赴，如「不容已」）。而觀「受」是苦，即是說用佛家理念來觀照「受」的情境，是一種沉重，一種擔負，一種苦。想想看，小小一葉心舟，載得起多少愁慮？多少疑難？多少惻隱？又多少感慨？如此情境，何堪起「愛」呢？熊先生解答：「人之自愛其生，往往因苦受之至而益顯。」誰能承此至苦？唯有勇者（強者），誰能顯此至愛？唯有勇者（強者）。

熊先生更在文中感嘆：「人生之最難言者，莫如愛。」愛的內涵之隱深複雜，也差可由此感嘆中窺領。曾教授所言「愛是強者的道德」，這一「道德」實可玩味。它不是條例法律性的外在規範，而是人性中自發自制自強的內在品質，含有責任心、慈悲心、容忍心……甚至犧牲的情懷。唯有堅強的心靈才有此種種秉賦，才足以擔負痛苦，才能在一往情深中成長透悟。

「愛，不只是一種感覺。」馬瑩君這樣宣稱。

「愛，是一種艱難的素養。」馬瑩君這樣體會。

而兩性關係中的愛，又多了一層生理上的微妙情愫。民間俗諺中有句話：一夜夫妻百日恩。可以說就是那種由生理而心靈的微妙情愫的最好詮釋了。不過，一夜中的夫妻，並不等於「一夜風流」中的男女。夫妻在婚姻尊嚴中所賦予的安穩心理基礎，不是「風流」中的男女可以在一夜之間培養建立。馬瑩君在〈一對一之美〉、〈專注之美〉等文中，作了很深刻的詮述。

兩性在夫妻關係裡成就的婚姻，又並非一加一等於二的簡單世界。透過兩「性」而延展出的家庭子女關係，使兩人世界成為具體而微的「社會」。男人女人，便不止是夫妻，也是父母、持護人、師長以及人格典範。婚姻的尊嚴在此，其沉重也在此。婚姻中的男女角色，不是對立的，而是不斷相互補益、支持、砥礪、成全。一個只重「自我」，無視「他我」的男人或女人，心理上是封執的，沒有成長智慧的，也就無法成熟。也因此不適合於婚姻中的角位。如果只停留在「情人」的位格上，天地是窄小的，小得無處可去，「除了一張床」（馬瑩君引《貓咪與情人》小說中語）。而婚姻中的「夫婦」，文化上居五倫之尊，意義上是「為人」世界的起點，透由婚姻而親倫、而社會、而國家世界（外交儀節中的夫婦位格，自有其代表意義），天地當然是宏闊的。

婚姻所賦予夫婦的人際尊嚴，足以關聯上社會中其他的人際。藉此而參與了一個複雜而又豐富的「為人」世界。我很欣賞馬瑩君的〈讀你千萬遍〉這篇文章，也引發我一些聯想。每一個人都是一本書，不斷有可以掀讀的情節。能夠就一分「讀你」的心情來對待他人時，也就在人際間多添一份敏感、一份尊重。而各自「書」中的內容，卻要靠自己不斷修改、充實和美化。

在兩性對待的人際間，從相遇相愛的一刻開始，一本各自的生命創作便開始了。他也許因一時的不安或軟弱，成為一個有外遇的男人，她也可能因一時的憤懣、偏激，成為一個不顧大局而離走的女人。但是，只要有能力認知：沒有人是完美的，生命「書」中的情節足有餘地改寫斧修。

我們都是一本可讀的書。

而一切的人際間，都無法避免衝突和破損。兩性人際間尤其如此。我想到民間一個有關婚姻的譬喻，大意是，夫妻本是各有定塑的泥娃娃。在婚姻的密切關係中，免不了的摩擦衝闖，雙雙破碎壞塌。不妨，要緊的是，收拾起破片碎泥，放在共同的眼淚血汗中重新搓塑捏造，成為兩個新的泥娃娃。重塑的泥娃娃，我中有你，你中有我。「自我」的破碎崩塌，當然是痛苦的，而重塑一個容有「他我」的新我，又是何等的創造！人生的一切際遇關係，莫非如此。成長就是這樣碎了破了又重塑創造的過程。而創造，又無不含有痛苦和掙扎的。

我們都是重塑的泥娃娃。

菩提即煩惱

——寫給陳彩鑾

我不認識妳，也從來不曾見過妳（即使是照片）。可這些日子以來，我老想著妳，甚至有時惦掛妳，惦想積多了，就只好提筆寫妳。

為妳執筆，何止是為了同情？也為表達支持和尊敬。

前些時日，妳的失婚大曝光，成為各種傳媒的熱門話題。「名嘴」、「專家」、女性主義者，群起來炒妳的「不幸」。炒得如同油爆玉米花，劈哩啪啦——有人說，人和書不能等同，要作家當聖人，太沉重。有人說，下了「開示」的淨壇，人，一樣有真實的七情六欲……有人說，作品只是作家的一部分，不能代表整個人格……還有人說，世界著名的哲學家羅素，尚且有過四次結婚的紀錄……

那陣子，我雖是報章的忠實讀者、電視的專心觀眾，可是愈讀愈聽，愈覺語言文字像油爆玉米花，「炒」得熱烘烘，卻少有實質和理路。感嘆當前社會，什麼都可以「剪裁」、「造型」，翻來覆去。即使早有定義的名詞，一倒轉，就另有一番理直和氣壯：「色情」是壞字眼，而「情色」，是純文學！

女性主義的旗幟，原本色彩鮮明——女性權利，必須受社會保益。而女性主義者，將「妻子」和「第三者」等劃起來，放入同一陣線。口口聲聲要聲援的，反倒是不辭七情六欲的「名男人」。「主義」呢？

學者專家上電視，本是他們可享的權益，只是，談學問，總該談出概念上的判分。羅素的數理邏輯知識論，中心思想，無關道德修養。而作者談了上百本的「自覺」、「覺他」人生宗教觀，哪能不落實到自身的行為上？

「玉米花」，爆得我十分迷惘。而妳，妳這個重要當事人，卻顯得「旁觀」而「清」。始終默默潛隱。報章上沒有妳直接說的話，電視上更不曾出現過妳的影像。雖然，妳有足夠的號召力來作「秀」，詳敘一番妳的婚姻始末。妳也大可施展「身手」，在記者招待會上陳情泣訴。可妳，什麼也不說，怎麼也不「秀」。

妳的潛隱無言，更突出了妳的心性和風格。

我開始想像妳是怎樣一個人物？妳有怎樣的體態和面容？我所憑藉的，只有傳媒中獲取的鱗爪和段章。鱗鱗段段，我拼湊起妳人生的抽象畫。畫中的妳，輪廓依稀：

妳是父母最小的偏憐女，妳是兄姊呵護的小么妹。親倫的豐富，鄉土的素樸，塑造成妳不事計較、不強求取的清高性格。「計較」和「爭取」，原是「禮」失後的城市文明，處身於這種「文明」中，多半不談尊嚴，只論輸贏。而妳，定要尊嚴，寧守鄉禮。

妳也許不愛粧扮，不喜麗服與華裝。妳顯示的，是本色上的簡樸和清純。我窺想中的妳，膚質透亮，眉目澄明，嬌體而素衣。婚姻，將妳磨練成耐勞的妻子；家庭，將妳轉變成盡責的母親。但妳天真未損，世事未諳，妳不會料想人際的複雜，不懂得如何為捍衛權益而潑辣。甚至，妳心中長久以來的「疑情」，也表達得柔婉而溫順，沒有家人信以為真。他們以為，妳的「幸福」，應是天長地久。

然後，去秋的一個深夜，一紙預設的離婚書，兩個埋名的見證人，畫斷了妳十七年的婚姻長路。而妳，溫婉依舊，沒有「一哭、二鬧、三上吊」的戲劇，只靜靜地同意了「分手」的簽署。

妳在黑夜裡的離婚，進行得神鬼不覺。而光天下「第三者」的結婚，無法「遮掩」，成為媒體爭報的焦點。妳的母親終於見證了可以數得出日子的真相，看著照片上的懷孕新娘而垂垂淚下。傳媒的種種報導還不足以傷害妳。真正傷害妳的，是那作為藉口的病理名詞：「宗教妄想症」、「精神分裂」。社會上，言談議論，五花八門，誰曾為妳申辯？

妳的創傷和不幸，落入文字語言裡，一樣可以炒來翻去。既說「精神分裂」了，又說「生活自在」。妳真的「精神分裂」麼？我不相信。妳果然「生活自在」麼？我也懷疑。離婚書上不曾列舉妳應享的權益，連妳的母親都在為妳的生活擔心，母憂未釋，妳從何「自在」起？何況還有未成年的孩子。

報章上曾寫載有關妳的訊息：離婚後，妳曾僱車探望孩子，妳的前夫吩咐妳：回家去！妳反問：「我還有家麼？」就這一句話，早已透露出妳心情的伶仃和孤獨。妳，父母最小的偏憐女、兄姊最疼的小么妹、樸實的家庭主婦、孩子的親媽媽……一段一段活過的歷程，像一件一件穿過的世情衣裳。脫光了，剩下赤裸裸的人生蒼涼。

傳媒透露，妳已去到寺廟靜修。我忽然生起一種奇怪的聯想：這些年來，那一連串「菩提」中的靈光，原是妳的品質的反照。妳生性中的豐愛、深厚、真率、溫婉……不就是可以詮釋發揚的人生觀？只是，包裝製造的假「菩提」，最終成為妳的真「煩惱」，誰料？誰料？

也許，傳媒的曝光掀秘，正是冥冥中的屆時契機。拆空了美麗的文字包裝，世人才能慨然覺悟：「本來無一物！」而妳，低眉垂瞼，走完十七年的婚姻崎嶇。至此，妳可以歇步「放

回憶梅新

——記一段認識梅新的文緣

梅新逝世時，我正遠訪中歐的布拉格。回來檢閱積壓的書信報章，也因一時事忙而十分匆略，沒有在報上讀到他病逝的消息。而梅新病發期間，疾訊也始終不曾傳達於我。至今，我仍不免慨嘆華府作協會的失責；未能將此文壇訊息傳知會中成員。

我得知梅新逝世的消息，還是由於收到臺灣文友舒坦的來信。信中附寄了中副整版紀念梅新的詩文專輯：《月光下，他站成一株永恆的梅》。標題設計直上直下，彷彿梅新瘦長的身型，在月光下拉成長長的黑影。

我當時十分震驚，而且帶著幾分懷疑，等我讀完〈梅新傳略〉後，也就不由得我不信。

我放下報紙，呆著。壁鐘的秒針，的達的達地刺穿屋內的靜寂。我看了看時針指向，只差半個鐘頭，我就得趕往華府大學授課。活著的人，都必須將時間分斬斷切，成為日常作息表序。在世時極度忙碌的梅新，已和不容斬切的永恆合為一體——離人、離事、離世。

我無奈地望望窗外，深秋的紅葉在紛飛飄舞，撕碎大片晴藍，展成鮮麗的彩錦。梅新，帶著事業高峰的輝煌，紅葉般飄離生命樹，戛然歸土。我一面嘆息，一面匆匆收拾教材離家而去。

說起來，我並未久識梅新，前後一共只見過他三次。不過，他是那種予人印象深刻的人，雖是三次短短晤談，回憶起來，也有值得書寫的片段。

一九九五年八月間，梅新前往紐約，策劃了一個作家座談會，出席的人包括名學者夏志清及名作家琦君等。座談主題是「文學與土壤」。也許，他想藉此證驗：在資訊跨空、往返迅捷的地球村時代裡，一個作家生長的國域鄉土，對文學創作是否仍具重要性，或者，當國際視野開闊、遊放經歷豐富後，創作是否更具展現花果繁富的憑藉？那次座談是繼「中副在北京製作」以及「中副在巴黎製作」後，再一度「中副在紐約製作」的大手筆。

當年，中副曾是海外作家和國內讀者相聯繫的唯一管道，我正式從事寫作便是從中副開始的。那是七十年代中期，那時期中副定時出版《中副選集》，我也曾多次作品入選過。八十年代後，我的筆耕園地轉向海外茁起的華文報，梅新擔任中副主編時，我已和中副疏離很久了。

「文學與土壤」座談後，梅新來到華府，落榻於當時華府作協會會長張天心的維州郊宅。張府離我家不太遠，當晚張天心來電話，說中副主編和女兒來此，明早一起在麥克泠小鎮的麥當勞吃早飯吧！我遲疑了一下，吃早飯？我是個夜貓子型的人，早起無疑是件大難事，但他堅持著：「早也早不到哪裡去，總得要到九點以後了！」我支吾答允之際，他又加上一句：「也不妨帶本妳的書送給梅新，梅花的梅，新舊的新。」想來是梅花的「梅」一下先入了主見，我挑選了香港天地圖書公司出版社的《心虹》，不加思索地題上：「梅新女士指正」的字樣。

第二天，我準時到達麥當勞，他們尚未來到。等候多時後，才見他們姍姍來遲。我的第一個反應是：後悔在書上先題好字。同時也警惕到自己和臺灣文壇的脫節和無知。當然，國內讀者對海外作家如我的疏隔也同樣可想。

梅新身型瘦高，濃髮中透現花白，屬於敬業勤思的類型。他穿著一襲白色棉質對襟的中式夏裝，十分清爽淨朗。他的女兒雖在美攻讀博士學位，但T恤牛仔褲，青春俏麗。我起身和他們一一握手後，梅新在我對面擇位坐下，立即拿起桌上的贈書，認真地翻看後，專注地閱讀封面摺頁的作者簡介，似乎全未在意錯題的「女士」字樣。

贈梅新的《心虹》，是一本專論藝術及藝術家的書，簡介上方的作者彩照，編輯採用了書中藝術家之一陳火木的人物畫——我。畫中人粗眉大眼，加上油畫手法的西式處理，看起來也使人錯覺「西」味。梅新抬頭看看我，問：「妳有沒有一點外國血統？」。我一時愕然，隨即笑答：「怎麼會？我的父母都是中國人。」

後來，梅新談及在紐約的座談會，他希望我能以書面參與「文學與土壤」的議題。然後，帶著催促的口吻說：「希望我一回到臺北，就能收到妳的傳真稿件。」他的態度和語氣都使我意識到，他那隨時隨地都警覺編務在身的責任感。我後來以〈物相和心相〉為題交稿。大意是：「土壤」一詞，兼涵了物質和精神的雙重意義。一方面，作家的人生成長，無法泯除鄉土環境的浸濡。另方面，也是作家創作中依恃的文化命土。無論作家身在何處，都足以成為文學情思的基壤和本源。

那天晚上，又有人為梅新設宴洗塵，我是被邀的陪客之一，於是同一天就見了梅新兩面。宴飲中閒談，梅新得知我和中副的前緣，便又促勵我繼續為中副撰稿。那以後，我確也在中副上發表過幾篇作品。算是續接斷緣。

一九九六年五月，梅新再度蒞臨華府。應邀《華盛頓時報》(*The Washington Times*)主辦的「亞洲作家看二十一世紀」大型會議。臺灣來的作家除梅新外還有羅蘭和黃碧端等。華府作協聚邀會員前往大會場地所在的旅館大廳，和梅新座談當前華文文壇現象。我因事未及前往，便另外約梅新和幾位作家，在離旅館不遠的餐館便飯聚談。大家都點了紅酒佐膳，談興也因酒而熱。雖然話題忽東忽西，但也涉及了國內文壇的某些現狀。例如情色小說的慾望渲染。作家固須反映社會演化現狀，但也有提昇美化的藝術責任，無須一味傾向市場利益而波逐潮勢。此外，一些「高蹈」得無法從文本得以理解的「奇作」，究竟是文字應用上的欠缺或造作？還是思想感情的斷溺或薄弱？

作者（右二）與梅新（右）及華府作協成員合影

然後，我提及離華府只三小時車程的賓州愛美昔(Amish)社區的傳統田耕生活型態。梅新從我的敘述中，表示很嚮往那種自然、和諧、純簡的素樸生存方式。他說下次再來華府時，一定要去親自體驗。

而他不再來了！言猶在耳，酒酡也依稀留頰。那晚的談興暢酣，已成為不可再現的過去。

戲如人生
——讀《導戲看戲演戲》有感

導戲

在我的一些朋友中，有幾個是專業藝術工作者，但並非每一個都是手持彩筆的畫家，其中也有一個是藉舞臺來彩排人生的戲劇家。

這個戲劇家就是《導戲看戲演戲》一書的作者楊世彭。

認識世彭遠在大學時代。那時候的大學生，娛樂社交方式除了參與社團外，最普通的方式，大概就是上電影院或跑跳舞會了。跑跳舞會的，當然可能已是雙雙情侶，但也可以只限於同學之誼。我和世彭是屬於後者。

當年，我那跳得好的有限幾曲舞步，都是由世彭「導演」出來的。雖然，外型上，我們是別人眼中的好舞伴，但那時候，他還是個不及格的「導演」，而我，又是一個笨蛋「演員」。就在大夥兒都熱中跳探戈舞的階段中，舞步顯得複雜艱難。於是，我們分手了。

一分手，歲月悠悠。

人生的舞臺上，我依舊是個笨「演員」，只能扮演單純的角色——人妻、人母、人師……而世彭，儘管也曾跋涉過辛酸和艱難，但他的戲劇生涯，卻是姿彩多端，極盡繁華和浪漫。

就讀臺大外文系時，世彭曾擔任過京劇社社長。畢業後，循例服兵役而應召入伍。為使軍伍生活加添色彩，他以「鼓舞士氣」為名，真的當起導演來，以他的京戲經驗，教幾個虎彪大漢巧扮紅妝。準備演出一場大好鬧劇。

當世彭全心投入軍中的導演工作時，社會的價值風氣，正推演出典型的愛情劇：男孩女孩信誓相守後，男孩入伍、女孩出國。然後，女孩變心，嫁給學有所成、高薪高職的理工科人士。男孩被棄，傷心誰知？

世彭導演的鬧劇，演出成功，直笑得軍中健兒人仰馬翻。而他在自己的人生劇中，卻成為別有懷抱的失戀男主角，雖然心有未甘，也只有放眼未來，咬咬牙關：我這學文科的，有什麼不好？風水輪流轉，看吧！

看吧！數十年的韶光變化！

在夏威夷大學以全額獎學金完成戲劇學碩士學位後，世彭繼續在威州攻讀戲劇博士。學位完成不久，便獲得科州大學教職，開始了他事業性的導演生涯。很快，他便展現了過人的能力和才華。除了接任科大戲劇舞蹈系系主任一職外，他也擔任起每年一度科州莎翁戲劇節的藝術總監。瞧！學文科的有什麼不好？他也一樣高薪高職，而且，還為國內學子「鼓舞士氣」。當前國內從事戲劇工作的賴聲川博士，便自言是以他為榜樣的。

至今，世彭已導演過逾七十齣古今中外名劇。但我看過的盛大演出，僅有一次。那是一九七二年，在華府甘迺迪中心大劇院公演的「烏龍院」。七十年代的美國，一般人可能很難想像京劇究竟是怎樣的戲劇形式，更別說能看到由美國人以英語正式演出的中國京劇了。世彭的創舉，可謂破了天荒。

不過，破天荒的艱鉅工作還不僅是導演而已，更是演出前的周全準備。由劇本的英譯，唱腔的譯譜，行頭服飾的訂製，以及對不懂京劇的美國演員作角色的詮釋解說等。最後才是如何在技巧和藝術上引導演員絲絲入扣。這些都不是三言兩語就可以概括。世彭在書中有兩篇長文專談「烏龍院」的演出經過。

「烏龍院」是全美大專戲劇節競賽中選出的少數劇目之一，除了在各大城巡演之外，更由美國公視攝製錄影，作為全國性的電視播出。戲劇圈裡，世彭真可謂蜚聲博譽一時。

此外，我也曾見證過一次他導演莎劇的片段過程。有一年的莎翁戲劇節中，世彭執導「羅密歐與茱麗葉」。我帶著女兒返臺探親途中，特為看他導戲而小停科州，並由他夫婦款待住宿。我們的女兒年齡相仿，結伴到小溪抓魚兒去了，我於是趁閒往露天劇場，看世彭導演那場男女主角永別前夕的主戲。作為一個戲場中的旁觀者，令我驚訝的，並非洋演員演洋戲的習演過程中，世彭所凸顯的中國人導演身分，也不是場景中茱麗葉外形的綽約美麗，而是見證世彭心思細緻地涉入演員的內在世界，調度引導感情上的表達。這當然是因為他文化及文學的涵養所致。七月的科州，山上還積著白雪，空氣十分清和，而露天劇場上進行的「人生」，是一對青春男女的生死訣戀。

看戲

對於我，看戲曾經是工作上進修的捷徑方式，藉以窺觸當年處身的西方文化氛圍。我在馬利蘭州立大學，教過很長一段時間的中國文化及文學概論，不時地要牽扯到西方文化、文學及藝術各方面，來作講解中的反襯、對照，或衍述。確也看過不少戲——荒謬劇、現代劇、音樂劇，甚或印度園林詩劇，希臘古典悲劇……

世彭看戲的目的當然和我不同，那是他導演專業的必要工作。尤其當他接聘為香港話劇團的全職藝術總監後，必須負責全盤策劃年度演出的劇目或戲碼。看戲的經驗和感受，不僅可以幫助他決選，也可以從而汲取技法、培蓄靈思。那樣不停地看戲，他自嘲自己是個「戲油子」。

不過，這個「戲油子」，有時也免不了全心投入而為劇情所震撼。他曾前後為臺北國家劇院執導過四齣西方名劇。一九九四年演出的「戀馬狂」(Equus)，是「莫扎特之死」(Amadeus)電影同一劇作家彼得謝弗(Peter Shaffer)的作品。世彭所以選導這一劇本的原因，要推到二十年前的看戲經驗。

他在書中談及「戀馬狂」演出的背景文章中，回憶一九七四年他在紐約看該劇後的感受：「……走出劇場，身子微微發抖，回旅館的路上默默無言……」這齣戲，完全剔除了他的專業心態，深沉地投入了另一種境界，徹底轉換了他的導演身分。他在戲裡，也在戲外，他是觀眾，也是演員。將這樣的感受引入劇情的發展中，自然也豐富了渲染力。

世彭看戲，只要有機會，每戲必看。這樣的「看」法，也如同沙裡淘金。今年年初，臺北國家劇院爆滿得一票難求的喜鬧劇「誰家老婆上錯床?」(Whose Wife Is It Anyway?)，就是從他的看戲經驗中淘出的一塊「金」。

那時他在德國慕尼黑歌劇院看了一場歌劇出來，發現隔鄰就是州立劇院，時間又湊巧是開演前，買票入場後，並沒有什麼特別期待，而且又不懂德文。但戲劇演出過程中，他從頭笑到尾，甚至笑得肚子痛。原來那是英國劇作家雷孔尼(Ray Cooney)的獲獎喜劇。返港後，世彭搜查原劇本，改編翻譯，成為一齣在商業價值上叫好又叫座的大喜劇。將來還會在臺北、北京、四川等地再次上演。

所以舉出上述兩則看戲的截然不同反應，是要凸顯出一個「極度感性的藝術工作者」(世彭自語) 的表裡。雖然，世彭是一個必須立身「局外」的全權導演，但他也不免被融入劇情而渾然忘我。「極度感性」的特質是他導演才華流露的豐源。不過，感性充沛到極度時，也難免因泥絕戲裡戲外而踏入「為情所困」的境遇。

從另一個角度來看，感性又是世彭「文化根觸」極度敏銳的成因。他有兩篇文章，報導舉世聞名的華格納樂劇節觀劇經歷。樂劇演出地，是華格納生前擇定的德國中東部小城拜羅伊特(Bayreuth)。劇場也是由華格納親自設計營建，一百二十年來，專演華格納樂劇。雖然幾經修葺擴建，但基本形制措施，維持至今。世彭可能是極少數參與這一年一度藝術盛會的中國人，盛會中，釵環革履，自是極盡繁華，不過，特別引我注意的描述，是有關一齣具有東方色彩抽象詮釋的劇型。導演和設計師在謝幕時，遭受到觀眾的噓聲。世彭雖有三十多年看戲的經驗，卻無法不衝動地站起來，針對噓聲而作出相反的致敬和喝采。華格納樂劇的劇迷們，可能也免不了華格納式文化自大的封閉心態（華格納生前以歧視猶太文化著稱）。

畢竟，一百多年過去了。西方人從兩次世界大戰的殘酷慘痛後，已在多方面自省反思。世彭的喝采和致敬，無異宣告警惕：喂喂！西方佬，醒醒吧！是向東方學習的時候了！的確也是如此。德國大哲海德格(M. Heidegger)就是深研老莊哲學後，使「存在主義」思想更趨圓熟。華格納樂劇能從東方形式取法，也是劇藝生機的啟發和挑戰。

世彭導演的劇目中各種類型都有，可能就是沒有荒謬劇(theater of the absurd)。記得有一年他來華府徵選演員，我們招待他去看議論一時的「等待果陀」。那是荒謬劇大師貝克特(S. Beckett)的長劇。我們看得有點迷悶煩倦。側首而望，以為世彭必在聚精會神地看戲。誰知他已離座走出場外看夜景去了。散場後，也沒有作任何評論或感想。也許，貝克特那種哲理性的冷靜諷諭和詼謔，不是感性的他所喜歡的劇種。倒是我自己，對貝克特迷了一陣子，看了不少他的戲劇。綜合起來寫成〈從等待果陀到搖椅獨搖〉一文。貝克特已去世多年了。世界荒謬，上「演」依舊。

演戲

戲劇和世彭的人生是分不開的，他出生於無錫富貴世家，京戲是重要的家庭娛樂方式。每逢長輩壽辰，宅院裡就會有「堂會」式的私家舞臺演出。世彭小時候就有偶爾上臺演戲的經驗了。他的父母都是京戲票友，成長過程中自不乏薰陶。

在臺大時，世彭加入京劇社，做了兩年社長後，有了演出的機會。那時劇社推出有名的三國戲「黃鶴樓」，在當時的中山堂盛大演出，他飾演的是劇中的周瑜。

大學的劇社，經費有限，雖然由名師指導下的演技可圈可點，但行頭上卻不免因經費而將就欠缺。周瑜一角屬小生，但也是武將。帥冠上的兩支翎羽是十分貴重的配件。「掏翎」的動作，不僅是京戲式的舞姿，也間接表達少帥英武瀟灑的內質。而世彭當時帥冠上的翎羽，一支是用透明膠紙接挺而翹空的。

「黃鶴樓」演出之夜，我和男友特去為他捧場。劇情進展，風雲詭譎，而那一雙翎羽中的膠接處漸漸不靈了，眼看歪歪欲墜。終於，正當「周瑜」雄姿英發，翎羽被他三掏兩掏，就歪垂耳際了。雖然我們仍為他喝采，但臺上的世彭，心知「羽勢」已去，好不慘兮。

那是我唯一的一次看世彭演戲，以後看的便是他的人生戲劇了。

首先，便是因女朋友出國另婚所成的失戀，當時世彭身在軍伍，空間的遠隔，時間的遷變，感情的接膠，無奈地淡斷了。像他掏斷的翎羽，人生劇繼續著，卻沒有補救的時機。

我和男友在耶魯就讀期間結了婚。不久後，也收到世彭從夏威夷大學寄來的喜訊。他和夏大的漂亮女朋友韓惟全結婚了。但他在喜訊中加了幾句憂情。他因過於奮讀而罹病，必須入院作一段長時間的療養。附寄的結婚照是黑白的。從照片上看來，世彭的確顯得消瘦，而他身畔的新娘，巧笑倩兮，穿著亮麗的旗袍，人比花嬌。雖然，世彭婚禮後即將入院的消息曾令我們吃驚，但也為他高興。因為惟全能於他入院前舉行婚禮，足以見出她對世彭的貞定。

惟全的貞定是數十年如一的。苦讀的學生時代，她守著他的貧病。博譽的繁華年代，她守著他戲裡戲外的感情「逢場」。她明智、冷靜、獨立。世彭的內心世界，恐怕只有她才能瞭如指掌。

陪著世彭多年來看戲，惟全「旁觀者清」，可能比他更懂戲。在演藝世界裡，舞臺上的戲劇，明知其為假，卻必須真做，才能成為藝術。但劇本有預設的劇情，也有一定的結局。而舞臺下的人生戲，是沒有腳本可循的。每個人都必須成為自己的導演，詮釋推演出個別的生命劇情。「果陀」是不能期待的，解脫，只在於從期待的繭絲中自我解縛。

其實，只要細讀世彭所撰「誰遣茶香挽夢回」一劇的有關行文，就可領略到，他已逐漸淡對繁華，有心將人生境界轉調靜雅。他在文中提到在科州已設計興建了未來的新居，書房邊有特築的「棋茶齋」，齋中佈置，空明簡淨，除了四時更換的水墨條幅外，一、二雕塑，或三兩盆栽。冬夜，屋外山景凜洌，取雪烹茶，柔燈下，品茗對弈的人，要不是世彭和惟全，還會是誰？

輯三

談藝

畫想和行願
——曉雲山的藝術和人生

前言

許多年前，在我任教的大學，一個特約演講會聚宴中，被安排坐在主講人湯瑪斯羅郃(Thomas Lawton)先生席側。那時的羅郃先生，是著名的華府費利爾東方藝術館(Freer Gallery)的館長。進餐時隨便聊天，談及中國佛窟壁畫、大乘佛教思想影響而起的禪畫，兼而引論到禪畫旁及的文人畫，一直敘及到齊白石民間意味的蟲魚蔬果，那種似與不似的率性繪筆。

閒談之餘，羅郃先生忽然若有所思地感喟，說：中國各類繪畫都有承傳開新，獨禪畫一脈，繼起無人。我立即想到曉雲山的禪意繪作，就對他說，禪畫其實也並非繼起無人，只是繼起少人而已。接著稍述曉雲山繪畫意境。羅邨先生除了略表驚訝我對藝術的關懷和知見外，也欣然聞悉曉雲山的行儀與藝事。

後來，我間忽撰寫有關藝術評介及賞析的文章，文中除了濃厚的文學筆觸外，兼涵個人特殊的感受和思維，自是有別於一般的藝術論析。又因突破了許多藝術上的術語框限，讀者感應十分熱切。而讀者中也不乏從事藝術創作的專業藝術家（如莊喆、司徒強等）。鼓勵之餘，這方面的寫作也就時有持續。最後集篇成冊，交由香港天地圖書公司策劃出版，定名《心虹》（一九九四）。

雖然，我於東西往返間，和曉雲山過從交談、觀畫論藝已有許多年了。但我始終未能提筆撰寫有關她的繪畫作品，最大的原因是，我對她作品中佛教思想的哲理意境沒有把握。不過，這幾年來，我認真地讀了一些名學者（如梁啟超）或名哲學家（如方東美）所撰有關佛學的著述。逐漸地，我累積了一些佛教哲學上的知悟，也解開了不少宗教術語上的理障，可以直接涉讀經文了。

一九九五年春，我讀完一本《維摩詰經》後，根據自己對經文章段理解的層次（非宗教信仰性），撰寫〈眾生有病〉一文，由維摩詰居士的智慧箴辯，反照當前功利價值促成的行為病態。文章在《世副》發表後，有加州讀者沈功培先生來函，希望我能多寫有關宗教哲理的文章。華府文化社團之一的書友社，特邀我就該文進一步發揮講解。我對自己的「悟力」似乎加增了信心，開始構想以曉雲山藝術為題的寫作。

在畫齡上，曉雲山握筆創作已屆六十七個年頭。走到以禪思佛理入畫的階段前，她的人生，在時代的狂飆巨浪中，歷經起伏轉折，終於轉出了大崙山上的晚晴輝煌（創辦成立華梵大學）。這樣的人生，真是要有「直向千山萬山行」（曉雲山畫題）那樣的大氣魄。這種氣魄是怎樣成就的呢？這是我詮釋敘述曉雲山藝術和人生的主軸義涵。

撰文期間，我一再躊躇更轍，終於，我避開了傳統「年譜」式的順敘，筆鋒所行，是一種迂迴往返的轉述衍論，最後全盤托顯交代出她不同階段的創作風格，以及她人生行跡中的種種創建。

全文分四個章節。

首先，由「恆河之曉」畫幅發端，展開她在印度泰戈爾大學執教期間的「佛國」行止。由阿姜塔壁畫的臨摹感慕，到恆河岸獨步疏星曉月的沉思，從而窺知她在宗教情操深化之後，走向學術教育的行願背景。

然後敘寫她「寰宇之行」的心靈闊步。由考察世界各國文教藝術，兼事沿途畫展及風物寫生，並藉東西文化的比較觀，來奠定東方人文信念。接著以「生命之雄」一畫為詮釋主脈，陳述她畫想的開拓及行願的實現。最後以「人文之美」章題作結，衍論她文化背景中藝術的內涵基調，兼而旁及人文傳統的中國繪畫在世界藝壇的前景。

請注意文中的不同稱名。「雲山」是曉雲山依皈佛門而在俗的藝名。此前，她的學名是「韻珊」。出家後的法名為「曉雲」。「曉雲山」則是曉雲法師的藝名，有時，她也署名「曉雲山人」。

恆河之曉

雲山女史在泰戈爾大學執教期間，曾往世界聞名的阿姜塔(Ajanta)佛窟，作為期月餘的研究臨摹。她在談印度佛教藝術的文章中提及：「印度為宗教民族，藝術因宗教而生。」阿姜塔岩窟中的壁畫，「是佛教徒虔誠幽靜的心得而產生之作品」（《佛教藝術論集》，頁一四六）。

時為一九四七年，雲山已歷盡抗日的烽火，也因烽火而體驗到生離死別的痛楚（父喪妹亡）。就在無法奔喪祭亡的流遷無奈中，雲山接觸到佛寺儀氛的感召，在四川旅次間依皈昌圓老和尚。可以說，雲山去到印度以前，宗教情操早已潛生。而阿姜塔研摹期中，佛畫之美，更增宗教藝術上的思維。

在印度，佛教的宗教地位，雖然早已被婆羅門教（或稱興都教 Hinduism）所取代，而恆河一水，同是神聖的象徵。恆河，是印度民族的文化源流、心靈淨境。甚至，它還是現實日常中的生死場所。去到恆河岸的人，沒有不為河畔的宗教活動現象所震撼的。

十多年前，筆者曾在婆羅門教聖城梵若納西(Varanasi)所在的恆河彎涯，見證過印度人的宗教虔誠，以及虔誠中的死死生生：恆河水畔，有人頂禮、有人祈禱、有人水葬、有人火葬、有人冥想、有人嚎啕……恆河之曉，籠天罩地，羅織著生死疑情。印度人，就在這破曉時分，走向恆河水，求取片刻的淨化和安寧。當旭日升起，生活的輪轉，又照常輾進。

雲山居印度時，常絕早而起，行散河堤。曾以恆河清曉為題意，繪作兩幅圖畫。一幅題名即為「恆河之曉」，畫中女子、河岸獨行。清曉長天，日曦映紅，撒出恆河千古。女子搭肩的白「沙麗」，飄曳拂風。

另一幅，雖也構寫恆河清曉，畫題卻是「早禱」。恆河畔的宗教靈氛，在曉月疏星的空濛中隱約。立岸面水的女子，不像在祈禱，卻有一種透脫的專誠和凝注，讓人想從她背影的婉約神秘中，一探她泯我的悲情。這種悲情在曉雲山《五九畫齡回顧展專輯》中，尋到註解：

「……充滿悲情，如是禱告：『但願人世相安相生，萬物皆得其所。殺機淨盡，生機無限。』……為深化宗教情操……遂成「早禱」一幀。」（《專輯》，頁九七）

「早禱」一畫，令人省思到宗教情操的深化，不在於神靈的膜拜，也不在於出世的超然，而是在於處身人世的悲願。恆河畔，印度人的種種宗教活動的表現，是一往而前的信託——不容置疑的終極信仰(Faith)。而「早禱」中的宗教情操，則是一種日後行願創學的奠基精神。因此，雲山自言：「「早禱」寫成之後，內心猶似未盡，深覺宗教無學術不明其智……。」《專輯》，頁九八）

世界上一切宗教，無不勸人信奉真理（或真神），砥礪善行。而證諸歷史現實，宗教之情愈熾，排他之感也愈強。人世因而不得相生相安。尤其在西方文明中，因宗教而起的戰爭殺伐，真是充斥史頁。殺機時現，生機屢滅，萬物難得其所。究其核因，不就是那個「智」字？智，是專屬於人類心靈的寶藏，必須透由開鑿發掘而呈現。這開發的工夫，就是一個「學」字。不過，學，並非背誦、效仿的童蒙之行，而是透由誦習啟蒙，持恆以思考、求索、解悟的成長修證過程，最後才能達到一種智照境地：明白真理不二，一即一切。當不同信仰所成的人文差異，都體認為人世的繁花美果時，哪會不相安相生？當萬物存養代謝，都證悟為天地化育之德，一切生態又哪能不生機無限？

於是，「早禱」一畫後，雲山繼而寫成一幅「尋解」，以作為引申呼應。

「尋解」畫面上，陡嶺崇山，木茂花繁。高處攀登的學子，一步一階，揹負的是疊疊重典。入山的攀行，無疑象徵了知識寶山的掘智。而靜習潛修的，又豈止是古佛書？更多有先賢書。在中國，大乘佛教和儒、道哲學，原是相輔相成。雲山生於華夏文化，依於佛門「般若」(智慧)，勵志求知，日後的「華梵」思想，於此可窺端倪。

寰宇之行

當年，雲山居印執教的泰戈爾大學，就是以「詩哲」美譽聞名世界文壇的泰戈爾(Rabindranath Tagore)所創辦的國際大學。泰戈爾也是東方第一個諾貝爾文學獎的得主。

一九二四年，泰戈爾曾訪華五十天，特別要求北訪曲阜，登孔廟祭拜孔子。而當時中國展開的「五四」運動中，卻響起打倒「孔家店」的偏激口號，相形之下，反映出中國文化心態中絕大的自我否定感。但泰戈爾堅信中國人文智慧和道德傳統。他在訪華之後，為促進中印文化交流，特於國際大學中增設中國學院，聘請中國文化人前往開講執教。

訪華後的泰戈爾，對中國命運不斷地表達關懷。他於一九四一年逝世之前的數月中，仍不斷以中國為念，在一封祝願函中，他一再慇懃寄語：「……我相信，本世紀之內，中國……會完成一項特殊使命，這將對亞洲和世界有特殊的意義。」(摘自《中外文化交流雜誌》，一九九四年一月份，頁三九）當時，中國仍處於抗日戰爭的洶濤中。而印度，也尚未從英國殖民地統轄中解掙獨立。但泰戈爾對東方人文轉振世界文明的信念，至死不移。他心目中的東方，就是中國和印度。能夠認知那樣的遠見的人，可說極少。雲山是這極少數之一。

雲山居印時，距泰戈爾逝世不過僅五年之久，執教期間，曾默默負起中印文化交流的使命。一方面，佛窟摹畫，觀照投注宗教藝術之美。另方面，燈下埋首，勤閱史冊，將中華聖賢藝文人物的行儀風姿，詮釋撰描而成五十畫幅，巡迴展出於印度各大學及博物館。展畫觀遊之餘，深切感念到：「……東方兩文明古國含蘊的內在靈光。」（《五九畫齡回顧展專輯》，頁九）這種內在靈光，也就是泰戈爾所體認的人文智慧。

旅印七年後，因時局的變更，雲山賦歸香港。除了從事文化藝術的活動外，進一步籌劃向西方參修遊學的寰宇之行，藉著旅途寫畫展畫的機緣，來拓展藝術視野，並比較各國文教風物。也透過畫展創作幅面所潛露的東方人文思想，來感悟啟觸觀畫的西方人士，對泰戈爾期於中國人在人文「指導意義」上的「特殊使命」，個別地作出挑負與承諾。

負責在德國「雲山畫展」的籌劃人，是長居德國達二十年之久的蕭師毅教授。他在畫展後撰寫〈中國惠贈西方的禮物〉一文，就觀畫者交談感論的聞議，慨然指稱：「……中國文化的優點，卻不是一般外人所能想像的……。」其實，又豈僅是「一般外人」而已，「一般中國人」又何其不然？清末以還，中國被列強侵凌之餘，文化心靈也備受衝激摧潰。中國人不屑對自身文化淵源「尋解」，也因此對自身文化優點，沒有體認上的尊重和信心。落得如同「一般外人」般無以想像。等而下之，更盲目毀謗攻伐。「打倒孔家店」，是最明顯的愚昧例證。

不過，蕭教授所指「一般外人」，固因無知而無以想像中國文化的優點，但一旦接觸了解後，則驚慕有加。他在文中繼續體察的感嘆是：「……一部分的歐洲人，對中國文化幾乎是無條件地崇拜的。」這一部分的歐洲人，還可以上溯到十八、十九世紀的文豪大哲，如歌德、如萊比尼茲、如伏爾泰。

其實又何止於歐洲人而已。「五四」運動前夕，梁啟超訪歐陸，撰〈歐遊心影錄〉，其中有一段記錄他和一位美國記者的對話。今日讀來，尤令人省思，這段對話如下：

記者：「您回中國後將做些什麼？您將對中國人介紹西方文明嗎？」

梁：「當然。」

記者：「噢，可嘆，西方文明已經破產了！」

梁：「那你回美國後將做些什麼呢？」

記者：「我回國後就閉門等待。直到您介紹中國文明來拯救我們。」（這段對話譯自*Asian Ideas of East and West—Tagore and his Critics in Japan, China, and India*一書，頁一三八）

而「五四」後的中國知識分子，豈僅不屑於介紹宣揚中國文明？並且要將載負中國文明價值的線裝書（先賢書）丟進茅廁。連自身命源根本都「丟」失了，從什麼基礎上來引搭文明間的橋樑呢？

雲山周行歐陸時，是五十年代的中葉，共產主義已遍行中國大陸，原也是自我否定後，文化命運無可避免的後果。當時的歐美，歷經兩次世界大戰的破壞摧殘後，開始蒸蒸邁向物質和文化的各種建設。而中國大陸，相反地，逐漸降落到文化和物質的雙貧。雲山的放遊和展畫，真像是為中國文化招魂。

雲山寰宇，共歷時三載，遍跡二十七個國家。她沿途寫生繪錄，可由人物風情和建築典型，見出行跡中的不同點站。不過，其間大部分作品仍屬於自然景觀。她筆下的自然景觀，其實也是人文心觀。異國風光，透過她的筆觸剪裁詮釋，呈現了獨特的面貌：

「美國堪妙 Camel 海灘」一畫中，白紙上，濃墨簡筆，勾繪出勁風掃塑的怪柏奇杉。然後點出紅日一丸，淨白空無，頃成無垠海空。

「古月一彎」，是寫希臘靜夜，海天穆然中，弦月光色如銅，鏞成希臘文明的斷蝕千古（古希臘文明已蛻轉為基督文明）。

「一探靜中消息」是雲山旅歐巴黎期間的一幅即興作。恰是花都浮世的一種對境。畫面上，潑筆橫潤出的墨痕，隱寓山崖草木的茂意。山崖邊無限空間一角，孤鳥獨飛向遙。崖下僧尼寂然面山席地。而「靜消息」，究意在哪裡？就在山崖的儼茂裏，也在孤鳥飛翼的遙向裡。動的，倒是那寂坐的僧尼。什麼在「探」？無非僧尼的心幡！

寰宇周行之後，雲山人生大開後繼而大闇。歸來心志已定，在香港歸依倓虛大師，剃度

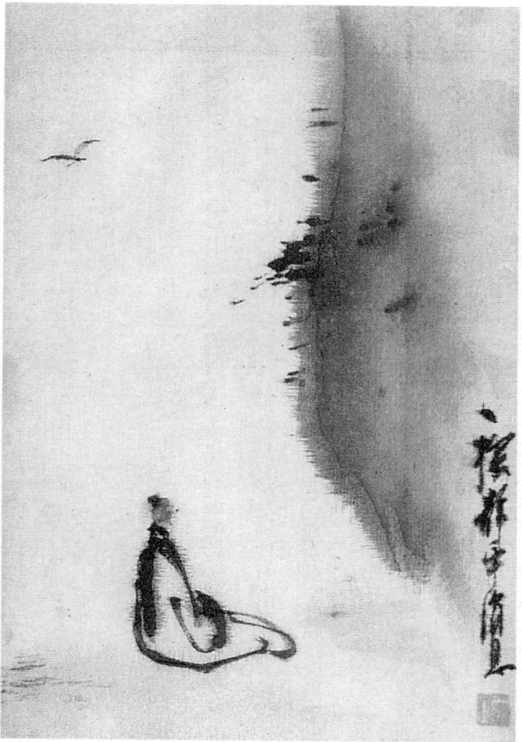

「一探靜中消息」畫作

出家，成為天台宗門下第一個女弟子。雲山女史蛻為曉雲法師。蓮現了，慧果待成。

生命之雄

曉雲山在她的藝術歷程自述中，曾回憶早期畫作多取材唐宋詩意的命題。如：「野渡無人舟自橫」、「雲破月來花弄影」。自言：「投注身心於詩畫境界的歲月，是青年時代的醉鄉。」（《五九畫齡回顧展專輯》，序文）而「醉鄉」之外，鄉關國域，時在烽火離亂中。年輕的韻珊，終於震離「詩之國」，投入了抗戰時期的生活。漸漸地，勇氣代替了詩情，氣概代替了感傷。曾獨赴長沙描繪戰跡，大筆寫巨幅，小筆撰長文，曾將畫照配長文，一併刊於當時設址成都的《中央日報》（皆亡佚）。心身的激勵，增拓了日後畫作的魄力。

長沙獨赴之後，韻珊隨抗戰生活的轉折流離，由兩廣到貴州，然後入四川，見證了重慶時代舉國上下的奮鬥精神，也感懾於西南河山地勢呈現的奇峻與壯麗。加上父喪妹亡後生死無常的透悟，韻珊脫胎而成雲山，筆鋒大放，氣魄淩展。這段時期的作品如：「獨上峨嵋寫冰雪」，畫面上透紙而出的幽險凜冽，無疑是「要從冰雪驗人生」的弦外心照。此外，「灌縣索橋」一畫，描寫出長江上游雪峰深谷間，索橋飛渡天塹的雄奇和驚險。

重慶時代的生活，常處於槍林彈雨的危難中。白天躲警報，晚上警報解除後，教育、文化、藝術活動不歇進行——音樂晚會、文化講座、書畫展覽……一個民族的心靈生機，就是這個民族的生存韌力。「灌縣索橋」的畫中題句是：「渡過危崖知力健」。消息所在：只要民族精神心力活躍飛騰，哪有危難不能超越？中華國脈，數千年持存不斷，就在於那種創進跨渡的力量。

不過，雲山固因重慶精神而振奮，生死親情卻也一時難以釋懷。有一段時間，雲山隨昌圓老和尚山居，轉心力研讀佛理禪書，《讀晚明諸師遺集》（諸師即藕益、憨山、蓮池及紫柏）就是這段生活中的摘記感思。隨之，以禪意入畫的作品也逐漸豐繁，畫風於雄健氣勢之外，更寓玄義。

抗戰勝利後，雲山返回廣州家鄉，眼中的故里：「殘磚亂瓦，滿目瘡痍。」成畫一幅：「冒雨衝風尋故宅，燕歸何處覓巢痕。」是為當年風雨中行於故園時的即景作。而萬里歸來的「燕子」，感傷人世如幻外，自覺所能歸宿的只有信仰。透過宗教情操，來作投注、承擔和超越。有投注，才能真正體驗人間痛楚。能承擔，才足以籌劃遠程行願；能超越，才可駕凌世間流俗。

於是，雲山重整行裝，由東南而西南，經由越南、緬甸、柬埔寨、泰國，由皈依而追蹤佛陀聖跡，抵達佛陀行教的印度（居印種種，已於前述）。

然後就是寰宇之行，旅次末期（一九五七），雲山夜寫「生命之雄」一畫。畫中崇山茂木間的階徑，依稀「尋解」畫幅中童子負典攀登的峰途。不同的是，「雄」畫中的人物，撒撒雙手，跨步下行，象徵了「尋解者」苦攀勤修後的「下迴向」，也就是說，高處清修悟理後，轉征塵沼苦熱。此為大乘佛家的真正精神。細觀畫中之人，灑灑落落，絲毫不帶牽掛遲疑，預示了剃度行願的去累投身。

剃度後的曉雲法師，心無鯁礙地一往而前，盡展氣魄，全力從事佛教文化、藝術、教育的拓荒工作。先有香港佛教藝術協會的創立，期以「藝與道合」。繼有雲門學園的設計，供都市青年修養心智。此外，慧海中學的興建，提供了當年調景嶺難民子弟的讀書環境。如今，調景嶺已被迫遷拆，一個時代過去了，人間物換星移。

六十年代中，大陸「文革」延亂香港，佛眾遭擾受迫，曉雲法師避難臺灣。旋即受聘於陽明山華岡中國文化學院（今文化大學），主持佛教哲學、藝術研究所的指導教學工作。此外，依陽明山永明寺創建蓮華學園，培植現代僧才（比丘尼），並逐年舉辦「清涼畫展」，為社會挹注清流，也為佛畫（經變繪作）、禪畫續接新頁。

然後，華梵佛學研究所的立案成辦，創始了獨立的宗教學術機構。順此而往，便是國際佛教教育研討會的歷屆舉辦（已前後共十屆），羅致了東西各國學者參與論辯（如瑞典 S. Lienhard、美國 R. Salomon、澳洲 T. Prince等）。

終於，構想策劃經年的華梵工學院成立矗建於石碇大崙山。理想宗旨所歸，在於「善假於物」的「君子」人才培養。如荀子所說：「……假輿馬者，非利足也，而致千里。假舟楫者，非利水也，而絕江河。君子生非異也，善假於物也。」未來的科技人才，不僅具備操作「工具」（物）的本領，也兼備善於致用的社會遠見。並且，兼有人文識養，藉以調適人際人生。於是宗旨引伸，而有華梵人文科技學院的擴創，期以人文引領科技。接著就是東方人文思想研究所的添設，進一步強調東方人文為未來世界導向的思想力量，也可以說即前述泰戈爾所期「對世界具有指導意義」使命感的起步實踐。

在二十世紀步向盡頭的時際，全世界都有一種精神道德價值重估復振的渴望。「地球村」式的科技資訊捷用中，對未來人類福祉或禍患的取向，全在於背後操作的「人格」。以道德情操為基礎的東方人文，必將日漸顯示出重要性。目前，華梵藝術學院的籌設，由美育更完整了人文範疇。華梵，就順理成章，成為一所精緻的最高學府——華梵大學。

以上種種創建和成果，過程中的艱辛，非局外人能夠想像，千頭萬緒，一畫以貫之：生命之雄。

人文之美

當年，雲山女史寰宇周行展畫，兼事沿途寫生，曾感慨記思：「異國風物，頗感新奇，作品亦頗豐收，然不若東方文化深度氣氛。」（《五九畫齡回顧展專輯》，頁十）這種「深度」，是源於文化所涵蘊潛藏的宇宙觀、生命觀。

曉雲山的藝術作品，幅面上不僅是可以眼觀的風景、人物或物件，也是可以由心靈觀照的詩境和哲理。例如：一幅十分簡單的日用茶壺，雖可看作是純粹筆墨或色彩的圖像造型，但若兼讀幅面詩文，便可透入主題「到頭終是一堆泥」的象外消息：時空浩瀚，人生器物，流遷無常。「因」（料泥）生，而「緣」（工技）起，壺成用益。「因」毀而「緣」滅，物消人訣。於此，惕悟成、住、壞、空的佛門「因緣法」。於此，簡單的畫面，有了豐富的蘊涵。

作為一個佛門藝術家，曉雲山的繪作中，佛理禪思，是隨手可拈的題材。「風雨中共說無生話」的構圖中，兩個禪者，雨蓑相接，聚首懇談，無視前方雨驟風斜。「無生」是佛門語，意思是，諸法（世間萬象諸物）本自無生，藉緣（合宜的助緣）而起生滅。無生也就是無起，代表涅槃清淨的本真超然境界。禪修之士，能就這種最精深高妙的理念，來作共磋相砌的語悟時，風雨也只是隨緣起滅的剎那現象。心中靜定無懼，氣魄因而形成。人生行途中，可以肩挑、可以手提，可以擔當濟渡行願的大使命。

不過，曉雲山雖是佛門中人，宗教情操深化了她的藝術美感，但她究竟仍是一個藝術家，藝術的敏銳觸角，擴大了她的人生境界。而且，不管她是「佛門人」或「藝術家」，終極上，她是一個中國文化人。已故名哲學家唐君毅先生曾指出：「……美的觀念的原始，都是與一文化的特殊形態息息相關的。」（蕭振邦《論唐君毅美學觀點》）這就無須驚訝，曉雲山藝術繪作中，兼融了中國文化形態中儒、釋、道的精神內涵。

「風雨近晴明」這幅繪畫，即為寓意老子之言：「飄風不終朝，驟雨不終日。」寫照道家思想的通透灑脫。而「三人行」、「凌宵氣節」……無疑，旨意上是儒家思想中的日用人倫及精神人格。即如前述「早禱」一畫，其中「人世相安，萬物得所」的禱情，一方面是佛家的同體大悲，另方面也是儒家成仁成物的天地情懷。

畫一「明晴近雨風」

「我佛中宵有淚痕」是曉雲山著力的一幅巨作。表題上是「佛」，內涵上可說是儒、釋、道三家思想的合寫。畫面上，大雨滂沱。崖閣中一燭微明，照出古佛垂頷趺坐的姿影。淚痕固是因雨，消息透處，是一種時代飄搖、風雨滿樓的家國憂情。觀畫的人，滿目淋漓，滿耳淅瀝，滿心凝感。真是「一畫千鈞」，震撼沈重，令人淚湧。不過，作為一個中國文化中人，總會懂得驟雨不終「夜」，網網宇宙，恆律序理不移。一番悲撼後，終可心輪另轉，不信末日，不陷絕望，定要穿眼極目，期待中宵過後的曙日朝陽。

石濤畫譜中有句名言：「夫畫，貴乎思」（《遠塵章》第十五）。而「思」的心靈運作，可以涵蓋廣大，上至宇宙本根源始，下至個人日常觀照。其間，也可包含親倫、家國、世界。這是一種將視覺藝術，納入人文範疇的中國繪畫傳統。「我佛中宵有淚痕」意境的契入和揭示，有待於以「思」為基礎的人文修養。藝術家藉思想而深厚了畫境。觀賞者也因思想而「讀」出畫面的蘊涵。

我聯想著中國人文之美對未來世界藝壇的影響問題。

十九世紀中葉以後，西方強權思想日張，而中國，政經力量卻每下愈況。西方美學心理的度量衡，是難免受時代趨勢所影響的。中國政經的弱勢，也不免使人錯覺成文化弱勢，不屑對中國深闊的人文傳統探索尋解，徒然堵絕了可資取鑑和吸收的精神養分。

相反地，中國藝術家在時代的變轉中，接受潮流影響，融會貫通之餘，創新了傳統，同構了異流，成就了自身繪畫語言的「當代」，活潑了創作生機。

目前，中國的政經力量，展現了壯峙，文化優勢也有了不容忽視的基礎。尤其是當西方藝術日益趨向形式主義的時際，有著豐富蘊涵的中國藝術，必可預期它對未來藝壇的影響。

生命牆

——卓有瑞的藝術心靈

香蕉路

畫譽遍及三地（臺灣、大陸、香港）及三陸（美、澳、亞）的藝術家卓有瑞，人生路上最讓她欣然回首的，是孕育生長她的屏東鄉下。

屏東南州鄉，是一個果實密集盛產的地方——橘紅色的木瓜，黃玉似的楊桃、祖母綠的芭樂、金條般的香蕉……。當然，果實成熟前，還有鮮卉的千嬌百妍。卓有瑞就在這五顏六色、繁花纍實的土地上，走著她的童年路。一開始，生命向她展現的就是一幅彩繪。拿起畫筆來從事繪藝，也像是順理成章的事業選擇。

她的才華早在臺北師大美術系的學生時代，就已嶄露光芒。一九七四年初第二十八屆臺灣全省美展中，卓有瑞以一幅「消乎？長乎？」為題的油畫榮獲首獎。更可貴的還不是她少齡芳華卓立藝壇的獎譽，而是在西方後現代藝術流派的湍激混撞中，她能眼識獨具、立場卓絕地在繪畫中賦予思想感情的意義。

在「消乎？長乎？」作品的圖像中，瓷碗、時鐘、石膏頭像都是人所掌控的創造。而生命（蛋的滋養）和死亡（獸的枯骨）卻是超越人力心智的自然消長。這「消」「長」，也一如時鐘環指，在天乾地坤中，周而復始。也由此可以見出，她的繪畫不只是彩色線條構作的圖像，更是思考動力下完成的心象。

不過，卓有瑞震驚臺灣藝術界的，倒不是那全省美展中的首獎作品，而是一九七五年她畢業後，參與「全國油畫展」一組並未獲獎的「香蕉連作」。一百號大的巨幅、「照相」般寫實的逼真圖構、由單元作組合表意的系列形式，在當時的臺灣藝壇，不僅是首見，也是首創。引起了一連串的爭議，卓有瑞一時成為眾所矚目的焦點。

「香蕉連作」的繪圖內容，略述如下：

——直梗橫紋的鮮綠蕉葉下垂展著粉紅暗紫的蕉花

——香蕉掛枝成熟

——果實包裝上市

——市場消費供養

——剩果廢棄腐爛

有關「連作」評介賞析的許多文章，都只著筆於香蕉呈現由開花到腐朽的時間流轉和變易。但在更深一層的觀照中，我們也不難體認出香蕉現象寫實的背後，更隱藏著由種植、澆培、收穫，到供應的蕉農辛勤生計。能見於此，香蕉的極度寫實，就不止於冷靜的入微觀察，也間接地表達出體恤和關懷。這種人文情思，自始至終，貫穿透織於她日後人生不同階段的系列作品中。

當年的卓有瑞，為什麼會選取香蕉來作為「連作」的主題呢？她說，兒時的南州鄉，到處都有果實。家的前後左右，果樹繁茂。哥哥最愛吃木瓜，吃啊吃，吃成了「黃嘴小子」。而果實纍纍的家園之外，更有一望無盡的蕉園。成長的路上，上學放學，總見蕉農忙、蕉農閒。歲歲，年年。

有藝評家將卓有瑞的大香蕉，和已故美國著名女畫家奧奇芙(Georgia Okeeff)的大花朵相提並論。奧奇芙的大花朵既被指象徵「女陰」，卓有瑞的大香蕉也不妨喻作「男器」。似乎要將她納入「女性主義」的流派中。此外，西方後現代藝潮中的「照相寫實」、「新寫實」等主義名詞，也不時加被於她的作品。是耶？非耶？

當年，畢卡索創繪塊面組合(Cubism)畫作，藝評家群起捧出「數理」、「心理分析」、「音樂」、「三角法」等等名詞來詮釋。畢卡索後來曾就此感嘆指出：「這種種之言，如非無稽之談，也是純粹虛議。」("All this has been pure literature, not to say nonsense."見*Picasso on Art*一書，一百二十一頁）同樣地，將卓有瑞繪畫硬行納入西方的主義(ism)格式，實在小看了她，也規限了她。她的書畫，就是她的性格為人——一個敏於思維、誠於感受、勤耕苦作、藝精功深的美術工作者，不是任何「主義」、「流派」的效尤跟風家。

蘋果城

一九七五年，卓有瑞在「香蕉」引起的爭議後，應臺北美國新聞處之邀，舉行了首次個展，對一個初出校園的年輕畫家來說，可謂殊榮。而就在藝壇新銳的架式和聲響中，卓有瑞卻悄然隱匿，沒有滯戀沉溺於盛名中。為了更上層樓，開拓視域，她於一九七六年赴美攻讀碩士學位。在紐約奧伯尼藝術研究所就讀期間，她最大的感慨就是後現代藝術學風的極度放任自由。一個連素描能力都不曾具備的學生，一樣可以畢業。對於一個曾獲獎成名的中國藝術家來說，在那樣一種學風裡，進詣有限。但嶄新的經驗，促使她質疑和反省。一九七七年，她以極短的時間獲得碩士學位後，即首途已代替巴黎成為世界現代藝術之都的紐約城。在那裡，一方面探索藝術，一方面謀取生活。十八年韶光，匆匆而過。

別號大蘋果的紐約城，繁華耀眼，而人生路上已無甜果舉手可摘。生活的重壓，像摩天大樓的陰影，罩肩而下。蘋果城裡，日出日沒，她卻忙於奔勞營命。要支持畫家丈夫仍在繼續的學業，要贍養丈夫前次失敗婚姻中的幼女，還要培植自己藝術的成長。從一星期七十美金的「照相修飾」(Photo Retouch)技術訓練生，到薪資逐漸增厚的專業工作者，整整十年，她在婚姻、家庭、職業、藝術間，扮演了不同的角色，也在責任、關懷、眷愛和堅忍中磨練人生，滋蓄心源。異鄉的崎嶇路，她也一樣走得很穩健，雖然，其中也儘有難為人道的辛酸和艱苦。是什麼讓她支撐得那樣昂然呢？情！還記得她師大美術系畢業展中的「情」嗎？瓶花鮮潔的窗外曬臺竹竿上，掛著男衫和女裙，天風中飄然相依；曬竿外，垣牆簷瓦，一家一家。情，在日常生活洗濯奔營的枝節瑣碎中，才能見出它的深厚和真誠。藝術也一樣，她說：「最重要的是要對自己忠誠。」

七十年代到八十年代間，西方藝術界氾濫著後現代主義(Postmodernism)的亂潮。卓有瑞在多元、繁向、複媒的競異炫奇作風間，始終忠於自己的本元信念——寫實的繪畫語言，源自真誠感受的藝術表達。

紐約城中，儘管奢樓華廈，十色霓虹，卓有瑞沒有眩然無所適從。她的眼光所觸，是壓縮在繁華下的後街陋巷。那些失修的鐵柵門、生鏽的通水管、塗鴉的破牆、剝蝕的屋階……讓她體察出物質在時間中的真相，也讓她透視出「大蘋果」燦麗的市場經濟架構中暗暗滋生的腐蛀。於是，她在工作之餘，完成了「蘇荷組畫」。在畫面上，不僅只是門管牆階所呈露的線條色彩和光影，也透現這些門管牆階背後的日常人生——胼胝、掙扎、失落、過渡……。

和「蘇荷組畫」相映的是「巴黎組畫」。世界花都的後街陋巷中，有破舊，沒有髒亂。多了一份沉鬱，少了一份色彩。一樣沒有人跡，而生活的品質，卻從數綹綠藤、一盆鮮卉、一橫欄杆、一幅垂帘中，隱隱透露。保存原樣的舊巴黎，沒有摩天大廈，向晚的斜陽，在世世代代足跡踏歪的石階梯上，抹上溫軟的金黃，照出一個或曾華麗過的樓屋過往。夕暉是冉冉流逝的，像潺潺細水。而在大廈林立的紐約，只有中午時分，陽光當空刺射，割切著陰影，刷亮著紋彩，倏然而去，讓人繼續走著層樓下沒有分別的晨昏。兩組繪畫，對照出新舊大陸，也讓人對「新」「舊」的意義，進行著思索。

生命牆

八十年代以後，卓有瑞的繪畫個展，不斷獲得成功，終於讓紐約藝術界肯定了她的作品價值，使她得以從生活的負擔中解脫出來，成為一個全職的專業藝術家。紐約市元老級的O.K. Harris Work of Art 畫廊，因之而樂為她作固定代理。

因為作品的特性，卓有瑞的繪作過程十分精細緩慢，每兩年才能有足夠的品件來舉行個展。個展地隨著藝譽由美東而美南而香港而臺灣。前後四十多次的聯展中，最為藝界稱道的，是一九九二到一九九四年間，由美國到日本、南韓、臺灣的巡迴展。這一巡迴展，由三種不同文化背景的十五位藝術家提供作品。至於有關卓有瑞的藝術報導，包括中國大陸、日本、香港、臺灣、澳洲及美國的中英文報章雜誌。無疑地，她的聲譽已在蒸蒸日上。更可貴的是，她依舊沉潛謙虛。她認為藝術不僅是藝術家創作完成的「作品」，也是藝術家個人生命成長的「過程」，藝術的路，愈走，愈沒有盡頭。

而且，她也從未懈於努力。八十年代以來，她完成一連串的系列作品。每一系列都可見出她不同過程的人生體驗。這些系列作品的題材，由大城陋巷，到郊野農倉。由臺灣的鄉土民居，到世界各地的垣牆，穿連這不同系列作品的蘊理，是人在時空中生活過的精神和物質的痕跡。

除了筆者前面所描述的系列作品情境外，卓有瑞的「臺灣組曲」，是一種時光流逝的餘音。作品以不同的地名為題而成組合的系列。畫面呈現的，是臺灣經濟起飛後金融利祿背後的遺痕——瑞芳礦工的廢居、九份的邊鄉民宅、永和鬧市外苔蘚暗滋的殘垣。還有屏東，她的兒時樂園已不復當年。逝去的童年路上，殘存著一面荒草小樹縱橫的舊牆：水泥剝落間，一抹磚石的赭紅，依稀哥哥嘴邊木瓜的鮮澤，誰還記得？香蕉花開果爛的時光，臺灣的人雖然生活簡樸貧窮，臺灣的大地，卻很豐饒而純潔。

然後就是鹿港，古宅的綺窗門柱，在歲月中凋了漆彩，朽了建材，而棣體書寫門聯中「興大漢」的半紙鮮紅，輝耀出鹿港深固的民俗傳統，也牽連起中華文化的未斷遠源。於此，「臺灣組曲」的低迴詠嘆裡，奮起一道力的符音。

卓有瑞的「臺灣組曲」，有意無意地，譜成了她近作「牆」系列作品的序曲，也表達出藝術家繼不同階段作品後的思想進程。由最初香蕉花果生計的段落，陋巷人生的世代流轉，以及傳統民俗於現代急劇進展中的點滴褪損和支撐。到了「牆」的系列，畫面上更顯抽減裁篩，思想上更擴大的時空感。「牆」的實地取攝地點，由紐約而羅馬、由北京而臺灣、由巴黎城而

⌊三之份九⌉ 作畫瑞有卓

⌊牆⌉ 作畫瑞有卓

峇里島。空間上羅天網地，時間上罩古籠今，旨意所在：生命！

牆，它不是安身的居屋四壁麼？牆，它不是安心的文化建築麼？牆，它不是一種人類文明存在或消亡的最後見證麼？猶太人的「哭牆」(Whailing Wall)仍是神聖的祈禱所。中國人的萬里長城(The Great Wall)仍是民族屹存的攀仰處。而兩河流域的風沙下，永埋著巴比倫文明的廢墟，安底斯山脈萬尺山頭殘存的岩壁（此指祕魯境內的 Macchu Picchu）見證的是印加文明的悲劇。

卓有瑞在「牆」的系列作品中，並不特意凸顯不同文化的印記，但也可以從「牆」所顯現的不同質材、斑痕、苔葉、色調和紋誌等，透視出「牆」所在地的天時、地域或城鄉。「牆」的圖構不同，「牆」的內涵相似，那就是，人在天體運轉的永恆中，經營進展創建的短暫痕跡：

——棚架支空的泥牆上，斜斜數枝葉影，牆腳兩記漢字般的圖案，透露出垣苑民俗的淳美簡約。

——灰岩砌建的厚牆，雜生著青藤和野蔓。藤葉鮮綠依舊，秋霜卻把野蔓染紅。石灰泥在灰岩間擠壓得白慘慘，加添了色彩的斑斕。四季，年年在牆譜上奏鳴。

——紅磚牆下的人行道邊，禁止停車的交通黃線，可以想見車輛的往返穿梭。街樹的茂蔭，在陽光下潑著濃影，影裡，不見人跡。車輪，趕空了人生？

卓有瑞的「牆」，也像其他的系列作品，以她尋訪經歷中的攝影為底本，然後，透過幻燈片的放映，再從攝影的心裁中勾勒取捨，固定了意象後，開始一分一分地描，一秒一秒地繪。沒有人更比她能體會時間，也沒有人更比她能捕捉時間。她說：一幅畫，要一星期七天，一天十到十二個小時，三個月才能完成。除了體時入微外，她也體物入微。一張平面的畫布上，由她極端寫實的技法，以及複媒的運用，讓人不僅看到如實物般的圖像，更可感覺到圖像中質材肌理所成的層次。

雖然，她的寫實造詣，有誘人想去探觸究竟的神奇，她的藝術心靈，卻導引著觀賞的人從她的筆觸中透出去，透入萬象生滅的無限時空來反照生命。

藝術心

一九九一年，卓有瑞在《雄獅美術》的訪問中提及，藝術是一種國際語言，所用素材及所歸畫派，都屬其次，最重要的是一顆藝術心——「對自己忠誠、用個人獨立的思想來自由創作」。忠誠的反面是虛偽。人一虛偽，心性上就圓滑膚淺，難有深刻的感受。能獨立思想，便不致受「主義」、「流派」的牽扯拘束，創作理念上也就開闊自由了。

卓有瑞畫譽起步的七十年代中期，正是後現代主義氾濫的時期。八十年代，當她在藝壇上穩踞一席地位時，後現代主義已走向式微。她是怎樣斬荊劈刺來達成她的「自由」和「獨立」的？她的回答是：「不屈服於任何一種壓力」。她所經受的壓力，又何止是「主義」潮的衝擊？還有生活依仰上的職業工作，市場包裝的名利誘惑……

當然，二十世紀初期以來的所謂「現代主義」(Modernism)自有它的文化背景。那就是，西方資本主義社會進展中，經濟勢力成為一種駕凌的權威。沒有特殊品味和價值觀的有錢人士，持其對藝術品的收購力及投資心理，成為社會審美導向的執權者。

有思想的藝術家，以叛逆性的極端作為，來針刺諷諭執大眾風尚的金權勢力。當年的杜象(Marcel Duchamo)將一個由工廠大量出產的尿缸定名「噴泉」參與藝術展，無異一聲吆喝：他媽的，你有錢，看你會不會收購老子的尿缸！杜象這一招數，反而贏來現代主義大師的美譽。時過境遷，杜象在給朋友的信中感嘆：「我只是朝他們扔個尿缸來作挑戰，而現在，他們反倒以之為審美題材來作讚賞！」（一九六一年杜象致 Hans Richter 信）此外，創發極微主義(Minimalism)以及觀念、表演、肢體藝術的克萊恩(Yves Klien)，將一間空屋粉刷成純白，當作「藝術品」隆重展出，來參與展出的三千觀眾，愕然不知所措，而克萊恩卻達成了他的諷諭：在能把任何事物設計、包裝、謊稱為「品味」的商業社會，藝術成為「一無所有」(Nothing)。你要買，就請你買個「空」！

現代主義的本質，無異一種英雄主義，針對將一切轉化為商品消費的金權勢力，進行抗拒、批判。不幸的是，英雄主義無意中形成了另一種「權威」，對歷史文明累積砌建的傳統，造成了副作用的摧損和疏離。而商業大潮，繼續滔滔。

到了後現代，英雄式的挑戰沒有了，藝術心靈的超越也沒有了。盲目的新奇作風，反而興旺了藝術企業市場。藉著企業組織強勢和傳媒推銷術，平庸的作品，也足以促銷為家喻戶曉的「名牌」。藝術家一旦對名利依仰屈膝，便拱手讓「作品」化為經營企劃設計中的「成品」。而「後現代主義」所標榜的種種新奇，終也逃避不了時間的軌律，流轉推移，「新奇」成為「舊習」。

本來，乾坤一轉丸，太陽底下，沒有新事。新的，是代代心靈，在不同的時代社會中對生命現象的感受和詮釋。星夜的幽秘靜穆，透過梵谷(V. Van Gogh)澎湃的心潮，轉映而成巨大的旋輝。星夜仍是亙古的星夜，而梵谷的Road With Cypress and Star作品將人人可見的星夜個人化了，成為他那個時代社會中的「奇新」。藝術，原也是藝術家的心靈。

九十年代後，經過後現代的浮濫空疏，西方藝術界開始了省思。除了重新向歷史文化的傳統價值審視評估外，同時思考藝術作品的表達形式和藝術家作為一個人的內涵間，是否有必要的關聯。如果藝術作品有所謂高下優劣，那麼，人文演進中砌建調整出的傳統準則，就必須有共同的體認。沒有準則也就沒有判分。如果藝術確是心靈的表達，那麼，投射這心靈所屬的個人，就須有根性上不斷的陶冶、磋磨和修塑。這樣一來，知識、學養、閱歷，以及道德、原則、毅力……都是藝術家自我成長過程中滋育的資源，和磨鍊的試金石。

不過，這種種省思，對一個被澤中國文化傳統的人來說，並不「新」。中國藝文論說，歷來強調人品、學問、堅質、浩氣……不必在此贅述了。藝術本就是人文的重要環節，因此，「藝術是自我，也是他我。」（潘天壽《談藝錄》，頁六十四）藝術家在自我表達之餘，也提供了一角供他人觀照的精神領域。

走筆卓有瑞的藝術長程，看她堅持立場，看她駕凌時潮，看她從壓力誘惑下解縛，再回顧她節節奮進經歷過的藝壇現象，就更能體察她的心靈光華。

附錄

為道日損

——卓有瑞的近作展

看到卓有瑞新近的系列畫幅作品時，反應得很奇玄，居然聯想及老子《道德經》中的兩句：「為學日益，為道日損。」雖然，我並沒有去分析這兩句經文的意涵。但隱隱約約感觸到，那就是人生成長，藝境進展的過程——相反而相成。

對於一個藝術家來說，「學」，並非學院式的求知，而是生活經驗中種種遭遇、感受、省照和領悟。透由這樣的過程，藝術家的心靈逐漸成長圓熟。而在這種靈視下的藝術境界也隨之轉換蛻變。意象造型由繁而簡而淨而「損」。最後超昇滲接歸真於「道」——一種幽隱、玄杳的宇宙律動。無以言傳，卻可心悟。

看到有瑞的近作系列畫面時，我幾乎可以立即反溯迴照出她整個藝程的進展。而每一個時期的繪作，都予人以深刻的印象。貫穿每一個不同時期的脈絡，是一種跨越文化界域的時空感。

蘇荷的陋巷，是城市金元文明中生存活動的底象。巴黎的後街，是文化繁麗高華外的市井日常。然後，九份和鹿港，在臺灣日漸走向全球性經濟體系的競爭進取中，歷史在民俗殘留的淳樸，回響出藝術心靈的感傷和詠嘆。還有那系列繪作的「牆」，砥柱時光的激湍，卻無奈天時季候的潛移和運轉。

可還記得她的「絲路」系列？

橫越大漠的卓有瑞，沒有去拍攝駝隊飛沙。她的心裁剪成偶遇的石壁、枯木，或樹影光影織出的抽象，彷彿絲路古貿遺漏的絲光。至於其他，儘可想像：駝鈴響起、多少生存的艱辛？迎接過多少冷月？拋擲過多少落照？絲路穿光的歷史，古古今今，都是生命的痕跡。

而西藏系列作品中，蘊含彰顯的又不僅是人世而已。據她說，那些牆所用的質材，是顏礦遺留的廢料，村民就地取材營居。那些廢質礦屑，在一萬兩千英尺的高寒地原上，經過千萬年的乾風烈日掃摧灼曬，皺皺白白、凸凸凹凹，砌起的屋牆，就令人聯上「坎坷」、「崎嶇」、「曲折」、「滄桑」……這些帶著艱澀的字眼。她自己解說：作品「九九〇三」、「九九〇四」都是在極緊繃專注的心情下完成。繪作的過程每幅都歷經三個多月。至於「九八〇二」，更是耗盡了一九九八年的全季一夏。她說「苦不堪言」。心境上的「苦」，也像透幅而顯。

畫面上，日炙風摧的枯條，投影牆上，有時如曲波橫洑，有時則潺瀉而勁飆。也有時，影中乍現乾枝，讓人在光影虛靜中抓住可攀現實的浮木。不管怎樣，好像都帶著幾許沈重。

卓有瑞創作西藏系列繪畫時

這些牆和影，像透著世外宇宙的消息，那些牆，何止是時間的痕跡？那是女媧補天的遺淬，是彗星越空的流岩。宇宙，何嘗不像人間？永恆地推演、遷化、生滅。君不聞？天文觀察家曾宣稱新行星的誕生？永恆裡，何嘗沒有滄桑？人生，又何止是針尖的一滴滄海水。我們能體會領悟這些，是因為我們成長了，心靈剔透了。如果我們是畫家，必曾在筆尖畫面的營造構想和艱苦中，接觸到生命的本原本體。而這，是象外的弦音。

人間有情

——談楊先民的藝術世界

畫緣

認識楊先民，是從他的繪畫開始。

多年前的一個歲暮晚宴中，眾賓儕儕，極盡歡聚喧嘩。取飲拈食間，瞥見牆上掛著兩幅畫，幅面不大，淡墨微彩，勾勒而出的，是幾個樸素平凡的鄉土人物。我脫眾而出，踱到牆邊靜立看畫：

兩個鄉巴佬，跨坐寬條板凳，相對搏棋。棋盤上潦潦數子，顯然棋局已屆最後關頭。瘦的那個，口含香菸，鎖眉沉思，準備作最後一拚。胖的那個，袒腹低領，面帶微笑，看來胸有成竹。旁邊一個觀棋的人，探首緊盯，等待最後的結局。而這兵馬將帥的方寸世界上，老樹垂蔭送涼。

移步再看另一幅，畫中別有景象：

一個禿頂白髮的老鄉人，光腳蹺腿，專意拉著胡琴為人伴唱。身前那個光頭胖漢，一手伸指，一手提腕，踏著方步唱大戲。唱的，要不是大花臉，定是個老丞相。

繪畫中布衫、板凳、獨椅所顯露出的物質微薄，對照出生動幽默的生活情味。讓我想著：我們處身的現實裡，物質可說琳瑯繁富。而奔忙競促，我們咀嚼的生活味像什麼呢？有點像罐頭紙盒開出的即席湯食，不知道究竟是什麼味。

感慨觀畫之餘，就問設宴的女主人，這兩幅畫是從前的老畫吧？她說不是。而且畫家就住華府附近，來美也已很久了。我這才體會畫中所描繪的，原是畫家記憶中的遙天遠土——他不曾被現代生活泯沒的鄉情。

然後，大約是三年前吧，在一個匯集了全華府區書畫家的聯合特展上，我掠過許多鮮麗華美、舞鳳飛龍的各式畫面，駐足於牆角兩幅小畫前：

一群紮小辮仔、穿對襟衫的兒童，圍坐在一個持菸桿，席地支腿的白髮爺爺前，專心地聽講故事。小兒小女，或抱膝，或托顋，或支頤，全神貫注於故事敘述中。講的是什麼故事呢？要不是飛簷走壁的仗義英雄，必就是大鬧天宮的孫悟空。

另外一幅，情境相似，景象不同：

一個胖胖的老奶奶，坐於門前石階，腳邊是一個碎布針線簍，膝上放著待縫新衣的布娃娃。身後，一個小女孩，伸手環抱撒嬌，身前，席地相對而坐的，是一個小男孩。階前一側，坐著觀望的小黑貓。

看著看著，自己也變小了。小得也能擠身於那白髮垂髫的親親世界。畫面上，疏墨淡彩，意趣盎然。這似曾相識的幅面和手法，使我近前察看了一下作者的名字：楊先民。字跡很小，像是故意避去顯目的張揚。

終於，我認識了楊先民。他的外表並不鄉土，他的性情，卻顯得厚重。北方人的高瘦身材，一

楊先民畫作「再講一個故事」

頭略現花白的覆額濃髮。鏡片下的眼光很溫和。嘴角邊的微笑很親切。說話時，聲調總是低沉婉轉，不論是眾儕一堂，或三朋兩友的場合，他從不高談闊論。不過，偶爾，他卻會無忌直言：「嗳，妳這大塊頭，擋著人啦！」

楊先民給人的印象，一半是謙謙君子，淡泊沉潛。一半是藝術家本質，樸拙真純。

藝譽

雖然，楊先民已住在美國二十年，但他不曾沾染美國商業文化中「推銷員」式的行為氣息——動輒宣示自己的聲名成就。他的為人，一如他的作品，平易中有原則性的堅定，樸實中有藝術手法上的爐火純青。淡泊中盛載著名至實歸的美譽。

隨便摘幾項楊先民在美國藝術界的成就吧，如下：

銷行全世界的著名《國家地理雜誌》(*National Geographic*)，秦墓兵馬俑發現號，楊先民是該期封面專題報導的特約插畫家（一九七四年）。

美國插畫博物館百年插畫展出，由七千五百多幅入選佳作中，挑展一百七十幅。楊先民有兩件作品獲展，並獲最佳插畫獎（一九七九年）。

美國水墨畫協會第十七屆大展首獎（一九八〇年）美國GWS藝廊（The Greenwich Work Shop Inc. Galleries——經銷網遍全美大城的藝術企業）所舉行兩次主要當代中國寫實繪畫展(Major Exhibitions of Contempocary Realism From the Land of the Dragon)，楊先民是唯一來自臺灣的中國畫家，也是唯一利用水墨宣紙傳統媒材作畫者，以十幅作品被選展出，並有兩幅被複製近兩千張售出（一九八八—一九八九年）。

《美國藝術》雜誌(*U.S. Art*)，當代中國寫實繪畫報導專號，楊先民是少數推介附圖的畫家中之一（一九八九年）

楊先民華府個展中，已故的美國企政界著名收藏家洛克菲勒(N. Rock feller)，一口氣蒐購了他六幅作品(一九七五年)

以上所列，在美國中國藝術家圈子裡，不可不謂是特殊的成績。不過，楊先民並非在來到美國之後，才榮獲他的藝譽。早在他來美之前，他已盛負藝名了。舉兩個例證如下：

楊先民畫作「難忘的中勢村」

一九六五年，楊先民服役軍旅期間，以一百零五幅人物故事畫「茶色山莊」，獲國軍文藝美術類金像獎。

一九七四年，楊先民仍在擔任中國電視公司藝術總監期間，利用餘暇，畫成長七十呎、高六呎的巨幅民俗畫：「寶島春節賽會」。在臺北歷史博物館展出兩週，轟動一時，曾被譽為臺灣版的「清明上河圖」。

由上面舉證的兩幅巨作來看，又可見出，楊先民在他謙樸內斂的沈厚中，潛藏著不露鋒芒的大氣魄。他那巨微兼備的畫風，收放雙成的手法，象徵了這個大時代的磅礡艱苦中，一個藝術家奮鬥跋涉後的心靈開拓。

「寶島春節賽會」為楊先民帶來盛譽，也為他譜出離情。當年的楊太太，因父母移民美國，堅持舉家同往。經過考慮再三，楊先民終於順從妻意，放棄了蒸蒸事業，開始了以後二十年的異鄉輾轉。

烙痕

二十年的異鄉路上，辛酸艱苦備嚐。先是妻子離異的悲苦，後是單親職責上的繁重。不過，自幼經歷不幸而始終不懈進取的楊先民，煎熬之餘，無怨，無悔，無怒。默默支撐了二十年的雨雨風風。如今，兩個當年待哺的幼兒，一個已成家立業，一個也已大學畢業。父職盡後，更能致力繪事了。也許，這就是他首次作回臺個展的成因（個展將於臺北衡陽路精品藝廊舉行）。

楊先民的作品中，很多是有關他生命根源的鄉土，以及在這土地上盤根錯節的人物。雖然，他所諦屬命源的鄉土上，充滿了烽火戰亂的烙痕，但他在畫筆下所描繪的境界，不是慘厲痛楚，而是歡樂祥和。

他的人生，也有著烙痕隱痛，但他表現的為人品質，不是憤世嫉俗，而是寬厚淳樸。也許，正如大陸藝評家鄭勝天（前浙江美術學院油畫系主任）指出：「中國畫家肯定人生的態度，促使他們選擇具有永恆美的價值題材，而不是表達渲染現實中一時的醜惡。」唯其如此，藝術家在不同的時代和環境中，藉由他們對永恆價值的執著，更突顯了他們個人的心靈美和精神人格。

楊先民是山東人，父親曾是當年的抗日游擊戰中英傑人物之一。不幸就在勝利前夕，遭受暗殺。母親因此抑鬱成疾，不久去世。當時，楊先民還只是一個就讀小學的幼童。

失去雙親的楊先民，在鄉親照顧下，以半工半讀的方式，進入青島中學。又不幸，在他將畢業的那年，大陸淪入中共政權。他在共軍圍攻青島的危急中，志願上了軍艦逃離，輾轉抵達臺灣後，入陸軍服役，從事文宣工作中，他的藝術才華，得以發揮施展。後來，在政工幹校美術科畢業，正式步入了藝術行業。

前述「寶島春節賽會」巨幅繪作，可以說是楊先民在服役期間駐防臺灣各地，種種民間生活觀察和經歷的總結。眼觀所至，巨細無遺。連壓在屋頂上防颱風的石頭，也在他的筆下入畫。

雖然，他的畫題始終落在民間，民間的風土和人物，人物的種種情狀，情狀中不同的生活日常，不過，偶爾，如果細讀他的作品，也可以窺見，他在異鄉歲月的二十年中，個人的際遇和情懷。有兩幅畫是這樣的：

一個男人抱著幼兒餵奶瓶，身前地下，盆盆罐罐，身後，繩索橫牽，掛著條條尿布。畫面右下空白中，一行小小的字：太太不在時。

一個征途獨旅的男人，孤樹下暫歇，雙手抱膝望遠，身後，鞍馬守立。樹上紅葉繽紛落地。歲月老了，前程幾許？畫題是：秋風先瘦異鄉人。

楊先民畫作　「秋風先瘦異鄉人」

情地

對於楊先民，生活中的無奈和惆悵，都可以一筆勾銷。人生路，必須步步踏實地走。儘管，心版上拭不去時代、婚姻的烙痕，而幼年濡潤過的親情，少年感受過的鄉情，以及成年執著過的文化傳統，早已為他鑄成堅穩的生命基礎。在這生命宏基上來觀照世界時，眾生芸芸，契入他的心宇，都成為里佬鄉親。海天茫茫，勾勒揮灑於畫面，就是白雲深處的故土故鄉。

雖然，楊先民一貫以水墨、淡彩，以及宣紙的傳統媒材作畫，但他的繪畫風格卻超脫了傳統的典型。相反地，經由前述GWS藝廊選察，他的畫很自然地被劃歸中國當代寫實畫的範疇中，足見傳統媒材，不足以有礙現代題材。他筆下的人物、風土、民俗，在大陸或臺灣的城市經濟繁榮和西化之外，持續而默然存在。即使不幸，有一天，鄉土民情的淳美都消失了，我們仍有幸從楊先民的畫作中去捕捉體驗。

楊先民在繪畫技巧上，表現出多面的才華。無論是工筆或意筆，勾勒鋪呈而出的或山水、或人物、或動物、或建築，畫面無不熟練生動。

而他筆意流露的旨境，不論是建築街景、高山流水，或者室內的咫尺世界，總是趨歸於民間的生活意趣。題材上，或大或小；筆觸上，或細或豪。呈現的景觀畫面，總會讓讀畫者油然而興一種感動和緬懷。人際間最平凡的生活日常中，如市集、如節慶、如洗灑、如閒話、如白髮垂髫間的相親、如針線縫補中的關愛……或者，田疇畔的放牧野趣、兒童間的結伴嬉遊……都是人人可以參與認同的生命片段。楊先民的畫，有意無意，讓人感悟著：平常就是恆常。

而人間相，最美好的境界，在他的筆下是這樣的：

群峰聳翠，晚雲繚繞，江水迴音。中天皓月燭照如燈，清光遍映。江畔岸邊，漁舟靜泊，營營生計暫竭。岸上人家，屋前廣坪上，老少男女，圍桌而坐。桌面上，盤盤碗碗，盡是佳餚美果。坪周，這裡那裡，或立或倚，有人攜兒指月，有人抱子眺江。兒童三三兩兩，飽食宴饗後，正起勁地玩：一籮麥、兩籮麥、劈劈拍……坪後屋角，老樹支空，楓葉艷艷透紅。秋收後，年糧豐。小小一行畫題，落在下角空白裡：「中秋賞月慶團圓」。更小的字是：楊先民。

必就是了，無須遠覓。那佳山佳水，那美景良辰中，月圓人也圓，天倫無憾缺。這就是楊先民筆下的完美人間——他對一切眾生的有情祝福。

⌊圓團慶月賞秋中⌉　作畫民先楊

梵谷之痛
——有感於梵谷畫展

華府國家藝廊的梵谷畫展（展覽名為 Van Gogh's Van Gogh，由荷蘭梵谷藝術館提供），從去年十月四日到今年一月三日，為期三個月。藝廊坪地邊，消失了排隊的長龍，而「梵谷熱」，似乎仍在冬陰凜洌裡游離未去。

我也曾是長龍中的一分子，像其他人一樣，心甘情願地喝足了兩個多鐘頭的西北風。排隊的人來自美國各方各地。坐在坪石上等候的群眾，有的看書看報，有的喝咖啡吃早點。藝廊的展覽場，不管人們多早就開始接龍，鐵定是十時才開放。不事閱讀吃喝的，也就「何必曾相識」地聊起天來。我左手邊的女士說，她特從新墨西哥州來，乘機探訪久別的親友。我右邊來自密西根的男士，則是不遠千里，專為看畫而至。我告訴他們，我從維州來，只須過一道橋，越波多瑪克河就到。他們對著我，笑語盈盈：「幸運的你。」

幸運？還得看是否能及時取到當天的入場券。愈來愈擠的人潮，已讓人乘機漁利了。本是每人至多可領到的六張免費券，到了後來，捷足先取者，便向不幸落空的遠道人高價密售。有人憤憤不平，說免費券售賣形同非法。也有人不以為然，時間就是金錢，何況忍饑耐寒，換取兩三張有錢之士的鈔票，有何不好？畫展落到這樣的情勢，在華府所有的名畫展中，這是有史第一次。

不過，從場面數量上來看，梵谷畫展中的畫幅，一共不過七十張，不算大型，也不全是名作精品，但轟動之勢前所未有。也許，人們不僅為畫作而來，也為畫家而來。梵谷，這個

華府國家藝廊舉辦之梵谷畫展

現代畫表現派(Expressionism)啟源的人物，充滿了悲劇性的傳奇色彩。來看他的畫，也就如同體觸他彩筆下仍似跳動的心脈。

等待中的兩個多鐘頭終於過去了。大家起身移步。「長龍」慢慢地游進了國家藝廊的大門。取券後，按照券上標明的時段入場。我拿到的是最早的時段票，也就隨即進入了展覽場。其實，我是進入了梵谷的生死場。

七十幅大小作品，按梵谷生平藝程進展而逐室陳列。梵谷人生的轉折，也逐漸在畫風變革中透顯。從他少年故居樓屋、鄰郊田舍構圖色澤的陰鬱，到他最後奧維爾(Auvers-Sur Oise)小村療病時田野筆彩的明朗。外在世界顯得炫麗時，內在心光卻沒入淵暗，終至於自殺。

看畫的人逐步移身，眼前掠過的是景物圖彩，腳下踩過的是梵谷的人生歷程——他的希望、他的掙扎、他的憂傷和絕望。我們從他的筆觸脈動裡，多多少少牽映出我們自己。生活於充斥著謀略、競汲、疑慮的現實裡，有誰沒有過掙扎？有誰從不曾憂傷？又有誰從未經歷過挫折感？我們在點滴認同體認之餘，看畫，也就是「對話」。

走出展覽場，重新步入街邊，吸了一口寒風，展覽場中由看畫而累積的鬱熾凝重，忽然在寒風中淡散而成清涼。

那份突來的舒暢，讓我興起對梵谷的惋惜和感嘆。在奧維爾村郊，面對高天、遠山、茂野、豐田……正好讓人敞袒襟懷，紓解心魄，廣化昇華而合於宇宙律動。身心俱忘時，痛苦，也如雲絮飄空。

而梵谷，畢竟是西方文明的人物，他和尼采是同時代的人（梵谷死時，尼采不過四十多歲）。尼采以極為激越的慨情，筆誅「啟示」、「贖罪」、「審判」……的宗教概念，進而宣告了「上帝的死亡」。在那樣一個舊價值失落，新價值未建的焦慮時代裡，人們依恃的是可供把握的物質金錢，是聊藉自慰的名聲地位。梵谷兩者皆空。迫使他在心理上自認是個「最低卑中的低卑者」(Low of the lowest)，一個「失敗者」。

儘管，在社會現實情勢中，梵谷自認「低卑」「失敗」，而在精神人格上，他又絕不妥協屈節。他在巴黎居住的兩年中（一八八六－一八八八），除了極少數特出畫家如高更，他看不起大多數藝界人士，他離開巴黎時在信中對他的弟弟泰歐(Theo)說：「我要退隱到南部地方去，為了避免見到眾多畫家，他們的為人令我噁心。」

在巴黎的兩年中，他畫了二十八張自畫像。畫像神色中不難窺見尼采式的激越和睥睨。如果梵谷願在藝圈稍事周旋，以他從事畫廊工作的弟弟和作為畫商的舅舅的人際關係，加上自己的藝術實力，他也並非沒有成功的機會。而且他也未嘗不想成功。從他對印象派及日本版畫的效法和模仿，可以見出他曾經試入主流。但對他，真誠比成功更重要。到頭來，個性決定命運。

展覽場中有專室闢為梵谷自畫像的陳列處。在室中轉一圈，我們就幾乎可以為梵谷人生把脈了，而陳列室的自畫像，不過是全部梵谷自畫像的少部分。我真的想不出世界上還有哪一個畫家曾畫過這麼多的自畫像。不過，梵谷的自畫像並非一種自戀式的誇張表揚，而是內心境狀轉化的真誠紀錄。由激越睥睨，到自傷自棄。而心路上的轉折，又反映出他形貌上的變遷。由叼著菸斗、濃髮厚鬚的齊整，到倦目斜眇、禿額垮腮的頹廢。自畫像上最後慘綠慵黃的容色，不難預感他的自訣。

在陽光燦麗，風物古樸的法國南方小城阿爾斯(Arles)，梵谷原擬聚友創派的理想斷滅後，開始健康惡化而出入病院。也不時陷入精神失常行為乖異的狀態，他在繃帶裏傷的自畫像中，寫照出那則著名的割耳贈妓的事件。終於，梵谷內心通明，自動申請進入離巴黎不算遠的聖雷密(St. Rémy)城附近的精神病院。

就在那段生命的最低潮時段中，梵谷創造了他生平藝術上的最高潮。世俗的得失名利全部過濾澄淨，藝圈的成規派論也全然拋卻。他以自己獨特的手筆畫出他的靈視。幾乎他那些舉世知名的作品，如「星夜」、如「虬柏」、如「葵花」……都是在此時完成。一個自認「低卑」「失敗」的人，不知是否預告被後世推上藝術的最高寶座?而那，對他已不重要。他只盡

「梵谷自畫像」

「麥田鴉陣圖」

力將生命燃燒，留作可供照鑑探索的藝術光芒，一種迴光返照。

出院後，他在奧維爾小村只活了七十天。

梵谷在奧維爾繪作的那幅「麥田鴉陣圖」，大多認為是他最後的作品，也許正因此吧？這張大型橫幅，高懸於展覽場最後出口間的高牆上。我站在牆前仰觀畫景，忖度著那兩個月他內心的訣情。

梵谷的自殺，不斷有人從他的病歷上來作分析，儘管免不了生理心理的病因，但我寧願相信，他自殺的動機，是出自他高貴的心靈。他早已自覺到長期對弟弟泰歐的經濟仰賴，已漸成為負荷，而泰歐此時已結婚生子有了家庭。曾經做過短時期畫商工作的梵谷，從經驗中知道：一旦藝術家過世，他的作品便更有可能因收藏而增值。他有足夠的作品，來還報長期資助他的弟弟。

畫中的麥田，盈實金黃，而鴉翼上的天空，顯得魑魅騷擾，那是梵谷的心空，洶湧著最後的抉擇。麥田間泥路迤邐，他畫筆一揮斷截了延引，讓人間豐收吧，讓自己前程無路。就在麥田草堆邊，他收起畫筆，靠穩畫架。然後……他舉槍穿胸，轟！噢……痛！

梵谷負痛踉蹌，沒有人知道他是怎樣回到自己居屋的閣樓。泰歐趕到，在床邊守候了兩天，梵谷才溘然長逝，時為一八九〇年的七月，三十七歲的英年！

燕子歸時
——司徒強個展作品評析

燕子歸時，更能消幾番風雨
夕陽無語，最可惜一片江山

這是一幅梁啟超集宋人句所成對聯，由香港書畫名家楊善琛寫成。司徒強特為他的畫展場面配挂。畫展場中，還有一尊他收集的漢代古瓮。看畫的人不僅可以藉詩情而步入畫境，還可以藉著他「觀念藝術」中的隱旨，對照出今昔時空，以及畫家生命中的文化脈動。

紐約藝術主流中少數華裔畫家之一的司徒強，甫自臺灣講學歸來，便在名畫廊OK Harris作為期一月（三月二十日至四月十七日）的個人展出。畫展中的作品都是他近五年來的精心創作。風格上仍是他十餘年來繪畫取向上的延展，也就是以中國古典情思中「香草美人」的托喻來經營畫意。看畫的人可以在移步觀賞中見出：花事，是他著筆的重要母題。雖然，觀賞者從表面視象上，未必可以完全減約而成特定的象徵或符訊，但每一回的重新觀照經驗，都是一種解碼的過程，多多少少終可挖掘出作品的蘊涵。

司徒強的畫，必須細細玩味，才可以看出他作品中特殊的情境。這種情境，又是深沉而彷彿的——宇宙的蒼茫、人生的浩嘆、文化的愁情、時代的焦慮、心思的沉浮起落。畫作表面上呈現出「臨水照花」的空靈。實際上，又同時可以看作是創作的「自我延伸」。藝術，何嘗不是藝術家？

對於司徒強，文化原鄉的情懷，已成為一種途徑或手段。藉以重建畫家的「心靈身份」。只有在回憶和凝想中，現實的缺憾才能補償完整。古典詩意中的景物風華，在畫家主觀構思中改寫重構，成

司徒強畫作「青鳥II」

司徒強畫作「羽」

司徒強畫作「翠蝶」

為畫面上極度寫實而又看來迷離的世界。看畫的人或許會問：他在追悼？還是招魂？

的確，司徒強的作品，在構圖設色的氛圍中，似乎充滿「憂患意識」。其實，也正是這種憂患意識，為他的畫作開啟新意。畫面上，飄零失根的花葉，暫依片貼，不僅是生命現實的悲劇，也其實是天地間色彩姿質永恒的印證。觀畫者也就因而感應透脫而成心靈淨化。

對於司徒強，人生處境永懸於「知」與「未知」之間。真正習以體認的是「無常」之感。內在世界裡，時而執著，時而失落。上下求索，又不斷彷徨。往往總是陷入掙扎。但人生在世，總是知不可為而必為之。個人生命也就在這樣種種感受中逐漸塑型。

司徒強更認為，「憂患意識」，也是一種創作動力。「憂患」，其實帶有激情、真誠和浩氣。他可以藉此梳理出個人的抒情範疇。在其中，他可以獲得極高的靜謐感和創造力。

至於畫，無論是小片膠貼、一尖劍蘭，或者柔柔曲羽、翩翩翠蝶、方方封箋……司徒強展出他驚人的寫實技法。但超寫實背後，是隱隱憂傷和詠嘆。如同夕陽無語中的冉冉，如同燕子剪雨梭風的倏然。因此，畫面上呈現了一種近乎頹廢的幻美。

但他，又是最積極的創造者，畫壇的成功者、文化的執著者。

心的旋律——《新世界》交響樂的聯想

華府區的中美音樂社(Chinese-American Music Society)，將近二十年來已成為跨文化的著名社團了。一年兩度的音樂會，也已成為中、美愛樂人士生活中的盛事。

中美音樂社的創辦人郭浩民，在美國的音樂圈裡，可說是個「神通廣大」的人物，他能夠「遊說」、「誘服」國際知名的專業音樂家或新秀來為樂社演出。例如臺灣來美的小提琴家林昭亮、大陸來美的大提琴家王健，以及美國名大提琴家史提芬克斯(Stephen Kates)等。

其實，郭浩民的正業，是臺大及哈佛出身的小兒科醫生，但他好像愈來愈「不務正業」，很多時候，他都在從事音樂活動。他拉大提琴，除了參與中美音樂社管弦樂團的演奏外，他甚至曾參與甘迺迪中心國家交響樂演奏會的正式演出。他是一個不放棄任何演奏機會的業餘大提琴家。

不過，郭浩民全力投注的「棋」，是中美音樂社歷屆的演奏會。今年，他除了請到大提琴家李天韻作特別演奏外，更羅致了中美音樂專業人才於一堂，合力演奏捷克名作曲家德弗乍克(Antonin Dvořák)第九交響樂《新世界》。我初由臺北返美，恰逢此盛會，也是一種巧緣。

巧緣之所以巧，還不僅是時間上趕到這場演奏會，我一向自認不懂音樂，而《新世界》的主題曲我卻從小熟知，而且，那晚的眾多聽眾中，我也極可能是唯一觀訪過德弗乍克出生故居的人。

一九九七年，我去布拉格(Prague)。一日出布拉格前往城郊一個當年貴族家庭宮堡式的故居。這座華堡目前已成為藝術博物館，其中的藏品都是當年家族的所有物，從繪畫、掛飾，到家具銀器，都可見出這個家族當年的豪貴。相對於這一宮堡式的奢華，是回程中一個村鎮上德弗乍克出生故居的寒傖。這座世界著名作曲家的出生老屋，只是一紀念性的空建築，沒有任何存留的遺物。入口處是售票兼售卡片及紀念物的檯櫃。主廳左角靠窗的地方，有一座德弗乍克半身銅塑

作者夫婦與德弗乍克半身銅塑像合影

像，廳右較小的室中也空無一物，只出口邊的牆上，迎面相照的，貼著當年美國人登陸月球的海報，已顯得褪色陳舊了。我詫異自語，這個音樂家的故宅中為何出現這樣格格不入的張貼？身旁陪同參觀的捷克年輕人麥克笑說：「新世界啊！」他指的其實是德弗乍克《新世界》交響樂。而我，並未曾聽過完整的《新世界》樂曲，也並不知道德弗乍克當年在美國寫作此一交響樂的背景，可以料想的是：他所指的「新」，必然無關科技，更不必說登陸月球的太空征服了。藝術心靈的旋律，不就是生命的旋律麼？不知為什麼，我竟然為德弗乍克感到屈辱，一時沈默著。

後來，和郭浩民談及觀訪德弗乍克故居的感想，並表示很想知道有關德弗乍克人生或樂藝歷程。這才知道拉大提琴的小兒科醫生，不僅熱中演奏，也熱中於收集一切有關音樂的資料和書籍。他交給我兩本厚厚的有關世界作曲家的專著，看封面就知道已可屬於「骨董級」了，精裝鏤金的布紋上有磨損的痕跡，書內紙頁也已泛黃。察看出版年月，不免吃驚，這兩本書都已跋涉翻越過整個二十世紀的烽火災難。其中一本出版年為一九〇四，正是德弗乍克逝世的年份。

一八四一年，德弗乍克在捷克一個名為Nehalagaves的簡樸村鎮出生。這個村鎮在我觀訪他出生老屋時，依然看來簡樸清寂。當年，德弗乍克的父親從事屠宰業，並在那座老屋中兼營小酒店(Tavern)。雖然父母希望作為長子的德弗乍克能夠繼承家業，但沒有想到，往返於小酒店的民間音樂家各種即興演奏，讓德弗乍克的成長歷程得以浸濡豐富的音樂傳統，因而決意從事音樂生涯。

不過，德弗乍克的家庭經濟情況，無法給予他正式的音樂教育，但根土性的民歌、舞曲、湊興表演的地方音樂，還有曠漠鄉郊的天籟韻律，都成為他心靈的豐源滋露，匯聚凝鍊了他的生命基調。

德弗乍克成為知名的作曲家後，常被問及師承所自，他回答：「我的老師是神、是鳥、是樹、是河、是我自己。」也許音樂藝術，或者任何藝術，都先要有堅實的心靈基礎，然後才能架構出不同的風格創建。對於德弗乍克，那就是他對鄉

德弗乍克故居

土、生活的熱愛，以及對自然的敏銳感受。而打動人心的，也正是那種由生命深處直接表露的心的旋律。

德弗乍克因為不受學院式訓練條規所約範，他的作品常是難以古典樂理來分析的。而且，就因為他作品中某種程度「不按牌理」的自由，也使生疏的演奏者難以作適當的把握調度。熱中演奏的郭浩民，原極欲參與《新世界》的演出，但臨時怯場缺席。就是因為練習期間，即使三、四個鐘頭全神投注習奏，還是昏頭轉向難於適從。失去演奏機會之餘，也不免憤憤罵一聲：「都怪德弗乍克那個鄉巴佬！」

德弗乍克若地下有知，必會欣然接受這個新頭銜。他音樂生命中所涵植的故土鄉根，是他畢生引以為傲的。他確是像個「鄉巴佬」，天性率樸(Simplicity of Nature)，人格完整(Unity of Character)。樂評人無法忽視他的個性氣息特徵，就乾脆不從音樂技規上著眼，而將他的作品視為一種個人創發性(Personal Inventory)。

德弗乍克對美國這個「新世界」，也有他別具的印象和感受，基本上，美國是一個移民國家，文化上多少有舊大陸向外征服的色彩。美國人給予德弗乍克最深的印象是一種「年輕的熱誠」。但這個年輕的國度，缺乏由歷史感累積的深沉。在這片廣大的土地上，只有黑人莊園墾植苦役下懷鄉念遠的抒情，以及印第安人在自己原鄉的惻喊悲詠，才是「新世界」的真正心靈之音。因此，他明言，如果有人認為他的第九號交響樂《新世界》，是所謂「美國人」的音樂，那是錯誤的。也間接說明了我在他出生故居時為他感到「屈辱」的原因。

《新世界》在紐約首次演奏是一八九三年，它的成功是空前的，至今歷演不衰。當時媒體報導稱，從來沒有任何作曲家享有過那樣熱烈的掌聲。德弗乍克出場答謝聽眾時，報導中有這樣的形容：「中等身高、黑髮、面容誠摯和善。表情顯示毫無矯情的自然……」然而《新世界》成功演奏後，德弗乍克卻放棄了他在美國的高薪、高位、高譽，首途還歸他的故土原鄉。

《新世界》的主題曲，連我這個自認不懂音樂的也能熟知，當然並非沒有原因。《新世界》廣泛演奏流傳後，有人按譜作詞，成為Going Home（中譯〈念故鄉〉）這首歌曲。我不知道作詞者是誰，但可以知道的是，作者認同了德弗乍克的理念。詞中所云：「……工作完畢憂心去，不復有恐懼……」顯然是指黑人莊園墾植的處境。而「家」，這個主題意念又是全人類共同感受的生存盤基。流行所至，成為世界名曲。這是我從小就會哼唱的原因。

那晚，中美音樂社演奏會結束後，走向停車場時，心想，郭浩民儘管為不能參與演奏而遺憾，我卻要為他選擇了《新世界》的演奏而感激，我這不懂音樂的人也好像懂了音樂。

開車返家途中下著大雨，雨聲車聲的嘈雜並未干擾心中依舊繚繞的主題旋律，漸漸地，旋律流成唇間的歌唱，唱著唱著，眼淚湧出了眼眶。藝術美總是蘊涵幾分沈重，就是因為它有關生命。又有誰的生命沒有過掙扎、奮鬥和錘鍊？我們對藝術的共鳴或迴響，就是在挖掘自己心靈的深度。

雨，愈下愈大。

輯四

日常

披傷感命

入院

去歲一年中，「驛馬星」動得勤些。先是東西半球間往返了一陣。然後，秋風漸緊，我又候鳥似的，整裝南飛。飛到太平洋浩水漠天間一處名「格拉帕格斯」(Galapagos)群島的地方。

去到格拉帕格斯的目的，在於見證一下，當年達爾文是怎樣從群島的生態現象中，斷然推論出「競逐無情，弱肉強食」的「物競天演」論來的?可這一旅程，輾轉不易，體力上透支。回來後，身體發出了訊號：急性盲腸炎。

感恩節的頭天晚上，為應邀次日的節慶晚宴，睡前忙著洗頭髮。洗著洗著，就感到腹部隱隱作痛。心想必是彎腰在瓷缸中洗髮太久了，腹肌作了過多的負擔吧？並沒將那事放在心上。

半夜後，我像掉入了冰淵般，寒索顫抖地醒了過來，意識到自己正發著高燒，繼而噁心大吐，腹部小痛已轉為劇痛。一向習於咬牙自制的我，此時也不免開始了呻吟。心裡一面忖度：究竟是吃壞了東西呢？還是感染了流行感冒病毒？好像都不對。腹部劇痛從未經歷過。忽然，中學時唸生物學的常識一下子給用上了：高燒、嘔吐、臍眼下二、三指的部位發生劇痛，是為急性盲腸炎。

疑團一破，心也定了。可怎麼辦呢？次日就是感恩節，上班族好不容易在週日期間有一天休閒，哪能硬心去殺風景？只好忍痛等待天明。天明了，又想著，上班族天明即起，好不容易睡個懶覺，怎能忍心打擾？等、等、等，分秒維艱。

等到了八點半，首先打電話給醫生朋友郭浩民，直截了當地告訴他，我得了急性盲腸炎，快安排我入院。他奇怪我居然自作診斷，提醒我：「程『醫生』，妳也可能得的是卵巢炎。」右腹下卵巢部位和盲腸部位，是很接近的。不管怎樣，我入院開刀是註定了。

果然註定了！

丈夫將我送入急診室後，浩民也趕了來，要為我確定一個可靠的外科醫生。急診科醫生隨即來到，診斷確是急性盲腸炎，外科手術切除，是唯一的途徑了。於是，護士來為我抽血量溫，吊上點滴器，等待外科醫生複檢，並準備手術前的程序步驟。

急診室內，由帘幕間隔而成三間病室。一個是中風的老人，默默毫無聲息。另一個是吸毒的年輕男人，不斷嚎啕咀咒，動地驚天。然後是我。儘管劇痛纏身，卻因那一默一嚎，讓我自覺相形之下，已「痛」不足道。我半臥著，平靜地將急診室作了一番觀察：強烈的日光燈照明下，是光禿禿的塑料地板。地板上散置著輪椅、器械、工作檯。牆壁是白慘慘的，毫無掛飾。我心裡嘆息著：血肉病苦的場所，竟如此冷索寒漠！

遠遠地，丈夫、浩民和急診科醫生在商議，決定選擇哪個外科醫生來為我動手術。我開始思潮起伏。人，嚴格地就生命情狀來看，實在沒有真正的「獨立」和「自由」。他們倆——浩民和丈夫，本可安逸地度一個休假節日，卻因我那一寸該死的小盲腸，被牽扯拖拉到這四壁空冷的急診室來。人生路上，誰有真正的瀟洒？生命的旅程中，任我們怎麼走，也還是走得牽牽掛掛、拖拖拉拉。而牽掛拖拉裡，正是人情之所以寄，溫情之所以依。一個人，如果從那牽掛拖拉的倫常中脫剔而出，必就命如飄絮，無所憑寄。所謂「不能承受的輕」，無非如此。

手術

手術前的例行程序之一是醫療病歷上的調查問答。醫護人員拿著一張表格，坐在我急診室床位前，低著頭，認真而又有點機械性地問著一連串的問題：

「妳在服用醫生處方的藥物嗎？」

「沒有。」我答。

「妳平時抽菸喝酒嗎？」

「不！」

「妳看過心理醫生嗎？」

「從沒有！」

「妳進過精神病院嗎？」

我心裡不耐煩起來。不是明明才說過從不看心理醫生的嗎？連心理醫生都從未看過的人，怎麼會進精神病院呢？但他並未覺察我的心情，見我不答，就繼續地用同一語調問同樣的問題：

「妳進過精神病院嗎?」

「當然沒有!」

儘管,我的答腔裡已抹上一層情緒色彩,但也同時自覺無奈。我已成為急診室內一隻病弱的羔羊,失去對任何醫護人員作理喻的權利。只有被動地俯首回應著,不管是對我有意義或毫無意義的一切問題。

「妳有HIV病毒嗎?」

「沒有!」

「妳有愛滋病嗎?」

咦,不是才說過沒有HIV病毒嗎?哪兒來的愛滋病呢?我這廂,疼痛難當,他那廂,卻不慌不忙,繼續問著同一問題。我眉頭一皺,大聲說:

「當然沒有!絕不會有!」

儘管語氣逼人,而冷眼察看醫護人員,他仍神色不改地作著紀錄。我開始意識到,我之為我,或者我是個什麼樣的人,已完全不重要。所有問題的焦點,全落注在肉體的生理現象上,肉體之外的個性精神之類的東西,都只是不重要的糟粕。然後……

「妳的身體內有假的部分嗎?」

我嚇了一跳，直覺的反應，以為是指女人虛榮心加添的隆乳矽膠，或加長下巴的什麼東西，十分沒好氣地答著：

「沒有！全是真的！」

話一出口，又自覺可笑。「真」與「不真」，無關病歷調查，有「假」「無假」，才是記錄的對象。

醫護人員結束了問題，拿著表格走了。我的思維仍繞著問答中的「真」與「假」，繼續尋索。

記得學醫的女兒，曾於上解剖課期間，說過一則故事：當她持刀支解屍體時，忽聞金屬相擊的聲音，仔細察看，才發現屍體腿骨間由一截不鏽鋼銜接。這一截原不屬於肉身的不鏽鋼，當然就是調查表中所問的「假」。看來，肉體結構中的「真」，意味著肉身機能運作的正常和健康。

心理上的「真」呢？

生活的動態裡，種種舉止和作息，而具備一副「真」身。精神心態裡，種種證悟與調適，也必須有心理上的「真相」。老聽人說、看人寫所謂現代人的苦悶和病態，當然不是沒有原由。生活在充斥著廣告推銷術、包裝扮演的商業社會裡，耳濡目染，每個人都或多或少地消損了自我「真相」。警覺於此，而又無奈失措時，便無法不感到苦悶。隨波逐流，毫無警覺，就不免淪為病態。「贏得全世界而失去靈魂」這句警言，放入現代社會中來詮釋，即謀取虛名浮譽，包裝得成為沒有精神面目的「形象」——一種心理「假相」。

終於，外科醫生宣告了手術的即將進行。我被緩緩地推向手術間。入門後，我側首旁望，雪亮的空間，放著各種儀器機具。器具上，圓的，不圓的，像按鈕般的東西，全像眼睛般朝著我瞪，不由得打了個寒顫。

然後，護士將我向窄長的手術檯上推扶，同時，將我的身體舒展而成筆直。腳那端，一人按著我併列的雙足。頭這端，兩人各從我躺身的肩下，拉出兩條木板，將我的手臂橫伸直放於條板上。這樣一來，我的身形成為一個十字，身下的手術檯，也就因左右條板成為一副十字架。我忽然覺得變成了現代醫術中的受刑者，一種孤冷淒楚湧上心頭：原來，人人都背負著自己的十字架，承擔著別人無法代為感覺載負的個體苦難。

然後，麻醉醫師來了，為我作全身麻醉。我聽到身後的器械音響，想是在調理麻醉劑釋放儀器吧？不一會，麻醉面具罩上了我的口鼻。我望著天花板，開始數著麻醉面罩中的呼吸：

一……天花板上有兩枚小釘子

二……天花板的方格成為不規則形的碎片

三……我進入現代「涅槃」

後記：

進醫院割盲腸，原不是什麼醫療上的大事。不過，這個經歷讓我思索了一些事，也體驗了朋友間的真情。

小園幽獨

八月初旬後，丈夫遠行工作，我就成了一家之主，獨「撐」門戶。

那陣子，許多責任（如開會提交論文）和活動（如設宴為父慶壽）都應盡已盡，該了已了。距開學教課的時間又還早，一時身心兩閒，樂得足不出戶，享盡幽獨。

最感心閒意適的所在，是後院屋側的小園。小園築高籬、支陽傘、設桌椅，周邊花木繁麗。側望院中，池水灩瀲清涼，涵攝一天蔚藍。

晨與夕

晨起，沏一杯茶、帶兩片餅。一疊報、數卷書，小園兀坐閒讀。茶香餅香，任我慢享。

字裡行間，光陰移步。一消磨，總是一整個上午。

有時候，書報倦讀，伸腰抬首，陽傘上喬柯疏葉間，雲翳絮絮，悠然掠空橫曳。清晨時分，樹蔭中此呼彼應的鳥聲，已早消沉，剩下蟬鳴，吱吱吱，繼續織著夏天的薄綢衣。陽傘下，日照烘暖的空氣，在皮膚上形成汗意時，就知道午時已過，該回屋收拾了。

屋裡的生活事，轉磨一樣，周而復始地永遠做不完——清掃洗灑、調餚煮湯……常常，一做家事就覺得累，一累就煩。一煩呢，又不免心中生愧。覺得有愧時，就只好自行鞭策了。所謂鞭策，無非「制心」，將優游於書報文字中的「心」，牽引而出，投入生活的瑣雜中，去進行反芻。

想起了一則禪話。

禪師馬祖（八世紀人）主張行、起、坐、臥莫非禪。教人從生活日常的實踐裡，去透悟現實之外的「那邊事」。人生的「這邊事」，是態度的培養，覺得「日日是好日、處處開蓮花」，才能活出喜悅和自在。禪門大師的行儀，是一種既積極又開脫的大風姿。

而那樣的風姿，幾人學得？常人如我，能警覺到自身的「煩」，大概已經不錯了。我一面洗著昨夜積下的髒盤碗，一面轉念而想：小園大半時光，豈非「好日」？後院芬芳天地，確如「處處蓮花」。屋裡的事，起念轉念間，也就一一安頓。

晚飯後再入小園時，已是「無限好」的黃昏。放下陽傘，靜坐看水，夕陽從水那邊的叢林斜映院中，為池中水光更添光暈。整個院落此時燁然生輝。近前幾缽盆栽的梔子花，開著三兩朵白色的花朵，抹一層夕照的金黃，軟玉般，透著溫香。新綻的嫩葉，翡翠似的鮮碧璀亮。葉邊一枝不知名的紅卉，亭亭獨秀支空，鑽鑽地映耀豔紅。一時，我像坐入一座珠玉寶園，獨擁了世間華貴。

漸漸地，夕陽隱褪，暮靄撒下煙網，濾走了花草的顏色，留下一院幽玄。

燈與月

小園的一面是屋側高牆，連著另兩面橫豎成方的是木建高籬。籬角一株喬松遮掩半方天空，加上鄰屋的楓蔭，使入夜後的小園，顯得幢影森森。我有時在園中吃晚飯、納晚涼。飯後久久閒坐，直把小園坐成幽淵。一連幾晚後，就覺得那樣暗中獨坐，像個什麼患了憂鬱症的人，就想著要點燈。

收藏的燭燈倒也不少，有鐵製的、銅雕的、陶塑的……最喜歡的兩盞是複合製材的掛燈。其中一盞是女兒從土耳其帶回送我的。瘦長型六角銅燈，嵌著六屏刻花玻璃，有一屏可供開合插燭，裝掛環的頂端，空花式的銅雕可供空氣出入。燃燭掛起，光輝映處，隱隱一暈古國的悠遠迷離。

另一盞是自己特意買來的。黑鐵的燭座邊，支出一彎環，從環端套下一個圓口球狀的玻璃罩。插上一截紅燭，紅黑二色，在玻璃的透亮中，簡淨分明。燭燈所附配件，是幾段黑鐵細圓桿，旋接而成一支可以插地而起的鉤柱。這樣優美的造型設計，讓我好奇地察看了一下出產地名，小小的標籤上寫著：中國。

將鉤柱插在籬角，將吊燈燃燭掛上，我坐在桌邊觀賞燭光中直線圓弧勾勒出的簡潔。看久了，忽然悟及，這一現代式戶外燈飾，設計造型的靈感，源頭是古典落地雕柱掛燈和民間手挑燈籠的合體。文化累積的智慧，是取之不盡的未來「財富」。想起大陸經濟學家李正天對外國記者訪談時所作豪語：「……到了二十一世紀，我深信，任何產品如果上面沒有中文，便不再是高檔產品。」（《遠東經濟評論》，一九九三年五月）中國人對自身文化才智的自信，燈一樣，點亮了。

月圓的時候，有了宇宙的燭照，小園就無須點燈了。月亮升高後，掛上屋角，小園分得半盞月色，揉淡了園中的夜。月亮繼續升高，移到了屋頂上方，這時側望池水，月影皺在波紋間，若升若沉。

只要走到對屋的池畔，空中的月，水底的月，就可以俯仰同覽。每次看到這空水二月時，總會想起一幅畫——「水月通禪意」。繪作者是曾負嶺南女畫傑美譽的曉雲法師。嶺南派的開山祖高劍父，當年倡國畫寫生、主畫想創新。入佛門後的曉雲法師，以禪思入畫，又另闢了天地。

「水月通禪意」一畫，是傳統型的立軸長幅。淡淡的水墨，渲染出滿月的華光。然後當空而下，疏疏幾曲墨線，托出波光漾漾中的水月，簡淨得如此上下通明。將這幅畫陳入任何西方現代美術館，相信沒有人敢否認它的「現代」。而這「現代」，卻又同時是「千古」。水月的涵義，真是詮之不盡：空中的月，行跡上，有來也有去麼？水中的月，相狀上，是實還是虛呢？

自從看到這幅畫，總有二十多年了吧？我想。而後院盤桓，看水觀月，周而復始地，也更遞了二十多年韶光。我的人生，懸在這段時空的立軸長幅中，一如空水間幾曲墨線，簡單，卻並不平淡。

披在身上的月光愈來愈白，夜，也愈來愈涼。是進屋的時候了，掩門上樓後，空月水月，倏然兩忘。

秋園即事

花

先是後院池水屆時禦冬而綳上了池罩，滿地清藍倏成一坪塑料墨綠。

然後，一夜驟雨，灑下漫天蕭瑟，摧落剪剪五角楓葉，楓黃繡在濕油油的墨綠池罩上，像織錦，透著冷澤絲光。

開門走入後院，心情立即被那一片「織錦」包起，一顫索，滿懷秋意。

秋園裡，花事未了。牆下籬邊，花色依舊鮮豔，只是不再招來蜂，引來蝶，顧影自開自謝。

想天暖時分，在園中看書讀報，總有胖胖蜂(Bumblebee)盤飛身後，偶爾回首，巧逢蜂兒鑽花採蜜，只見牠縮翼伸腿，埋首花心，像母懷中的小嬰兒，嬌憨投哺。

有時候，書報的黑字林間，灼然一亮，抬睫處，掠過翩翩蝴蝶，有的黃中帶著黑紋，有的黑翼鑲著藍邊。園中倏然裊繞著無聲的旋律，隨著蝶翼或升或止。

有一次，來了一隻蜂鳥，高頻律的飛翼，扇成兩圈白光，在我屏息凝眸中，乍現倏杳。像奇蹟，叫人半信半疑。

那些晴暖的日子裡，園中的花開成一片鬧意。花的美麗，招感著一切美麗的東西。我在那些日子裡，心情也如花，一瓣一瓣，因不同的「驚豔」，展現不同的顏色。

如今，天涼了，我去到園中的時刻也愈來愈少。秋園裡的花容，也愈來愈顯寂寥。

蟬

秋園中偶立佇望，四周清冷沉靜。一夏的喧嘩，早已被秋風吹散，楓林葉落的蕭瑟裡，偶有候鳥暫歇的啾鳴，而蟬聲，早已止息。

掃葉時，看到一隻伏地的死蟬，透明如紗的雙翼。漆黑如珠的頭殼，腹下四腳，勾曲仍似扣枝攀幹，看起來一如活蟬，只是鳴唱消瘂。

我將蟬屍托入手心，很輕。不過，一想到牠所載負的文化寓意時，又頃覺其重。柳蟬、竹蟬……歷代繪畫知多少？吟風飲露，自古詠蟬多少詩？世界上有哪一個文化給予小小的蟬如許禮讚？

還有「金蟬蛻殼」的典故與傳說（象徵重生和不朽）。

我記起那隻未全蛻殼成飛的蟬。

那時仍當夏暖。後園閒讀起身，拾步時，瞥見地面一個赭色蟬蛻。拾起，微驚蛻殼未空。重置地面後，才看出蛻裂處蟬未全蛻出殼。蟬首微微顫動著似在掙扎。我不忍再看，轉身進屋，等我再返尋察時，蟬與蛻兩者杳滅。想是被覓食的鳥兒啣走了，我一時怔然心酸。

並不是每一隻蟬都能「金蟬蛻殼」羽化高飛的，也並不是每一隻蟬都能鳴唱一夏。自然界，每一種生存都是一種掙扎，每一種死亡也都祭作了另一種生長。我們的生存不也是由許許多多、形形色色的「死亡」資供而成麼？

生命，從深層次來體認，是萬象絲連縷接，遞衍而成的環動。消極而觀，不免想成「無明」、「孽惑」的糾纏而為輪迴的苦難（小乘佛教思想）。不過，能積極相對地思維時，也盡可視為各色種源間的犧牲祭奉，成就宇宙中永恆不已的「生生」（儒家《易經》思想）。

蟬屍，或者啄為鳥食的蟬蛻，也各自完成環動節奏中的功能和意義。我將拾起的「蟬」，放在室內瓶插的枝葉上，看牠栩栩如生，聽牠無聲勝有聲。

鳥

有幾個夜晚，氣溫驟降，花容全然凋萎了，落葉愈積愈多。持帚掃葉，沙沙沙。秋，在掃帚的晃動中，更增肅殺。五角楓葉在掃動中跳躍著殷紅與金黃。而法國梧桐的大葉卻是一律的焦褐，葉厚質堅，掃時擦地，發出一種金屬般的音響，颯然涼心。讓我想起〈秋聲賦〉（宋歐陽修文）中形容秋聲如金鐵之鳴。一方面固是指秋氣寒峻如兵器之可摧殺。另方面，定也在聽覺中察聞焦葉飄零墜地的響聲，帶著金屬般的「鏦錚」。

落葉中忽然出現一小抹微綠，細看時，原是一隻死去的小鳥。綠色的雙翼下是白色的胸羽，頭頂則是一圈漆黑。牠雙眼閉合，雙爪微曲，側臥僵死。我伸手撫觸牠的羽毛，依舊柔滑光潤。也許就在昨夜寒霜中飢凍而死吧？或者南飛失群錯愕驚跌而死。我幾乎是心痛地將牠帶入室內，放入一疊軟潔的面紙中，牠看來安詳一如嬰兒的熟睡。〈秋聲賦〉中提及：秋，在音律上屬於五音中的「商」，商，傷也。小鳥的臥姿，表達了秋傷的一個小小音符，凝止了最後的頻律。

我將小鳥包起來，回到園中。在杜鵑花下持鏟掘土。無端地，心中念出一句詩：「望帝春心托杜鵑」。神話中蜀國的望帝，流落異邦的歲月裡，傷心慇思故土，化為杜鵑鳥，啼血染花而成「映山紅」（杜鵑花民間別稱）。故事如此淒厲，哪堪吟作「春心」呢？

我將小鳥埋入杜鵑花下。

香

後園裡花色凋盡後，秋涼的清寂裡，窗前一株盆栽的桂樹，開始淡送幽幽的芬芳。總覺得桂香中洋溢著一種慈祥，一種近乎神聖的韻氛。一聞到桂香時，會不自主地閉目、止步、斂容，一條忘我。常常想，如果真有天堂或淨土，那裡必有一種什麼馨風靈氣，那種靈馨必似桂香。

而桂花，色淡體微，隱斂地藏在枝葉間，好像故意收卸色相，好讓人「心無二意」地體味它足以昇華的力量。世界上一切神秘和超越，都是不容眼見的，桂子飄香的季節是屬於心靈的。

這株桂樹，由短疏成為高枝，已陪伴我們靜度了十數年韶光。每當秋色不堪，它就開始潛放清芬、撫平秋傷。霜凜寒厲時，我們移它入屋，整個客廳便因桂香而恍若殿堂。

「好香的雨啊！」這是作家琦君童年抱幹搖桂的歡呼。讀她的〈桂花雨〉已是許多年前的事了。每年，桂香飄起，耳邊也重響那句歡呼的童音。對於我，那樣的經歷，美好得像一種無可企求的奢侈。生命中貯積了那種芬芳經歷的人，心性中必也多了一份美善。這些有桂香的時日裡，讓我想著琦君。

漫想乾坤園地，人，不也有如繁花？有的大紅大紫，盡展色相。有的牽葉掛幹，極盡攀援。有的，馥蕊瓊枝，姿質雙麗……然後，花葉凋零，剩下桂香，淡淡地溫柔了秋殘。

數點梅花天地心

梅花

歲暮天寒，窗畔倦讀側首，首先觸目入眼的，是窗外高大的玉蘭樹，早已裸幹禿枝，只參差縱橫地靜立在季節的縫隙裡，等待春訊息。玉蘭樹下，我們種了許多花，有芙蓉花、鳳仙花，還有芍藥和杜鵑。除了杜鵑瑟縮著枝葉，其他的花全都失蹤而藏根土下。寂天漠地中，想起了兩句詩：

讀書之樂何處尋
數點梅花天地心（宋朱熹〈四時讀書樂・冬〉句）

我不是也在讀書嗎？而且也自覺樂在其中，卻沒有梅花來提神醒目。畢竟，我早已遠離梅花植根的原鄉，置身於這窗畔一角的天涯。

梅花的惆悵還未淡去，隨手翻開舊報，居然那樣巧，一眼就看到華府國家畫廊「中華瑰寶」的展覽消息。消息中除了展覽的內容描述，還附帶著意外的驚喜：為配合展出，特由臺北空運而來盆栽梅花；藉以增加文化氣息，點綴展覽場地。

於是，我去看展覽，更去看梅花。

第二天一早，我驅車入城，在國家畫廊東館附近覓位停車。畫廊要到十點正才開門，我早到了半個鐘頭。等候間，舉目閒眺，廣場上的喬柯大樹，全都裸幹禿枝，灰沉沉寒索索，撐空縱橫穿刺。氣溫只有華氏三十度，很冷，我耐心地留坐車內。車前橫街口的交通燈，綠了又紅，紅了又綠。紅紅綠綠，總也驅不散周遭的灰沉冷寂。橫街上，車輛匆促流馳，帶走等候中的分秒時光。

紅燈下，在我顧盼間出現了一個人影，厚帽重衣。他將右手中看來沉甸的袋囊放下，左腋下的拐杖移往臂彎，等待著過街。綠燈重新亮起，他拾囊墊杖，蹣跚而行，終於在東館轉角處消失。這幅掠眼的「人生畫」，在我心上抹上一筆蒼涼，那條橫街也忽然成了「世路」，顯出了不平。世路，其實又何曾「平」過？每個活著的人，都或多或少，踏過自己人生的坎坷。

看展覽的心情，在感喟裡，隱然淡去。不過，我強自振作，因為還有梅花。到了十點，我下車冒寒越街，走入東館入口的旋轉門。一轉，便轉走了世路橫街，轉入了暖亮的藝術世界。尋找展覽場地時，一抬首，石級牆緣的盆栽梅花燁然照眼。我走近梅花，一時遲疑盤桓，想要品聞梅香。可是，瀏亮空暖的藝術館，人來人往，梅香杳然。

記起第一次看梅花，還是多年前，我們去昆明過寒假。

昆明的冬天沒有雪，陽光燁燁。氣溫裡的料峭，依稀初春的清寒。看到梅花的地方，是兩處不同寺廟的庭院。一處有蠟梅，一處有紅梅。樹幹上都標著「唐梅」二字。示意梅樹的樹齡，由唐經宋，入明入清，直到我們置身昆明的一九八七。猶記蠟梅的花瓣，帶幾分半透明的蠟黃。金盞小小，點起滇中高原的灼灼晴光。至於所見紅梅，則是高綻枝頭，樹下仰首遮眉凝目，澄藍天幕上，疏疏數點殷紅。

而昆明所見梅花，無論紅梅或蠟梅，也只見花色花姿，不曾聞到梅香。是因為陽光的鬧意呢？還是因為旅人熙攘中的庸俗？梅花，踏過歷史的坎坷路，依舊一身傲骨！

藝術館的盆栽梅花是粉紅色的，襯著館內灰白的石牆，十分嬌鮮。而我，平生不過兩次看梅花，卻都不曾領悟梅香，不能說不是一種遺憾。記憶中可以清晰描述的花香很多：玫瑰香、梔子香、茉莉香，還有蘭香桂香。獨有梅香，仍留著經驗上的空白。

也許，也許梅香要有適當的時分和境界。詩詞中所描述的梅香，是伴著月色，伴著修竹和奇岩，伴著冷冷清泉。深夜不眠的雅士高人，不經意步入這種境地，可聞梅香隱隱。宋代的高士林和靖（林逋），也許就在那樣的境地裡，成就了他傳誦至今的名句：「疏影橫斜水清淺，暗香浮動月黃昏。」暗香疏影，從此成為梅花的別名。

梅畫

詩人體驗的梅香，寫入了字裡行間。而詩詞作品所滿貯豐存的，是曾經傲世的中國文化。我之所以不聞梅香，好像也意味了時代的變遷、世風的轉移。梅香，隱隱約約，實是一種精神價值，一種心靈韻格。

其實，梅花是從宋代開始，才在詩人的吟詠、畫人的寫照中，成就了萬花之尊的地位。宋以前的唐代，陽剛豐健是審美觀的趨向，牡丹便成為一代國色。入宋後，國勢轉弱，外患頻傳，在「思危」的情境中，文化人士詠梅畫梅，認同了梅花的傲寒精神，也擔負起時代的危機意識。無形中，鑄治而成一種柔外剛內的審美價值。在這種價值觀中塑型的人格，即所謂君子風骨（梅、蘭、竹、菊，在畫譜中被喻為四君子）。

宋，終於積弱而亡。到了蒙古人統治的元代，漢人知識分子被壓抑到社會階級的底層。不過，兩宋長期涵孕培育的「梅文化」價值精神，使元代的漢人，超越了政治、種族、經濟的重壓，依舊發揮了藝文創造的才華。如同梅花，透過凜霜厲雪，綻吐清芳。

在文學上，元曲的成就，和唐詩宋詞，鼎足而三。在繪畫藝術上，元代的山水畫，突破前人筆墨，別創新格。我在「中華瑰寶」的展覽中，看到不少元代名家的山水畫。山水中的崇高逸遠，實也是元代畫家的心靈寄託。藉以從現實生活的困頓低卑開脫而出。此外，詠梅的詩篇，也在暗暗持續而吟。所以敢作這種論見，是根據自己的一個經驗。

數年前，我在海外書坊間，買到兩冊影印元刊本的詠梅詩集。藏青盒套，由兩支骨籤栓封，退栓拆封，裡面是古式線裝宣紙詩冊，灰藍冊面左上方，貼著素潔的白色標簽，一冊是《梅花百詠》，另冊是《梅花字字香》。前者為韋珪所撰寫，後者為郭豫亨所集篇，前者自號梅雪，後者自號梅巖野人。兩者生卒籍里都無從稽考。冊頁之首註明由北京圖書館依元刊本原式大小影印出版，並附一紙說明，稱此二冊詠梅詩為「天壤間存世孤本」。

流光路上，「孤本」長征，經歷了明、跋涉了清、避過了五四西潮，逃開了文革劫火，終於呈現「清淨身」，版印流傳。而由「藏」而「現」的遠途間，多少殺伐烽煙，多少滄桑世事，更多少文化護持者的苦心孤詣，真也如寒梅度歲，撐盡了數百年的層霜累雪！

走出展覽場，重新和粉梅照面，想起展覽中僅見的一幅梅畫，呈列在乾隆皇帝寶玩玻璃框中，是一幅僅僅寬兩寸長尺餘的「迷你」橫軸，疏疏數朵墨梅，縮在寸寬尺長的空間，顯得玲瓏，也顯得卑微。清朝是創造心靈被鉗制的時代，在乾隆掌握中「把玩」的梅畫，也像嚶嚶訴說一種命運，一種環境。清代的梅畫當然不僅此，而梅花，作為一種題材，也持續至今。只是，如前人審美價值觀所提示：「畫梅宜高人，非人梅則俗。」我們的時代中，高人很少，俗梅很多。

重新踏過旋轉門，一轉，便轉走了身後的藝術世界，轉入了橫街世路上的老寒天。勁風迎面，我側首顰眉，瞥見高牆夾峙間，那個蹣跚過街的流浪漢，倚牆歇腳避寒，讓我忽然記起兩句描寫貧寒的詩：「我窮衣袖露兩肘，回視囊中無一有。」歇腳的窮漢，至少衣帽蔽膚，囊中有物，而且，他又處身自由。真正的蒼涼孤寂，屬於那兩句詩背後的詩人心情。

詩人是誰呢？

詩人是王冕（著《竹齋詩集》）。

王冕是誰呢？

王冕是一個活在元代社會底層，以梅畫驚世的貧士。貧到袖露兩肘，囊無一有。加上元代階級劃分中的低微，加上讀書人失去的社會尊重，詠貧心情中的蒼涼，何止是地老天荒！

而王冕的貧微，又無礙他的富有和高貴。富有的是他的才華，高貴的是他的人格。「貞貞歲寒心，唯有天地知。」他認同的是他筆下的梅花。

王冕畫的梅，自稱是野梅，生長於山郊疇野，茁孳成茂蕊繁枝。畫中的梅花，或擎天而起，或破空而下，或橫突而掃。表現出生機上的放任自由，精神上的磅礴開脫。王冕的梅花，在天地間自主宏闊。王冕的梅畫，暢寫出他的心魄：

冰花個個圓似玉，羌笛吹它不下來。

羌笛，也終於遠隱，中國大地，轉出了大明天下春。

來到停車處，梅詩梅畫仍在心中反芻未住。躊躇遠望，累了，我深深地吸了一口氣。凜冽裡，漫天漫地，全是梅香。

踏入後園時，晴藍中無雲也無風。正對後門水池那邊，是長成交蔭的兩棵高大柏樹，在靜凝的空氣中，搖搖閃閃地無風自動。於是我定睛佇候尋觀。原來，觸動枝蔭的是兩隻松鼠。一鼠踞一樹，忙著摘食柏果，簡直吃得不亦樂乎。難怪數日以來，繞池走過柏樹時，見地面細細碎碎一灘屑物，原來，都是松鼠遺留的果渣。

我莞爾久觀，等松鼠飽食離枝後，拿了掃帚，來到柏樹下清掃渣屑。掃著掃著，就自作論想：松鼠蹺枝行空，牠們的矯健，來自果糧的滋養吧？

猶記去秋某日晴午，進入住區後，緩速行車，經過鄰近屋前的一株茱萸樹，樹下草地上圍坐著七八隻松鼠，客客氣氣、互不侵犯，各自取食地面秋墜的茱萸果。這幅畫面始終印留心版。不僅是松鼠組繪的卡通式喜感，也因為綠草間的點點殷實。後來，我偶然翻閱《本草綱目》，條目之一就有茱萸子。解說文字註有滋補強身字樣。無疑，茱萸殷實，不是松鼠的「專利品」。

夏日後園的柏樹上，松鼠取果為餐，想必人吃了也無妨。於是停帚摘果，但見柏果青中微泛粉白，成不規則形狀。我持果而咬，果實自然地一分兩半。四顆種子整整齊齊分納青殼中。取子細嚼，但覺淡淡的清甜。嚼著嚼著，心裡一動，想起上古時代的神農。

神農嘗百草的傳說，固然隱示著農業社會的始源，狩獵畜牧的生存形態結束，文明邁入新的階段。不過，尋思那個「嘗」字，具有動念和親驗的雙重涵義，神農是怎樣動念的呢？可能也像我一樣，先從禽畜覓食本能觀察，然後證諸於親自的嘗驗。人類的求生存，是一種從天書中讀「大塊文章」的驗證歷程。文明的進展，其實就是不斷地從天書中揭秘解碼。

再讀花

後園中我們種了許多花：迎春花、杜鵑花、芍藥花……還有春暖後，由室內移置而出的各種盆栽和吊籃。花色在群樹蒼翠間，繪作不同的季節容顏。

迎春花開得最早。當冬雪全消，枝藤上便開始綻生黃蕊。美國人輕之而名為「黃叢」(Yellow Bush)，因此花容易生長繁蔓。中國人因其早開於大地仍冷索蕭條之際，美而名之曰「迎春」。迎春花，一色金黃，長條擎天而曲，像金旋律，倏而見之，常覺聽到一聲春之音。

然後杜鵑花開了。後園的杜鵑，不僅花色多種，花瓣也有單複的不同。多種於松柏的前方，花開時尤顯色彩鮮燦。不過，美國郊區一角的後園，杜鵑花即使開在料峭春雨中，看來也不淒楚。只為春光加調色澤，不帶一絲「啼血萬山都是紅」的悲艷。

接著，芍藥花開了，還有梔子花、綉球花……直到茉莉花開，帶來芬芳滿園的盛夏。

我有時早起，在晨露未乾時看花。有時晚歸在夕照斜映中看花。不論何時看，總會看得心生驚嘆。花形、花色、花韻、花態，愈看得出神，愈感造化奇工。人，靈冠萬物，也無法創造花容。西方的寫實畫家，固然能夠逼真地將花容移上畫布，裝入畫框，終極仍是「假花」，何曾有「實」？明知「真實」無法創造，不如不寫「實」，只將心靈領略的一剎韻緻，用意筆勾勒捕契，重新詮釋「真」的意境。這就是中國寫意畫遊移於「似與不似」的高明。

後園的花，等秋霜降後，便都色消形隱。年光，空懸懸地，像截斷了的旋律。我立窗悵望後園空寂時，會想著中國詩文中的臘梅寒枝。中國農曆年光中，按民俗，每一個月都有一種代表月令的花。秋霜過後的冬月，有臘梅的冷香撫柔肅殺。踏著雪，還可以去尋梅。

讀花，原是讀自己的文化，讀這文化概念中的宇宙消息。

最後，我讀蝌蚪

華府地區，曾有過兩場夏季暴風雨。放在後園磁缸中的盆栽，因積雨而深浸。我將盆栽搬出，任積雨留在缸中。忽然有一天，黃昏時看花，瞥見斜陽映照的積水中，有許多黑點蠕蠕而動。細看，原是數以百計的小蝌蚪！

什麼時候？園中來了一隻蛙！尋人這半缸積雨，產卵而去。蛙卵藉自然雨而生，藉水中苔蘚而成長。難以思議的是，蛙，怎麼知道泳池水有「殺生」的化學物？而逕自將「種原」產入積雨？產入磁缸主人的一念悲憫？

俯視缸水中的蝌蚪時，記起女兒的童年往事。有一個夏天，她的自然科學課中，有研察青蛙生長過程的項目。從她學校林地的小湖裡，她用一個大玻璃缸，淘回一撮透明的青蛙「蛋」，放在家中每天觀察紀錄。蛙卵變蝌蚪，逐漸圓大，然後前腳生，後腳繼，脫尾而成幼蛙。終於一天，鄭而重之，捧缸而回小湖，將蛙放入水中，完成她的科研紀錄。

後園的「蝌蚪文」，重寫出逝去的人生，我踩上女兒的童年路，將積雨中的蝌蚪，帶往當年的湖邊，傾入淺水。我立岸惆悵，湖水皺折著林木間投映的藍天，女兒的童年，連同我的華年，都折入時間的風紋，消隱得無跡無痕。

女兒當年從事課中科研項目，我不曾聯想到青蛙的意義。如今，生態環境日趨重要時，青蛙的生存狀態，便成了一種相關的信息。據科學家指稱，蛙是環境生態變化最敏感的生物之一。某種蛙類的減損，是生態失衡的警號。我想著中國古代《易經》卦爻，教人從自然變化跡象來預卜人間吉凶，不也像科學家由蛙類生養變化來察生態現象麼？科學，演變到當前，也開始領悟要讀天書了。

馨秋

後院裡，圍畔一泓池水，散置各種花木盆栽，有梔子花、桂花、茉莉花，以及曇花。其間，一張綠色的帆布長靠椅展伸靜據。黃昏飯後，或者夜寢之前，我會偶爾仰臥椅上，閒息觀天。

那一片天，三面是濃密樹蔭，一面是屋簷橫引。椅上仰臥時，常會想起《莊子・秋水篇》，彷彿自己就是那個自滿自足，觀天而樂的井底之蛙。

盛夏之時，天光褪落遲遲，仰觀的「天井」間，時有歸鳥翦翼，翦碎霞彩，散作錦霽。有時，眼中一亮，綠蔭裡閃落一片金黃，不免吃驚秋訊來得過早。而飄飛的金葉，倏又折空而起，才看清那是黃蝶的翩然扇翼。

入夜後的蟲聲，急管繁弦地唱奏齊力。仔細聽，晚蟬鳴音辨聞清晰。漸漸地，不知從什麼時候起，蟲聲繁密中蟬音式微消隱。黃昏時際，若在園中澆灌，偶一俯視掃目，會發現地上有斂翼息鳴的蟬，匍匐爬行，或上低枝，或援窗檻，然後就在那裡擇棲消命，令我感然而驚的是，蟬之死，死得栩栩如生，無聲仍似有聲。

我於是警然惕悟，秋訊其實不因黃葉而悄臨，原是踩著蟬步匍匐而至，等到黃葉舞空時，秋，早已鋪天蓋地。

初秋的夜涼，依舊柔軟。無雲的夜天，顯得更高遠、更澄澈。繁星燦灼間，太白星（實不知名，姑名）閃得又大又亮，定睛凝眸，還可以數得出星焰的微芒。隨著季節時序的潛移，那顆夜明星也轉移位置。有一晚，我臥「井」觀天時，不見了那慣見的星光，舉目四尋，一翹首，秋星如露，冷掛橫簷，正好滴入眼中。

閉目，把星露收攝雙瞳，視覺消失後，嗅覺開始敏銳，撲鼻而來，盡是花香。久久，我還能分辨得出茉莉的淡香、桂花的清香、梔子的濃郁……不同的香氣，在我呼吸間接遞傳送，好像也和我一樣，在作生命的吐納。視覺收閉後，園中花木形體都杳然消隱，而我自己，也只剩下起伏的心律，匯入眾香，迴旋夜園。眾香裡，顯得格外昂揚的，是曇花的異香。午夜已過了，曇花開始怒放，而我，正是為此，終宵守候。

園中的曇花，盆栽種植已好幾年了，一直不曾開花。今年入夏以來，氣溫反常，一直燠悶苦熱，曇花也許藉此長暑，夢迴茂藪叢林的熱帶原鄉，一不經意開始綻蕾了，而且是雙蕾齊綻。好像要趕在秋涼前，要將全部生命精華，徹底供奉。

曇香之異，在於其中涵蘊的溫辛。我忽然想起中藥譜中言及曇花的藥用功能有止咳潤肺之效，曇香中的辛味，無疑是一種藥能。

曇花綻蕾後，開放的時刻，幾乎是可以計算的。當小蕾變大蕾，掛蒂而下，又翹蕾而昂時，曇花的開放吐香便可預期了。曇花在沒有盛開之前，曇香是隱斂收攝的，一旦花瓣大展，花容怒放後，曇香可以盈園。而它盛開怒放的時刻，必在夜闌人靜後的午夜時分。

盛放後的曇花，即使在無星的暗夜，也能透顯它的瑩白，我近立花前，可以辨認繁瓣中的花蕊，也隱約可以透香而感，它全力的生命吐納，簡直有一種一往而前的悲壯。

曇花的型體，比春天的牡丹還更富碩，卻無牡丹的豐腴滯重。曇花有點像敦煌壁畫中的飛天，儘管衣帶盤纏，依然輕盈飄逸。那樣的天姿，只在黑暗中一夜開謝，又有什麼足以比擬它的神奇？

我忽然想著中國神話中的鳳凰。據云，鳳凰五百年才出現一次，現時棲梧桐高枝，飲秋夜的白露；而牠出現時的人間，必當清平盛世。美與隱、美與潔、美與高貴寧靜、美與不爭無私，好像總是一致。人間世，一世紀來的殘暴、苦楚、混濁……鳳兮鳳兮，更何世來儀？

好在還有曇花，芬馨高潔，可期一現。

夜已漸深漸冷，我抱臂轉身，竟是滿心不捨，也竟是淚盈於睫。明朝，我知道，曇花將力竭而凋。也許，我真的會煮曇而食，好讓它的功能，絲毫沒有餘剩，好讓花屍潤為我的呼吸，好讓我再能期待另一次花開花謝。

輯五

尋訪

憂色雨地

——大雨中訪 Yosemite

小引

兩個多月前就和女兒約定了，一起去「幽色美地」(Yosemite)度新歲、看雪景、話家常，過幾天閒散無憂的時光。她年來除了日常工作的忙碌外，又加上實習醫生「總司令」(Chief Resident Doctor)的重責。此外，還要為世界放射科醫學年會發表論文而埋首。我呢？花了半年時間，撰寫第十屆國際佛學研討會的論文，又在大會中主持分組研討，並分別以中、英文作論文提報，加上丈夫遠行工作促成的生活變遷，一時也覺身心兩疲。母女各自忙碌得疏於聞問，像被什麼隔開了親情。趁著幾天年假的空暇，想藉「幽色美地」的雪谷，共踩無痕的光陰路，回到從前。

如意算盤，好像總是打不靈的，去「幽色美地」前，北加州就籠入了從夏威夷吹來的熱帶雨，到達「幽色美地」國家公園入口前，遠遠地就看到封園的大字標，許多車子都在轉回原路。我們來到入口處，園警告誡：公園已因漲水情況而禁止入內。我們告以阿瓦尼(Ahwahnee)旅館早已預訂，無法取消。園警就正色而答：你們自作決定吧，進去了，是有可能出不來的！

我們還是決定進去。

入園

車子漸行漸入「幽色美地」，所經地帶，岩山拔地入雲，松柏支空聳翠。山中的「幽」，早已由樹幹、枝椏、林石上茸茸青苔而見證。山中的「美」呢？人說，無論時辰、陰晴、雨雪的各種變幻，都足令人驚「色」。

果然。

大雨中的「幽色美地」大瀑布

「幽色美地」林中大水

我們本來是來看雪的，已因天候改為看雨。大雨和融雪的大水，為途中禿岩披上一帛又一帛的長瀑，在玄色的岩面流成絲錦，流得那樣勻細透亮，九天仙女要是經臨此地，想必會伸手而挽，纏作飄帶。

一路，白瀑隨車。

來到阿瓦尼旅館，登記後上樓入室，我立在門口，足足呆了兩分鐘，長窗帘紗分垂，窗外，白瀑何時追蹤而來？閃閃垂檻流掛！

放下行李，來到窗前，看了半天的對山流瀑，才發覺窗畔一株古松，松幹已越過了三層樓，還未及它的腰部。我的雙目攀幹而上，脖子都仰瘦了，還攀不到它的頂端。青松白瀑，無須畫人的巧筆，也無須匠人的裱裝，以無法狀言的美姿，自框窗檻，直到天光消隱。

阿瓦尼旅館的建築設計，調配著幽谷中的原始野趣，石瓦岩牆，厚重高聳，牆面裝飾，多為印第安人彩線布織。桌上檯頂，放著許多林地收來的巨大松果，襯上「聖誕紅」，或插上野花乾藤，野趣之外，殘留著節慶色彩。

阿瓦尼建築中，除大廳外，最大的空間要算餐廳了。餐廳中的燈飾，全是環列式白色長燭型吊燈。餐桌上也置著同樣的燭燈，高高地支在黑鐵燈座上。廳邊一列長窗，貼著谷中漆黑的幽夜，清晰地映出燭燈繁照，更顯光華滿堂。

餐廳盡頭的大窗下，原有供人餐飲的席位，卻用彩旗隔開禁用。我們在預訂餐桌邊坐下不久，便聽到鄰座客人在指點議論著大窗上的異景。玻璃窗所映燈影，本都是靜止的，獨有大窗上的燈影搖晃不停。搖晃的當然不是「燈」，而是「窗」。為避免意外而禁隔了窗下席位。大家猜想著，是因為強風勁掃、正當風口麼？侍者相告，窗外松樹，枝葉不動，哪有風？那麼，玻璃大窗究竟因何晃動呢？

只好「下回分解」。

雨地

整夜，雨聲不歇，半夜驚醒，雨聲在枕上響成飛瀑，我翻個身，枕「瀑」而眠。

次晨，雨仍在下，早餐後，去到詢問臺，探聽雨天可做的事，服務員的回答未免讓人嚇一跳，他說，所有景觀點的去路都因大水而封禁了，唯一可做的事，就是乘旅館特備的大巴士去到谷西的小村莊。村中有小店，還有名攝影家亞瑟・亞當姆斯(Azsel Adams)藝術館。他說話時面帶憂色，外面，大雨不停地下，嘩嘩嘩。

買了臨時急用的塑料雨披，當頭一套，雨帽雨衣就一「蓋」而全了。換上長統靴，踏上巴士，往谷村而去。途中經過廣林，林間紮營的帳篷，一半浸入水中。山坡亂石間鑽流的急水，橫路而過，滾滾成河。巴士牛步行進中，司機嘆言，這是「幽色美地」數十年來不曾有過的現象。

一路上，窗外的瀑景、岩景、樹景，帶著雨霧，掠眼空濛。下車踏入攝影藝術館，一下子，「幽色美地」在黑白照片中凝止僵化，反覺興致索然。於是我退出藝術館，站在雨中觀望遠處的大瀑。山谷中的雲霧因氣溫氣流的變易而時聚時散。一會兒，瀑布清亮有如噴雪，下落千丈。一會兒雲雪交融化作一片茫空。高岩下的青松，時而枝葉可數，時而渲染而成淡墨疏紋。人，哪能狀盡天地之美啊！藝術，也就沒有止境。

回到旅館前，下車時見有工地車在林間拋築沙堤堵水，拾步往觀，才警然覺察，掛在窗前對山的瀑布，從千仞岩頂一瀉而下後，化作大水，在石澗間湍成急流。雨聲水聲原處處可聞，這會兒，「千堆雪」般的猛浪怒湍，真如萬馬奔騰，朝著旅館坪緣急馳，玻璃大窗的燭燈搖晃，原是水力強沖所成的物理現象。

晚餐時，菜單已簡化到只有三兩選擇的地步。侍者相告，各地水漲路斷，供源不繼了。那餐飯吃得枯淡無味，我們談笑之餘，不免也擔憂地看看燈影晃動的大窗。

出園

清晨，嘩嘩的雨聲已逐漸成為隱約的淅瀝，雨地之憂該可紓解了吧？正想著，門縫裡塞進一紙緊急通告：因谷中水患嚴重，請旅客速作準備乘直升機疏散，隨身之物每人限帶十磅。我們雖也不免感到意外，但並未因此而驚慌。女兒說：乘直升機飛越「幽色美地」，千載難逢啊！

早餐除了食物的簡化外，餐具改用紙盤。據告，旅館為防水患帶來的汙染，已截斷水源，水塔儲水只夠飲用了。這時，直升機的機聲已在空中響起，所謂「疏散」，也許正在進行。

回房時，地上躺著一紙消息補正，說：疏散進行中，以病患者居先，攜幼者居次，其他都屬「最後」。我們既屬最後之類，只有靜候消息。窗外，雨已停了，陽光將對山的瀑布照成銀練璀璨。

在大廳中靜候時，服務人員還在議論，水勢已漸緩降，交通探測機正在探測可供通行的偏路。乘直升機的希望也就渺茫起來。於是，信步外出觀望。

陽光中，「幽色美地」已失去了空濛中的靈動感，也沒有了大雨急水聯引出的吐納狀。好像山靈樹靈玩夠了遊戲，回歸原狀。一下子，群岩群樹，兀立靜穆。

信步行走際，忽見路傍草坡上，有麋鹿一家大小，靜靜安伏，兩天來的豪雨災難，牠們是怎樣掙扎度過的呢？我無法想像。牠們朝我而望的眼神，純淨祥和。我心裡起了一陣感動，什麼時候，我們也曾從人的眼神中，見出同樣對生命的「無怨」呢？

下午，大廳中的旅人都因等待通行的消息而疲憊不安。直升機的噪音早已消失，廳內顯得沉靜。忽然，大廳那端一聲喊：四十一號山路通了，我們走吧！

我們也走吧！

山路邊時見廢木泥石堆積，可知此路之「通」，已經歷了多時的清除。有些地段仍陷於水

愛美昔

緣起

三月春假，去看一處有春耕的地方，那個地方是賓州愛美昔(Amish)人三百年來世代居住的鄉莊。和我結伴同行的，有作家琦君和譚煥瑛。我們在那裡共度兩天一晚。

猶記七十年代中，美國發生能源危機。那時，我在馬利蘭州立大學專任執教，四十五分鐘高速公路上的往返，可謂里程遙遙。每次排長隊等待加油的心情，總是三分憂慮七分焦急。

那段期間，讀到一篇《華盛頓郵報》(*The Washington Post*)有關愛美昔人的生活報導。標題何止醒目，簡直讓排隊等待中的人油然而生忌妒之心！「能源危機？什麼能源危機？」愛美昔人的舊式農耕操作和現代能源不發生關係，「能源危機」在他們的生活型態中也就毫無意義。

從那時候起，我一直想去看看那個地方，但總覺得那個地方不過兩個多鐘頭車程之遙，幾乎就是我當年往返大學和家居間的途程，急什麼？那一「不急」，蹉跎至今。

還得感謝琦君的一再邀約，她迫不及待地要我們去她新澤西的家，像那年她來華盛頓演講，大夥兒又說又笑又唱（她唱京戲）。但我想要「一箭雙鵰」，一「鵰」是去她家談天，二「鵰」則是結伴觀訪愛美昔田園。

去愛美昔地方的早年夙願，終於完成。

作者（左）及琦君攝於愛美昔餐館前

平野

由新澤西高速快道，接馳賓州的費城快道，然後轉駛支線，不久便上了三百四十號偏郊公路。

車行未久，便見左右夾道而展的廣大平野，那就是愛美昔人不愁能源的古式耕作地帶了。行進間，田疇泥氣夾雜著糞肥滲入車內。來自香港城市的煥瑛，「咦」了一聲，說：「好臭！」生長中國農村的琦君，幽幽接言：「好像小時候常聞的鄉間味道，好香！」

我專心開車，沒聞到「香」也不覺得臭，卻從琦君的語氣中嗅出她的鄉愁。記得她說起故鄉溫州，因為臨近沿海，早已發展成高樓大廈的城市，昔日農村，已無法可尋。愛美昔人春耕的氣息，讓她觸憶著故鄉的遠影。

公路兩側的耕地上，偶爾可以看到愛美昔人駕著雙馬拖犁翻土。田疇的平闊將耕作者反襯得那樣小，小得靜悄悄，小得一瞥即杳。遠疇地平線上，立著白色的莊屋、風車、和穀倉，簡淨地標誌著一種生活方式，一種價值信仰，一種歲月人生的平穩與安詳。

那條路長長直直，雙手搭在方向盤上，幾乎毫不費力。左右眼角邊的平野，在車速中晃成闊翼，我的車子忽然像神話中的鵬鳥，蓋地滑翔，馱起漠漠春陰和春寒。

老棧

預訂的老客棧，在廣告上招徠得十分動人：「建於一七二五年的歷史性客棧和博物館(Historic 1725 Inn and Museum)，並附帶描述：當年，墾荒的篷車(Conestoga Wagon)曾從門前西行長征。

而現實中老客棧的外觀架構，積累著時光的垢紋，呈現出幾分破敗與謙卑。我驅車來回地晃了兩趟，才確認出那是廣告中的老客棧——Witmer's Tavern。客棧所緣三四〇號公路，舊名「老費城快道」(Old Philadelphia Pike)，美國殖民時代，西墾南拓的篷車，確曾取道於此，沿途曾有六十二座供墾民歇腳的客棧。如今，只剩下這座末緣上的老客棧了。

在客棧邊下車時，天空飄起了毛毛雨，黃昏，顯得格外陰沈。進棧前踏上木廊，見廊中堆著看來破舊的物件，再細看，每件都繫有價籤。原來，這些都是「博物」中部分之「物」。進入棧門，「物」就更「博」了，小至銀匙瓷碟，大至百衲床罩或雕花檯櫃。右側客廳中間，放著一張大方桌，堆滿了地圖、廣告、觀遊冊，還加上瓶瓶罐罐什麼的。廳一角建有燃木起火的舊式暖爐。客棧主人指著方桌對我們說，明天的早餐就擺在這桌子上，天亮以前，他會將暖爐生火。隨即引我們上樓。稍事指點後，便將房門、大門鑰匙全部交給我們，以便我們隨時出入。然後，他離棧失蹤。我們站在老客棧的舊樓上，相覷默默。

琦君住二樓主室，室中除了各式古董家具外，引人注目的，是那張鉤花的床罩，四緣垂著細細的流蘇，像剪斷了時光線索，再也牽不回那雙鉤織這床罩的巧手。

我和煥瑛住三樓，據棧主提示，三樓本是當年供馬車伕大夥歇夜的粗陋閣樓。如今，已裝修成有浴室的兩個套間。屋頂樑木壓得很低，凹凸參差的石牆間嵌著小窗，窗上掛著花布帘。晚上掀帘外望，黃昏細雨已飄灑成微雪，碎碎地織起田野的白絨紗。

那晚，我睡入老客棧屯積了兩百七十二年的沈深裡，連夢都浮不起。

馬車

次晨整裝後掀帘，窗外田野依舊蓋著早春的瑞雪。外面，想當然氣溫低冷。下樓早飯，那張堆滿什物的桌子已清理出一半桌面，擺著葡萄柚、麵包、甜餅等三份早餐。室內異樣燥暖。坐在一邊傳應的棧主告訴我們，他五點就起身進屋生火了。

進餐際，隨意問了些問題：旅人宿費足以維持老客棧的運作和生活嗎？他搖搖頭。解答著，老客棧是家庭式的經營，必須靠其他的工作才足以維持營業和生活。夏天，他為人剪草，冬天，他為人除雪，此外，還要操作自己釀酒的葡萄園。他指向桌子那邊一排酒瓶，說，那是兩年前紀念老客棧二百七十年周年慶所釀的特製紅酒。我又問，廊前古董那樣隨意放著，公路上車來車往，有人會「牽羊」嗎？他簡單地答，「從來沒有」。我想起他將客棧大門鑰匙交給我們就自行離屋而去。這一來，他一併交付給我們的，還有滿屋大大小小的古董，其間的全部信賴，只靠人與人相互對待中的一字之「誠」。

離桌準備動身前，我買了一瓶紅酒作為老客棧過夜的紀念。將車上的春雪掃淨，我們上車揮別。車子輾上了當年的「篷車道」，歷史，在老客棧持續。人，無論今昔，總是來了又去。

去到三四〇公路上的一個小鎮，名字十分特別，「手中鳥」(Bird-in-hand)，想是愛美昔人習與自然為伍的命名。我們去那裡是為乘坐愛美昔人的傳統「布基」(Buggy，一種家庭使用、單馬駕駛的傳統馬車)，藉此體味一下遼闊的鄉莊田野。小鎮上因春雪而大都門戶未開。忽見有架「布基」停在一家小店前，便下車入店詢問。店內走出一個高眺的愛美昔女人，黑袍、黑披肩、黑帽，微笑照面而過，駕著「布基」遠去。我怔了一下，看慣了五花八門的時裝世界，這個一身淨黑的女人，顯得如此特出嫺美。

來到「布基」站，一條褐色的馬正御車待駕。等候間，一個高大的愛美昔男人，黑衣黑褲，滿腮黑鬍，戴著傳統寬邊草帽，從倉屋向我們走來。問：是來為我們駕車嗎？答：You bet.（對了）。他走近車廂，有禮地讓琦君和煥瑛登上後座，並遞上百衲毯給她們禦寒。我則坐在大鬍子操駕的邊位，和他並肩。然後，看他微振轡繩，馬便起步了。

達達達……轟！達達達……轟！三四〇公路上，急馳的車輛徐緩的蹄聲，交響而成奇樂。走完一段公路側道後，馬車轉入鄉莊田路。春耕後翻鬆的褐土，顯示出田園的豐饒。

馬車穩駕後，大鬍子對我們說：「我知道你們說的是中文，因為我去過中國。」他的話使我感到十分驚喜和意外，覺得是一種不可思議的巧緣。他接著數述：「我曾在北京、西安、桂林……還有，還有溫州。」

「溫州？」我急忙回首，面對琦君：「妳的故鄉啊！」琦君怔了一下，失措地望著遠方，好像望斷了她記憶中的老家鄉。田野上，時聞蹄聲達達。忽然，大鬍子一聲喊：「看！那些海鷗！」緣聲而尋，但見田土中有群鷗歇翼，據他解釋，海鷗來此表達了氣候信息。山那邊的海灣，此時必定風厲天寒。愛美昔人因世代農耕而敏於對自然的體察。

由自然中的信息，大鬍子順水推舟地接上了人文議題。他說，愛美昔人和中國人在文化上有相似的地方，例如：人與自然間的和諧、家庭倫理的觀念……。我點點頭，心裡悵然於當前社會已經變遷扭曲的價值觀。舉目遙望「那邊」的遠山，春霧裡，一抹隱隱。

忽然記起幼時熟讀的桃花源故事，簡單地向大鬍子解說，中國人曾經認為，最美好和諧的生存境界是：田園豐饒、女織男耕、白髮攜垂髫……。那個境地描述於公元第四世紀，那個境地，像你們當今愛美昔……。

大鬍子沉默著。

我們重新回到馬車起步的地方。

「愛美昔」大鬍子傑克和作者（右）及琦君（左）合影。後面是愛美昔典型馬車。

往昔

我們上車，開始駛離愛美昔鄉莊，田野上春雪已消盡，又見愛美昔人駕馬操犁。莊屋農倉聳立平疇的實景，勾繪出我心中的文字記憶：「……地平曠，屋舍儼然……阡陌交通，雞犬相聞。其中往來耕作，男女衣著，悉如外人。黃髮垂髫，並怡然自樂……。」（〈桃花源記〉句）。一個中國詩人（陶潛）在亂世中冀想渴求的單純生存境界，至今杳然世外。而這裡，處於紐約、費城、華府三大現代都城的愛美昔，始終堅定於他們古老的農耕、「悉如外人」的衣著、拒絕現代化的馬步……，這種堅定背後，支撐著他們的精神價值。而這價值，又駕御著他們未隨時光變遷的往昔。

往昔，這樣開始：

中國的造紙術及活字版印刷術，先後由阿拉伯人傳入歐陸後，促進知識的傳播、人文思想的覺醒。繼文藝復興的風起之後，更有宗教改革運動雲湧。有識之士，不再滿意教權制定的規儀(Sacraments)和片面的經文詮釋。而直接涉讀思考經典的結果，便產生了不同的新興基督教派和理論。

教派支系之一，有愛美昔諦信的曼農奈(Mennonite)教。由荷蘭宗教改革者曼諾・西蒙(Menno Simons)倡教於當時的瑞士領土內。它的核心思想，主張天人和諧的素樸農耕生涯，並且拒絕征戰服役和宣誓。此一教支在瑞士受主流教會排斥後，遷往德國。然後，渡海遠徙來到美國賓州，在平谷沃土耕作定居，已屆三個世紀。

愛美昔人除了簡樸的農村生活型態之外，習俗中男不剃鬚，女不剪髮，黑白是主要的衣色。生活中的姿彩，好像都一針一針縫進了他們主要工藝的百衲被(Quilt)。他們建一間堂學校(One room school)，不建教堂。宗教儀式是定期舉行的社教活動。他們守法納稅，但不服兵役。他們不屑擁有現代式器具，但也不拒絕適當情況下給予的方便（如接受便車回莊）。他們恥於財物的累積和炫耀，但家有餘金時，也可越洋觀遊。

車子馳上高速公路，心中也不禁馳想：圍繞愛美昔鄉莊四面八方的科技高速中，愛美昔人尊奉的往昔，還能夠持續多久？

我想起大鬍子的一晌沉默。

車中的琦君、煥瑛、我，好像在想同一的問題，也都一時沈默著。

詩人的故居

詩人

此文所指詩人，是南美智利的巴普羅·聶魯達(Pablo Neruda)。他是世界著名詩人之一，於一九七一年獲諾貝爾文學獎。這項西方世界的榮譽重獎，頒予一個自言信奉共產主義的詩人，真可謂是破天荒之舉。

聶魯達出生於智利南方一個鐵路工人家庭，屬於勞工階級。這是詩人體驗社會不平的切身立足點，也是他日後熱中政治的基本成因。不過，他自覺性的生存超越，對貧苦大眾的認同和關懷，對歷史文化的真誠探索和思考，以及他對宇宙萬物、人間巧藝的讚嘆、觀照和移情，都是促成他成為偉大詩人的原動力。

聶魯達曾服務於智利外交界，也因派駐世界各地而得以觀察人類種種現狀。他在《世界沿岸之旅》*(Journey Along the World Shore)*經歷中，見證過西方殖民地主義侵略造成的苦難。他也在西班牙內戰期間的駐留中，體察了左右派在鬥爭激戰中表現的政治理念。

三、四十年代的西方世界，遭受戰役迭起的摧殘後，社會不安，人心徬徨。像許多秉懷熱情和正義感的文學藝術界人士一樣，聶魯達也開始對共產主義產生了幻想和寄望。認為共產主義是對抗法西斯主義等的最大勢力。也期待共產主義來轉化資本主義所形成舊世界中的不平，從而「建立一個公正光明的社會」。

然而，世事錯綜弔詭，非詩人所能預見。所謂「公正」或「正義」，原是人文理念中的價值，並非現實政史。崇高價值的推行，在於足以推行的宏偉人格。中國的孔子，兩千五百年前就已指出：「人能弘道，非道弘人。」資本主義下的極端利欲，固然可以造成罔視公理正義的黑暗勢力，藉以剝削社會大眾，或者壓榨弱小民族。而共產主義的口號教條，落入野心家的權力欲中，一樣可形成黑暗手段，用以壓制群眾，強迫盲從。兩者在極端行為中促成的負面人格，其實是一樣的。

不過，政治方向上的偏頗，並不曾使聶魯達失去他的「詩人靈魂」。因為他終極的情操，不是政治欲望，而是社會良知。他的參與政治，毋寧說是社會責任的勇敢挑負。這種挑負，基於他對政治行為和民眾生存品質關係間，所賦予的道德詮釋，也可以說就是「人能弘道」的信念。

聶魯達所作《長歌》(*Canto General*)，一共十五卷的長度中，展開數百頁的繁複內容，被譽為是二十世紀的人類史詩，據研究聶魯達的青年學者大衛・雪弗曼(David Shefferman)在專文中指論：《長歌》中所貫穿的終極思想，在詮釋個人生命意義或「自我定義」，取決於和其他人類萬物的關係上。也許因此吧？聶魯達曾自喻為「民眾詩人」(Poet of People)。

《長歌》中最著名的章段名為〈瑪丘碧丘之頂〉(The Heights of Macchu Picchu)，詩人在詩中超越了本身西裔背景的局限，向南美古老印第安民族的歷史文化投入認同。他在詩中向本土民族招魂：「與我同生吧，我的弟兄！」

而智利領土之內，以至整個南美大陸，印第安族的廣大民眾，並未曾因詩人的關愛深情而改善際遇。詩人全心全力支持的共產政權總統阿彥德(Salvadoz Allende)，又在外國（美國）秘密勢力支援的政變中被殺身亡。「正義光明」的社會理想從此幻滅。尤其痛心的是，數以萬計的百姓遭叛軍射殺。病榻上的「民眾詩人」，已切感自身生命在點點滴滴消亡。僅僅在數天後，詩人的死訊便傳遍了世界。

巴普羅・聶魯達，生於一九〇四年，死於一九七三年。

故園

我是在第二次遊訪智利時，透過一對智利朋友的安排，觀訪了聶魯達在伊斯拉內格拉(Isla Negra)的故居。這座詩人生前的最後居所，由「聶魯達基金會」保管，作定期預約的開放。由濱海大城 Vineyard de Maz（西語意為海園）開車，行經大片大片的荒郊後，終於出現了加油站和疏落的民居。然後漸行漸近，我們來到伊斯拉內格拉小鎮地帶的林蔭。

走過一段林蔭地的沙石路，轉入院牆相夾的巷道，巷尾左側木門掩隔處，就是詩人故居的入口。推門入內，踏進一方喬柯蔽天的庭園。園蔭下，一座黑鐵火車頭，龐然照眼。立刻，觀訪者便感撼到詩人遺留的命痕。這座火車頭，是詩人生前紀念他的父親而收購置此。如今，靜聳黃沙地上的火車頭，靜駐於時光的荒站，標誌著一個人生、一個世代、一種時局的永遠終結。

站在園蔭下左右上下瀏覽，可以見出，詩人的石砌舊居本不大，屬於普通西班牙式的民居，後來一再加建，形成當前參差橫列的造形。橫延的屋側，連砌一座牆拱，頂上有海馬式的雕飾，應和著屋側門椽上一排彩瓷拼構的海生物圖案。越拱門，便來到側園面海的坡地。坡下瀕邊，大海從遠天平流而至，疊起一捲又一捲的浪紋。坡上平沙上架起一座星型的木構，「星座」空間懸著小鐘。海風勁掃際，鐘聲應耳叮叮。坡緣草圃中，一架黑鐵大錨，斜斜擊空枕海。幾筆重黑，嵌進天幕的蔚藍，像抽象塑品，蘊涵著無聲的詩句。也許，就在這咫尺

詩人的故居外，詩人以原木及其收藏的鐘設計的星形架。圖為作者（左）和她的智利友人攝於架下。

坡地，詩人寫下他最後的詩篇：〈大海和小鐘〉(The Sea and the Bells)。有幾句是這樣的：

空間永續
海洋恆存
小鐘常在
詩人呢？詩人呢？

故室

進入詩人故居的第一個內室是客房，由屋後小門拾梯而上。房間可以說很小，除桌椅外，便是沿窗而設的床榻。倚榻者只要舉目抬首便感懸坐海天。而窗畔垂睫，灘邊波濤時擊海岩，晴煙裡，浪花似雪。從這個客室開始，接著觀訪的廳室，都是海天連窗，時感恍然穿雲踏浪。

詩人生前臥室處於舊居另端，由窄梯攀引而上，第一眼看到的是大窗下的木桌木椅，可以想像當年詩人和妻子共話議事的情景。室內暗角處是壁櫥，仍掛著詩人生前簡單平常的衣帽和舊鞋。記起一本傳記裡所錄詩人接受諾貝爾獎受記者訪問時的答語：

「你最寶貴的所有物是什麼？」

「舊鞋。」

「你最喜歡的字眼是什麼?」

「愛。」

舊鞋依舊在，至於愛，已長託詩篇，永贈人間。

佔據臥室主要空間的，是一張雙人床。這是詩人最後的病榻。就在這病榻上，他從床邊燈几的小收音機裡，聽到他支持的阿彥德總統最後一句話：「……我將以生命來表達對民眾的忠誠……」這句話所隨接的靜默，代表政府大樓的電源截斷、炸毀攻佔，以及整個政權的推翻。

也在這病榻上，詩人在痛憾之餘，口授了他回憶錄的最後章節。這段章節已不是自己人生的回顧，而是為智利政變投下史筆。記錄這段史筆的是詩人妻子瑪蒂妲(Matilde)。然後，

聶魯達和他收集的女雕之一

詩人病情急轉而下，送醫診治時，他已不省人事。而他最後的囈語不是親情，而是大愛：「他們在射殺他們……」(They are shooting them…)這些被射殺的「他們」，就是他畢生認同的廣大民眾。

詩人臥病期間，常因醞釀中的政情而憂慮。黃昏倚窗望海，自感命脈有如斜暉，行將沉沒於世事洶湧的黑洋。曾囑死後葬於海邊坡園。而時局的急速變化，造成他一去無「歸」的情狀。詩人死後，在政局未穩的兵荒馬亂中，葬入首都平民公墓，在層疊式尺寸相同的墓穴中，詩人託「身」永歿。墓穴封石上簡單地寫上名字和生卒年月，編號四十四，冥冥中像也契合了他始終認同廣大民眾的運命。

故物

故居內的日常用物家具雖然都很簡樸，但詩人收藏的藝品，卻呈現出繁複的奇趣。曾經因服務外交界而駐居不同地域和國度的詩人，對不同文化心靈所表現的具象藝品，有他特殊的欣賞與趣。

屋內陳飾中，間忽也有因好奇而作的收集，或者，因不捨而保留的廢皿。例如，我從框掛的昆蟲集錦中，看到兒時玩過的「天牛」，那是一種黑色帶有白色圓點，頭生觸角長鬚的飛蟲。餐室窗畔一列大玻璃瓶，想是用完的酒樽，本是平凡器皿，在排列陳置的狀態下，形成起伏游動似的光紋。據說，在夕陽時分，玻璃收攝霞光而成一窗璀璨。

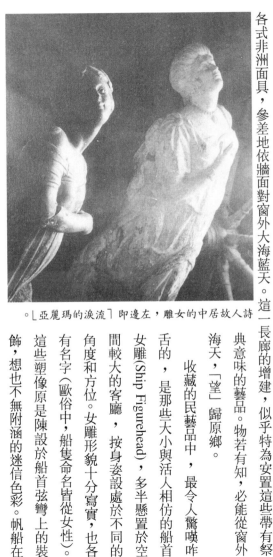

在舊居加建中有一條連接左右廳室的長廊，廊的一邊是長窗，另一邊是長牆，牆上掛著各式非洲面具，參差地依牆面對窗外大海藍天。這一長廊的增建，似乎特為安置這些帶有祭典意味的藝品。物若有知，必能從窗外海天，「望」歸原鄉。

詩人故居中的女雕，左邊即「流淚的瑪麗亞」。

收藏的民藝品中，最令人驚嘆咋舌的，是那些大小與活人相仿的船首女雕(Ship Figurehead)，多半懸置於空間較大的客廳，按身姿設處於不同的角度和方位。女雕形貌十分寫實，也各有名字(歐俗中，船隻命名皆從女性)。這些塑像原是陳設於船首弦彎上的裝飾，想也不無附涵的迷信色彩。帆船在汪洋中行駛之際，風浪難測，安危未定，女雕形象顯示的挺身面海迎風冒浪之姿，兼具了守護和祭奉的意味，恐怕就是這種造像習俗上的心理基礎。

女雕因船隻的長期航駛而形成的斑剝凋蝕，透露出漁民或商賈在生存奮鬥中經受的危苦。詩人曾因觀照而生感動，為女雕寫下不同的詩篇，有這樣兩句：

古老的浪花拂首，她的凝睇，有深植的根愁。

懸在客廳玻璃門邊的女雕之一名叫瑪麗亞，頭頸微傾，眼面朝天。也許是姿態所成的角度吧？海霧濃時，濕度在她的眼渦裡形成淚滴，傳為詩人故居中的奇蹟。

流淚的瑪麗亞！詩人去後，又幾度漣漣？

後記：

走出詩人的故居，感覺上，似曾與詩人相對併立。彷彿見他驚嘆、莞爾、憂傷。睹物思人吧？而物，實也浸濡著詩人的命痕和心跡。

海風拂處，濤音隨遞。我立於屋外坡岸，看遠波迤邐趨灘。前浪復後浪，一如世事推遷無常。而凝眸處，波滅波起，大海藍天，何曾來去？

橋流水不流
——走過布拉格那座古橋

中歐捷克的首都布拉格(Prague)，是一座歷史古城，依沿著福他發(Vltava)河兩岸蔚然延展。銜接兩岸城區的是一座又一座的橋樑，我從地圖上數了一數，不下十來座之多。作為交通管道的各橋，車輛往返頻繁。只有居中心位置的那一座，橋上往返的是人潮，不是車輛。這座橋，絕對禁止車行，因為它是布拉格著名的歷史古蹟。

那就是查爾士橋(Charles Bridge)。

十月，秋風蕭颯。我在查爾士橋頭下，立岸靜觀水上浮游的天鵝和野鴨。有人在傍拋扔麵包屑，水面因鵝鴨爭食的穿游，漾出碎亂的漣紋。右邊河岸廣坪上，仍擺著支起陽傘的桌椅，原是供人歇足餐飲看河的，因為秋颯而冷落悄寂。

我看了看手腕上的錶，已是下午兩點了。我逛了大半天布拉格老城(Old Town)，這時才覺得有點餓，也有點累，還有點冷。於是踏入一家岸邊的小餐館，逕自上樓擇位依窗而坐，面對橫河而巍踞的查爾士橋。橋上，千頭攢動，人潮迭擁。橋下，福他發河，水流無波。

查爾士橋礅上衛士塑像，橋岸即布拉格老城

在捷克歷史上，查爾士是十四世紀時一個傑出而重要的君王，年輕時遊學歐陸各國，使他成為一個飽學廣聞的才智之士。即位以後，全心致力於布拉格的經貿發展，並興倡文教。當今捷克最著名的查爾士大學，即是由他手創的。

查爾士在位期間，布拉格曾是溝通東西歐的經貿中心，也曾是整個歐陸的政教中心。雖然捷克在後來逐漸失去它在歐洲政經上的顯要性，但也因而避開了歐陸兩次世界大戰的摧殘。古城至今屹立完好，在文化遺產成為重要瑰寶的當今世界，布拉格正昂然向全世界展現它的古典輝煌。

查爾士橋始建於十四世紀末，完工於十五世紀初，是一座石砌大橋，全長五百二十米，橋寬十米。十七世紀後，石橋左右陸陸續續地豎塑共三十一座大型宗教人物雕像。因長期披風戴雨，另加歲月塵煙，雕像盡成黑色，如同冒出烽火灰燼的焦魂。政府當局正逐步將仿塑代替舊雕，移原品於博物館，成為受保護的藝術文物。

我草草用完午膳，走出餐館，由屋前方場右轉拾級上橋。走一趟查爾士古橋，是我在布拉格行程計畫中最後一程，沒有其他想做的事了，心情上對布拉格的流連，全都化為腳步下的躊躇，要把在布拉格剩下的時光，一寸一寸地慢慢踩。

橋面人潮不斷地浮動熙湧，人潮中雜呈著暫駐的工藝攤位，以及踞占的賣藝地盤。畫家、琴師、樂隊……各自展現營生的身手姿容。查爾士古橋景象，如一幅動態的「浮世繪」，或如一幅眼前的「清明上河圖」，迴響交遞出人世的汲營及哀樂。

我擠在人群中，一會兒摩肩，一會兒接踵，看人攝影、看人畫像、看人購物，也看人圍觀聆樂。或者，靜竚觀賞高襯天景的不同雕像。心裡感觸著：這些雕像藝術，是另一種時代另一種心靈的價值塑型。我所生屬的二十世紀，在戰亂、殺戮、焦慮、迷思的種種遷演之後，最終會塑型出怎樣一種生命價值？

布拉格的十月穹蒼，秋陰濃重，天空時忽雲層絮捲，終於，飄起了毛毛雨。而橋面往返的人群，似乎毫不在意，繼續接踵摩肩，或行或止。毛毛雨不曾沾濕人群的生活熱力。我也只將大衣裹了一裹，把圍巾繫緊。

逐漸地我走向古橋盡頭，橋端矗立著古時守觀的高塔，形成通道的塔拱下，有人暫避風寒。忽然，一聲琴音穿空而起，循音定睛，見塔拱下一個老琴師在操奏，奏的是一部美國老電影中桃樂絲黛唱的流行曲調：「……未來不是我們所能料想，該會怎麼樣就怎麼樣……」也許，老琴師從人潮中看出我這個「異鄉人」，奏起這支通俗調子來引我駐聽。我莞爾止步，看他熟練而且帶著幾分愉快的神情全神演奏。一曲奏完後，我將五元美鈔逕自放入他的衣袋中（五元美鈔抵一百六十塊捷幣）。他立即伸手相握，並指指喉部，示意無法出聲言謝。見我怔然不解，他便將喉間紗布解開，露出人工安置的金屬性儀器。無疑，他是一個有病的人，也可能是一個失業的人，僅憑琴藝營生延命。我慼然垂睫，伸手撫觸他手上的琴弦，弦上仍留著演奏後的微溫。

離開塔拱前，我回望橋面，毛毛雨在空中形成濛濛薄霧，將人潮潑染而成「浪潮」。忽然想起那兩句看似反邏輯、謎語式的禪詩：

人從橋上過——
橋流水不流

一時，心中隱約有所觸悟。查爾士橋上，我躊躇盤桓近兩個鐘頭，看看想想，全是人生今昔種種，何曾意識到橋下的河水？沒有進入我時間意識中的河水，豈止不曾「流」？且亦不曾「存在」。

歷史，原是藉人的時間意識形成。查爾士橋，從歷史紀錄上來看，已是第三次的興建。最初是座木構橋樑，建於十二世紀。後來改木橋為石橋，毀於洪患。最後才是巨石偉工的查爾士橋。橋本身已歷經三次改變，橋面人潮更多少流遷？而橋下福他發河，始終是宇宙自然現象，如果不帶今昔意義的涵賦，它是「恆流」，也是「永駐」。

離開查爾士橋已屆黃昏時分，我越街覓車，結束了橋上人潮中一段載浮載沉。

卡夫卡的他鄉

卡夫卡「博物館」

捷克首都布拉格(Prague)著名的老城廣場(Old Town Square)邊，羅列櫛比著各式商店，其間一家門面上，很醒目地書寫著「卡夫卡博物館」。

我其實並非什麼「卡迷」，也不曾對他的作品深入研讀。不過，既然來到布拉格，這個卡夫卡生於斯葬於斯，卻始終沒有歸屬感的他鄉，能夠見到他生前的「屬物」或手稿，也是一種可供感思的收穫。畢竟，弗朗茲・卡夫卡(Franz Kafka)是二十世紀西方現代文學界的名家。

進入這間「博物館」後，才發現有關卡夫卡的「物」，不但不「博」，也可說根本沒有。

那只是一間藉卡夫卡之「名」，販卡夫卡商品的店面而已。不同的是，這間店面原址，曾經是卡夫卡生前家庭營居所在。店面想是間隔而成，空間不大，入門左側是卡夫卡生平資料欄，夾在放大的簡介文字中，有卡夫卡本人和家人、未婚妻及情人的各式影像。這些，其實也可以從任何有關卡夫卡研述或出版品中看到，而且，可能還更詳盡。

資料欄的對面是營業空間，有玻璃檯櫃、壁架、旋轉柱。櫃面上展示的，除了有關布拉格觀光地圖或簡介外，便是卡夫卡有限的出版著作。其中最顯著的，便是那本幾乎人人都略知一二的*The Metamorphosis*（中文譯為《變形記》），此外，以卡夫卡瘦削臉容為設計的商品倒是不少，包括磁碟、卡片以及T恤或其他藝品。放眼瀏覽之餘，卡夫卡那雙大眼，便前後左右地盯梢起來。「眼」中蘊涵的疑懼、焦慮、驚怔和陰鬱，也如同被時間嚼去了原味的口香糖，不經意間已黏上心頭，膠成難以除卻的印象。

我在「博物館」中轉了一圈，什麼也不想買，心裡有一種失望感，甚至有一種上了當似的懊惱。我寧願走進一坪陋室，看一張床、一檯桌、一盞燈、幾支筆……卡夫卡深夜苦思寫作的情景，便憑想像而活映眼前。而今，「卡夫卡」在市場經濟形態中，「變形」為販賣物。我的憑弔，便在日光燈下照得空洞荒杳。

臨去時經由櫃檯，翻了翻那本薄薄小小的《變形記》，付款買下，準備帶上飛機，去消磨飛行中的無聊時刻。推門重入廣場，天空陰雲層聚，加上四周的舊樓，地上的灰磚，秋風勁掃中偶爾夾帶微雨，卡夫卡眼神中的陰鬱，一時鋪天蓋地。

掠髮佇望時，見人群齊往廣場西端奔集，我知道，那邊高塔上的天文鐘(Astronomical Clock)即將按點定時啟動了。我加快腳步去趕觀那廣場特景之一。急行間，彷彿身後有步聲匆促，卡夫卡眼神，隨著拂衣的冷風緊隨，頓時，一篇卡夫卡短文中的情景，在我心跳中卜卜顯現：

> 黎明，卡夫卡奔越橫陳如夢魘的廣場，往車站趕乘早車，行經高塔，塔頂上時鐘指針，比他的掛錶快了許多，一時焦慮失措，求助於路過的巡警，詢問車站方向，巡警望了望他，詭笑一聲：「去車站？Give it up!」

這篇題名“Give it up”的小故事，在卡夫卡文集《*The Basic Kafka*》中，所佔篇幅還不到一頁，但也顯示出一個卡夫卡式的世界雛形：心理投射的，是晦暗、徬徨、無助。現實反射的，是錯序、悖理、荒謬。

我踏完卡夫卡腳下那段「時光路」，來到高塔所在的街口，塔頂的時鐘指向下午一點，塔間的天文鐘就要啟動了，一時，熙動的人群屏息靜立。

天文鐘啟動了！鐘兩旁代表「逸樂」、「貪財」、「虛榮」以及「死亡」的四個人偶，這時

布拉格老城廣場高塔間的天文鐘（鐘傍四個人偶、鐘上兩扇小窗即十二門徒掠影處，小窗上有有「金雞」）。

開始作勢警世：

逸樂者，一味操琴自娛；貪財者，緊緊吝持錢袋；虛榮者，不斷攬鏡自賞。三者齊皆搖首，否認各自的終局命運。唯有代表「死亡」的白骷髏，點頭擊鼓，警示終局的必然。

就在這些搖首點頭的機械動作中，上方小窗開啟，耶穌的十二個門徒形象，緩緩一一掠窗。意在宣行榜樣，勸諭世人信主。這一切機動靜止後，重新關閉的小窗上方，一隻「金雞」，作勢啼曉，象徵信仰後的「新生」。

一場卡通式的「上演」過去了，群眾飽觀「散場」。我實在難以想像，在這充斥著誘樂，強求於名利的現世裡，有誰會去思議這片刻而又顯得浮淺的諷諭？除了那場「動戲」之外，天文鐘的正式形制功能在於推運曆算，包括巴比倫古曆年月，然後是西曆中的四季、月份和日期。十五世紀創建安裝於此。我立於原處，仰面迎風，眼光越過「金雞」而上攀，投入雲空浩瀚。

卡夫卡的他鄉

雲空裡，何止變幻了巴比倫的遠古歲月？更玄衍了人世的太初。我的眼眸如雙葉扁舟，從萬古長河淩波而下，擱淺於廣場的灰磚地上。

我又想起卡夫卡。

"Give it up!"，後來呢？後來，他不曾交代。

不過，失措迷惘的卡夫卡，有一個方向，他必可轉步辨覓；那就是廣場那邊的猶太人聚居區。

從卡夫卡「博物館」所在的廣場邊，直到福他發(Vltava)河彎涯，延引、曲折、連綿著眾多窄街小巷，那一帶就是卡夫卡曾經兼喻為「堡壘」和「牢獄」的猶太人聚居區了。

歷史上的布拉格，曾是東西歐經貿中心地，猶太人從第十世紀就開始移民居此。十五世紀之前，猶太人因優越的金融貢獻，曾受統治當局寬待保護。十五世紀之後，捷克被統領於德裔哈伯斯帕(Hapsburg)帝國範疇內，當時天主教權勢獨尊，猶太社區被迫建以牆垣隔離。本是因民俗而自然聚集營居的里域，便因而「隔托」(Ghetto)化了。

到了十九世紀，「隔托區」已成為擁擠、髒亂、神秘的

布拉格老城一景

所在。二十世紀初，奧裔君皇約瑟浮(Josefov)下令大事整頓，拆牆垣、廢違章、改善社區設備，定為布拉格第五規劃區。為紀其功而名之為「約瑟浮」。(註)

卡夫卡曾將布拉格稱為猶太人的「小母親」，畢竟，猶太人依此定居已近十個世紀。但他也敏感到，這個「小母親」是長著足為傷害的利爪的。第一次世界大戰期，熟用德文的布拉格猶太人，曾表態支持德勢力。當時捷克人反德民族運動正潛興暗湧。大戰結束後，哈伯斯帕帝國解體，猶太人一度遭受捷克人的報復衝擊。處境艱難的猶太人，更感復國運動(Zionism)迫不容緩了。

第二次世界大戰時期，納粹政權將數以萬計的布拉格猶太人「趕」上火車送往集中營。卡夫卡的三個姐妹和情人美玲娜(Milena)都是集中營的犧牲者。而那個絕早趕車問路，遭受"Give it up!"嘲喝的卡夫卡，早因肺病而轉歸黃泉。

卡夫卡有幸沒有被「趕」上猶太人悲慘的死亡列車，而那段歷史，卻像輾進卡夫卡的小說幽轍——險祕、弔詭、費解。希特勒大規模地焚殺除滅猶太族裔之餘，卻又轉生一念：要在布拉格猶太區建立一個「滅種民族博物館」(Museum of an extinct race)。那一念，不僅保全了猶太教堂、墓園、典冊……還將全歐洲所搜集的猶太文物運往布拉格。納粹政權終於徹底崩潰，猶太人也終於溯源立國(一九四八年)。布拉格便因繁富的族裔文化遺產，成為全世界猶太人緬懷先祖的朝聖地之一。納粹消滅了千千萬萬的個體生命，未曾料及的是，集體心靈的文化創建，到頭來，成為不能毀滅的精神活源。

離開布拉格前一天夜晚，我們應國府駐捷克謝代表夫婦的盛情之邀，在建於猶太區的Inter-Continental觀光旅館頂樓餐廳吃晚飯，席設窗畔，飲酒杯祝之餘，候餐閒話。我不時隔著玻璃向外眺望。無星的夜天，凝黑如墨。越過疏落的燈火，可以看到不遠處的一座猶太教堂，教堂邊那片幽冥深黝地帶，就是現存於歐陸最古老的猶太墓園。從十五世紀起，猶太人在這片有限的土地中，層層疊疊，直下深土十二冢，寸土寸骨地掩埋了約兩萬先祖。這座嵌在樓屋空間中的墓園，略成拉長的菱形，墓碑拔地而起，密集林立，像一張仰天的巨口，齒牙嗷露，吞聲咽噎。白日行訪時，我已不勝那種森魅噤然之感。而此際……我喝了兩口紅酒，參與餐桌燭光下的談議。少頃側眸，又不禁馳想，此際秋寒露重，墓園碑石積露成滴，白日的咽噎，便化作黑夜的哀泣……

高樓窗外，我彷彿看見卡夫卡，依舊魂兮失路他鄉。

後記：

訪布拉格，時在一九九七年十月深秋。

註：哈伯斯帕帝國君王歷史上由不同族裔統治，包括德裔、西班牙裔，及奧地利裔。

卡夫卡的蟲變

從布拉格回來後，我斷斷續續地讀了不少卡夫卡的英譯作品，愈讀也愈覺得卡夫卡本人就是一個「變」了「形」的文學人物。其中有種種因素。

首先，卡夫卡的人生被兩個不同世紀瓜分為二——出生於一八八二年，逝世於一九二四年。然後，個性塑型的過程中，又被文化、語言、族裔、政治不斷搓揉扭曲——他出生成長於捷克布拉格，歸源隸屬於猶太裔，而母語及寫作文字卻是德文。第一次世界大戰以前，他是哈帕斯伯(Hapsburg)德裔帝國轄領下的一員。大戰後，捷克斯拉夫(Chechslovak)共和國成立，他又成為捷克公民。此外，他心靈著根的土壤——卡夫卡家族，又因父權巨大的陰影，削弱了茁壯的生機。他成長於猶太裔聚居的隔托(Ghetto)區，但他並不信奉猶太教。他在無所歸屬的生存感中，徬徨、焦慮、疏離。他自言：「……對於猶太裔，我有什麼足以認同的呢？我甚至對自己也沒有什麼可認同之處。」

不過，卡夫卡似乎明白自身運命的趨止，他說：「……游離，恆常游離……那就是我的命定地(Destination)……」他似乎在宣告：無所歸屬，就是命運。他甚至因祖父曾是猶太教屠夫(Kosher-butcher)而決意素食。他只吃蔬果、核仁等，而且細嚼慢嚥。他簡直像一隻蟬，在無所著根的懸蔭裡，以文學的嘶聲，唱完四十二載的人生。

卡夫卡的人生情境，有人說，呈現了十足的「存在主義」色調。雖然，在他生存的年代裡，「存在主義」在文學上還沒有定名。作為一種哲學式的思想趨向，也還沒有定型。不管怎樣，存在主義是歐洲大陸的時代產物。在淵源上，雖然可以上溯到尼采哲學，但主要還是在一九三〇年代到第二次世界大戰納粹暴行後，歐陸世界經歷了物質和精神的雙重破產，知識分子反思到人類生存意義和處境，引發出一種悲觀、頹廢的負面人生觀。卡夫卡未能生迎這樣的思潮，但他以真實的身受心感，創作了相同論調的作品。

卡夫卡本人也曾意識到他的寫作一味地晦暗陰魅，但他說：「……也許，世界上還有另外一種寫作，而我只知道這樣一種……」。「這樣一種」，是他內在生命情態的外在呈顯，他無法改頭換面。

更重要的是，那樣一種寫作，是他用以憑藉的生存浮木，否則，如他向知友布洛德(Max

Brod)在信中所說，他也許就沉淪到底，「而終至於瘋狂」(...and must end in madness, ...)。生命，對於卡夫卡，又何其沉重！他必須透過寫作來作清除(rid of)。清除沉壓於內心的疑懼感、疏離感、罪惡感、卑微感……清除多一點，他便解脫一點，也淨化一點。

而卡夫卡心理上的「存在」境界，是那樣處處顯示了悖理的權威，也那樣隨時潛伏著難喻的危機。他在小說〈判〉(*The Judgement*)所寫，是一個關愛老父的兒子，在父親暴怒之下「判」以溺刑。兒子聞命狂奔跳河而溺。在〈罪域〉(*In the Penal Colony*)中描繪的，是無辜者成為酷厲刑器的試驗品，而所以定「罪」，只不過執權人一怒之下的衝動(Impulse)而已。在〈審〉(*The Trial*)一文中，不知何因被捕的清白者，始終摒於代表「正義」、「公理」的「法」門之外而終於「伏法」。

上述各篇小說中的人物，完全沒有抗爭、反叛、投訴的餘地，只有成為無奈的犧牲者。這些令人驚怖怔惑的小說世界，隱然警示預言了一場未來人類的大災難，而他自己，也必須及早滅亡。

卡夫卡在病榻上修正改完他最後一篇作品〈絕食藝術家〉(*The Hunger Artist*)，他也因拒絕進食而提早離世。他並借作品中的絕食藝術家宣言：「……我必須絕食，因為……因為我從未找到我愛吃的糧食……」那個關在馬戲團獸籠中的絕食者，終於卑微地死了，豺狼虎豹則躍登「世界」的舞臺。

作為一個文學創作者，卡夫卡的作品並不多。如果除去他那些數以千計的情書、信件及日記外，他的正式寫作極為有限。市面上通行的《基本卡夫卡文集》(*The Basic Kafka*)，包括了他一生重要的作品及小部分書信和日記，只合成一本並不很厚的冊子。在這本冊子中，最為人熟知，或至少略知一二的，就是他那篇著名的小說〈蟲變〉(*The Metamorphosis*)。我在布拉格老城邊的「卡夫卡博物館」中，買下那本薄薄的單行本小書，在返回華府的機程中逐字地讀完。

就是那本書，顯示出卡夫卡的奇才異筆，一開始，他就交代了全篇小說的高潮，寫下了二十世紀世界文學中最令人震驚的兩句話：

當格瑞哥桑沙從斷夢輾轉中醒來的那個早晨，他發現自己已變成床上一隻巨大的甲蟲

……

這樣一種「開宗」得不「明義」的話，荒謬怪異得不可思議。然而，讀下去，讀下去……讀者便從那個變形的「自我」的回憶、思索、反照中，漸漸進入他那種疏離、厭倦、沉重、無力的生命情狀，而且也幾乎認同了小說主角。要從那樣一種情狀中解脫出來，真是別無他法。只有萬劫不復地自我分裂變形，然後……徹底絕隱。

蟲，是一種腹地爬行的卑微生物。世人形容「抬頭挺胸」、「直起腰幹」、「頂天立地」……無非涵示為人的尊嚴。而真實生活中的卡夫卡，在種種環境外力、精神壓抑、父權迫擊下，心理上極度困頓、自卑。且不時地對自己加以貶斥、虐責。他不止一次地自喻為「蟲」；在給未婚妻想要斷絕婚約的信中說：「……畢竟，妳是個女孩子，妳需要的是一個男人，而不是一條蠕蟲(Worm)……」他在給父親的信(*Letter to his Father*)中，剖白父子關係時，也曾以蟲為喻：「……我努力和您隔出一點距離。雖然，那不免有點像一條蚯蚓，被您踩著尾巴，而前身力掙而斷……」此外，他在一篇題名為〈鄉村婚禮前〉(*Wedding Preparation in the Country*)的作品也寫著：「……當我躺在床上時，我蛻變成一隻甲蟲……」

英文Metamorphosis 這個字，其實涵蘊了三種意義，一是地質學上因熱力或壓力的礦物質轉化。二是生物學（如達爾文進化論）生理功能的演化。三是病理學(Pathology)機能的退化轉變。卡夫卡的〈蟲變〉游移於三者之間，在「形」式上，是功能或價值上的「變」，在心理精神上，是家庭感情退化上的「喻」。也許因此，他在小說出版之前，極力反對出版社將「蟲」形畫出來，他所強調的是無「形」的隱喻。

〈蟲變〉的故事中，主角由一個全家仰給及擔負清債的奔忙工作者，變成讓全家丟人現眼的沉重累贅。終於，他被拒斥、厭棄、擊傷，然後，傷重消亡，但他只有自我情傷，沒有他恨怨懟，故事終結時，卡夫卡這樣寫著：

……他深情眷戀地回顧著他的家人……當高塔上的鐘聲在清晨敲下三響……他的頭低沉向地，呼出最後一絲生氣……

寫完這篇小說後，卡夫卡提筆寫信給未婚妻弗麗思(Felice)：「哭吧！最親愛的，我那小故事中的主角適才已經死了，他死得很平安，一切恩怨都在死裡一筆勾銷……」於是，真真假假，隱隱喻喻，卡夫卡藉著這個故事，對自己的家庭和人生，作了一番「清除」式的「洩密」(Indiscretion)。

哭吧！卡夫卡！弗麗思必能從你的字裡行間，讀出你的點點淚痕。

有批評家說，〈蟲變〉中的格瑞哥桑沙，代表了卡夫卡超越性的精神受難。我忽然聯想到五四時代及後來的一些中國作家，不時地以一種自我昂亢的高姿態，斥中國民族「劣根」，貶中國文化「落後」。而卡夫卡，將整個猶太族裔的歷史運命及自身成長經歷，囫圇一口，吞化為「蟲變」式的屈卑。比起來，卡夫卡的心靈又何其高貴！

哭吧！飛機上，我也曾抱書依窗，潸然淚下……

汨羅江畔訪詩魂

這些年來，每當端午節時際，總會想起汨羅江畔訪屈子祠的事。一屈指，時光倒馳，算來已成七年前的一段往昔。

那年（一九九一年）盛夏，我從長沙赴岳陽，途中展閱地圖，見屈子祠標誌所在離開岳陽不算太遠，臨時動意轉路繞訪。那時候，往屈子祠的公路還在修築中，鋤翻的赤紅泥土，在莽原間一路蜿蜒直趨遙天。泥路坑坑洞洞，車子在緩行中顛簸，讓我聯想著兩千多年前，一個偉大詩人心路的危困和坎坷。

屈子祠所在的玉笥山，實際上只是一座坡陵崗巒。不過，在汨羅江岸一帶的平壤廣原上，便成足以極目的高處了，因而名之為「山」。屈原絕命汨羅之前的重要作品之一〈悲回風〉詩中，有「登石巒以遠望兮，路眇眇之默默。」語句，「石巒」，差可解作「坡陵崗巒」吧？〈悲回風〉中，屈原居高望遠，有這樣兩句：「穆眇眇之無垠兮，莽芒芒之無儀。」（語譯：宇宙蒼穆杳杳無際，天地浩莽芒芒無盡。）當年在臺大修《楚辭》，讀此詩句，無感可應。而在汨羅江畔的赤泥路上，不見人車的獨行途程中，下車竭眺，眼中的蒼穆浩莽，便瞬間接感到兩千年前詩人的凝睇。

赤泥路上，車子繼續前行，真像輾進歷史的血脈裡，隆隆的車聲，恍惚如戰國時代的「紛爭」。

屈原就是在那種紛爭競逐的年代，塑成他完美的人格，創作了瑰偉的詩篇，而汨羅江畔，行吟絕命，更使他懷國憂民的道德情操永垂於世。

從屈原作品的閱讀中，不難體認出他在才華表現中的博學、深情、卓見、廣聞。種種歷史人事、民間習俗、自然意象……都在他的筆下靈活取喻抒塑。而他內在情思透露出的「哀」（如「哀民生之多艱兮……」——〈離騷〉）、「惜」（如「惜壅君之不昭……」——〈惜往日〉）、「悲」（如「悲時俗之迫危兮……」——〈遠遊〉）……無非是生民鄉國安危禍福的終極關懷。這就要追溯到他的人生目的和政治理想。

屈原本屬楚國的貴族階級，歷代先人都曾為朝廷「尊臣」（輔助王室的重相）。屈原也因「博學強志」、「明於治亂」，加上「嫻於辭令」（語出《史記・屈原列傳》）等超越條件，二十多歲即供職朝廷，三十多歲就升為左徒（相當於副宰相）。楚國也因屈原的才識遠見，一度成為戰國七雄中的大國。

不過，人間世，才華美德，沒有不被佞小妒嫉的，又何況溷濁亂世？加上短見壅昧的君主，屈原的「美政」理想，便因而在現實裡「變白以為黑兮，倒上以為下。」（〈懷沙〉）屈原由輔政的左徒，降而為無以用「武」的「三閭大夫」（主貴族子弟教育及儀典事），而雄峙的楚國，便因佞小奸讒者私心權術而節節潰敗，岌岌危傾。屈原在他的作品裡，不僅表達了自身理想的挫折、現實民生的困危，也隱約涵錄了楚國的興衰過程。他的傷痛之情，真是如懷重石，終至於死！

玉笥山上的屈子祠築構，所用建材想是屈賦所云「石巒」的山石，灰白色的牆垣間，飾以赭紅的邊砌。入口正門上「屈子祠」三個字左右兩邊，是屈原行吟江畔及投身江濤的石雕畫刻。祠門在蓊鬱的山林間，凸顯了赤、白二色，看來凜然壯烈。

屈子祠祠門

屈子祠中有祭廳，廳中祭壇設牌位，上書：

故楚三閭大夫神位。廳前兩側有楹聯，是清代名士郭嵩燾所作：

哀郢失孤忠，三百篇中，獨宗變雅開新格。
懷沙沉此地，兩千年後，唯有灘聲依舊時。

〈哀郢〉和〈懷沙〉都是屈作的篇名。前者是秦將白起拔郢（郢是楚國都城）後，屈原感時而哀。後者是屈原流放汨羅懷念故地長沙之作。屈子祠所在玉笥山前，汨羅江西流而入湘江。〈懷沙〉篇首兩句：「滔滔孟夏兮，草木莽莽。」而篇末則明書：「知死不可讓。」屈原絕命汨羅，恰是端午夏日，草木莽莽之時。我立於祭廳前逐字細讀聯文，汨羅江聲，彷彿隨風盈耳。

楹聯上方有巨匾，上書：「德範千秋」。我尋思著這「德範」二字的意涵。屈原的作品在在表現出一種因內而符外的情志。「範」於千秋的，便不止是文字創作的詩篇，也是詩篇承載出的人格典範。

屈作中有大量的隱喻意象，強烈鮮明地對照出「善」「惡」，「美」「醜」。而作品運思處，也明白地提示他對「善」、「美」的選擇，而且堅定不移。隱喻中如「道」、「路」，或各類芳草香蕙，涵示了政治作風或理想，以及人格品質。「善」和「美」的執意選擇，也就可以由為人原則引申到責任意識。屈作中多次引及殷代賢臣彭咸之名，也多次示意願遵其「遺則」或從其「所居」。遵歷史人物行跡，實踐出自己人生意義。

作品，何止是辭章的營造而已，也是生活過程中的生命思維。任何思維形態，都足以影響後代人心，而人心一念，又可轉而成為具體行為。一轉成具體行為，便牽連關係到社會秩序和責任。只有反省自覺到這樣一種層面時，一個寫作者，才會警惕到自己「心志」。「立言」，也其實是「立行」。

離開屈子祠時，山林依舊寂寂。回程路上，兩千年的歷史血脈，流成汨羅「灘聲」，潺潺於赤泥路的輪轍中。

行色

——臺北雜感

前言

三兩年來，出門無論遠近，都只是十來天的短駐。六月間回臺，一樣是不免行色匆匆。回臺主要原因，是應歷史博物館之邀，作一次藝術專題演講。攜帶的行李一如平時般簡便，心情上卻不那麼輕鬆，雖然可以探望親友，心裡還是壓著一塊「任務」的重石頭。

今年臺北文化界大事之一，是兩位藝術大師陳慧坤和曉雲山（即曉雲法師），同時獲頒行政院最高終身成就獎。前者是臺灣前輩美術界油畫家。後者是當今佛門水墨畫及書法名家。

歷史博物館特為兩位大師分別舉行大型展覽。開幕典禮後，各有座談會及專題演講以襄盛舉。我的「任務」，是參與曉雲山書畫展座談會，並作一場演講。

臺北駐留期間，大部分時間花在演講的準備工作上，但此文所說，無關演講，而是幾個穿插的小經驗所引發的感恩，寫在這裡，以筆傳心。

茶鄉憶「茶」

在華梵大學的文物館，為演講事查證有關資料期間，曉雲山大師（華梵創辦人）見我埋首工作，特邀我工作告一段落後外出散心。她說，坪林鄉資建的茶業博物館，是一個清雅的好去處，而且，還可在附設的茶藝室品茗閒談。

華梵大學所在的石碇鄉，鄰接坪林和文山，那一帶，是臺灣名茶之一的「包種茶」的茶鄉。坪林茶業博物館依山而建，形制設計，古樸素淨。展覽內容，由神農嘗百草發現茶葉的遠古傳說，到飲茶成為中國人日常習俗的歷史演進。還有各種有關茶藝的審美創造。

我們在博物館中觀遊的時間，正是一般人都忙於工作的一個周日午後，館內別無他人，我們在清涼的冷氣空調中靜默移步，或讀簡介，或看造景，或賞茶具……我的思緒，逐漸延引，越過樑柱，越過山林，入天渡海，婀旋於舊金山晴煙迤杳的海灣邊，那個圓廳明窗畔，女兒的「中國婚禮」。

女兒有意無意地選定了「五四」紀念日為婚期，而在這個具有「西化」意涵的日子，女兒又斷然拒絕了西式的結婚儀式。女兒的「毛病」又來了，不按「牌理」，追根究柢。

一般來說，兒女婚期決定後，首要之事，就是預選教堂，定製婚紗禮服。但我的女兒卻持理相告，她不是基督徒，絕不進教堂。不進教堂，當然不要穿戴白色的婚紗禮服，更不要向一個神職人士唯唯諾諾說"I DO"。

在不能沒有婚禮儀式的前提下，我開始起念設計。尋思再三，決定以民間「獻茶」為禮的概念來作基礎，從而引申變衍。婚禮的主軸，以形美、體碩、弦繁的箜篌為樂，以有關婚姻意義的中英文詩朗誦為前奏，以燃燭、獻茶、結彩為重儀。

我花了許多時間將儀程細節用中英對照印成儀帖，以便中外賓眾了解這一超乎規例的婚禮程序。並在儀帖中簡介茶的歷史和獻茶的涵義。

女兒的嫁衣，是手工刺繡緋絲的衫裙，十分華麗，明窗外，海天空闊，圓廳內，鮮花、巨燭、弦樂、瓷盅……婚禮進行得和樂莊穆。當女兒端著茶盅，在弦樂輕奏中，向她的父母獻上感恩生養的清茶時，不少賓眾感動落淚。

我在茶業博物館移步回想女兒的「獻茶」時，也同時不禁聯想著，像女兒這樣一個在美國土生土長的現代專業女性（醫生），能夠樂於接受那樣一種中國式婚禮，實也無異對她生命根源文化的尊重和默契。而儀式所表達中國式的審美，也一樣超越了國域種族文化的差異，達成普遍式的心靈感應。更為意味深長地，女兒的「五四」婚期，針對著歷史上「五四」的「西化」觀念，她的西方社會中的中式婚禮，又作了怎樣的反諷和揶揄？

黑豆腐之家

石碇鄉一帶，山泉清澈，鄉民製作的豆腐聞名遐邇。週末或假日，常有人不辭辛勞，來到石碇深坑小街，品嘗豆腐美味。

那天黃昏，我們從坪林返回華梵大學途中，見坪林石碇接壤的山路邊，有獨戶人家，門前豎著招牌，上書「特製風味黑豆腐」。我大感意外，以為天下豆腐一般白，怎麼竟有黑的呢？堅持要下車一嘗。

斜陽映照的黑豆腐人家，外觀上沒有特別的裝潢，門戶樸實平凡，但予人一種溫煦祥和之感。老祖母帶著小孫兒在屋側澆花灑掃，門內隱約有民謠曲調播放，一隻黑狗護著小黃貓在桌下睡覺。

入門後，店主出迎，招呼我們在一張斑剝著舊漆的方桌邊坐下，一邊向我們解說，這張老桌，家傳一百五十年了，只有貴賓來時，才招待坐此。「古老」和「尊貴」繫連，一個鄉民懂得，當年的「五四」人士不曾懂得。現在的西化分子，能夠懂得麼？

隨即，店主婦端上茶具，店主問我們要喝什麼茶？我們入店之意原不在茶，只隨口答清茶就好。

店主沏茶後，斟佈香茗，我隨便問了問，他是哪裡人？他直截了當地答：就是石碇人。隨即加了一句：祖籍福建安溪。他理所當然地追述祖源，令我有一份感動。

《臺灣通史》中〈農業志〉上，確曾記載，包種茶的茶種傳自福建安溪，茶鄉一帶的居民，也大都是安溪移民。像茶種一樣，落土生根，世代不移了。只是，當前的臺灣社會上，泛政治意識，混淆抹殺了文化根源意識，播弄省籍情結來助勢間離。茶樹尚有種源由來，人，又怎能從天而降呢？

人，從生命關係來看，何止是千頭萬緒？人的存在，是多方面諦屬的統一關係。親倫、國族、歷史、文化，甚至世界。生命並不輕，而且還是沉重的，如果人還有一點歷史感、血緣感、責任感……

終於，黑豆腐上了桌，才知道黑豆腐並不黑，豆腐原料是黑豆，豆皮純黑，但豆仁色澤青綠，製成的豆腐也是微帶青澤。但黑豆腐製作，不用石膏，用的是南部恆春特製的海水鹽滷，可說是一種純自然的營養食品，味美而別致。

吃豆腐時，我向店內空間環視，見牆上掛著大小蓑衣，樑上懸著舊式農具——鋤頭、犁耙、耕架……店主見我似有所詢，便自動解釋，他家歷代務農，那些農具都是家傳舊物。他母親當年學做豆腐以助家計，他就是從母親處學會做黑豆腐的，而這一獨家手藝，使他們家境漸入小康……我莞爾謝他傳述家史，也衷心祝福他事業蒸蒸日上。

其實，我朝屋壁樑柱間的顧盼，是出自內心的緬懷和悵惘。那些似曾相識的舊物，勾起記憶中幼時慣見的田景：耕牛、農父、蓑笠、耙犁……好像這些景象都已縮影於卷軸古畫。時光，緣卷而展，成為當前的「現代」。文化，不也是代代展卷的畫軸麼？再過些時，我們這一代也將成為畫景。

告別黑豆腐人家，回頭望，老祖母澆過的山花上，滴滴水珠，噙住顆顆斜陽。

曲巷與高樓

在華梵大學完成資料查證及講稿整理後，下山暫居於辛亥路的羅曼羅蘭大廈。大廈前左不遠處是臺大校園，樓廈後方則是師大一帶的小街曲巷。街巷內寓樓商店雜陳。除了日用所需的各式商家外，還有或早或晚臨時設置的攤市。早攤多為菜市或早餐的經營，晚攤則是百業競利的營生地盤。我在一個古玩攤上買到一支刻有佛經微雕的大筆，也在一個舊書攤上買到一本水漬濡濡的《歷史與戲劇》(已故名報人龔德柏著)。我在曲巷內蝸蝸閒步購物，曾覺察出臺北經濟繁榮的浮華外，一種生活踏實的勤儉，一種藝術館收購不到的民間文化珍藏。

離開臺北前，曾往世貿中心大樓頂的紫晶廳赴宴，席設大窗畔，隨意側首，便可體察出臺北市另一種高華。

世貿大樓所在地，屬臺北市區的黃金地帶。窗外，有五星級大飯店、銀行大樓、雙十造型的市政府，還有，黃瓦飛簷、佔地廣大的國父紀念館。暮靄裡，那一帶的臺北，氣宇非凡。一轉眼，遠遠的高速公路亮起了路燈，黃晶晶的，像一條琥珀長鏈，將臺北夜景鑲得更為華麗。

眼光從窗外回向桌面，雪白的檯布上，銀瓶中插著粉紅的玫瑰，一枝粉紅的長燭亮起柔光。在適恰的空調中，顯得清寧雅潔。一樣是臺北，我卻彷彿置身另一種世界。曲巷中的熙攘嘈雜顯得十分遙遠，而其間，只是二十來分鐘的市街車程。

不知怎麼，話題落在我居住地帶的大廈名稱上，從羅曼羅蘭大廈左越新生南路，是莎士比亞名廈，樓後方越泰順街，是新建的雨果大廈。這鼎足而三的高樓名字，都屬西洋文學中的大文豪。大家笑下結論：三座大廈的營造商，大概都是外文系畢業的高材生吧？

進餐之際，我不免尋思，以文豪命為樓名，真的有關學養麼？恐怕大部分是因為利益招徠。舶來的名字，在一個商業社會的大眾心理上，更像一種「名牌」。否則，我們自己的大文豪呢？李白、杜甫……羅貫中、關漢卿……不都是世界知名的不朽文豪麼？

窗外，夜色更濃了，大樓燈光，輝然相映，我已無法分辨樓名，只樓燈映處，閃出國父紀念館的琉璃黃澤。不禁聯想：在這個因經濟資訊形成的地球村舞臺上，文化的原創力，才是可以「媲美」的真面目。而那一方琉璃黃澤，讓我確知不是處於其他大城，而是身置臺北。

夕陽中的笛音

接近藍天的地方

從秘魯首都利瑪(Lima)起飛的絕早班機，逐漸穿破黑暗，迎向黎明後的朝陽。終於降落在安底斯(Andes)山脈間的窟斯珂(Cusco)機場。機艙外，旭日炫睫，山寒清澈。

不過，來到古城窟斯珂的旅人，還來不及漱洌飲涼，便已頭重腳輕地步態晃軟。一萬三千英尺海拔上的城市，對於初臨的生客，首要之急，便是在稀氧的空氣裡，對難免的「高山症」作一番調適。

旅館是古修道院改裝的，高大的門拱、重冷的石砌。兩層樓的柱廊建築間，是一方內院，院中心一座人造泉景，在朝陽下，噴流而成閃閃水晶串。柱間瓦缽盆栽中的綠葉紅卉，鮮亮照眼。

在候客室註冊登記時，侍者端上古柯鹼葉子泡製的熱茶說，喝此茶可稍解高山症不適情況。喝茶之際順手拈來有關高山症警戒短章，列舉不同症狀，除了通常的頭痛、呼吸困難，心跳加速外，還有冷汗、嘔吐，甚至引生幻象(Hallucination)。心理作用吧？我一面喝著熱茶，就一面冷汗涔涔。

只是，既然千辛萬苦地來到窟斯珂，便容不得我做個「嬌客」，即便氣若游絲，行似棉步，也得外出走動適應。而「高山行」，大不易。儘管，兩小時的旅程，像孫悟空的一個觔斗翻上「凌霄」，而走「霧」行「雲」，難成步調。不知多少次，也顧不得路人的側目，管它是巷口、階邊或牆角，隨時席地、依石、抱膝，保住最後一口「元氣」。那樣鋌險似的走了一大遭，總算調適了肺活量，差強行動如常了。

更接近藍天的古山城，空氣稀薄如網，濾走了一切塵染，陽光照得那樣強朗，任何地上的陰影，都像可以掀起的剪紙圖案。大街小衢或廣場，雖然看來人車熙攘，而市聲卻像隔了一層玻璃，聽來有如空谷遠音。舉目眺遠，山城外的禿山旱嶺，起伏如浪，曲曲流入晴藍。窟斯玽，這座古印加帝國(Inca Empire)的舊日都城，五百年過去了，流光如水，可曾洗淨它的沉冤？

古城的歷史詠嘆

在神話裡，印加民族是太陽神英帝(Inti)的後裔，先祖凱帕(Capac)和娥蘿(Oello)各執金杖下凡尋覓福地。就在安底斯山脈間的沃原上，金杖觸地深陷後，凱帕和娥蘿決定在此繁衍生養。男耕女織，歲月平安。他們名此福地為窟斯玽，意為臍眼，象徵了天人間的接衍和始源。

印加人沒有創造文字。從農業社會初始，恆以結繩紀事（此類結繩符錄仍可見證於利瑪歷史博物館）。據後世學者推考，印加帝國約始於西元十二世紀。此前，南美大陸上不同部落據地為疆，人類生活史蹟可以上溯數千年之前。

至於「印加」這個名稱的由來，始於擴張國土的「印加帕嘉庫德優班祺」(Inca Pachacutec Yupariqui)國君。帝國擴大壯峙達四個世紀之久，直到哥倫布探航後，末代印加帝王阿達華帕(Atahualpa)死於西班牙戰將彼薩羅(F. Pizarro)和天主教士伐維德(V. Vaverde)合謀的騙局。

何止是騙局？道義上違背了盟約的然諾信守，宗教上違背了誠意和正義的信念。神職和戰利掛鉤，更凸顯了人世的墮落。歷史的醜劇，有這樣的記述：

彼薩羅和印加王約盟峰會於卡嘉瑪加(Cajamarca)協議解決爭戰。毫不置疑設防的印加王率領儀軍赴會，而預謀的彼薩羅，事先佈陣埋伏，生擒印加王後，也生殺沒有寸械的儀軍。彼薩羅將印加王囚於幽室，允以黃金盈屋的條件予以釋放。由窟斯珂運到的黃金，不日盈屋。教士伐維德追隨彼薩羅之餘，進獻口藉權計，以不信天主的「異教徒」罪名，將等待釋放的印加王予以刑弒。亡訊廣傳後，印加人心傷逝潰亂，帝國於焉隨亡。彼薩羅謀利篡權後，移都海邊的利瑪平壤。

南美大陸上原衍的數千年時光，筆斬而成西方移民史的兩個簡單的分段：「哥倫布以前」(Precolumbian)，「以後」呢？南美大陸上的西方霸權，分據為不同的版圖國界。印加帝國分劃為當今的秘魯、厄瓜多爾、玻利維亞以及智利。

秘魯的窟斯珂，雖然街巷依稀如古，早已不復舊日王都。太陽神廟被毀，黃金神殿無存。

廟址上建起龐大的修道院。原築的巨岩牆砌，因無法搬移拆遷，仍峙連於修道院的架構間，嵌接細密平整的殿牆，空凹著座座雕龕。導遊指稱，古昔，龕中岩壁，都供置著黃金塑品。想像中，鐵靜的岩壁映耀出金黃，那樣一種凝穆中顯露的華貴，讓我們默然驚嘆。體觸到印加文化的特殊審美觀——一種因內歛節制而成的簡淨絢素。

印加王宮的舊址上，矗立起當今的大教堂。這座形制龐巍的建築，有如人類文明的噸錘，失衡地沈壓鎮踞山城。城區裡，還有大小不同的教堂，分屬不同教會，鼎勢峙據，分牧著心靈的群羊。街心佇立，偶見黑袍教士急步穿行，心中恍然，彷彿歐陸中古一剎再世。窟斯珂陷亡時，中古早已過去。歐陸開始了「文藝復興」，卻把教權下的「中古」，趕到南美異域。

原有高度文化的印加人，在被強迫改變信仰的過程中，慘遭人類歷史中的「黑暗」。僅僅半個世紀，人口驟減到原有的百分之十（史稱印加人口原有一千兩百萬）。經過慘烈的掙扎，印加人運用心智，在「異教」權壓下，巧妙地保持了部分的原有信仰。導遊指出，教堂中垂頷高立的聖母，腳下所立的一彎銀月，原是印加文化信仰中的月神符徵。耶穌十字架背後的四射金光，就是印加人崇拜的太陽。壁畫「最後的晚餐」桌上的盤飧中，盛有印加人至今視為美味的天竺鼠。而日常生活物質的玉米、果實、龍舌蘭……也一一可見證於教堂的壇雕上。

大教堂主殿之側是典藏館，高牆上繪著眾多「聖像」，第一個就是獻計謀殺印加王的伐維德。靜立仰觀，想著：價值，如果恃依外在權勢，又怎能存為真守？尼采所言：「神聖，比起任何慘事、罪惡，更無以計數地殘害著生命。」固然那是他深思洞察後的哲學箴言，揭示了十六世紀以後，教會人士的腐敗，以及掛鉤政權共促的災難。但尼采還是未能透觸問題的核心。在西方，神聖是懸空抽象的理名，是可供祈禱求索的外力。而在東方，它必須植根於人類內在生命，沒有這種根據時，便無以成就任何真正的德行。神聖，是德行。提昇超越到完美崇高的境界時，可以「為天地立心」，可以「為生民立命」，可以「為萬世開太平」。何至於征伐、計謀和殘殺呢？

夕陽中的笛音

導遊在教堂裡講解印加文化信念的迫退隱存時，我感覺到他語氣中的沉重，開始打量觀察他。無疑，他是一個印加後裔。瘦長的體型、略顯瘦削的臉上透著經年日曬的赤紅。覆額的烏髮下，是一雙冷靜而又溫和的眼神，在典藏室中我刻意問他：那個壁繪首席「聖像」，可就是計以「異教徒」罪名枉殺印加王的伐維德？「是！」他的回答快如斬釘。我又問這個傢伙屬於哪個教會？「多明哥教會！」他還是截無餘詞。從他斷然的答語中，我知道他必曾熟讀歷史。他的講解，原也是一種無奈和詠嘆。我忽然記起一本厚重的繪典。

一九九二年，華府國家畫廊為紀念哥倫布探航五百周年，舉行劃時代的世界藝術展，透由藝品來呈展不同文明史蹟（曾撰〈發現之後〉長文）。就在印加藝術陳列室中，面對一單獨慎框隔展的厚典重冊，我曾久久震撼佇駐。這冊稀世孤本現藏於歐陸博物館，著述者是十六世紀末一個印加後裔。有鑒於印加人口在西人統治下銳減速亡，悲而作書，以西文手寫，並附繪圖錄，敘述印加本源文化種種，期異族統治者同情了解，並予以善待。厚典裡封積了數世紀的悲情瘖瘂，依稀從導遊的語聲中迸閃。而我，竟已來到著述者的原鄉。我的觀遊，又何嘗不是我的尋證？

走出教堂的森冷，來到廣場，安底斯山脈的高雪崇冰，在蔚藍深處皚皚如昔。生命，往而復始，未斷營營。

越廣場後登車，導遊說，我們將去城外山郊，看一處名為「剎剎華門」(Sacsayhuaman)的古蹟。他提醒我們，古蹟地帶，嵯峨曲折，觀遊者眾，眾裡尋他時，可喊他的英文名字：弗萊第。然後，車輪緩緩輾過市聲，大街小巷時忽掠窗入眼。在這個已西班牙化的城區裡，古印加痕跡，可謂處處可尋。那些數以噸計的岩石所建古牆，依然平整密砌，成為各式建築的外垣和基底。即使是現代設備的觀光旅館，也無法折拒巨岩的峙踞。印加牆，似以迕岸的沈默，砥流歷史。

來到剎剎華門，眼前捲攤出一片漠漠草原，夾峙草原的是兩座山崖。右邊崖層，砌疊出三道岩堞，轉折垛突，延伸去遠。弗萊第這時向我們展開一張地圖，圖中，窟斯珂城區延連草原崖岩後，形成一條巨型山豹(Puma)。凹凸的摩岩連堞，形如巨齒，隔草原而張成凶噬。城區地帶便看似豹腹，城末河流恰成豹尾。這是印加第九世君王帕加庫德(Pachacutec)以其超

視宏觀設計的帝都。山豹是印加神話裡最凶勇的神獸。豹齒噉張地帶的「剎剎華門」是設計中的堡寨險防，可攻可守。就在這裡，印加人曾抗禦西人入侵達數月之久。

在岩齒巨齟間轉行之際，弗萊第手搭一座擎天摩岩說，僅此一岩，重達一百二十五噸；但與其他噸岩的砌接，密難見隙。古昔，印加人曾以什麼神技搬運砌建？至今科技上尚未能確切作解。撫岩佇仰，只有悸然無言。

我們在垛徑間曲折攀行，如在豹齒的時光髓裡，蛀證自身的渺小生命。就那樣顛蹇拾步，逐漸將太陽踩向西山。金光溶溶斜映，冷硬的岩表揉入金黃，呈現幾分溫軟。

好不容易攀上一處階頂，止步停息時，忽有幽幽笛音從晚風裡旋然飄起。遠處，山巒疊濃了暮意。笛音的旋律，乘著斜暉柔脈，流成音泉。剎剎華門，群岩兀默。

悄然緩步下階，轉出岩堞地帶。舉目四尋弗萊第，一側首，但見他背靠巨岩，朝我投目收笛，哦，是你！因我的低徊遲步，在等候中弄笛自娛。他收笛後，繼續領我們攀崖越嶺。從嶺頭危步下行時，笛音又起，弗萊第早已下到低地，站在一塊臥岩上捉笛吹奏。見我們漸近時，準備收笛止吹。我向他喊：「請繼續吹奏！好美的樂音！」他果然吹下去，笛韻由悠婉，而激越，而咽噎。終於，戛然而斷。我們隨他踏過荒蒿，上到停車的坡路。暮靄，從四面八方圍攏。

從車窗外望，山崖沉寂，觸目荒涼。這裡，曾是印加人誓死的古戰場。噢，我懂了，弗萊第，適才你吹奏的，原是一曲國殤！

瑪丘碧丘

前言

南美秘魯國境內的瑪丘碧丘(Machu Picchu)，可以說是舉世知名的一處古跡。不同的是，它不像其他古跡，大都有史料考證的年代背景，讓憑弔的人調適想像焦距而採錄心影。瑪丘碧丘諦屬的古印加(Inca)民族沒有創造文字，因此，它在時空中的存在和發現，有如山雲聚散中的隱顯、飄忽，至今難以確測定論。

儘管，瑪丘碧丘是南美大陸古文明的一處驚人遺址，但它只在二十世紀初才逐漸為人所知。秘魯政府將這處古跡定為受保護的「歷史聖地」(Historical Sanctuary)，還得等到二十世紀末期的一九八一。至於「瑪丘碧丘」這個名字，也並非源古而來，它只是當年考古探察期間，由當地人隨習賦予。土語之意，是為「老山」。相連於「老山」一座聳突撐空的岩峰，當地人稱之為「瓦那碧丘」(Wana Picchu)，意即和老山相對的「新山」。其中意涵也許和中國文化俗稱的「子母山」相彷。

瑪丘碧丘所以知名於世的另一個原因，是文學上的傳詠。一九四二年，智利的諾貝爾獎詩人聶魯達(Pablo Neruda)，登山訪古後，寫下他最著名的長詩——〈瑪丘碧丘之頂〉(The Height of Machu Picchu)。廣為傳誦的《聶魯達詩集》，也將「瑪丘碧丘」之名吟入世人心靈。數年前，我曾造訪詩人故居，見到他生前拼貼於客室的瑪丘碧丘攝影。

那以後，我也偶爾讀到一兩篇有關的報導，文字都十分簡略，而配合眾多的圖片，卻十分引人入勝。翠嶂峰岩、牆墟屋砌，自然和人間如此調融和諧。青山依舊，而設計策建山城的人世心靈永去無蹤。即使是看圖景，心裡也不禁興發慨情。當然，也難免冀想有朝一日能目睹親臨。而逝水無痕，苒苒已好幾年韶光，直到去歲深秋，一個偶得的機緣，引我去到瑪丘碧丘。

途中

清晨，古城窟斯珂(Cusco)山寒瀲洌，而市街人群早已開始了熙熙營生。我裹衣豎領地冒寒踏上開往瑪丘碧丘地帶的小火車。從一萬三千英尺高度的車站所在，火車以「之」字形勢往返轉折，逐漸降低到平谷後才加速坦進。沿途，車窗外荒原、廢墟、叢莽、梯田……馳移掠眼。車經小站，火車鳴笛而過。嫋嫋餘音，牽著青巒村舍隱沒後程。嘎嘎隆隆的車聲，迴響著歷史軌轍中的荒謬變遷。我想著瑪丘碧丘在時光中的隱沒與重現。

一九一一年，美國耶魯大學講授南美史地的教授希藍賓漢(Hiram Bingham)，來到原是昔時印加王都的古城窟斯珂考察地質。聞說有關瑪丘碧丘廢墟事而去到當地，透過附近農民帶領上山查證。那以後，一座隱沒了數世紀的山城，便在賓漢集資率眾的開掘下重見天日。當時的賓漢，曾確信他找到了傳說中的印加最後都城。至今，瑪丘碧丘景點有以 Royal 及Palace 字樣命名的，即是基於他「最後都城」(Last Capital)的臆信。

所謂「最後都城」的傳說，又有怎樣一種來龍去脈呢？

時光返溯，回到十六世紀初葉，西班牙在哥倫布探航後，展開尋寶殖民的殘酷征戰。早有黃金之國傳聞的印加帝國，就在那種極端功利心驅使下，當其衝，滅其國，亡其制度文化。

最後一個印加王阿達華帕(Atahualpa)，在西班牙戰將彼薩羅(Fzancisco Pizarro)預設的高峰會議騙局中捕殺後，王族曼珂加帕(Manko Capa)守戰窟斯珂達數月之久，終於潰敗逃隱。從此「最後的印加都城」傳說，便因曼珂隱匿之地未能尋獲而流衍不斷。西班牙人從印加國境運走數以噸計的黃金寶物，這個「最後都城」，必也藏寶無數，妄念貪心下，傳說便也愈衍愈奇。

不過，賓漢自以為發現的「都城」，在考古科技的新發現中已被推翻。繼之而起的是其他臆測。其一認為是一座守護王都的戰略衛堡(Citadel)。前述詩人聶魯達於一九四二年登臨時，據此推論而寫下詩中問語：「瑪丘碧丘，你是否興築於苦役？」其二則認為是宗教淨宇，供祭師、女筮居此以測天象、卜人事。較合理的推測，認為古印加部落據此險隘隱僻地勢向外伸展到窟斯珂，然後從窟斯珂擴張而成帝國形勢。

到底，瑪丘碧丘是怎樣一處城墟呢？我的期待急如車速。

山上

火車漸漸緩速，駛進烏魯班巴(Urubamba)河峽，群山聳雲，急流捲雪。這一帶，南美安地斯山脈化整為繁，形成系列山鏈。瑪丘碧丘便高處於一座岩山之頂，它所在的高度是海拔六千英尺。

走出火車站，必須跨過一段亂石磊磊的崎路，下到河岸邊的平地，到那裡搭公車上山。車子在翠嶂蒼巒間轉折上攀。舉目，上有青峰掛空而旋；垂睫，下有白水繞壑而轉。那樣幾番天旋地轉後，終於落足山顛。

山顛，這時也不過是一方停車的平場。立崖而望，朵朵峰巒，疊疊淡遠。瑪丘碧丘呢？依舊掩隱未見。

然後，通過一道窄門，經過幾彎曲徑，峰屏嶂坳間的瑪丘碧丘，才以驚人之姿展現眼底。昔時的城居，在緣勢錯落、階連、櫛比的構型中，顯示出曾經存在其中的生活節奏、心靈俯仰、以及資依自然的耕作。

瑪丘碧丘在密藪莽蒿中隱藏數世紀之久，清理葺復後，依舊城貌井然。嚴整的牆垣，清晰地寫照出古印加人居住的空間格局。窗門龕窟，似仍有生命游移吞吐。刻石鑿岩而成的階徑，或上或下，或伸或轉，似仍有腳步踏證時光。我久久駐足瀏望，山風過處，依稀遠昔的祈祝和歌哭。

根據考證勘測，城墟間曾供居住的砌築，僅有兩百多座，推想的民眾聚數，約有上千之多。其他建構，功能上可能屬於宗教祠儀，或天象觀測。其中一處最特殊的景點，是結合人工雕琢和自然巧姿的兀鷹造型。人工琢岩而成鷹首，連拱石為背，兩邊山岩塹劈自成紋理，形成雙展巨翼。鷹啄前鑿岩而成一彎小池，池中聚水，看來如同兀鷹天降取供。在印加神話中，兀鷹是連接天上人間的神鳥。人死後，靈魂由兀鷹背負升天。這樣一種合外象而成靈視，運巧思而成創造的形象，無疑是印加人藝術心靈的表現。兀鷹的動姿，將嚴靜、樸素的山城點化得意趣宛然。不過山城死了，兀鷹也因失去祭享而僵亡。

雲裡

山城又是怎樣死去的呢？沒有定論。

不過，可以推想的是，人類的生存，不僅是物質層面上的資養酬穫，還有精神層面上的

景山及墟廢丘碧丘瑪

景山丘碧丘瑪

價值依仰。印加文化在西班牙人政權和教權的雙錘下，幾乎全面性地被摧毀。這些都可證諸於西班牙文史錄。史錄中最令人慼嘆的是一帖臨終懺悔書，那是曾為西班牙立功的最後一個戰將勒奎薩摩(Don Mancio Serra de Leguisamo)所寫。為了滌雪良心，他承認自己是罪惡的(Guilty)，承認印加地域，曾是一個沒有盜竊、惡漢、淫婦……的乾淨國土。而這樣一個文化國度，卻被「……我們邪惡榜行毀滅了」(...We have destroyed by our evil example.)

瑪丘碧丘山城和當年印加王都窟斯珂間，有一定的連繫依仰。這可由山間連綿的棧道、梯田、廢墟來作推證。十六世紀後，王都神廟毀了，王宮折了，文化根軸斷了，生存意志從何扶振？不知何年何月何日，山城成為空城，空城淪為廢墟。然後，山雲山雨豐茂了蒿藪，山城在時空中隱沒，直到前述考古隊的「發現」。

發現了麼？發現的只不過是城骸，它足以承受地震的建築奇技，它的設計構想和功能意義，至今如謎。在秘魯，還有更多尚未獲解的謎。這些「神秘」，在某種層次上，挑戰了權威，揶揄了科技。也許，這就是印加古文明的終極勝利吧？

在瑪丘碧丘城墟上下轉折行走間，天色漸顯陰晦，白雲不知何時開始繚繞突空而起的瓦那碧血岩峰。不久，山雨來了，遊眾忙著取戴早已準備好的雨衣雨帽。我立高而望，雨絲隨山風飄灑牆垣古徑。這個原是人類作息聚居的山城，因失去生命的脈動和生活力度，在微雨、

雨林之夜

邊城

飛機開始降低高度，清寒古穆的印加舊都窟斯珂(Cusco)，逐漸高隱於一萬三千尺的雲壤。在窟斯珂累積渦沉於心底的感慨，也就暫時託付霄外。

機場所在地，處於秘魯境內的亞馬遜河谷，屬於一個名叫瑪唐納多(Puerto Maldonado)的河港邊城。一出機艙，就被捲入雨林地帶的潮熱濕重。簡陋的機場門外，隔著一道鐵柵欄，一些當地的接待人員或親屬，扶欄默默顧盼。我們待在鐵柵這一邊，一時也不禁投目相顧。熟於西班牙文的丈夫，終於施出「解數」，一一索問相詢，不懂西語的我，只好全心「隨雞」。

鐵柵盡頭，丈夫向一位健碩豐滿的西裔女郎喋喋交談，隨即見他出示機票、行程表、訂遊單等，女郎確定我們是她接待的人後，關照我們繞出鐵柵，一面招來一輛三輪機車，車邊四支鐵柱支一方篷蓋，遮去正午的驕陽。機車座位後方是粗繩結成的網袋，她矯捷地從我們手中接下手提行李，一古腦兒地塞入網袋中。然後她招呼我們坐上篷蓋下的雙人機座。她自己則一躍跨上一輛摩托車，一揚手，三輪機車隨著兩輪摩托，隆隆急馳上路。原來，三輪、兩輪，都是邊城營業的Taxi！

從「四大皆空」的篷蓋下迎風觀望，但見大道筆直前引，在極有限的機車行駛中看來，顯得寬敞。也可見出那是邊城唯一的柏油路。路邊田野，仍帶著一種「篳路」的塵汗荒塞。七十年代，這一帶因發現金礦而興建了機場。八十年代中因人口繁增而蔚為城市。九十年代以來，商機敏感的投資者，在河域雨林興建寨營，成為以「原始」為品味招徠的觀光點站。

進入城區後，「摩托女郎」轉身向我們機車駕駛示意。於是一個大轉彎，車子由大道進入側街。沙礫間花草奄奄。緣街並沒有店舖，只住家式的建屋櫛比而列。車子停在一家住屋門前，女郎示意丈夫下車和她一起入內。我待在座位上，泥菩薩般有口難開。無奈地閒觀花草邊群雞啄食，蜂蝶飛舞。女郎陪丈夫出來後，以西語叨叨相囑，只聽丈夫唇間擠出兩聲齒音：“Sż！Sż！”，然後重登原座，「翹！」（再見）機車重上大道，長驅來到河港所在。原來，側街那一番折騰，就是「機票再肯定」的例事。

寨營

站在高據的港岸閒觀，岸下河港中聚泊著大小不同的舟筏。正不知該如何搭乘去寨營的舟渡時，忽有舟子相迎，我們隨他上了一隻棕葉為篷的木舟，一番解纜撐篙，泛離港岸，然後他發動引擎，我們便在遙天闊水的亞馬遜浪濤中迎風駛向寨營所在的雨林，以既定的金額，去購買兩天的「原始」。

小舟順流而行，這條名為「馬德帝歐」(Madre de Dios)的亞馬遜主要支流，域廣流長。午後的河面，只有我們的小舟行泛。兩岸水邊偶可見到橫繫的扁舟，那是雨林農家；蕉

亞馬遜河畔雨林營地入口

熟果成後，載貨赴城營生的交通工具。

約一小時後，小舟抵達寨營所在地的岸邊，下舟踏上陡岸懸梯，上攀之際，始覺營地據勢之高。進入寨營接待室，侍者遞上裹綠蕉葉、簪大紅花的冷飲杯。大紅大綠的鮮色，頓時照亮茅頂原木的室構空間，櫃檯上方橫掛的布幕上寫著營寨的名稱：窟斯珂亞馬遜尼珂(Cusco Amazonico)。櫃檯側方，是長形的餐室，桌椅全是以粗木刻砍而成，桌面和椅座上，仍留著歷歷鑿痕。

十多座營屋全為一式型制，僅以號碼標誌。營屋架木而離地，拾短梯而上平臺，平臺後是臥室，放著兩張單人床，掛著小時候曾用過的圓頂蚊帳，緊緊裹罩床墊。再後即為沖洗室，水源汲自河床，略帶混色。沖洗室有敞窗而無掛帘。整個營屋因通風敞涼而成「開放」，初入之際，心頗惴惴。然後轉念而「悟」：只有在文明裡，才有偷窺覷竊，雨林原始地，本色本相，大開大放，正是解脫心機、心眼、心病的所在。

營地一帶，有水無電。只有一盞一盞的小油燈作為照明。風雨來時，滅火掀簷。寂寥茫暗中，足以讓人倒溯流光。感念人世遠祖時代的素樸，那時的人，若於此時此地，所思所想，當非身處的飄風驟雨，而是明朝明日，光風霽日下，生命作息的持續。

沙洲

小舟逆水溯流而行，舟子相告，我們的去處是河島沙洲。接近沙洲時，沙灘邊立著一個人影。人影邊坐著一個猴影。才知沙洲林島並非荒境。下舟走上沙灘，看清人影原是一個清癯白鬚的老人，身畔的猴影是一隻長臂黑猿。老人提著水桶，剛從河中汲水待用。他見我們走近，高興地微笑相迎。長臂猿緊隨老人身畔，並不因陌生人而躲避，可見大凡住寨營的旅人，必來此一遊。

老人帶著我們走向沙灘外的叢林小徑。叢林邊種有玉米果樹，喬柯間，上上下下纜牽著鐵線，正要詢問緣由時，但聞老人高喊：克珂！艾倫諾！羅拔托……還以為他在呼喚家人，倏時，靜靜的叢林中起了一陣騷動，首先出現的是克珂，形體只有兔子般大小，據說是世界上最小的一種猴子。然後艾倫諾援臂而落，她是一隻淡黃色的長毛猴。最後羅拔托沙沙出林，又叫又嚷，他是一隻看來雄壯的大黑猴。一時，鐵線上下，眾猴攀躍，不知是取悅主人，還是喜迎客人。

叢林的盡頭是一方廣坪，坪邊建有和我們落榻的寨營相似的木屋。敞門敞窗，可以看見屋內蚊帳和炊具。屋側木檯上羅拔托和艾倫諾不知何時跳上，端坐相覷。克珂呢？我問。我的表情也許有點失望吧？老人從室內帶出一隻胖胖的小猴，毛色灰雜，黑白相間的顏面上閃著兩隻圓圓大大的眼睛。那是一種我曾在電視節目Nature上見過的夜猴，暱名「林寶寶」(Bush-Baby)，圓大的雙目，敏於夜林活動。乍見時，恍如牠才跳出螢幕，和我在現實中相逢。真是樂如「心花怒放」。牠好像知情，倏然從老人臂彎跳上我的肩膀，親吻我的臉頰。天真無邪，恰如「寶寶」。

噢，生靈，生靈，中國古籍常以之稱名，我也確信一切動物都有某種層次的心靈，不只懂得求生繁殖，也不只是「上帝」造來供人屠宰驅使的物種。牠們和人一樣有不同程度的秉賦。君不聞「道生一，一生二，二生三，三生萬物」(語出老子《道德經》)。萬物孳繁，若自「生命」溯本返源，都可歸於「一」，生於「道」。「林寶寶」和我相遇而親，何足為異？

小舟蕩離了沙洲。沙洲上一時人去猴杳。叢林

中一陣喧笑後重歸寂寂。回首再望，暮靄斜陽。那個人猴共處的小小世界，讓我無限懷念。人在大千中行走，拾掇起大大小小的經歷，何異在「生命場」中拾起各色珠寶黃金？讓人真正富有的，正是經歷賦予的感動和意義。

雨林

寨營接待室裡早有佈告，警戒旅人不要隨便走入寨邊雨林。林中沒有固定的徑道，而且，舊徑隨時可被新蔓斷蒿掩隱。入林必須由專人引導，以免迷林遇險。

決定入林的那個午後，營屋前忽然出現一個虎彪大漢，手提一把雪亮大彎刀，插刀入地而立。丈夫和他一陣交談後，吩咐我準備同行。才知「大刀武士」就是「雨林專家」。唯不明為何要帶那麼一把鐵寒利刃？

雨林中氤悶潮熱，喬蔭蔽天。「武士」一面領我們前行，一面揮刀「劈荊斬棘」，才知利刃確有專用。不過無法用「武」的是林中嗡然成群的蚊蚋。我們一面揮汗，一面「揮」蚊，不勝皺眉擠目之苦，此時「武士」大刀淩空一舉，砍下兩枝綠棕，然後不慌不忙地輕削細劈，就成為兩把綠蒲扇，既可招涼，又可驅蚊，「武士」頃成「巧匠」，服了！

雨林逐漸深入後，早已不辨方向了。但見千幹拔地，萬葉潑幽，羅天網地一片岑寂。林藪間但聞步聲和呼吸。那樣行行復行行，開始見識雨林世界中的生存奇景。

有一種從未見過的樹，青皮直幹，櫛比生刺，如圖釘倒置。持刀的「武士」這時成為解說的專家。原來樹刺的功能是讓藤葛無法攀附，蟲蟻不能緣樹結窩。因此，樹幹直上直下，立地頂天，得以穿出群蔭而披光繡空。舉目觀樹，忽然聯想到古籍中的「狷士」，大剌剌地有所不為，拒與世俗糾纏瓜葛。風骨嶙峋，我素我行。

雨林中群樹競生密集，卻有一樹獨據一圈地盤，地盤中甚至雜草不生。原來此樹為毒蟻寄生之所，任何周延樹種叢根皆施毒不使茁生，維護此寄生巨木，使其壯茂而得以永托。細觀樹幹，果然繁蟻往返忙碌，直趨根土。我何止是在看雨林現象，我看到的實也是人世歷史的諷譬。歷史上的昏君，都有小人奸佞的群護，任何諫士能臣，都在毒害之列，名為護主，實則私利。

群樹勃生中，有大樹枯萎待朽。原來樹邊有彪藤掛攀，攀及樹頂後，又曲延下引，復入土生根。土中藤根繁蔓纏窒樹根而致樹亡。藤枝於是逐漸粗壯挺立。最後，曲藤代替了偉幹，並依枯柱據地茂長。

藤樹生死景象，竟是讓我觸目驚心。雨林，似乎向我訴說著滔滔世事。君不見？社會上不乏類似現狀。攀權附勢者，曲意奉承親諛之餘，暗中造勢。時機成熟，便不惜詐位奪命，取而代之。

毒蟻和曲藤，原都屬「弱勢」，最終成為「惡勢」。未嘗不可借鑑為生命的議題。天地萬物萬象，都是人生「教材」，就看如何用心參讀。我，確曾在雨林中上了一課。

夜思

離開營寨前夕，深夜不寐。索性走出營屋，來到營前河岸木椅邊，獨坐抱膝閒眺。天幕上掛著將滿未滿的月光，穹蒼澄照，四野寂寥。

儘管處身於莽曠荒寂，心中卻毫無驚擾恐懼，白日裡滔滔混混的河水，被月色調成乳暈，柔如軟帛，厚疊長曳。身在雨林中時，但感喬柯蔽天。而此時，大河對岸的雨林，在垠廓天邊下，看來如一片矮叢，漆黑得像潑不開的濃墨。俯仰間忽然想著，假如這樣的時刻，我在都市的公園中獨坐，心中又何止是驚恐？怕還難免有殺身之禍。咦，我糊塗起來了，究竟哪裡是「原始」？哪裡是「文明」？

明日此時，我將會在利瑪(Lima)的國際機場，準備入關候機返家。邊城、沙洲、雨林、月夜……都一一成為追憶。

今生今世，確也走過不少地方，行經許多國度。到時候，千篇一律，收拾、整理，乘機歸去。一段一段的旅程，便如是如是地結束。細想人生，不也是大千旅程麼？踩著光陰路，一程又一程。到時候，也一樣要收拾準備好：安頓身邊的人，了卻手邊的事，滌銷心中的迷思，乘大化，歸元返「老家」。

翹！一路平安！

附錄

物相與心相

——中副紐約策劃「文學與土壤」座談

專輯

中副主編梅新走訪美東時，和華文作家們相晤會談，靈機一動，出了一個聰明的題目：作家與土壤。要求作家們回去「做功課」。

乍看之下，五穀不分的現代「秀才」和土壤有什麼關係呢？其實，關係甚為深遠。既是華人作家，那麼，當然也是五千年古國鋤頭種植孳養衍生的炎黃子孫。透過土壤的「物相」，就不難和土壤的「心相」（精神面）互照了。

作家們常將自己從事的文字工作喻為筆耕。就這樣一個「耕」字，已間接地和土壤有了關聯。農人在土壤的耕耘中，種下了五穀的種子，收穫而成莊稼生計，也供養而成社會大眾的糧食。作家以筆為犁，耕耘的是物質土壤托養傳存的精神土壤——代代心靈澆灌、培育、滋長的藝文田地。作家種下自己思想、感情、經驗的種子，收穫而為作品，供養而作社會心糧。

而且，作家也未必和土壤沒有實際關係。當年，我無意栽種的楓苗，如今已成大樹巨蔭。年年，春去、夏來、秋消、冬殘。看它發芽展葉，看它楓紅飄零，觸景感時，發為篇頁。還有杜鵑花，年年，奼紫嫣紅，總會想起「杜鵑啼血」的典故，也總會緬懷兒時故地的「映山紅」（杜鵑花別名）。一下子，天涯之身，便在歷史文化的天地裡馳騁。

世界聞名的企業家、藝文倡導者，以及作家依德里士沙(Idries Shah)，曾遵依自身所屬素非教(Sufism)的教育宗旨，經歷過一年的農耕生涯。他後來回憶指出：在他一生的教育過程中，那一年是最具意義的一個階段。除了在自力更生的耕作中感念大地豐果殷實的生生之德外，也體悟出自身內在的生機和萬物萬象絲縷相繫的資依關係。他的一切創建，原也不過自身天賦功能的發揮。這是作家和土壤實際關聯的另一例。

回頭再從中國文化土壤中來發掘相似的理念吧！信手拈來，就有如下兩句：「天地與我並生，萬物與我為一《莊子・齊物論》。」一個作家，只要多一分對宇宙自然的觀照，便可多一分思想靈感的源泉。此外，人人知曉的俗話：「地靈人傑」，無非指出環境水土對人身心的滋育啟發，一個生長於明山秀水沃土的人，生機活潑健康之外，觸物生心，性靈自是通透明達。

身處海外的華文作家，「華文」本身就是一塊可供筆耕的田地，只要不淺薄忘本，作家的文化根底，也是可供成長的地基。命土隨身，根源不死，異鄉的風風雨雨中，也一樣可以紮根成樹。即使是以英文為寫作工具的華裔作家，不管如何躋身於主流社會，也一樣對自身文化立地認同，從寫《花鼓歌》的黎錦揚，到作《喜福會》的譚恩美，莫非如此。地球村的世界裡，尤須繁花異果。作品本是作家生命感的流露表達，文化土壤愈是深厚，便愈可成長為花果鮮麗的作品。

納粹期間逃亡海外的德國作家湯瑪斯曼(Thomas Mann)曾說過幾句令人深思的話：「我在哪裡，哪裡就是德國。我將德國文化隨載於心」(Where I am, there is Germany. I Carry my Germanculture in Me)海外的華文作家也可同樣傲言：「我在哪裡，哪裡就是中國……」。中國是疆土、是文化，也是作品。

返根歸本

——世界副刊策劃「跨世紀華文文學前瞻」專輯

窗外紛飛的落葉，正瑟縮著暮秋的寒寂。面對凋零，何止只是添衣？也添一份隨著歲序襲來的悲涼感應。季節的變易流遷，一如人世的代換遞傳，生生不已，永始常新。這一心輪另轉的觸悟，其實並非我自起的獨慧。而是我命脈所締的文化長流中，倏呈偶現的心源。方寸所存，可以接流返溯數千年的久遠，那一轉之「念」，即是周代《易經》原旨透過心靈的閃衍。《周易》之後，文化孳繁豐增，中國，多少智慧寶藏！

可惜，二十世紀的中國文學作家，不曾珍惜，甚至不曾覺察自身文化豐藏。殖民主義的禍潮席捲世界後，中國，歷盡外侮，割地賠款，困頓煎迫。而強權侵淩，何止壓縮了中國人的生存空間，更恃權勢優越感，以愚見庸知，踐躪中國人的心理空間，將一個優秀民族，矮化而成屈卑仰望的文化侏儒。長久以來，中國人不自覺地，將自身信守求託於西方，他們怎麼說，我們便怎麼應：

他們說：中國人不懂民主。

我們應：中國人有奴隸性。

試問：侵土欺約迫財，以致販賣黑奴的行為，是民主信則嗎？而「民貴君輕」是誰的歷史理念呢？（孟子）「人人皆可為聖賢」，是誰賦予為人尊嚴的思想呢？（王陽明）「五方之民皆有性也，不可推移」又是哪個國家禮策，體認民皆有俗，不可強易呢？（《小戴禮記・王制篇》）

他們說：中國人語法不拘時態，是頭腦不清楚的落伍民族。

我們應：中國人頭腦醬缸，民族劣根。

試看：李約瑟(Joseph Needham)在他《中國科技與文明》系列著述中研證：首先論察宇宙星系運轉的，不是希臘人，而是中國人。中國是世界上提供歷史觀的唯一民族。

不必再說下去了，要痛心指出的是，應和外侮而不惜自辱的，往往不是市井百姓，而是文學作家。不過，雖然處境惡劣悲苦，二十世紀的中國，仍不乏真知灼見的大哲宏儒，從歷史、文化、哲學著述中，力敵外侮，奮鞭痛愚，列舉學識例證，苦心扶持重振中國人萎縮的自信自尊。畢竟，學術著述，難以滲入群眾心靈，能夠廣泛影響民心的，仍有待於文學作品。

猶記美國諾貝爾文學獎得主之一的梭爾貝羅(Saul Bellow)，提及二十世紀文學作品時，曾語重心長地指出：作家們不管如何山窮水盡地描寫暴力、情色、疏離……都不足以成為偉大的作品，文學作家首要急務：「除了思想，別無其他。」因為透過思想，可以「對人類文明現狀作出更清晰的衡量。」本屆諾貝爾文學獎得主的葡籍作家薩拉馬戈作品《盲》(*Blindness*，一九九五年葡文出版，一九九七年英譯出版)，便在衡量現代文明現狀中隱喻了人類理性的道德「無明」。他在書末點睛直指：「……盲者能視，但他們視而不見。」(The blind people can see, but do not see.)

衡量人類文明現狀，對中國文學作家來說，更是不容推辭的沉重責任和課題。民族苦難迫生的文化自卑，不也是「強權公理」下轉「黑」為「白」的心理之「盲」麼？「我們負擔了人類及其他文化產生的無數罪惡。」(已故大哲唐君毅言)，卻無視這罪惡來源，反而謾罵咒詛自卑文化。中國文學作家該如何反顧而省察警惕呢？這也就是貝羅所指的「思想」重要性。可是，中國作家又從何醞釀著力於創作骨幹的「思想」根源呢？這就關聯上前述的「心源」問題了。

文學作品不僅是文字技巧、情節結構所成的故事篇章，它也是一個作家表達情感、理念、價值觀的傳媒形式。大哲宏儒的苦心著述，雖無以廣滲市井民眾，卻足以為文學作家在思想上開涸啟源。

中國的一切學問，正如宏儒大哲指出，不管如何高深玄奧，最終總是歸結到人生日用，由「知識的學問」，轉化為「生命的學問」。前面提及的《周易》一書，雖然是一種探討宇宙萬象變易本原的古籍，但也包括了人世吉凶大事的觀察和警示（所謂占卜）。即「乾元」一象的象辭：「天行健，君子以自強不息」，用之於今，亦無不可。天體運行，剛健有力，周而復始，象徵君子不懈自惕自強的生命創進。將這個理念化為故事人物，自是足以成為一種感格，影響人心。

十八世紀的法國思想家及作家伏爾泰，讀了當時風行歐陸的元雜劇《趙氏孤兒》譯本，驚悟體認出中國文化中，人物表現的天良、責任感和道德力。那是一種超越神權意志的純粹人類精神美德。對於伏爾泰，無異發現了一個新的道德世界，而這個道德世界，也正是《趙氏孤兒》作者紀君祥，在異族壓迫下所要表現寄託的精神價值。

窗外，落葉仍在紛飛，我的眼光越過凋零，遠舉晴空，雲空裡，歲序運轉，只須咫尺，便跨越輾去了二十世紀。我但願，中國文學作家，經歷了一整個世紀的鍛鍊、試驗和模擬，能夠返根歸本，開發心源，創造二十一世紀中國文學的獨特性，並發揮影響力。

三民叢刊書目

㉖作家與作品　謝冰瑩著
㉗冰瑩書信　謝冰瑩著
㉘冰瑩遊記　謝冰瑩著
㉙冰瑩憶往　謝冰瑩著
㉚冰瑩懷舊　謝冰瑩著
㉛與世界文壇對話　鄭樹森著
㉜捉狂下的興嘆　南方朔著
㉝猶記風吹水上鱗　余英時著
·錢穆與現代中國學術
㉞形象與言語　李明明著
·西方現代藝術評論文集
㉟紅學論集　潘重規著
㊱憂鬱與狂熱　孫瑋芒著
㊲黃昏過客　沙　究著
㊳帶詩蹺課去　徐望雲著
㊴走出銅像國　龔鵬程著
㊵伴我半世紀的那把琴　鄧昌國著
㊶深層思考與思考深層　劉必榮著
·轉型期國際政治的觀察
㊷瞬　間　周志文著

㊸兩岸迷宮遊戲　楊　渡著
㊹德國問題與歐洲秩序　彭滂沱著
㊺文學關懷　李瑞騰著
㊻未能忘情　劉紹銘著
㊼發展路上艱難多　孫　震著
㊽胡適叢論　周質平著
㊾水與水神　王孝廉著
·中國的民俗與人文
㊿由英雄的人到人的泯滅　金恆杰著
·法國當代文學論集
(51)重商主義的窘境　賴建誠著
(52)中國文化與現代變遷　余英時著
(53)橡溪雜拾　思　果著
(54)統一後的德國　郭恆鈺主編
(55)愛盧談文學　黃永武著
(56)南十字星座　呂大明著
(57)重疊的足跡　韓　秀著
(58)書鄉長短調　黃碧端著
(59)愛情·仇恨·政治　朱立民著
·漢姆雷特專論及其他

(60) 蝴蝶球傳奇　顏匯增著
・真實與虛構
(61) 文化啓示錄　南方朔著
(62) 日本這個國家　章　陸著
(63) 在沉寂與鼎沸之間　黃碧端著
(64) 民主與兩岸動向　余英時著
(65) 靈魂的按摩　劉紹銘著
(66) 迎向眾聲　向　陽著
・八〇年代臺灣文化情境觀察
(67) 蛻變中的臺灣經濟　于宗先著
(68) 從現代到當代　鄭樹森著
(69) 嚴肅的遊戲　楊錦郁著
・當代文藝訪談錄
(70) 甜鹹酸梅　向　明著
(71) 楓　香　黃國彬著
(72) 日本深層　齊　濤著
(73) 美麗的負荷　封德屏著
(74) 現代文明的隱者　周陽山著
(75) 煙火與噴泉　白　靈著
(76) 七十浮跡　項退結著
・生活體驗與思考
(77) 永恆的彩虹　小　民著
(78) 情繫一環　梁錫華著
(79) 遠山一抹　思　果著
(80) 尋找希望的星空　呂大明著
(81) 領養一株雲杉　黃文範著
(82) 浮世情懷　劉安諾著
(83) 天涯長青　趙淑俠著
(84) 文學札記　黃國彬著
(85) 訪草（第一卷）　陳冠學著
(86) 藍色的斷想　陳冠學著
・孤獨者隨想錄
A・B・C全卷
(87) 追不回的永恆　彭　歌著
(88) 紫水晶戒指　小　民著
(89) 心路的嬉逐　劉延湘著
(90) 情書外一章　韓　秀著
(91) 情到深處　簡　宛著
(92) 父女對話　陳冠學著

⑨³ 陳冲前傳　嚴歌苓著
⑨⁴ 面壁笑人類　祖　慰著
⑨⁵ 不老的詩心　夏鐵肩著
⑨⁶ 雲霧之國　合山　究著
⑨⁷ 北京城不是一天造成的　喜　樂著
⑨⁸ 兩城憶往　楊孔鑫著
⑨⁹ 詩情與俠骨　莊　因著
⑩⁰ 文化脈動　張　錯著
⑩¹ 桑樹下　繆天華著
⑩² 牛頓來訪　石家興著
⑩³ 深情回眸　鮑曉暉著
⑩⁴ 新詩補給站　渡　也著
⑩⁵ 鳳凰遊　李元洛著
⑩⁶ 文學人語　高大鵬著
⑩⁷ 養狗政治學　鄭赤琰著
⑩⁸ 烟　塵　姜　穆著
⑩⁹ 河　宴　鍾怡雯著
⑪⁰ 滬上春秋　章念馳著
⑪¹ 愛廬談心事　黃永武著
⑪² 吹不散的人影　高大鵬著
⑪³ 草鞋權貴　嚴歌苓著
⑪⁴ 是我們改變了世界　張　放著
⑪⁵ 夢裡有隻小小船　夏小舟著
⑪⁶ 狂歡與破碎　林幸謙著
⑪⁷ 哲學思考漫步　劉述先著
⑪⁸ 說　涼　水　晶著
⑪⁹ 紅樓鐘聲　王熙元著
⑫⁰ 寒冬聽天方夜譚　保　真著
⑫¹ 儒林新誌　周質平著
⑫² 流水無歸程　白　樺著
⑫³ 偷窺天國　劉紹銘著
⑫⁴ 倒淌河　嚴歌苓著
⑫⁵ 尋覓畫家步履　陳其茂著
⑫⁶ 古典與現實之間　杜正勝著
⑫⁷ 釣魚臺畔過客　彭　歌著
⑫⁸ 古典到現代　張　健著
⑫⁹ 帶鞍的鹿　虹　影著
⑬⁰ 人文之旅　葉海煙著

131 生肖與童年　小民著・喜樂圖
132 京都一年　林文月著
133 山水與古典　林文月著
134 冬天黃昏的風笛　呂大明著
135 心靈的花朵　戚宜君著
136 親　戚　韓　秀著
137 清詞選講　葉嘉瑩著
138 迦陵談詞　葉嘉瑩著
139 神　樹　鄭　義著
140 琦君說童年　琦　君著
141 域外知音　張堂錡著
142 遠方的戰爭　鄭寶娟著
143 留著記憶・留著光　陳其茂著
144 滾滾遼河　紀　剛著
145 王禎和的小說世界　高全之著
146 永恆與現在　劉述先著
147 東方・西方　夏小舟著
148 嗚咽海　程明琤著
149 沙發椅的聯想　梅　新著
150 資訊爆炸的落塵　徐佳士著
151 沙漠裡的狼　白　樺著
152 風信子女郎　虹　影著
153 塵沙掠影　馬　遜著
154 飄泊的雲　莊　因著
155 和泉式部日記　林文月譯・圖
156 愛的美麗與哀愁　夏小舟著
157 黑　月　樊小玉著
158 流香溪　季　仲著
159 史記評賞　賴漢屏著
160 文學靈魂的閱讀　張堂錡著
161 抒情時代　鄭寶娟著
162 九十九朵曇花　何修仁著
163 說故事的人　彭　歌著
164 日本原形　齊　濤著
165 從張愛玲到林懷民　高全之著
166 莎士比亞識字不多？　陳冠學著
167 情思・情絲　龔　華著

⑯⑧ 說吧，房間　林　白著
⑯⑨ 自由鳥　鄭　義著
⑰⓪ 魚川讀詩　梅　新著
⑰① 好詩共欣賞　葉嘉瑩著
⑰② 永不磨滅的愛　楊秋生著
⑰③ 晴空星月　馬　遜著
⑰④ 風　景　韓　秀著
⑰⑤ 談歷史　話教學　張　元著
⑰⑥ 兩極紀實　位夢華著
⑰⑦ 遙遠的歌　夏小舟著
⑰⑧ 時間的通道　簡　宛著
⑰⑨ 燃燒的眼睛　簡　宛著
⑱⓪ 月兒彎彎照美洲　李靜平著
⑱① 愛廬談諺詩　黃永武著
⑱② 劉真傳　黃守誠著
⑱③ 天涯縱橫　位夢華著
⑱④ 新詩論　許世旭著
⑱⑤ 天　譴　張　放著
⑱⑥ 綠野仙蹤與中國　賴建誠著
⑱⑦ 標題飆題　馬西屏著
⑱⑧ 詩與情　黃永武著
⑱⑨ 鹿　夢　康正果著
⑲⓪ 蝴蝶涅槃　海　男著
⑲① 半洋隨筆　林培瑞著
⑲② 沈從文的文學世界　王繼志　陳　龍著
⑲③ 送一朵花給您　簡　宛著
⑲④ 波西米亞樓　嚴歌苓著
⑲⑤ 化妝時代　陳家橋著
⑲⑥ 寶島曼波　李靜平著
⑲⑦ 只要我和你　夏小舟著
⑲⑧ 銀色的玻璃人　海　男著
⑲⑨ 小歷史　林富士著
⑳⓪ 再回首　鄭寶娟著
⑳① 舊時月色　張堂錡著
⑳② 進化神話第一部　・駁達爾文《物種起源》　陳冠學著
⑳③ 大話小說　莊　因著

⑳④人　禍　彭道誠著

⑳⑤殘　片　董懿娜著

⑳⑥陽雀王國　白　樺著

207
懸崖之約
海男 著

「男人與女人在此約會中的故事，貫穿著一個幸運的結局和另一個戲劇的結局」。一個患腦癌的四十歲女子，她要在去天堂之前去訪問記憶中銘心刻骨的每一個朋友，也許是密友、情人、前夫，她的生活因為有了昨日的記憶，將展開一段不同的旅程。

208
神交者說
虹影 著

人的情感總是同時交雜著出現，很難只用喜悅、悲傷、恐懼等單純詞語完整表達。而本書作者細緻地記述回憶或現實的片段，藉以呈現許多情況下（如養父過世，或只是邂逅陌生人等）人複雜多變的感覺，使讀者能自然地了解書中的情境與人物的感受。

209
海天漫筆
莊因 著

或「拍案叫好」或「心有戚戚」或「捫心自思」，作者以其多年旅居海外經驗，與自身文化激盪的心得，發為一篇篇散文，不但將中華文化精萃發揚，亦介紹西方生活的真善美。且看「海」的那片「天」空下，作者浪「漫」的妙「筆」！

210
情悟，天地寬
張純瑛 著

本書乃集結作者旅居美國多年來的文章，娓娓細述遊子之情。其文字洗鍊，生動感人，處處展現羈旅之心與赤子之情。作者雖從事電腦業，但文章風格清新雋永。值得你我風簷展讀，再三品味，從中探索「情」之真諦！

211
誰家有女初養成
嚴歌苓 著

「巧巧覺得出了黃桷坪的自己，很快會變一個人的。對於一個新的巧巧，窩在山溝裡的黃桷坪和窩在黃桷坪的一切人和事，都不在話下。」踏出黃桷坪的巧巧會有怎樣的改變呢？如願的坐上流水線抑或是……

212
紙銬
蕭馬 著

紙銬，這樣再簡單不過的刑具，卻可以鎖住人的雙手，甚至鎖住人心，牢牢的，讓人難以掙脫更不敢掙脫。隨便揀一張紙，挖兩個窟窿，然後自己把手伸進去，老老實實地伸直了手，哪敢輕易動彈，碰上風吹雨淋，弄斷了紙銬，一個個都急成了哭相……

213
八千里路雲和月
莊因 著

本書可分為兩大部分，雖然皆屬於記遊文字，同在大陸地區，時間，卻整整相隔了十八年。作者以其獨特的觀點、洗鍊的文筆，道出兩段旅程中的種種。從這些文章，我們可以看見一些故事，也可以看出一位經歷不凡的作家，擁有的不凡熱情。

214
拒絕與再造
沈奇 著

新詩已死？現代人已不讀詩？對於這些現象，作者本著長年關注現代詩的研究，對現代詩有其深刻的體認，無論是理論的闡述或是兩岸詩壇的現況，甚至是詩作的分析，都有其獨特的見解。在他的帶領下，你將對現代詩的風貌，有全新的認識與感受。

215
冰河的超越
葉維廉 著

詩人在新生的冰河灣初次與壯麗的冰河群相遇，面對這無言獨化、宇宙偉大的運作，面對「雪疊著雪雪疊著雪疊著永不溶解的雪／緩緩地積壓著／冰晶冰層冰箔相連覆蓋九萬餘里」的景象，喜悅、震撼、思涉千載而激盪出澎湃磅礴的——冰河的超越。

216
庚辰雕龍
簡宗梧 著

基於寫作興趣就讀中文系，卻因教學職責的召喚，不得不放緩文學創作的腳步。本書作為政大簡宗梧教授創作成果的集結，不僅可讓讀者粗識簡教授於教學及研究著績外的創作成果，也將是記誌簡教授今後創作「臺灣賦」系列作品的一個始點。

217
莊因詩畫
莊因 著

因心儀進而仿效豐子愷漫畫令人會心的幽默與趣味，作者基於同樣對世間生命萬物寬厚博大的關注與愛心，以他罕為人知的「第三枝筆」，畫出現今生活於你我四周真實人物的喜怒哀樂，並附以詩文，為傳統的中國詩畫注入了全新的生命。

218
換了頭抑或換了身體
張德寧 著

換了頭抑或換了身體？當器官移植技術發達到可以更換整個身軀時，我們要擔心的是生理上的排斥或心理上的抗拒？該為人類創造的奇蹟喝采還是為扭曲了人的靈魂而付出代價？藉作者精心的布局與對人深刻的觀察，我們將探觸心裡未曾到達的角落。

219 黥首之後

朱暉 著

政治上成分的因素，他曾前後被抄三次家，父母也先後被送入囹圄和下放勞改。他嚐盡世間的殘酷悲涼，看透人性的醜陋自私，但外在的折磨越狠越兇，內裡的親情就越密越濃。人性中最陰暗齷齪的一面與最光明燦爛的一面，都在這裡。

220 生命風景

張堂錡 著

每個人的故事，如同璀璨的風景，綻放動人的面貌。透過作者富含情感的筆觸，引領出成功背後的奮鬥歷程。文中所提事物，與我們成長經驗如此貼近，讓人油然而生「心有戚戚焉」之感。他們見證歷史，也予我們許多值得省思與仿效的地方。

221 在綠茵與鳥鳴之間

鄭寶娟 著

不論是走訪歐洲歷史遺跡有感，或抒發旅法思鄉情懷，抑或中西文化激盪的心得，作者以其一貫獨特的思考與審美觀，發為數十篇散文，澄清的文字、犀利的文筆中，流露著一種靈秘的詩情與浪漫的氣氛，讓讀者在綠茵與鳥鳴之間享受有深度的文化饗宴。

222 葉上花

董懿娜 著

讀董懿娜的文章，如同接受心靈的浸潤。生活的點滴，藉她纖細敏感的筆尖，便能在心中蕩起圈圈漣漪；娓娓的傾訴，叫人不禁沉入她的世界。在探求至情至性的同時，重新面對自己，循著她的思緒前進，彷彿也走出了現實的惱人，燃起對生命的熱情。

223

與自己共舞

簡宛 著

「與自己共舞，多麼美好歡暢的感覺！」長年旅居海外的簡宛，以平實真誠的筆調，與讀者分享「接納自己、肯定自我」的喜悅。書中收錄作者多年來與自己共舞的所思所感，包含對婚姻、家庭、自我成長的探討，值得讀者細細品味這分坦率至情的人生智慧。

224

夕陽中的笛音

程明琤 著

我們從本書中可領略程明琤對於生命的思索與感受，對於文化的關懷珍視，她更以廣闊的角度引領讀者去探索藝術家的風範和多彩的人文景致。讀她的文章不只是欣賞她行文遣字的氣蘊靈秀，真正觸動人心的是她對眾生萬相所付注的人文情懷。

225

零度疼痛

邱華棟 著

「我發現我已被物所包圍，周圍一個物的世界，它以嚇人的速度在變化更新，似乎我的生活已經事先被規定、被引導、被制約、被追趕。」作者以魔幻的筆法剖析現代人被生活擠壓變形的心靈。事實上，我們都是不同程度的電話人、時裝人、鐘錶人……。

226

歲月留金

鮑曉暉 著

以滿盈感恩的心，追憶大時代的離合悲歡，及中國這片土地的光輝與無奈；用平實命動人的文字，記錄生活的精彩，和對生命的熱愛與執著。作者將歲月中的點滴與感動，譜成這數十篇的散文，讀來令人低徊不已，並激盪出對生命的無限省思。

227
如果這是美國
陸以正　著

面對每天新聞報導中沸沸揚揚的各種話題，您的感想是什麼？是事不關己的冷漠？還是無法判斷是非的茫然？不妨聽聽終身奉獻新聞與外交事務的陸以正大使，如何以其寬廣的國際觀點，告訴您「如果這是美國……」

228
請到我的世界來
段瑞冬　著

從七〇年代窮山惡水的貴州生活百態，到瑞典中西文化交流的感觸，最後在學成歸國的喜悅中，驚覺中國物質與思想上的巨大轉變，作者達觀的態度及詼諧的筆調，好像久違的摯友熱情地對我們招手：「請到我的世界來！」

229
6個女人的畫像
莫　非　著

6個女人，不同畫像。在為家庭守了大半輩子門框後，他們要出走找回失落的自己，藉著幻想，藉著閱讀，藉著繪畫等等不同方式，讓心靈有重新割斷再連結的機會。盼能以此書，提供女人一對話的空間。

230
也是感性
李靜平　著

「人世間的很多事，完全在於你從什麼角度來看。」本書作者以幽默的口吻帶您挖掘出生活中的樂趣。不管是親情的交流或友誼的呼喚，即便是些雞毛蒜皮的小事，在她的筆下每個生活週遭的人物全都活絡了起來，為我們合力演出這齣喜劇。

231

與阿波羅對話

韓　秀　著

自遠方來，我在陽光的國度與阿波羅對話。秋日午後的愛琴海波光粼粼，反射生命的絕代風采。這裡是雅典，眾神的故鄉，世人的虛妄不過瞬眼，胸臆間卻永遠有激情在湧動。殿堂雖已頹圮，風起之際，永恆卻在我心中駐紮。

232

懷沙集

止　庵　著

「樹欲靜而風不止，子欲養而親不待」作者將對逝去父親的感念輯成本書。其間除了父親晚年兩人對談的點滴外，亦不乏從日常不經意處，挖掘出文學、生活的真諦。作者樸實的文筆，在現代注重藻飾的文壇中像嚼蘿蔔，別有一股自然的餘味。

233

百寶丹

曾　焰　著

百寶丹，東方國度的神奇靈藥，它到底有多神妙？身世坎坷的孤雛，如何在逆境中自立，成為濟世名醫？一部結合中國傳統藥理與鄉野傳奇故事的長篇小說，一段充滿中國西南邊疆民族絕代風情的動人篇章。

國家圖書館出版品預行編目資料

夕陽中的笛音／程明琤著.－－初版一刷.－－臺北市；三民，民90
面； 公分－－(三民叢刊；224)

ISBN 957-14-3438-8 (平裝)

855 90003344

網路書店位址 http://www.sanmin.com.tw

著作人 程明琤
發行人 劉振強
著作財產權人 三民書局股份有限公司
臺北市復興北路三八六號
發行所 三民書局股份有限公司
地址／臺北市復興北路三八六號
電話／二五〇〇六六〇〇
郵撥／〇〇〇九九九八──五號
印刷所 三民書局股份有限公司
門市部 復北店／臺北市復興北路三八六號
重南店／臺北市重慶南路一段六十一號
初版一刷 中華民國九十年四月
編 號 S 81090
基本定價 肆元貳角
行政院新聞局登記證局版臺業字第〇二〇〇號

ISBN 957-14-3438-8 (平裝)